KNAUR

Im Knaur Taschenbuch Verlag sind bereits folgende Bücher der Autorin erschienen:
Sisi
Turm der Lügen

Beginenfeuer
Die Stunde des Venezianers
Das flandrische Siegel

Über die Autorin:
Marie Cristen lebt mit ihrer Familie bei München. Nach zwei Romanbiographien über die berühmtesten Kaiserinnen der Habsburger erschien bei Knaur »Turm der Lügen«, ein packender Roman um einen authentischen französischen Skandal des Mittelalters. Die großen historischen Flandern-Epen »Beginenfeuer«, »Die Stunde des Venezianers« und »Das flandrische Siegel« runden sich mit Marie Cristens neuestem Roman »Der Damenfriede« zu einer opulenten und lehrreichen Saga, die sich vom frühen Mittelalter bis in die Renaissance erstreckt.

Marie Cristen

Der Damenfriede

Roman

KNAUR TASCHENBUCH VERLAG

Besuchen Sie uns im Internet:
www.knaur.de

FSC
www.fsc.org
MIX
Papier aus verantwortungsvollen Quellen
FSC® C083411

Vollständige Taschenbuchausgabe April 2013
Knaur Taschenbuch

Ein Unternehmen der Droemerschen Verlagsanstalt
Th. Knaur Nachf. GmbH & Co. KG, München

Lektorat: Barbara Kiesebrink
Landkarte: Computerkartographie Carrle
Umschlaggestaltung: ZERO Werbeagentur, München
Umschlagabbildung: Meister der weiblichen Halbfiguren, tätig 1. Hälfte
16. Jh., wahrscheinlich in Antwerpen. »Notenschreibende junge Frau«,
um 1530/40. Öl auf Holz, 54,5 × 41 cm. Westfalen, Privatsammlung.
Druck und Bindung: CPI – Clausen & Bosse, Leck
Printed in Germany
ISBN 978-3-426-63991-7

2 4 5 3 1

Gewidmet meinem Vater Matthäus Hörger
1914 – 1980
Deine Liebe zu Frankreich hat mich geprägt.

Inhalt

Viertes Buch

Paul von Andrieu 421

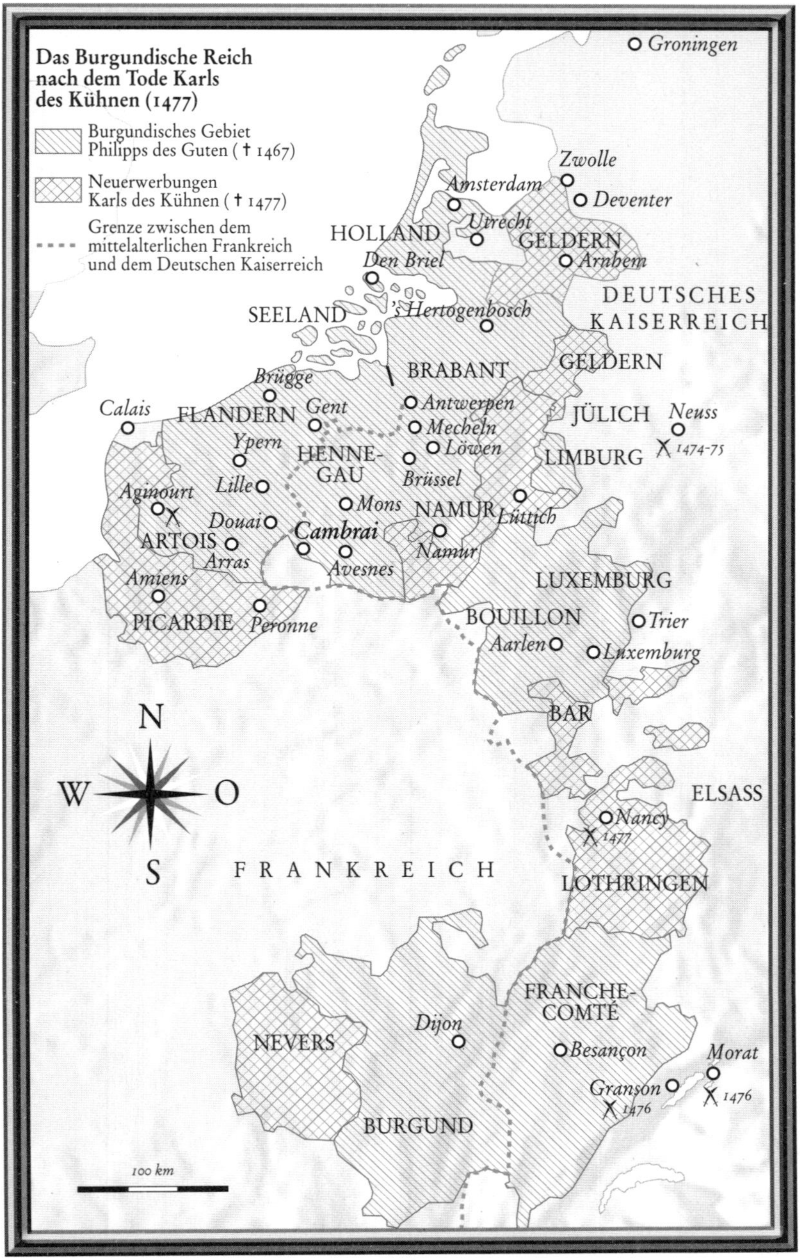

Das Burgundische Reich nach dem Tode Karls des Kühnen (1477)
Burgundisches Gebiet Philipps des Guten († 1467)
Neuerwerbungen Karls des Kühnen († 1477)
Grenze zwischen dem mittelalterlichen Frankreich und dem Deutschen Kaiserreich
Groningen
Zwolle
Amsterdam
Deventer
HOLLAND
Utrecht
GELDERN
Den Briel
Arnhem
DEUTSCHES KAISERREICH
SEELAND
's Hertogenbosch
GELDERN
BRABANT
Brügge
Calais
FLANDERN
Gent
Antwerpen
JÜLICH
Neuss
Mecheln
Ypern
Löwen
1474-75
HENNE-GAU
LIMBURG
Brüssel
Aginourt
Lille
Mons
NAMUR
Lüttich
Douai
Cambrai
ARTOIS
Namur
Arras
Avesnes
LUXEMBURG
Amiens
PICARDIE
Peronne
BOUILLON
Trier
Aarlen
Luxemburg
BAR
N
W
O
S
ELSASS
Nancy
1477
FRANKREICH
LOTHRINGEN
FRANCHE-COMTÉ
Dijon
NEVERS
Besançon
Morat
Granson
1476
1476
BURGUND
100 km

PROLOG

Venedig, 12. Oktober 1527

Simona hasste die Nacht. Jede Nacht. Sie starrte in die Dunkelheit und wartete. Obwohl müde und zutiefst erschöpft, fand sie keinen Schlaf. Die Angst hielt sie wach. Würde Zanino heute Nacht wieder betrunken über sie herfallen?

Der *Palazzo Bragadin* lag in tiefer Stille. Auf dem *Canale Orseolo,* an dessen Ufer er lag, war Ruhe eingekehrt. Venedig schlief dem Sonnenaufgang entgegen.

Da – ein Geräusch. Atmen. Jemand stand an ihrem Bett. Zanino. Er stank nach Wein, Garküche und Hurenparfüm.

Sie zwang sich, ruhig zu liegen. Manchmal ließ er dann ab von ihr. Wenn er jedoch ihre Angst spürte, würde er bleiben. Es gefiel ihm, sie in Angst und Schrecken zu versetzen.

Was hatte er vor? Nach welcher neuen Teufelei stand ihm der Sinn? Sie wusste nicht genau, was es war, aber irgendetwas versetzte sie in Panik.

Mit einem Aufschrei warf sie sich zur Seite. Scharfer Schmerz zuckte wie ein Peitschenhieb über ihre Schulter.

Ein Messer? Wollte er sie umbringen? Ihm war alles zuzutrauen.
Blind tastete sie nach dem Kerzenleuchter auf dem Ablagebrett neben sich. Die Todesangst verlieh ihr Kraft. Mit beiden Händen griff sie nach dem Leuchter und schleuderte ihn mit voller Wucht in Zaninos Richtung. Sein Aufbrüllen verriet, dass sie ihn getroffen hatte.
»Verfluchtes Frauenzimmer!«
Zaninos Hände legten sich um ihren Hals und drückten erbarmungslos zu. Rote Blitze zuckten hinter ihren Lidern. Das Rauschen ihres Blutes übertönte alle weiteren Beschimpfungen.
Ein rüder Stoß riss Simona wieder aus der Benommenheit. Sie prallte gegen die geschnitzten Ranken des Kopfendes.
»Hexe! Was ist in dich gefahren?«
»Du bringst mich um. Willst du das?«
Sein Lachen gellte ihr in den Ohren. Simona fasste sich an die Schulter. Sie blutete. Furcht, Schmerz und Hass drehten ihr den Magen um. Nur mit Mühe konnte sie verhindern, dass sie sich erbrach.
»Hast wohl den Kopf verloren vor Angst. Eines sage ich dir«, er packte sie am Hemd, zog sie grob hoch, und zerriss es dabei. Halbnackt war sie seiner Gewalt ausgeliefert. »Wenn du nicht tust, was ich sage, werde ich mit dem Dolch nachhelfen.«
Keiner in Venedig ahnte, was Zanino Bragadin für ein Scheusal war. Er war ein Heuchler, ein Wolf im Schafspelz.
Seit fünf Jahren war sie ihm ausgeliefert. Musste machtlos erdulden, dass er ihre Mitgift verschleuderte und ihre

Selbstachtung mit Füßen trat. Allen anderen spielte er meisterhaft den liebenden Gemahl der unfruchtbaren Contarini-Tochter vor. Musste man ihn nicht bewundern, für so viel selbstlose Nachsicht. Was zählte da sein fehlender Geschäftssinn, sein Hang zu falschen Freunden, zum Aufschneiden und zum Glücksspiel. Kein Mann war vollkommen.

»Hör mir zu«, drang seine Stimme kalt an ihr Ohr. »Du wirst nach der Morgenmesse zum alten Paolo in die *Casa Contarini* gehen. Er muss mir helfen. Ich bin schließlich ein Familienmitglied der Contarini. Er hat Einfluss auf die Richter. Er kann die Anzeige niederschlagen lassen. Kapiert?«

Er hatte inzwischen die Kerzen im Kandelaber neben der Tür entzündet. In ihrem Schein entdeckte Simona hektische rote Flecken auf seinen Wangen. Sein Wams starrte vor Schmutz, auf seiner Stirn prangte eine blutende Schramme. Er sah aus, als habe er sich geprügelt. Vielleicht, weil er einmal mehr beim Glücksspiel verloren hatte oder weil seine Mitspieler die bleigefüllten Würfel entdeckt hatten, mit denen er so gerne betrog?

»Welche Anzeige?«

»Das tut nichts zur Sache. Der alte Fuchs wird es bereits wissen. Er weiß alles, was in dieser Stadt geschieht«, beschied er sie brüsk. »Jammer ihm was vor, das kannst du doch so gut. Sag, du seist überzeugt davon, dass dein lieber Mann böswillig verleumdet wird, dass er niemals vom rechten Weg abweichen würde. Er wird dich anhören. Die Familienbande halten, sie überziehen Venedig wie ein Spinnennetz – achtundzwanzig Einzelsippen!«

Seine Notlage musste größer denn je sein, wenn er nicht

mehr bei ihrem Vater, sondern bei Onkel Paolo Hilfe suchte. Simona wusste, dass er das Familienoberhaupt der Contarini im Grunde seines Herzens fürchtete. Manchmal fragte sie sich, ob der alte Mann hinter die Fassade blickte, die Zanino Venedig präsentierte. Wenn ja, warum half er ihr nicht?

Weil du keine Rolle spielst, Simona. Für niemanden.

Ihre Schwestern hatten in bedeutende Familien eingeheiratet, ihren Ehemännern inzwischen mindestens ein Kind geschenkt, und bedauerten bei jedem Treffen wortreich, wie leid es ihnen tat, dass das Schicksal Simona um dieses Glück betrog. Und Simonas Stolz ließ es nicht zu, zu offenbaren, was sich hinter der Tür ihrer Schlafkammer abspielte und welchen Demütigungen sie täglich ausgesetzt war. Dass sie in all den Jahren kein Kind empfangen hatte, gab Zanino in seinen eigenen Augen das Recht, sie zu bestrafen.

Wenn sie sich jetzt weigerte, die Casa Contarini als Bittstellerin aufzusuchen, würde er sie so lange quälen, bis sie es gerne tat. Schon die Finanzierung des Stoffhandels, den Zanino in seiner Unfähigkeit ruiniert hatte, ehe er richtig in Schwung kam, hatte sie bei ihrem Vater vermitteln müssen.

Besaß sie genügend Kraft, seinen Grausamkeiten dieses Mal zu trotzen? Ihre Schulter brannte wie Feuer. Ein Rest von Selbstachtung riet ihr trotzdem nachdrücklich, den Bittgang zu verweigern.

Dabei liebte sie das Stammhaus der Contarini und sehnte sich danach, es wieder einmal zu betreten. Schon wegen der Gemälde ihres Urgroßvaters, Lucas Contarini, die überall hingen. In der Kapelle befand sich Simonas Lieblingsbild. Die büßende Maria Magdalena. Monna Hannah, ihre Urgroßmutter, hatte dafür Modell gestanden. Auch ihr Vater liebte dieses Bild besonders.

»Du siehst ihr ähnlich. Du hast ihre Augen, ihr dunkles Haar und ihr sanftes Wesen«, hatte er ihr einmal gesagt, als sie es gemeinsam betrachteten.

Simona konnte keine Ähnlichkeit entdecken, aber das seelenvolle Lächeln ihrer Urgroßmutter hatte ihr schon als Kind Trost geschenkt, wenn sie sich ungerecht behandelt fühlte.

Fröstelnd zog sie ihr zerrissenes Hemd enger um den Körper. Der Stoff, nass und steif vom geronnenen Blut, klebte auf der Haut. Sie war Zaninos Gefangene. Gefangene in einer Ehe, in einem Haus, das sie bis ans Ende ihrer Tage von ganzem Herzen hassen würde.

Zanino ließ sie nicht aus den Augen. Er belauerte jede ihrer Bewegungen. Er kannte sie zu gut.

»Ich sehe, du verstehst«, sagte er gönnerhaft und lächelte tückisch. »Mach dich gleich nach der Prim auf den Weg. Wenn ich aufstehe, möchte ich hören, dass du Erfolg gehabt hast.«

Er schlenderte aus der Kammer und warf die Tür hinter sich zu. Der Knall ließ Simona zusammenzucken. Sie sank auf das Bett zurück und schloss die Augen. Das kurze Aufflackern von Lebensenergie, das sie zur Gegenwehr getrieben hatte, war längst erloschen. Was war so schlimm am Tod? Er würde ihr endlich Ruhe und Vergessen schenken.

Ihre Familie würde sie beweinen, aber am Ende doch zum Alltag zurückkehren. Ihre Nachreden konnte sie sich unschwer vorstellen.

Sie war nie wie die anderen. Immer ein wenig seltsam.
Simona stützte sich auf den unverletzten Arm. Suchend glitten ihre Blicke über das Bett. Unter zerwühlten Laken versteckt, entdeckte sie das Gesuchte. Zaninos Dolch.
Auf der zweischneidigen, spitz zulaufenden Klinge befand sich getrocknetes Blut. Ihr Blut. Hatte sie damit ein Anrecht auf die Waffe erworben? Der Silbergriff, in dessen Heft drei polierte Achate eingelassen waren, schimmerte matt. Achate schützten vor Giften und machten ihren Besitzer unbesiegbar. Wie gerne wäre sie unbesiegbar gewesen!
Sie schloss die Finger um den Dolch. Er war nicht so schwer, wie sie erwartet hatte, aber er verlieh ihr ein trügerisches Gefühl von Macht.
Als sie das *piano nobile* mit dem großen Saal betrat, fiel die Morgendämmerung durch das Maßwerk der Frontfenster. Aus diesem Stockwerk führte die rückwärtige Treppe in den Hof, zum Brunnen und zur Küche. Dort würde sie die Mägde finden, die die Schlafkammer säubern und frisches Leinen aufziehen sollten. Sie waren es nicht gewohnt, die Herrin des Hauses zu so früher Stunde zu sehen. Ob sie den Grund für ihre Schlaflosigkeit und das blutige Nachtgewand ahnten? Sie wollte es nicht wissen.
Der Sonnenaufgang lockte sie an die Bogenfenster. Sie liebte den Blick über die Lagune um diese Tageszeit. Wenn sich das Grau mit Rosentönen mischte, die Sonne die Nebelschwaden auf dem Wasser vertrieb und die ersten Fischerboote ausliefen, lag der Tag unschuldig und hoffnungsvoll vor ihr. Zumindest hatte er das in ihrem Elternhaus getan.

Die *Casa Bragadin* lag an einem Seitenkanal und erlaubte nur die Aussicht auf das gegenüberliegende Haus. Ein schmaler Streifen Himmel zwischen den Dächern verriet, dass der Tag so heiß wie der gestrige werden würde. Mit einem unterdrückten Laut hob Simona den Dolch, den ihre Rechte bislang zwischen den Rockfalten verborgen hatte. Gedankenverloren starrte sie die Klinge an.
Es war eine Todsünde, das eigene Leben zu beenden. Dennoch wurde die Versuchung stärker, je länger sie darüber nachdachte.
Mach ein Ende, Simona!
Die Dolchspitze gleißte im ersten Sonnenstrahl, als sie die andere Hand auf die Stelle legte, wo ihr Herz schlug. Sie musste nur zustechen. Ein wenig fester, ein wenig tiefer.
»Madonna, was habt Ihr getan?«
Erschrocken ließ Simona den Dolch sinken und starrte Zaninos Leibdiener an. Sein kreideweißes Gesicht, seine ausgestreckte Hand. Er deutete auf ihren Dolch, auf dem die Spuren ihres Blutes klebten.
»Nichts«, antwortete sie gepresst. »Geh an deine Arbeit. Ich brauche keine Hilfe. Dein Herr …«
Das Geräusch, das sich seinem Mund entrang, ließ Simona innehalten.
»Was ist?«
Seinem Blick folgend, entdeckte sie, was ihn entsetzte. Neben dem Schauschrank, der einmal Silbergerät enthalten hatte und nun völlig leer war, lag reglos Zanino.
»Zanino!«
Simona trat näher, sank in die Knie und drehte den Leblosen auf den Rücken. Den Mund zum stummen Schrei aufgerissen, starrte ihr Mann mit blicklosen, gebrochenen

Augen zur Decke. In der Brust klafften, noch Blut lassend, mehrere Wunden.

Gelähmt vom Anblick des Toten, verharrte sie kniend. Er musste seinem Mörder, von ihr kommend, direkt in die Arme gelaufen sein, denn er trug noch immer das schmutzige Wams. Der Ausdruck fassungslosen Erstaunens auf seinen Zügen zeigte, wie unverhofft der Tod ihn getroffen haben musste.

Zanino ist tot, hallte es ungläubig in ihrem Kopf.

»Ihr habt ihn ermordet!«, hörte sie wie von ferne die Stimme des Leibwächters, wieder und wieder.

Da sie nichts erwiderte, machte er auf dem Absatz kehrt und schrie die Neuigkeit mit sich überschlagender Stimme in den Morgen hinaus.

»Der Herr ist tot! Erstochen und ermordet von der eigenen Frau! Ruft die Stadtwachen!«

Erstes Buch

Bernard Palissy

ERSTES KAPITEL

Abschied

Venedig, 4. August 1528

»Du solltest Gott auf Knien danken, dass Gianni Malipiero dich als Ehefrau in Betracht zieht, Simona. Nach den schrecklichen Ereignissen des letzten Jahres befürchtete ich im Geheimen, du müsstest deine Tage in einem Kloster beenden.«

»Nein!«

Monna Donata Contarini war mit ihrem Latein am Ende.

Seit mehr als einer Woche versuchte sie ihrer jüngsten Tochter die Vorteile dieser Verbindung aufzuzeigen, aber Simona ließ sich nicht überzeugen.

»Sagt doch auch etwas, Piero. Lasst nicht zu, dass Simonas Leid kein Ende findet«, forderte sie ihren Ehemann auf. »Das Trauerjahr ist fast vorüber. Dem Anstand wurde Genüge getan, nun müssen Entscheidungen getroffen werden. Es geht nicht länger an, dass du deine Tage damit vertust, die Blumen des Gartens zu zeichnen.«

Sie fasste ihre Tochter ins Auge, die wie eine Besucherin auf der äußersten Kante einer Bank unter den Gartenarkaden saß. Sie zeigte keinerlei Anteilnahme.

»Du bist kein Kind mehr, Simona«, fügte sie mahnend hinzu.
»Ich habe mich schon entschieden«, antwortete Simona an ihres Vaters Stelle. »Ich will nicht wieder heiraten. Niemals. Wozu denn?«
»Was ist das für eine Frage?« Ihre Mutter konnte nur den Kopf schütteln. »Es ist die Pflicht einer jeden Frau, Kinder zu gebären und ein Haus zu führen. Es sei denn, sie dient Gott.«
»Gott versagt mir Kinder.«
»Malipiero ist Vater von drei unmündigen Kleinen. Seine Frau ist ihm im Kindbett genommen worden. An seiner Seite kannst du endlich deine Bestimmung als Ehefrau und Mutter finden.«
Simona verspürte nicht den Drang, drei Rotznasen für einen Witwer aufzuziehen, der keinen Zweifel daran gelassen hatte, dass es ihm bei seinem Heiratsantrag nur um die Versorgung seiner Kinder ging. Ihr war klar, dass ihr Ruf schwer beschädigt war. Obwohl sie einer mächtigen und einflussreichen Sippe angehörte, würde es ihrem Vater nicht so leicht gelingen, dieses Mal einen passenden Ehemann für sie zu finden.
»Warum widersetzt du dich deiner Mutter«, fragte Piero Contarini. Seit Simona wieder in ihrem Elternhaus lebte, musste er oft zwischen beiden vermitteln. Bislang hatte er der Tochter vieles nachgesehen. Sie hatte Schlimmes erlebt und musste erst wieder zu sich finden. Eine neue Ehe würde die Vergangenheit endgültig in Vergessenheit geraten lassen. »Nachdem der Mord an Zanino nicht mehr in aller Munde ist …«
»Den ich nicht verschuldet habe«, fiel sie ihm ungewohnt

brüsk ins Wort. »Die *Quarantia Criminal* hat einen Handelsagenten aus Zypern der Tat überführt. Zanino hat sein schlimmes Ende mit Betrug und Lügen selbst verschuldet. Ich sehe keinen Grund, noch länger für dieses Verbrechen büßen zu müssen.«

Bis das Strafgericht von Venedig dies zweifelsfrei verkündet hatte, musste Piero Contarini allen Einfluss geltend machen, dass man seine Tochter nicht in den Kerker warf. Der Beweis ihrer Unschuld war beklagenswert spät gekommen. Ihr Ansehen hatte bereits nicht wieder gutzumachenden Schaden erlitten. Simona war in ihr Elternhaus zurückgekehrt, der *Palazzo Bragadin* geschlossen worden. Bis heute hielt sich das Gerücht in Venedig, dass sie nur der Name Contarini und nicht ihre Unschuld gerettet habe.

»Umso wichtiger ist es, dass du wieder ein normales Leben führst und dich nicht in deinem Elternhaus vergräbst«, antwortete ihr Vater beschwichtigend.

»Ein neuer Ehemann kann am besten dafür sorgen, dass das Getuschel aufhört«, fügte Donata an. »Wie soll Lucca jemals unter den Nobile zu Macht und Ansehen kommen, wenn seine Schwester weiterhin den Namen eines ermordeten Betrügers trägt.«

Das Gespräch drehte sich im Kreis. Simona bewahrte nur mit Mühe Haltung. Die neue Ehe, die ihre Mutter für sie eingefädelt hatte, sollte in erster Linie dazu dienen, den untadeligen Ruf der Familie wiederherzustellen. Donata liebte ihre vier Mädchen, aber der einzige Sohn war ihr Ein und Alles. Lucca, seine politische Karriere, sein Ansehen in Venedig waren das Wichtigste in ihrem Leben.

»Kann ich nicht meinen eigenen Haushalt führen?«, appellierte Simona an den Vater. In ihm hatte sie oft schon einen Verbündeten gehabt. Ihm gefiel, dass sie als einziges seiner Kinder das künstlerische Talent geerbt hatte, das er an seinem Großvater so bewundert hatte. In ihrer Kindheit hatte er dieses Talent durch entsprechende Lehrer gefördert, und Simona hatte es ihm mit Eifer gedankt. Zanino hatte ihre Malerei lediglich verspottet, und als er herausfand, wie viel Freude sie dabei empfand, hatte er sie ihr ohnehin verboten.

Donata schüttelte indessen so nachdrücklich den Kopf, dass Simona die Antwort des Vaters nicht abwartete. Sie wusste, dass er ihr niemals in Gegenwart ihrer Kinder widersprechen würde.

»Es muss ja nicht in Venedig sein«, fuhr sie beschwörend fort. »Lasst mich auf die *Terraferma* gehen, auf unser Landgut. Habt Ihr nicht erwähnt, der Verwalter sei alt und nachlässig geworden, Vater. Wenn ich …«

»Gott bewahre!« Donata bekreuzigte sich hastig. »Das wäre ja ein neuer Skandal. Eine Contarini wird Bäuerin. Das kommt nicht in Frage. Nein, du musst allen die Stirn bieten. Du heiratest Malipiero, basta. Am Sonntag. In San Marco.«

»Ich – werde – nie – wieder – heiraten«, sagte sie lauter als gewöhnlich, mit akzentuierter Betonung jeder einzelnen Silbe. »Unter keinen Umständen. Ich schwöre es, bei allem, was mir heilig ist.«

»Du … du …«

Zum ersten Mal erlebte Simona, dass es ihrer Mutter die Sprache verschlug. Sie sah zu ihrem Vater, der sie ungewohnt zurückhaltend betrachtete. Es fiel ihr schwer, sich ihm zu widersetzen. Sie liebte ihn sehr. Er war ein ausge-

sprochen schöner Mann, seine blauen Augen strahlten Güte aus, und obwohl sein blondes Haar schon ergraut war, war er immer noch eine große, imposante Erscheinung.
»Du trotzt uns«, wiederholte Piero das Offensichtliche.
»Ihr habt mich in die Enge getrieben«, antwortete sie bebend. »Glaubt mir, ich will Euch keinen Kummer machen. Immer habe ich mich bemüht, zu gehorchen und das Rechte zu tun, aber es gibt Grenzen. Erspart mir einen neuen Ehemann, ich bitte Euch.«
Stille senkte sich über den Laubengang. Donatas Brokatröcke raschelten, als sie die Hände faltete. Simona wagte nicht, sie anzusehen. Seit sie denken konnte, war sie sich nicht sicher, ob sie ihre Mutter liebte oder fürchtete. Vermutlich beides. Sie führte Familie und Haus mit energischer Hand.
»Dann bleibt dir eigentlich nur der Rückzug in ein Kloster«, brach ihr Vater schließlich das Schweigen.
»Und wenn ich Venedig einfach verlasse?«
»Du wirst unter keinen Umständen allein auf das Festland gehen«, verbot Donata.
»Aber in Venedig kann ich nicht länger leben! Seht das bitte ein!«
Sie erhielt keine Antwort. Es hielt sie nicht länger auf der Bank. Mit dem Mut der Verzweiflung flehte sie: »Es muss irgendwo einen Platz auf dieser Welt für mich geben, wo ich leben kann, ohne dass man mich verleumdet, vergewaltigt, demütigt und peinigt.«
In der Erregung hatte sie zu viel verraten. Sie bemerkte es erst, als die Mutter entsetzt eine Hand vor den Mund schlug. Ihr Vater beugte sich im Stuhl nach vorne, die Stirn gefurcht, die Augen vor Zorn verdunkelt.

»Hat Zanino Bragadin gewagt, dich zu schlagen?«, rief er schockiert.
»Das und mehr«, gestand Simona nach langem Schweigen tonlos. »Deswegen werde ich mich nie wieder freiwillig in die Gewalt eines Mannes begeben. Lieber nehme ich mir mit eigener Hand das Leben.«
»Du versündigst dich, Kind.«
»Am Morgen, als man Zanino fand, war ich entschlossen dazu. Ich hatte seinen Dolch in der Hand, weil ich ihn gegen mich selbst richten wollte. Ich fand keinen anderen Ausweg.«
Bis heute fragte sich Simona, ob sie den Mut aufgebracht hätte, den Vorsatz in die Tat umzusetzen, wenn sie nicht von Zaninos Leibdiener gestört worden wäre. Sie würde es nie erfahren.
Piero und Donata sahen sich bestürzt an. Beiden fehlten die Worte.
Simona hatte sich wieder auf die Bank fallen lassen und die Hände vors Gesicht geschlagen. Sie schämte sich zutiefst. Noch nie hatte sie mit jemandem darüber gesprochen, was sie alles in ihrer Ehe hatte erdulden müssen. Sie wollte vergessen. Nun aber hatte sie den Erinnerungen selbst Tür und Tor geöffnet.
Hastige Schritte näherten sich. Ein Lakai in Contarini-Livree überbrachte eine Botschaft, auf die Piero gewartet hatte. »Man schickt aus dem Hafen nach Euch, Messèr Contarini. Das Schiff aus Flandern, das Ihr erwartet, ist eingetroffen. Die Karavelle *Christina* liegt an der Mole von San Marco.«
»Danke, ich komme sofort.«
Er wies den Diener an, am Tor auf ihn zu warten, und

wandte sich an Mutter und Tochter. Erleichterung war ihm anzumerken beim Erteilen seiner nächsten Befehle.

»Diese Lösung schickt uns der Himmel. Du reist nach Flandern, Simona, wenn die Karavelle nach Antwerpen heimkehrt. Die Contarini in Brügge und Antwerpen werden dich mit offenen Armen empfangen. Unsere Verbindungen sind ausgezeichnet. Auf diese Weise kannst du Venedig verlassen, ohne dass böswilliges Gerede entsteht. Wir werden verbreiten, dass die Reise seit langem geplant war und du nur auf das Eintreffen der *Christina* gewartet hast. So wirst du die Zeit haben, die du brauchst, um mit all den Schrecken fertig zu werden.«

»Aber Malipiero ...«

Dieses Mal tat Piero den Einwand seiner Frau mit einer Handbewegung ab.

»Vergiss den Heiratsplan, Donata. Malipiero wird eine andere finden. Diese Reise ist eine bessere Lösung. Nach allem, was unsere Tochter durchgemacht hat, ohne dass wir ihr zur Seite stehen konnten, hat sie unsere Nachsicht verdient.«

»Aber wir können sie doch nicht alleine reisen lassen.«

»Sie wird nicht alleine reisen. Außerdem – erinnere dich an meine Großmutter. Sie hat diese Reise ebenfalls auf sich genommen und mit Lucas Contarini in Venedig ihr Glück gefunden.«

Ihr Vater verteidigte den Plan. Er war auf ihrer Seite. Simona verspürte zum ersten Mal seit undenklichen Zeiten wieder eine Spur von Hoffnung.

Ehe sie sich gefasst hatte und ihm danken konnte, war er gegangen. Sie hörte ihn im Haus nach Lucca rufen.

Eine Berührung am Arm riss sie aus ihren Gedanken.

»Bist du sicher, dass du das willst, Kind?« Donatas Stimme bebte. »Venedig verlassen? Du bist in dieser Stadt geboren und aufgewachsen, du kennst kein anderes Leben. Es gibt auf der ganzen Welt keine Stadt, die der *Serenissima* gleicht. Sie ist einmalig.«

Simona konnte ihre Verwirrung nachempfinden. Ihre Mutter stammte aus der Familie des regierenden Dogen Andrea Gritti. Die Liebe zu Venedig hatte sie mit der Muttermilch eingesogen. Für sie war Venedig der Nabel der Welt.

»Du weißt nichts von Flandern, geschweige denn von Frankreich oder Spanien«, fuhr die Mutter fort. »Die Karavelle wird ihren Weg entlang der Küsten nehmen müssen. Die Contarini-Schiffe bevorzugen diese Route, um Piratenüberfällen auszuweichen. Du wirst unendlich lange unter dürftigsten Umständen unterwegs sein. Du wirst das nicht durchstehen.«

»Immerhin spreche ich die Sprache unserer Verwandten, Mutter. Auch das Französische und das Spanische sind mir geläufig. Habt Ihr vergessen, wie umfassend die Ausbildung auch Eurer Töchter war?« Simona versuchte, sich keine Angst einjagen zu lassen.

»Das Vorhaben ist nichtsdestoweniger Wahnsinn. Herrscht nicht in Flandern sogar Krieg?«

»In Flandern ist kein Krieg, Mutter. Warum sucht Ihr nach Hindernissen? Ihr wisst so gut wie ich, dass nach dem Tod des letzten burgundischen Herzogs, der in der Schlacht von Nancy sein Leben verloren hat, die Waffen schweigen. Flandern gehört jetzt zum Reich der Habsburger. Kaiser Karl hat seine Tante, Margarete von Österreich, mit der Statthalterschaft über die niederländischen

Gebiete betraut. Man sagt ihr nach, dass sie sehr tüchtig ist und eine große Förderin der Künste. Seid gewiss, dass mir in Brügge und Antwerpen nichts zustoßen kann.«

»Und was ist mit Frankreich? König François' Truppen sind bis nach Mailand vorgedrungen.«

»Das war 1515, Mutter! Wir schreiben das Jahr 1528! Venedig bildet mit Frankreich, dem Kirchenstaat, Mailand und Florenz die Liga von Cognac. Wir sind Verbündete. Außerdem ist es unserem Dogen bisher immer gelungen, Venedig aus allem Zwist herauszuhalten. Kein Schiff der Serenissima ist in Gefahr.«

»Das ist ein Bündnis gegen den Habsburger Kaiser, der immer mächtiger wird«, entgegnete Donata aufgebracht. »Der Franzose kann es dem Habsburger niemals verzeihen, dass er in Spanien in Ketten gelegt wurde. Trotz seiner Freilassung weigert er sich bis heute, die burgundischen Gebiete an den Habsburger abzutreten, obwohl er es zugesagt hatte. Es wird wieder Krieg geben.«

Dass Donata mit allen Mitteln die Trennung verhindern wollte, hatte sie so nicht erwartet. Im Gegenteil. Müsste sie nicht eher erleichtert sein, die unbotmäßige Tochter endlich loszuwerden?

»Urteilt nicht zu hart über den französischen König«, sagte Simona. »Sechs lange Kerkermonate in Madrid müssen seiner Gesundheit zugesetzt haben. Dass er danach auf seine Ansprüche in Italien ebenso verzichtete wie auf Burgund und Artois, ist verständlich. Karl hat ihn außerdem erpresst.«

»Und was wird aus seinen minderjährigen Söhnen, die er dem Kaiser als Pfand überlassen hat?«

»Mutter, ich bitte Euch. Was hat all dies mit meiner Reise

nach Flandern zu tun?«, brach es schließlich aus Simona heraus. Ihre Geduld war erschöpft. »Auch Vater kennt die politische Lage und die Gefahren. Ihr glaubt doch nicht, dass er mich sehenden Auges in mein Unglück rennen lässt.«

Donata konnte darauf nichts erwidern. Sie verließ den Raum. Simona sah ihr zweifelnd nach. Durfte sie sich auf die Reise freuen oder würde die Mutter den Vater wieder umstimmen?

* * *

Der Abschied fiel Simona schwer. Im Wissen, dass sie Eltern, Bruder und Schwestern sehr lange nicht sehen würde, erschien das Vergangene auf einmal nicht mehr so schlimm. Donata umarmte sie liebevoller als sonst. Die Küsse ihrer Schwestern brannten ihr auf den Wangen. Lucca beneidete sie. Er wäre gerne an ihrer Stelle gewesen, sie sah es ihm an.

Die letzte Umarmung gehörte dem Vater. Er steckte ihr ein schmales Kästchen zu, das er geschickt vor allen anderen verbarg.

»Öffne es erst, wenn du allein bist«, sagte er mit einem bedeutungsvollen Augenzwinkern. »Und nun geh mit Gott. Der Kapitän wartet auf dich. Das Schiff muss mit der Flut ablegen.«

Zahllose Verwandte und Neugierige säumten die Mole vor San Marco. Vom höchsten Punkt des Achterkastell verschwammen ihre Gesichter. Simona hörte Rufe, sah, dass sie mit Hüten, Tüchern und Blumen winkten, während die Leinen an Land gelöst wurden. Die Menschen wurden kleiner, Farben flossen ineinander. Die Konturen der Stadt, die sie noch nie aus solcher Entfernung betrachtet hatte, wurden filigraner. Der Palast des Dogen und die goldene Kuppel der Kathedrale schimmerten in der aufgehenden Sonne.

Venedig verschwand.

Wasser klatschte gegen den Schiffsrumpf. Wind fuhr in die schweren Segel, spannte die Taue. Mit leisem Rauschen nahm die *Christina* Fahrt auf. Simona fühlte die Bewegung unter ihren Füßen. Das Gesicht dem Wind zugewandt, schloss sie die Augen. Die Tränen ließen sich nicht länger aufhalten.

Was auch die Zukunft bringen würde, eines schwor sie sich in aller Eindringlichkeit: *Nie wieder will ich etwas gegen meinen Willen tun. Mein Leben gehört mir!*

»Heilige Maria, Mutter Gottes, breite deinen Mantel über uns aus. Beschütze und bewahre uns ...«

Sie reiste nicht allein. Bisher hatte Simona diesen Umstand erfolgreich verdrängt. Donata hatte unter den Matronen, die sie mildtätig unterstützte, Elisabetta Gritti ausgewählt. Die Witwe eines Bootsführers war von üppiger Gestalt. Sie wusste sich mit einer Männerstimme Respekt zu verschaffen, obwohl sie Wert darauf legte, wie eine Dame aufzutreten und als solche behandelt zu werden.

Von Kopf bis Fuß in Schwarz gekleidet, erinnerte sie Simona an eine Saatkrähe. Eine fromme Saatkrähe, die zu jeder Tageszeit den Rosenkranz betete und ständig Sünden tadelte. Schon jetzt machten die Männer auf dem Schiff einen ehrfürchtigen Bogen um sie.

»Ihr solltet auch beten«, riet sie nun eindringlich. »Mein Seliger pflegte zu sagen: Das Meer ist tief und launisch wie eine Frau. Man muss sich der Unterstützung des Himmels versichern, wenn man sich mit ihm einlässt.«

»Ist Euer Mann auf dem Meer geblieben?« Simona versuchte das Gespräch in weniger andächtige Bahnen zu lenken.

»Nein, sie haben ihn am Dorsoduro aus dem Wasser gefischt. Ertrunken. Vermutlich betrunken. Gott sei seiner sündigen Seele gnädig.«

»Eure Gebete werden ihm helfen«, erwiderte Simona und unterließ weitere Erkundigungen. Sie verspürte keine Lust auf eine Unterhaltung, da sie lieber ihren eigenen Gedanken nachhing.

Von ihrem Vater wusste sie, dass die Karavelle Seidenstoffe, griechischen Wein, Spiegel und Kostbarkeiten aus den venezianischen Goldschmiedewerkstätten geladen hatte. Antwerpen, der Heimathafen des Schiffes, lief Brügge und Gent inzwischen den Rang als erster Handelsplatz Flanderns ab. Die *Christina* würde vermutlich eines der letzten Schiffe sein, das vor den Herbststürmen die große Reise durch das Mittelmeer und den äußeren Ozean unternahm. Kapitän Gerards hatte keine Voraussage gewagt, wie viel Zeit er für die Fahrt veranschlagen musste.

In der Seitentasche ihres Umhanges konnte sie das Geschenk ihres Vaters fühlen. Obwohl sie neugierig war, wollte sie einen passenden Zeitpunkt abwarten, um es zu öffnen. Auf jeden Fall wollte sie dazu alleine sein. Ein schwieriges Unterfangen, da sie mit Elisabetta einen Raum teilen musste.

Im Schein einer Kerze, die auf dem Eisendorn einer Laterne steckte, öffnete sie das Kästchen erst, nachdem Elisabetta sich abends zur Wand gedreht hatte. Die Witwe quoll über die Kanten des schmalen Holzbettes, ihr Busen wölbte die Decke. Ihr Schnarchen war ohrenbetäubend. Das Geräusch erinnerte Simona unliebsam an Zanino.

Langsam hob sie das Samttuch. Ein Dolch lag vor ihr. Der Silbergriff leuchtete im Licht, die Achate schimmerten. Sie erkannte die Klinge auf den ersten Blick. Zuletzt hatte sie sie in der Hand des Richters gesehen, der sie des Mordes an ihrem Ehemann beschuldigt hatte.

Schaudernd berührte sie mit den Fingerspitzen die Narbe an ihrer Schulter.

Wie kam ihr Vater an diese Waffe? Was wollte er ihr mit diesem Geschenk sagen?

Zwischen Dolch und Stoff steckte ein gefaltetes Papier. Die Schriftzüge Pieros waren ihr vertraut, aber sie musste das Blatt näher an die Kerze halten, um die Zeilen lesen zu können.

Der Himmel leite deine Schritte, meine Tochter, auf dieser Reise in den Norden. Die Waffe soll dich begleiten und daran gemahnen, dass die Dinge oft nicht das sind, was sie scheinen. Trage den Dolch, obwohl er dich an Zanino erinnert. Aus dieser Erinnerung ziehst du vielleicht die Kraft, ihn zu gebrauchen, wenn es einmal nötig sein sollte.

Es wird mich bis an das Ende meiner Tage belasten, dass wir dich nicht so behütet haben, wie es nötig gewesen wäre. Deine Mutter und ich gewähren dir schweren Herzens die Freiheit, nach der du dich sehnst. In deinem Gepäck findest du Sendschreiben an deine Verwandten, aber auch an wichtige Persönlichkeiten in Flandern und Frankreich. Du bist eine Contarini, wenn du Hilfe brauchst, öffnet dir der Name viele Türen. Wir beten zu Gott, deine Mutter und ich, dass du in der Ferne findest, was dir in Venedig verwehrt geblieben ist. Glück und Zufriedenheit. Dein Vater Piero Contarini.

Vorsichtig prüfte Simona die Dolchschneide mit dem Daumen. Im Nu zeigte sich ein Schnitt auf der Fingerkuppe. Winzige Tropfen drangen heraus. Wie dumm. Sie musste lernen, mit einer solchen Waffe umzugehen.
Welch ungewöhnliches Geschenk. Normalerweise bedachte Piero seine Frau und seine Töchter mit Schmuck, kostbaren Stoffen, Düften und modischem Zierat. Dass er ihr Zaninos Dolch mit auf den Weg gab, erstaunte sie sehr. Stets hatte er sie seine kleine Künstlerin genannt, seine süße Blume, die im Schatten ihrer Schwestern stand. Die Waffe passte nicht zu diesem Bild. Sie forderte zu Verteidigung und Tat auf. Sie umfasste den Griff fester. Sie hatte ihren Garten Venedig verlassen. Sie musste allen Mut zusammennehmen und aus dem Schatten treten. War es das, was der Vater ihr sagen wollte?
Monna Elisabetta verstummte. Simona warf einen prüfenden Blick auf das Bett gegenüber. Erst als die Witwe in höherer Tonlage weiterschnarchte, entspannte sie sich wieder. Sie entdeckte, dass auch eine passende Lederschneide im Kasten bereitlag, die mit einer Schlaufe an jedem Gürtel befestigt werden konnte. Ihr Vater hatte an alles gedacht.
Sie schob den Dolch in die Hülle und legte beides unter ihr Kopfkissen. Erst danach tat sie Brief und Kästchen in

ihre Reisetruhe, die am Fußende ihres Lagers stand, löschte die Laterne und versuchte Ruhe zu finden.

Das Rauschen und Knarren des Schiffes, das sich seinen Weg durch die Vollmondnacht suchte, übte beruhigende Wirkung auf sie aus. Sie war auf dem Meer. Auf dem Weg nach Flandern.

Die Reise war lang, sie hatte genügend Zeit, Pläne zu machen. Viele Tage und Nächte lagen wohl vor ihr.

ZWEITES KAPITEL
Entdeckungen

Narbonne, 22. September 1528

Die feine Linie am Horizont nahm Formen an. Land. War es Narbonne, das im Dunst auftauchte? Aus den Gesprächen des Kapitäns mit dem Steuermann und dem Lotsen, den sie in Pisa an Bord genommen hatten, wusste Simona, welchen Hafen sie ansteuerten.

Kapitän Gerards hatte nach Palermo nicht die übliche Flandernroute gewählt, die über Palma, Cadiz und Lissabon nach Norden führte. Stattdessen hatte er sich für den Weg der Galeeren entschieden, der Neapel, Civitavecchia und Pisa berührte. Im Golf von Lyon brachten sie wechselnde Winde immer wieder vom Kurs ab. Trinkwasser und Vorräte neigten sich dem Ende zu. Der nächstgelegene Hafen war, laut Aussage des Kapitäns, Narbonne. Ehe sie die spanische Küste ansteuerten, wollte er dort Proviant und Wasser auffüllen.

»Dem Himmel sei Dank«, vernahm Simona Elisabettas erleichterten Ausruf. »Endlich wieder Land.«

Die tückischen Sturmböen des Mistral, die das Schiff bei strahlend blauem Himmel die Wellentäler hinab- und wieder hinaufgetrieben hatten, waren nicht nach ihrem

Geschmack gewesen. Hinzu kam ihre Furcht vor Piraten. Mit ihren Gebeten, Seufzern und Schauergeschichten strapazierte sie Simona täglich.
Diese nämlich hatte entdeckt, dass sie es liebte, wenn der Wind ihr an den Kleidern zerrte und ihr die aufgesteckten Haare löste. Ein Wust dunkler Locken umgab zumeist ihr Gesicht. Nie zuvor war sie der Natur derartig ausgeliefert gewesen.
Das Leben auf dem Kauffahrer fand in jeder Hinsicht ihr Gefallen. Sie war zu einem vertrauten Anblick für den Kapitän und seine Männer geworden. Eine schmale Gestalt, die dem Wind trotzte.
Endlich konnte sie die Stadt erkennen. Unverkennbar waren die drei viereckigen Türme des erzbischöflichen Palastes von Narbonne, der mehr einer Festung als einer Bischofsresidenz glich. Auch die Umrisse der Kathedrale des *Saint Just* wurden sichtbar. Der Kapitän hatte ihr erzählt, dass an dem Gotteshaus seit Jahrhunderten gebaut würde. Es fehle an Geld, es fertigzustellen. Das antike Narbo Martius, einst ein wichtiger Hafen an diesem Küstenstrich, war heute arm und bedeutungslos.
Befehle wurden gebrüllt und die Ankerwinde betätigt.
»Ankern wir etwa hier draußen?« Elisabettas Stimme wurde schrill. »Warum mitten auf dem Meer? Warum legt das Schiff nicht an der Mole an?«
»Narbonne hat einen Flusshafen. Ihr könnt es selbst erkennen. Dort vorne ist das Wasser braun von Sand und Erde. Die Aude, die noch im vergangenen Jahrhundert dafür gesorgt hat, dass Schiffe ihre Ladung direkt im Hafen löschen konnten, versandet zunehmend.« Der Kapitän versuchte sie zu beruhigen. »Das Wasser ist nicht

mehr tief genug für uns. Die *Christina* würde auf Grund laufen, wollten wir es wagen, im Hafen einzuschiffen.«

»Heißt das, wir können das Schiff *nicht* verlassen?«, rief Elisabetta entsetzt.

»So habe ich es verstanden«, erwiderte Simona gelassen, weil der Kapitän sich schon wieder abgewandt hatte.

Auch sie war enttäuscht. Der Kapitän hatte den versandeten Flusslauf zuvor nicht erwähnt. Liebend gerne hätte sie die Stadt erkundet, die so verlockend nahe lag. Römer, Goten, Araber und Spanier mussten Spuren hinterlassen haben. Gebäude, Wandgemälde, Mosaiken, Statuen, wie sie sie aus Venedig nicht kannte.

Als Elisabetta begriff, dass ihre Entrüstung nichts an den Tatsachen änderte, wechselte sie das Thema. Irgendwie hatte sie jedoch das Bedürfnis, ihren Unmut loszuwerden. Simona bot sich als einziges Opfer an.

»Eure Hände und Euer Gesicht sind schon so braun wie die einer Bauersfrau. Ihr müsst aus der Sonne. Wie wollt Ihr einen Ehemann in Flandern finden, wenn Ihr so wenig auf Eure Erscheinung gebt.«

»Einen Ehemann? Wer sagt, dass ich nach Flandern reise, um einen Ehemann zu finden?« Simona fuhr erschrocken zu ihr herum.

»Monna Donata. Was denkt Ihr?«, erhielt sie zur Antwort. »Warum sollten Eure Eltern Euch sonst so eine weite Reise machen lassen? In Flandern weiß niemand etwas von dem Skandal, der Euch in Venedig in solche Schwierigkeiten gebracht hat.«

Erschüttert, dass sie die Pläne ihrer Eltern nicht von Anfang an durchschaut hatte, fehlten Simona die Worte.

Erwarteten sie, dass sie in Antwerpen oder Brügge einen

Mann fand? Enthielt das Schreiben, das sie ihren Verwandten übergeben sollte, entsprechende Anweisungen und Vorschläge?

Simona begriff, dass sie, gleich den Singvögeln im Garten der *Casa Contarini,* schon wieder in einem Käfig saß. Man erlaubte ihr ein wenig zu zwitschern, aber nicht einen Flug in die Freiheit.

Sie starrte zur Küste, wo soeben eine kleine Flotte von Fischerbooten und Barken Kurs auf die ankernde *Christina* nahm.

Irgendeine Möglichkeit muss ich finden, die Pläne meiner Eltern zu vereiteln.

Entschlossener denn je richtete sie sich auf und entdeckte die näher kommenden Boote.

»Ich werde mit dem Kapitän sprechen. Bis er die gewünschten Wasserfässer und Vorräte erhält, können wir sicher einen Landausflug unternehmen. Ich will unbedingt die Kathedrale aus der Nähe sehen. Wusstet Ihr, dass der Grundstein für den Bau eigens aus Rom gesandt wurde? Papst Clemens IV. hat ihn gesegnet. Er wollte, dass in der Stadt, die einmal das Zentrum katharischer Ketzer war, ein Gotteshaus entsteht, ebenso prächtig wie die Kathedralen des Königreiches im Norden von Frankreich.«

Nur widerstrebend fand sich Kapitän Gerards bereit, ihrer Bitte nachzugeben. Er wollte nichts davon hören, dass die beiden Frauen Quartier in einer Herberge nahmen, aber er gab schließlich sein Einverständnis, dass sie am nächsten Tag an Land gingen, um ihre Gebete in der Kathedrale zu verrichten. Er würde ihnen zwei kräftige Seeleute als Leibwache an die Seite geben, obwohl er die Männer an Bord dringend benötigte.

»Wann plant Ihr, den Anker wieder zu lichten, Kapitän Gerards?«, wollte Simona zuletzt wissen.
»Mit der Nachmittagsflut. Ich hoffe, bis dahin kann ich die nötigen Vorräte und Waren erwerben.«
»Dann seid bitte so freundlich, das Boot und Eure Männer eine Stunde nach Sonnenaufgang bereitzuhalten. Wir wollen frühzeitig aufbrechen.«
Der Kapitän nickte zustimmend.

* * *

Der Morgen war überraschend kühl, obwohl die Sonne schien. Simona schloss den dunkelbraunen Wollumhang aus flandrischem Tuch. Der Stoff schlug schwer gegen ihre Beine, als sie behende über eine Strickleiter in das Ruderboot kletterte, das an der *Christina* festgemacht hatte. Es tanzte auf unruhigen, kurzen Wellen, aber sie balancierte sicher zum Sitzbrett und wies die Hilfe des graubärtigen Fischers ab. Elisabetta würde sie nötiger brauchen.
Sorgsam zog sie die Falten des Mantels um sich, damit sie nicht versehentlich einen der Briefe zerdrückte, die in seiner Innentasche steckten. Sie hatte es nicht über sich gebracht, die Papiere an Bord zu lassen. Ihre Kammer konnte nicht verschlossen werden, und das Schloss ihrer Reisetruhe besaß keinen besonders komplizierten Mechanismus. Sie hatte gelernt, auf ihren Besitz zu achten. Die Bankdokumente, die ihr Geld von jeder Niederlassung der Contarini zusicherten, waren ihr ebenso wichtig wie die Schreiben ihres Vaters. Den Dolch mit dem Gürtel hatte sie um ihre Taille geschnallt. Es gab ihr Sicher-

heit. Ihr Schmuck war ohnehin in die Säume des Mantels eingenäht.
»Man muss es Galgenvögeln jeder Art schwermachen«, hatte ihre Mutter diese Vorsichtsmaßnahme erklärt.
Die Strickleiter knarzte bedrohlich unter Elisabettas Gewicht. Zahllose Hände hatten ihr über die Reling geholfen, und nun senkte sich der Kahn.
Elisabetta schwieg, bleich umklammerte sie den Bootsrand. Augenscheinlich bereute sie es, sich auf dieses Abenteuer eingelassen zu haben. Simona genoss es. Das Gesicht mit geschlossenen Augen der grellen Morgensonne zugewandt, gab sie sich ganz der reinen Freude hin, die sie durchströmte.
Aus der Nähe war Narbonne enttäuschend. Verfall und bittere Not waren nicht zu übersehen. Verlassene Häuser, vernagelte Lagerschuppen, eingefallene Mauern und geborstene Steintreppen, wohin Simona blickte. Der Fluss, an diesem Morgen trügerisch glatt wie ein Tuch, spiegelte das Elend wider. Zerlumpte Kinder spielten am Schlammsaum des Wassers. Knochendürre Katzen strichen um den Stand eines Fischhändlers, der eine Gruppe schnatternder Frauen angelockt hatte. Bettler hockten apathisch im Schatten und hielten den Vorübergehenden jammernd die Hand hin.
»Du lieber Himmel.« Kaum wieder auf sicherem Boden, fing Elisabetta wie gewohnt an zu zetern. »Das ist kein Hafen, das ist eine Müllhalde.«
»Ihr dürft die Stadt nicht mit Venedig vergleichen«, antwortete Simona. »Hier liegen die Zeiten des Glanzes lang zurück. Aber es hat sie unzweifelhaft gegeben. Seht dort die Säule. Dieses korinthische Kapitell ist wunderschön.«

»Das ist keine Säule, das sind nur noch Steinreste von einer Säule«, widersprach Elisabetta. »Lasst uns gehen, ehe die Bettler nach unseren Rocksäumen grabschen. In der Kathedrale werden wir hoffentlich unbehelligt bleiben.«
Sie fand kein Gehör, denn Simona hatte unweit der zerstörten Säule etwas entdeckt, das sie magisch anzog. Die Säule hatte offensichtlich zu einer Speicheranlage aus römischer Zeit gehört. Nichts erinnerte mehr an den Innenhof, um den sich früher die einzelnen *horrea* gegliedert hatten. Im Schatten einer halb zerstörten Mauer saß ein junger Mann. Er hatte ein schmales Brett auf den Knien und zeichnete.
Der Rötelstift bewegte sich geschickt und schnell über das Papier. Vorsichtig blickte sie über seine Schulter. Er hatte sie bemerkt.
Ein braunes Gesicht mit tiefschwarzen Augen sah zu ihr auf, und der Stift hielt inne.
»Interessiert dich meine Malerei? Was ich mache, ist nicht gut, aber es wird besser werden.« Ein frohgemutes Grinsen zeigte seine weißen Zähne.
Es war so ansteckend, dass Simona es erwiderte, ohne dass es ihr bewusst war. Sie ließ den Blick über sein einfaches Wams gleiten, sah die mageren braunen Beine mit den bloßen Füßen und den Schmutz unter seinen Nägeln. Dem Aussehen nach war er eher ein Handwerker als ein Künstler, stellte sie fest. Dennoch besaß sein Strich eine verblüffende Präzision, und er hatte ein Auge für Details.
»Du bist umgeben von den Spuren einer beeindruckenden Vergangenheit, und du zeichnest eine hässliche Kröte. Das verstehe ich nicht«, sprach sie ihre Gedanken schließlich laut aus.

»Das ist Menschenwerk.«
Die Antwort verblüffte Simona. »Was hast du gegen Menschenwerk?«
»Nichts. Es interessiert mich nur nicht.«
Die ebenso bestimmte wie freundliche Antwort weckte ihre Neugier noch mehr. Ohne sich um Elisabettas Rufe zu kümmern, ging sie in die Hocke und besah sich die kleine Skizze genauer. »Das musst du mir erklären. Was ist an dieser Kröte interessanter als an einem kunstvoll gemeißelten Marmorwerk?«
»Das Tier ist Gottes Werk. Mir liegt nichts daran, einem Stück Marmor oder Holz Konturen zu geben. Ich will die Schöpfung unseres Herrn in ihrer ganzen Herrlichkeit abbilden. Die Kröte ist nicht hässlich, das siehst du falsch. Schau genau hin. Erkennst du die Zartheit der Zehen, die Maserung der Haut, das Gold der Augen?«
Seine Stimme war voller Begeisterung. Simona bemühte sich, das Tier mit seinen Augen zu betrachten. Die Kröte fühlte sich gestört und hopste mit weiten Sprüngen davon.
»Das tut mir leid«, entschuldigte sich Simona.
»Es ist nicht deine Schuld«, entgegnete er und zog eine komische kleine Grimasse. »Meine Zeichnung taugt ohnehin nichts. Ich muss noch herausfinden, woran es liegt.«
»Der Fehler liegt in den Proportionen«, erklärte Simona. »Von oben hast du einen anderen Blickwinkel. Sieh nur, der Kopf ist im Vergleich zum Körper ein wenig zu groß geraten.«
»Wie kommst du darauf? Wer bist du? Du sprichst die französische Sprache nicht wie die Menschen in Narbonne. Bist du fremd hier?«

Seine Fragen holten sie in die Wirklichkeit zurück. Sie sah sich nach Elisabetta um, die ihr ungeduldig winkte, und gab ihr mit einer Geste zu verstehen, dass sie warten sollte. Das Gespräch mit dem jungen Maler bereitete ihr Vergnügen.
»Ich heiße Simona. Unser Schiff liegt dort draußen auf dem Meer. Mit meiner Begleitung bin ich an Land gekommen, um die unvollendete Kathedrale und den Palast des Erzbischofs zu sehen. Ich komme aus Venedig und bin auf dem Weg nach Flandern. Mein Urgroßvater war ein Künstler, dessen Bilder heute noch bewundert werden. Ein wenig von seinem Wissen ist auch an mich weitergegeben worden.« Sie errötete. Nie zuvor war sie einem Fremden gegenüber so mitteilsam gewesen. Warum erweckte ausgerechnet dieser Junge in ihr ein solches Vertrauen? »Und wer bist du?«, gab sie ihrer Neugier nach.
»Bernard. Bernard Palissy aus Lacapelle-Biron. Du wirst nie etwas von diesem Dorf gehört haben, es liegt bei Agen. Ich habe das Handwerk des Glasmachens und das Glasmalen gelernt. Jetzt bin ich auf Wanderschaft, um meine Fähigkeiten zu vervollkommnen.«
Wenn er schon ein ausgebildeter Geselle war, konnte er nicht mehr so jung sein, wie sie anfangs gedacht hatte.
»Ich will die Welt sehen, die Schönheiten der Natur«, erzählte er munter weiter. »Mit anderen Worten, die Wunder der Schöpfung.«
Einem so ansteckend fröhlichen und gleichzeitig ernsthaften Menschen war Simona noch nie begegnet. Jung und doch schon reif. Seine Gegenwart übte eine befreiende Wirkung auf sie aus, die es ihr schwermachte, ihn zu verlassen.

»Ich wünsche dir Glück für deine Wanderschaft, Bernard«, sagte sie bedauernd. »Wie du siehst, wartet man auf mich.«
»Du kannst nicht einfach gehen, du musst mir das mit den Proportionen noch besser erklären.« In einer geschmeidigen Bewegung kam er auf die Füße und sah nun auf sie herab. Er war nicht nur sehr mager, sondern auch ungewöhnlich groß. Seine braunen Haare fielen ihm bis auf die Schultern. »Ich begleite dich in die Kirche, wenn es dir genehm ist.«
»Hast du denn Zeit?«
»Ich bin mein eigener Herr.« Er schob den Rötelstift hinter ein Ohr und breitete die Arme aus, als wolle er die Welt umarmen. »Ich bin nicht nach Narbonne gekommen, um Kröten zu zeichnen. Ich wollte das Töpferhandwerk bei einem bekannten Meister lernen. Er hat leider die Stadt verlassen, um in Nîmes eine Werkstatt zu eröffnen. Bis ich ihn gefunden habe, kann ich tun, wonach mir der Sinn steht.«
»Ich beneide dich«, gestand Simona ehrlich. »Es muss wundervoll sein, ohne Vorschriften zu leben. Ich wünschte, ich könnte das auch.«
»Dann komm mit mir.« Bernards Grinsen wurde noch breiter. »Ein hübsches Mädchen ist genau die Begleitung, die ich mir für meine Wanderschaft gewünscht habe. Noch dazu eines, das etwas vom Zeichnen versteht. Wir gäben ein gutes Paar ab.«
»Du weißt nicht, was du sagst.« Simona machte mit wehenden Röcken kehrt.
»Ich mein' es ernst«, tönte Bernards Stimme in ihrem Rücken. »Denk nach darüber.«

»Was ist in Euch gefahren«, rügte Elisabetta, sobald Simona zurück war. »Ihr könnt nicht mit jedem Landstreicher plaudern, der sich an Euch heranmacht. Eure Mutter wäre entsetzt.«

»Ist schon gut«, beschwichtigte Simona sie. Erst jetzt wurde ihr bewusst, wie wohltuend das kurze Gespräch mit dem Jungen gewesen war. Für ihn war sie einfach ein Mädchen gewesen, mit dem er ohne jede Formalität sprach. Keine Contarini. Einfach Simona.

»Gehen wir.«

Simona ging voraus, ohne sich darum zu kümmern, wer ihr folgte. Der Weg führte stetig bergauf, denn die Kathedrale war auf dem höchsten Punkt der Stadt errichtet worden. Sie bestand nur aus einem hohen Chor. Die Strebpfeiler und Glasfenster waren jedoch prächtig. Schade, dass dem Gebäude das Kirchenschiff fehlte.

»Auch wenn der Erzbischof noch so stolz auf seinen Chor ist, Saint Just ist in seinen Proportionen ebenso wenig geglückt wie meine Kröte, findest du nicht auch?« Bernard stand lachend hinter ihr.

Simona drehte sich zu ihm um. Er lehnte an einer Mauer, einen Fuß nach hinten an die Steine gestemmt, sein Holzbrett unter den Arm geklemmt. Ihre Blicke trafen sich. Welch seltsame Augen er hatte. Glänzende Kohlestücke.

»Du scheinst wirklich keine Pflichten zu haben«, erwiderte sie sein Lachen.

»Ich bin frei wie ein Vogel. Soll ich dir die Kirche von innen zeigen? Komm mit.«

Zu Elisabettas Entsetzen bogen sie Seite an Seite scherzend in eine Gasse ab. Sie eilte mit gerafften Röcken hinterher und fand am Fuße hochaufragender Pfeiler die offene Kirchentür.

Das Dämmerlicht in der Kirche machte sie zunächst blind. Erleichtert vernahm sie Simonas Stimme. Sie würde sie zur Rede stellen müssen. Ihr Benehmen war purer Leichtsinn und eine Schande obendrein für eine Contarini-Tochter.

»Ein eigenartiger Bau. So klein im Verhältnis zur Höhe.«

Langsam gingen sie durch die Kirche, und der junge Glasmacher erklärte ihr jedes Detail. Es war eine Freude, ihm zuzuhören. Er wusste über die erstaunlichsten Einzelheiten Bescheid. Je länger sie mit ihm zusammen war, umso leichter und freier fühlte sie sich, ganz und gar unbeschwert. Es musste himmlisch sein, so ungebunden wie er durch die Welt zu ziehen.

Komm mit, hatte er einfach gesagt.

Meinte er das ernst?

Simona erschrak bei ihren Gedanken. Schon längst hörte sie Bernard nicht mehr zu. In ihrem Kopf ging es drunter und drüber.

Was nutzte ihr die noble Herkunft? Seit Jahren kannte sie weder Freude noch Glück. Zanino hatte sie nie zum Lachen gebracht. Diese schreckliche Ehe. Jeder Tag war eine Qual gewesen. Niemandem konnte sie sich mitteilen. Sie hatte gelernt zu schweigen. So gründlich, dass sie inzwischen das Reden fast verlernt hatte.

Und was erwartete sie in Flandern? Die gleiche Unterdrückung? Womöglich eine Zwangsheirat mit ähnlichen Auswüchsen und neuem Elend?

Simona betrachtete die bunten Lichtbündel, die durch die hohen Glasfenster ins Innere des Gotteshauses fielen. Ein

Regenbogen aus Farben, der ihr schönheitsliebendes Herz entzückte. Es gab so vieles zu sehen, zu entdecken auf dieser Erde. Es würde ihr für immer vorenthalten bleiben, wenn sie gehorsam den Weg ging, den ihre Eltern für sie bestimmten.

Nein!

Schlagartig stand ihr Entschluss fest. Sie ergriff Bernard am Ärmel und sah ihm in die Augen.

»Ich nehme an. Ich komme mit«, sagte sie mit fester Stimme, »wenn du es ernst gemeint hast.«

Bernards fröhliches Lachen erlosch.

»Es ist nicht meine Art, andere zum Narren zu halten, aber was ist mit Flandern? Was ist mit der Dicken und den Seeleuten? Ich möchte keinen Ärger mit der Obrigkeit.«

Bei Simona fielen alle Schranken. Sie war fest entschlossen.

»Flandern wird auf mich warten müssen, und die Dicke ist nur eine Anstandsdame. Sie kann mich nicht aufhalten.«

Er glaubte ihr. Simona erkannte es daran, dass sich seine Mundwinkel zu einem Lächeln verzogen.

»Wenn du so entscheidest, soll es an mir nicht liegen. Schlag ein. Ich hoffe, du bist gut zu Fuß, der Weg nach Nîmes ist lang, und die Via Domitia ist nicht mehr so gut gepflastert wie zu Römerzeiten.«

Bernard hielt ihr die Hand auffordernd entgegen.

Simona hatte am Morgen alles Wichtige mitgenommen. Hatte sie geahnt, was auf sie zukam? Auf die Seiden- und Brokatkleider in ihrer Reisetruhe legte sie keinen Wert. Sie trug feste Schuhe, ihr Umhang hielt Wind und Regen ab. Lediglich um den Holzkasten mit den Farben und

Papierblättern tat es ihr leid. Aber dann warf sie entschlossen den Kopf in den Nacken. Je weniger sie mitschleppen musste, umso leichter würde es sich wandern. Schlimmer, als es in den letzten Jahren gewesen war, konnte ihr Leben nicht werden.

Sie legte ihre schmale Hand in Bernards kräftige. Mit einem festen Händedruck bestärkten sie vor dem Altar ihren Entschluss.

Elisabetta stellte Simona ohne alle Umschweife vor vollendete Tatsachen.

»Der Kapitän muss ohne mich auslaufen. Meinen Verwandten in Flandern könnt Ihr erzählen, was Ihr wollt«, beschied Simona sie knapp.

Das ängstliche Gestammel – »Eure armen Eltern werden vor Sorge umkommen – das haben sie nicht verdient – Ihr seid undankbar« – prallte ab an Simona.

»Ich werde Contarini-Kuriere finden, und regelmäßig Nachrichten nach Hause senden. Und Angst braucht Ihr auch nicht zu haben. Es wird Euch nichts Böses geschehen in Antwerpen ohne mich. Mein Entschluss kann Euch nicht angelastet werden. Lasst jetzt die Männer im Boot nicht länger warten. Der Kapitän will mit der Nachmittagsflut ablegen.«

Sie eilte mit Bernard davon, ohne sich in weitere Wortgefechte verwickeln zu lassen. Nicht einen Blick warf sie zurück.

Lange gingen sie schweigsam nebeneinanderher. Erst nach einer langen Weile fragte er vorsichtig: »Bereust du es?«

»Nein. Warum sollte ich. Es war mein Entschluss. Niemand hat mich gezwungen.«

Er nickte. »Gut. Sobald ich meine Sachen aus der Herberge geholt und ein paar Vorräte gekauft habe, verlassen wir Narbonne.«

»Hier.« Simona drückte ihm einen Silberpfennig in die Hand. »Das ist mein Anteil.«

»Donnerwetter.« Bernard wog das Geldstück beeindruckt in der Hand. »Meine Kupfermünzen bekommen hochnoble Gesellschaft, das lob ich mir.«

Beide lachten befreit.

Simona streifte energisch den Kopfputz ab. Sie löste Kämme und Nadeln, ehe sie die Zöpfe auf den Rücken warf. Der Wind löste das Flechtwerk. Ihr Lachen klang glücklich.

Bernard entdeckte den Glanz in ihren Augen. Sie sah aus wie ein Schmetterling, der aus der Raupe schlüpft.

DRITTES KAPITEL

Hinrichtung

VIA DOMITIA, 2. OKTOBER 1528

Völlig unbeweglich verharrte die Eidechse auf dem Stein. Bernard hockte vor dem Tier im Staub und zeichnete. Dass die Sonne gnadenlos auf seinen Scheitel brannte, war ihm egal.

Simona wusste nicht, was sie mehr beeindruckte. Das winzige Reptil, dessen Schuppenkleid in leuchtendem Grün, mattem Gold und stumpfem Braun schillerte, oder der Künstler, der sein Bild einzufangen versuchte. Längst hatte sie herausgefunden, dass Bernard Palissy kein leichter Vogel und Spaßmacher war.

Zu Beginn ihrer gemeinsamen Wanderschaft war sie jedes Mal überrascht gewesen, wenn er unverhofft mitten im Schritt anhielt und das sperrige Paket der Zeichenmaterialien aus seinem Bündel holte. Sein Skizzenbuch, gebundenes Papier, von einem festen Ledereinband geschützt, glich den Folianten ihres Vaters, aber es enthielt keine Texte. Zeichnung um Zeichnung füllte die Seiten. Seine Vorliebe waren kleine Tiere. Käfer, Schnecken, Eidechsen, Salamander, Schlangen, Erdkröten und Würmer.

Bernards ganzer Ehrgeiz ging dahin, sie realistisch darzustellen. Er konzentrierte sich stets so auf seine Arbeit, dass die Welt um ihn herum versank. Simona hatte gelernt, dann jeweils einen Schattenplatz aufzusuchen und sich in Geduld zu üben. Heute bot allein ein römischer Meilenstein, verwittert und übermannsgroß am Wegrand, einen schmalen Sonnenschutz. Sie lehnte sich mit dem Rücken dagegen und streckte die Beine aus, die erstaunlicherweise nicht mehr weh taten.

Sechs Tage waren sie schon gemeinsam unterwegs, und Bernards Voraussage hatte sich bewahrheitet. Anfangs hatten ihr die schmerzenden Füße, die Hitze und der Durst so zugesetzt, dass sie am liebsten aufgegeben hätte. Des Öfteren mit den Tränen kämpfend, verbot sie es sich jedoch, diese Schwäche einzugestehen. Auch die Freiheit hatte ihren Preis.

»Halte durch, Simona! Die ersten Tage sind die schwersten …«, hatte Bernard sie getröstet, wenn sie abends taumelnd auf ihrem Nachtlager zusammenbrach, das, unter dem Sternendach des Himmels, meist aus Stroh und trockenen Blättern bestand.

Seit sie den Orb bei Béziers auf der römischen Brücke überquert hatten, konnte sie mit Bernards gleichmäßigem Schritt mithalten. Ihre Füße, ihr Körper, auch ihr Geist hatten sich den Strapazen angepasst. Die Weite der urwüchsigen Landschaft erlaubte ihr, ungestört Gedanken und Gefühle zu ordnen.

Die Ängste, die sie in den ersten Tagen heimsuchten, waren dem Stolz auf die eigene Leistung gewichen. Mit jedem Tag fühlte sie sich leichter und stärker.

Die Via Domitia, vor Jahrhunderten von den Römern gebaut, führte vom Gebirge der Pyrenäen zur Rhône nach Beaucaire. Sich vorzustellen, dass römische Legionäre, antike Händler, Mauren, Spanier und Gallier die gleiche Straße vor ihr gegangen waren, gefiel Simona. Obwohl stellenweise Gras und Blumen zwischen den Pflastersteinen wuchsen und die hochkant gestellten Seitenbegrenzungen nur noch selten eine gerade Linie bildeten, war die Via Domitia ein Wunderwerk menschlicher Tatkraft. Sie folgten ihr, um irgendwann Nîmes zu erreichen.

Bernards Profil zeichnete sich in der Mittagsglut scharf gegen die Sonne ab. Die Nase verlieh seinem Jungengesicht einen markanten Ausdruck.

»Was hältst du davon?«

Er hielt ihr sein neues Werk zur Begutachtung hin und riss sie aus ihren Träumen. Dass ihr Urteil ihm wichtig war, schmeichelte Simona. Niemand zuvor hatte Wert darauf gelegt. Sie hatte versucht, ihm das Geheimnis der Zentralperspektive zu erläutern, und seine Zeichnungen hatten zunehmend an Lebendigkeit und Tiefe gewonnen.

»Du wirst von Tag zu Tag besser«, lobte sie und stand auf, um die Skizze genauer in Augenschein zu nehmen.

»Ich weiß nicht.« Bernard war stets sehr kritisch. »Es ist immer noch nicht plastisch genug. Zu flach. So fein ich die Rötelspitze auch schabe, der Schuppenpanzer ist trotzdem zu grob.«

»Du musst Geduld mit dir haben«, riet Simona. »Auch Malen ist ein Handwerk, das geübt werden muss. Es ist noch kein Meister vom Himmel gefallen.«

Bernard stand auf und packte zusammen.

»Ich will es versuchen, aber Langmut ist nicht meine Stärke.

Lass uns weitergehen. Ich will in Montpellier einen Händler suchen, der mir feinere Stifte oder vielleicht sogar Zeichenkohle verkauft. Bis dahin muss ich mich mit dem behelfen, was ich habe.« Er klang etwas betrübt. Sein Drang nach Perfektion nahm mit jedem Fortschritt noch zu.

»Woher kommt deine Vorliebe für all dieses Krabbelgetier?«, fragte Simona ihn, als sie Seite an Seite ihren Weg wieder aufnahmen.

»Die kleinen Tiere sind ohnegleichen vielfältig und gut aus der Nähe zu betrachten. Ich finde, sie eignen sich besonders für die Glasmalerei. Und dann hat mich die Tatsache, dass König François einen Salamander im Wappen führt, auf eine Idee gebracht. Mir schweben Glasbilder für reiche Kaufleute, mit Wappen und Symbolen vor. Die Kaufleute haben Geld und wollen es zeigen, während für Kapellenfenster schon längst keine Aufträge mehr vergeben werden. Im Süden werden kaum noch Kirchen gebaut, seit der Papst wieder in Rom residiert. Das Handwerk darbt.«

»Aber für die Kathedrale von Narbonne werden doch bestimmt noch mehr Fenster gebraucht«, warf Simona ein.

»Wenn tatsächlich einer der Erzbischöfe irgendwann an das Gotteshaus und nicht an seinen Besitz denken sollte. Aber auch dann wird man sich der Zeit anpassen wollen. Die Heiligenbilder und Rosetten, die wir früher gefertigt haben, lassen kaum Licht durch. Die Kirchenfürsten bemängeln dies. Je intensiver die Farben sind, umso mehr Licht schlucken sie. Bisher fehlten die Zwischentöne. Mittlerweile ist es zwar möglich, auch gelbe Töne aufzutragen, die eine Illusion von Gold schaffen, aber mehr Helligkeit bringt das nicht.«

»Es ist schon etwas dran.« Simona entsann sich der Kirchen in Venedig. »In manchen Gotteshäusern sieht man kaum die Hand vor Augen, wenn nicht alle Kerzen brennen. Die Gläubigen stolpern durchs Dunkle. Diebe können fast ungestört ihrem Gewerbe nachgehen.«

»Und in den Beichtstühlen wird sogar Unzucht getrieben«, ergänzte Bernard.

Sie schaute ihn so ungläubig an, dass er sich zu einer weiteren Erklärung genötigt sah.

»Im Dunkeln lauert oft das Böse, das haben auch die Kirchenväter erkannt, deswegen wünschen sie Glasfenster mit einer höheren Lichtdurchlässigkeit. Im Licht sind die Menschen friedvoller. Licht ist Leben, deswegen nennt man mein Handwerk auch Lichtmalerei.«

Simona hatte bisher nie über die Bedeutung des Lichts nachgedacht. Ihr Alltag in Venedig war vom Halbdunkel beherrscht gewesen. Ihre Augen waren an den Dämmerschein weitläufiger Treppenfluchten, Kirchenschiffe und Kammern gewöhnt, deren Fenster tagsüber mit Holzläden beschattet wurden, damit im Sommer die Hitze und im Winter die Feuchtigkeit draußen blieben. Bernard machte ihr klar, was sie in all dieser Zeit vermisst hatte. Helligkeit. Klarheit. Licht.

»Die Menschen wollen nicht in der Finsternis leben, sie wollen das Licht, das Licht des Lebens, das sagt schon der Apostel Johannes in der Heiligen Schrift«, fügte Bernard hinzu.

»Du sprichst Latein?«

Bernard lachte. »Wahrhaftig nicht. Ich bin ein Handwerker, kein Gelehrter.«

»Aber du zitierst die Heilige Schrift wie ein Mönch.«

Er zögerte, ehe er antwortete. »Die Herren der Kirche sehen es nicht gerne, aber es gibt inzwischen Übertragungen der Heiligen Schrift in unsere Sprache.«
»Das ist verboten«, warf Simona betroffen ein.
Bernard hob die Schultern. »Wenn es nach den Herrschenden geht, ist ohnehin alles verboten. Ganz besonders im Süden. Sieh dich um, wir sind arm geworden über den Konflikten der Mächtigen. Ausgeblutet vom Krieg, den unser König mit den Spaniern führt. Entvölkert von Seuchen und Hungersnöten, ächzen wir unter den Steuerforderungen der königlichen Rechnungskammer. Die einfachen Leute in Carcassonne oder Narbonne wissen kaum, wer gerade regiert, die Spanier, die Franzosen, die Kirche? Sicher ist nur, dass sie alle an den spärlichen Einkünften der Menschen teilhaben wollen und keinen Finger rühren, wenn sie unverschuldet in Not geraten.«
Simona wusste zu wenig, um zu widersprechen.
Bernard hatte sich in Rage geredet. »König und Papst gründen ihre Macht auf den Zufall von Geburt und Rang. Ich kann nicht glauben, dass das im Sinne Gottes ist, aber sollen sich klügere Köpfe als wir darüber ereifern. Lass uns etwas schneller gehen. Wenn wir Pinet heute noch erreichen, können wir vielleicht in einer Herberge unterkommen. Sicher würde es dir gefallen, einmal nicht unter freiem Himmel schlafen zu müssen.«
»Es gefällt mir gut unter dem Sternenzelt«, antwortete Simona.
»Die Wolken, dort im Süden, sagen mir, dass du heute wenig vom Sternenzelt zu sehen bekommen wirst.« Bernard deutete auf die Himmelsfärbung zu seiner Rechten. »Wir müssen uns beeilen.«

Sie schritten zielstrebiger aus. Längst hatte auch Simona ihren Umhang und ihr venezianisches Gewand zu einem Bündel verschnürt, das sie wie Bernard an einem Stecken über der Schulter trug. Schon in Béziers hatte sie auf dem Markt einen Kittel und einen Rock mit Bandzug erstanden, wie ihn die Frauen in dieser Gegend trugen. Ein Hut aus geflochtenem Stroh schützte sie vor der Sonne. Ihre Schuhe, deren feine Machart nicht zu dieser Aufmachung passte, waren so vom Staub bedeckt, dass das nicht auffiel.

Wie üblich war Bernard trotz allem guter Laune. Er pfiff fröhlich vor sich hin. Simona musste sich gewaltig anstrengen, um sein Tempo halten zu können. Er hatte die längeren Beine, und auf zwei von seinen Schritten kamen drei von ihr.

Als sie die Hand in die Seite drückte, um das unangenehme Seitenstechen zu lindern, blieb er unverhofft stehen.

In der Ferne, ganz in der Nähe des Kirchturms, über dem Ort, erhob sich eine schwarze Rauchsäule. Der Qualm wallte langsam in die Luft, ölig, schwarz, als hätte man Fackeln mit Lumpen umwickelt und in Pech getaucht.

»Es brennt«, stieß Simona hervor. »Hoffentlich können sie das Feuer rechtzeitig löschen.«

Bernard brummte: »Ich fürchte, keiner will das wirklich.«

»Wie kommst du darauf?«

»Es sieht danach aus, als würde irgendein armer Teufel dort gerade sein Leben lassen.«

»Eine Hinrichtung durch Feuertod, meinst du?« Simona fröstelte, obwohl ihr in der schwülen Nachmittagsluft der Schweiß über die Stirn rann. »Welches Verbrechen rechtfertigt eine solch grausame Strafe? In Venedig gibt es nur selten Scheiterhaufen.«

»Frag mich nicht. Lass uns einen Bogen um Pinet machen. Orte der Inquisition jagen mir Angst ein.«

Simona stimmte ihm zu, fragte aber dennoch zaghaft: »Und das Gewitter?«

Wie zur Bestätigung fielen im selben Augenblick erste Tropfen. Sie zerplatzten in kleinen Fontänen vor ihnen auf der Straße. Ein böiger Wind riss Simona den Strohhut vom Kopf. Im letzten Moment konnte sie ihn noch einfangen. Die blauschwarze Wolkenbank hatte sie eingeholt und trieb über ihre Köpfe hinweg in Richtung Pinet.

Bernard fluchte grimmig und sah sich vergeblich nach Schutz vor dem Unwetter um. Weder die Olivenbäume noch die abgeernteten Weinstöcke in der Ebene kamen dafür in Frage. Mittlerweile goss es aus Kübeln. Ein greller Blitz zuckte über den Himmel. Der darauffolgende Donnerschlag entlockte Simona einen Schrei.

»Dann eben doch Pinet«, resignierte er.

Es blieb ihnen keine andere Wahl. Stumm hielt Simona neben Bernard Schritt. Der Regen durchdrang ihre Kleider, lief den Rücken hinunter und vom Rocksaum in die Schuhe. Die Erde dampfte, die Pflastersteine wurden gefährlich glatt. Sie mussten langsamer gehen, damit sie nicht ausrutschten.

Bis sie Pinet schließlich erreichten, gab es nur noch eine trockene Stelle an Simona. Dort, wo sie ihr Bündel gegen die Brust presste, damit die Schriftstücke, die sie bei sich trug, unversehrt blieben.

Die Türen geschlossen, die Holzläden vor den Fenstern,

lag der Ort menschenleer vor ihnen. Es war nicht möglich, den Dorfplatz zu verfehlen und damit das einzige Gasthaus. Alle Wege führten dorthin.

»Schließ die Augen«, riet Bernard.

Er stützte die schwankende Simona. Der abscheuliche Gestank nach verbranntem Menschenfleisch, vom Regen kaum gemildert, nahm ihr den Atem.

»Atme durch den Mund und halt die Nase zu«, befahl er knapp und zerrte sie weiter auf das Dorfwirtshaus zu. Ein Wagenrad, neben der Tür des ebenerdigen Hauses hängend und mit Wacholderzweigen geschmückt, kennzeichnete es.

Stimmengewirr empfing sie. Unter einer niederen Balkendecke nahm die Wirtsstube fast die ganze Fläche des Hauses ein: Holztische, Bänke und ein mannshoher Kamin, über dessen Feuer ein Suppenkessel simmerte.

Das halbe Dorf hatte hier Zuflucht vor dem Gewitter gesucht. Bauern, Taglöhner und Handwerker steckten die Köpfe zusammen. Obwohl die Via Domitia durch Pinet führte, begegnete man Fremden offensichtlich mit Misstrauen. Wer sich nach ihnen umdrehte, zeigte eine finstere Miene.

Bernard ignorierte es.

»Gott zum Gruße, Freunde«, sagte er in klangvollem Okzitanisch, von dem Simona inzwischen wenigstens ein paar Worte beherrschte. »Ich hoffe, ihr habt noch Platz am Feuer für zwei arme Teufel, die vom Gewitter überrascht worden sind. Uns trieft das Wasser schon zu den Ohren heraus.«

Erkennbar widerwillig rutschte man auf einer Bank zusammen. Ein vierschrötiger Mann, den sein Lederschurz

als Wirt auswies, baute sich vor ihnen auf und stemmte die Arme in die Hüften.
»Womit kann ich dienen?«
»Eine Mahlzeit und ein Nachtquartier hätten wir gerne«, antwortete Bernard.
»Könnt ihr denn auch zahlen?«
»Wenn du uns einen vernünftigen Preis machst.«
Bernard ließ zwischen den Fingern zwei Kupfermünzen erscheinen, und in kürzester Zeit brachte eine Magd Suppe, Brot und eine Kanne Wein.
Der Eintopf aus Bohnen, Gänseschmalz und Speckschwarten war dickflüssig und sah aus wie Schweinefutter. Simona tauchte dennoch hungrig ihren Holzlöffel ein. Auf der Wanderschaft hatte sie gelernt, jede Mahlzeit zu schätzen. Das Strahlen, das ihr Gesicht überzog, sobald sie gekostet hatte, sorgte dafür, dass die Atmosphäre sich entspannte.
Nachdem sie die letzte Bohne mit dem Brot aus der Holzschüssel gewischt hatte, versuchte sie, dem Gespräch zu folgen, das Bernard in Okzitanisch mit den Männern am Nachbartisch führte.
Es ging um die Hinrichtung. Der Müller des Ortes hatte sein Leben lassen müssen. Warum, wurde ihr nicht klar. Der Wortaustausch wurde heftiger. Sie gewann den Eindruck, dass es Bernard schwerfiel, sich zu beherrschen.
Als er dann auch mit dem Essen fertig war, hielt ihn nichts länger im Kreis der Dorfbewohner. Er ließ sich vom Wirt die Schlafstelle zeigen. Simona folgte ihm. Die Männer lachten. Ihre Blicke waren ihr peinlich, da ihr die nassen Kleider noch immer eng am Körper klebten.
Sie raffte ihre Habseligkeiten an sich und stellte mit Er-

leichterung fest, dass Bernard sie an der Hand nahm. Normalerweise vermied er es, sie zu berühren.

»Die Schlafstatt ist im Stall«, erklärte er ihr auf dem Weg über den Hof. »Das Stroh ist schon eingebracht. Wir werden in der Gesellschaft von Kühen, Ziegen und Ochsen weich liegen.«

»Warum haben die Männer gelacht?«, fragte sie irritiert.

»Sie haben nicht …«, begann Bernard, brach ab und entschied sich für die Wahrheit. »Sie denken, dass du meine Frau bist. Sie malen sich aus, was wir im Stall treiben werden. Vergiss sie.«

Der Schein des Kienspans, den ihnen der Wirt mitgegeben hatte, leuchtete so matt, dass sie sein Gesicht nicht erkennen konnte. Gut. So sah er nicht, dass ihr die Röte in die Wangen stieg.

»Wir seien seit einem Monat verheiratet, habe ich ihnen gesagt«, erklärte Bernard gelassen. »Du sprichst nicht okzitanisch, bist eine Fremde. Ich musste ihnen eine Erklärung dafür abgeben, jetzt stehst du unter meinem Schutz.«

Simona war froh.

»Ich danke dir«, sagte sie verlegen.

Er schob sie wortlos in den Stall, wo er die Laterne anzündete und auf die Strohbündel deutete, die neben dem Ziegenpferch und dem Verschlag mit den beiden Milchkühen aufgestapelt waren. An einem Wandhaken hingen Stricke, und er spannte einen davon straff zwischen zwei Balken.

»Hier kannst du deine Kleider aufhängen. Du musst das nasse Zeug ausziehen, sonst wirst du krank. Ich warte draußen, bis du fertig bist.«

Als er zurückkam, trug sie das dünne Leinenunterkleid, das zu ihrem venezianischen Gewand gehörte. Elisabetta hatte ihr vor dem Landgang in Narbonne den Zopf mit Haarnadeln und mit Elfenbeinkämmen aufgesteckt. Sie hätte ihr Haar leicht entwirren können. Dennoch war es heute schwer, die feuchten Strähnen zu glätten.

Bernard warf sein Wams und das Hemd neben ihren Sachen über das Seil. Der Anblick seines nackten Oberkörpers rief die Erinnerung an Zanino wach. Im Gegensatz zu seinem war der Bernards drahtig und muskulös. Sie nahm es, über sich selbst verwundert, zur Kenntnis und zerrte unwirsch an ihren Haaren.

Bernard kniete sich neben sie und nahm ihr den Kamm aus der Hand.

»Du wirst wie ein Vogel in der Mauser aussehen, wenn du dir noch mehr Haare ausreißt. Lass mich das machen.«

Ehe sie Einspruch erheben konnte, ging er ans Werk. Offensichtlich hatte er sich am Brunnen gewaschen. Er roch gut. Sogar den Bart hatte er sich im Dunkeln abgeschabt.

Sie schloss die Augen, um sich keine weiteren Gedanken mehr über sein Äußeres machen zu müssen. Seit wann kümmerte es sie, wie ein Mann roch oder aussah?

»Du bist müde«, vernahm sie seine leise Stimme. »Gleich bin ich fertig, dann kannst du wunderbar schlafen. Warm und sicher. Der Regen hat aufgehört, morgen wird wieder die Sonne scheinen. – Du hast schöne Haare, weißt du das? Man möchte sein Gesicht darin vergraben. Du bist ebenso schön wie deine vier Schwestern, von denen du mir erzählt hast.«

»Aber sie sind blond«, entgegnete Simona und fand ihre Bemerkung prompt kindisch. Dass in Venedig blondes Haar als Inbegriff weiblicher Schönheit galt und die Damen die absurdesten Schikanen auf sich nahmen, um ihr Haar zu bleichen, war in einem Stall in Pinet einfach lächerlich.

»Es muss auch Dunkelhaarige geben«, entgegnete Bernard. »Außerdem: Schwarz passt zu dir, zu deiner Haut, zu deinem Wesen. Ich schau dich gern an.«

»So wie die Salamander, die Käfer und die Kröten?«, lachte Simona.

»Was ist falsch daran?«, fragte er schlicht.

»Nichts. Ich bin froh, dass ich mich entschieden habe, mit dir zu wandern, Bernard Palissy.«

»Das ist gut, denn ich bin es auch. Lass uns schlafen. Ich will bei Sonnenaufgang aufbrechen.«

Er gab ihr den Kamm zurück. Während sie den gewohnten Zopf flocht, breitete er die Decken des Wirtes auf dem Stroh aus. Es waren nur zwei.

Mittlerweile war es für Simona selbstverständlich, auf einer Decke eng an Bernard zu rücken, um sich mit der zweiten zuzudecken.

Es kam ihr gar nicht in den Sinn, dass er so etwas wie Verlangen empfinden könnte. Sie ging davon aus, dass er sich für sie als Frau nicht interessierte. Halb im Schlaf stellte sie ihm noch eine Frage.

»Warum haben sie den Müller zum Feuertod verurteilt?«

»Er war Waldenser.«

»Was ist das? Ein Handwerksberuf des Südens?«

»Die Waldenser sind Anhänger des Petrus Valdes.«

»Und was ist daran so schlimm?«

»Für die katholische Kirche sind sie Ketzer, weil sie die Kirche in ihrer Existenz in Frage stellen. In meinen Augen dagegen ist ihr Wirken segensreich. Mit milden Gaben retten sie vielen Hungernden und Bedürftigen das Leben. Sie verzichten auf persönlichen Besitz und leben in Armut. Du erkennst sie in der Regel an ihren schlichten Gewändern und den Sandalen, aber seit sie wieder verfolgt werden, sind sie vorsichtig geworden und kleiden sich oft auch angepasst, unauffällig. Ihr Vorbild sind die Apostel, und wenn sie dann als Wanderprediger das Evangelium in der Volkssprache verkündigen, missfallen sie den Kirchenfürsten besonders. Der Klerus betet und predigt in lateinischer Sprache, die das einfache Volk nicht versteht, und stellt damit sicher, dass er allein die Wahrheit gepachtet hat. Wer etwas dagegen sagt, wird als Häretiker verbrannt, und der König gibt dazu seinen Segen, um sich die Gunst der Kirche zu erkaufen. Mir wird übel, wenn ich daran denke.«

»Ist der Inquisitor, der den Müller zum Tod verurteilte, noch im Dorf?«

»Natürlich. Er sitzt im Haus des Pfarrers wie eine Spinne im Netz, deswegen kann man nicht vorsichtig genug sein bei allem, was man vor Fremden sagt. Du landest schneller auf dem Scheiterhaufen, als du denkst. In dieser Gegend hat die Ketzerjagd Tradition. Erst waren es die Katharer, sie sind alle geflohen oder ausgerottet, jetzt sind die Waldenser an der Reihe. Ausgerechnet sie, die die Todesstrafe ablehnen und auch die weltliche Gerichtsbarkeit. Sie fühlen sich nur Gott verantwortlich. Lass uns jetzt schlafen, damit wir bei Sonnenaufgang unterwegs sein können. Je eher wir Pinet hinter uns haben, umso wohler werde ich mich fühlen.«

Simona hatte fassungslos zugehört. Verstört rückte sie etwas von Bernard ab. Sie tastete im Dunkeln nach ihrem Dolch. Ein schwerer Schatten war auf ihr neues Leben gefallen. Bislang war die Kirche für sie ein Hort der Unfehlbarkeit und der Gerechtigkeit gewesen.

VIERTES KAPITEL

Wissen

Via Domitia, 5. Oktober 1528

Das Fuhrwerk knarrte in den ausgewaschenen Furchen der Via Domitia. Schwerfällig trotteten die Ochsen unter dem Joch. Der Fuhrknecht döste mit rundem Rücken im Schutz seiner Kapuze, die Lederriemen des Gespanns hatte er locker zwischen den Händen.

Simonas und Bernards Füße baumelten unbeschwert zwei Hand breit über der Straße. Sie saßen auf dem hintersten Karrenbrett und genossen das Fahren. Der Fuhrmann hatte sie hinter Loupian aufsitzen lassen, weil Bernard ihm dabei geholfen hatte, den Karren aus einem Graben zu schieben. Die alten Wasserrinnen am Rande der Römerstraße waren teils überwuchert und wurden dadurch unsichtbar und zur Falle.

Es war reichlich anstrengend für Bernard gewesen und hatte Zeit gekostet, so hatte der Fuhrmann ihnen angeboten, sie bis nach Montpellier mitzunehmen, wo man auf seine Ladung mit Bruchsteinen wartete.

»Der König von Mallorca, Jakob III., hat die Stadt 1349 für 120 000 Taler an den französischen König verkauft«, wusste Bernard. »Kannst du dir vorstellen, Simona, wie viel Geld das ist?«

Von Kindesbeinen mit dem Handels- und Bankimperium der Contarini vertraut, hatte Simona eine gute Vorstellung von solchen Beträgen, aber sie beantwortete die Frage nicht. Sie beschränkte sich auf ein vages Schulterheben. Bernard hielt es für ein Nein.

»Ich auch nicht«, sagte er. »Bei uns zu Hause haben wir gerade einmal die Beträge kennengelernt, die der Vater den Steuereintreibern schuldete. Die waren weit entfernt von solchen Summen. Zwar hat er als Landvermesser von Agen ein regelmäßiges Einkommen gehabt, aber er hatte auch eine ordentliche Anzahl von Mäulern zu stopfen. Er hätte es gerne gesehen, wenn ich ihm in diesem Amt gefolgt wäre.«

»Dass er dir trotzdem erlaubt hat, Glasmaler zu werden, spricht für ihn.«

»Er war ein gutmütiger Mann. Bis zur Unvernunft bereit, jedem seinen Willen zu lassen. Ich habe das ausgenutzt.«

»Ist es dir schwergefallen, dich von Eltern und Geschwistern zu trennen?«, fragte Simona und erinnerte sich mit schlechtem Gewissen an ihre eigenen Eltern.

»Ich habe mich nicht von ihnen getrennt. Sie liegen auf dem Gottesacker in Lacapelle-Biron. Im Winter vor drei Jahren hat sie alle das Fieber dahingerafft. Ich habe niemanden mehr, ich bin frei.«

»Frei, um was zu tun?«, fragte sie nachdenklich. »Willst du ein besserer Töpfer als Glasmaler werden, oder was treibt dich sonst an?«

Bernard blinzelte sie an. »Wie wäre es mit dem Wunsch, das Leben zu genießen?«

»Du bist nicht der Luftikus, den du den Leuten manchmal vorspielst. Du hast mir in diesen Tagen schon eine Menge beigebracht. Du weißt viel und denkst gründlich über alles nach.«

»Lach mich nicht aus …« Er zögerte und sprach dann weiter. »Mich ergreift, was die Natur hervorbringt. Blumen, Gräser, Tiere, es ist alles von Gott geschaffen und von reiner Schönheit. Mich schmerzt der Zerfall auf dem Höhepunkt seiner Vollkommenheit. Tiere sterben, Pflanzen verwelken. Der kurze Augenblick seiner Makellosigkeit ist flüchtig. Ich will den Moment der Vollkommenheit für die Ewigkeit festhalten.«

»Maler, Bildhauer und Schnitzer, alle Künstler tun es auf ihre Weise.«

Er schüttelte den Kopf. »Sie bilden nur ab. Nichts, was ich gesehen habe, ist so vollkommen, dass man es für lebendig oder echt halten könnte.«

»Mit welchem Material willst du arbeiten?«

»Das muss ich erst noch herausfinden.« Bernard kratzte sich im Nacken. »Es muss ein Material sein, das jede gewünschte Farbe annimmt.«

»Denkst du an Ton? Willst du deswegen bei dem Meister in Nîmes in die Lehre gehen?«

Simona versuchte, den verschlungenen Gedanken Bernards zu folgen.

»Ich weiß es noch nicht. Man muss vieles probieren, ehe man das Richtige findet. Ich werde so lange danach suchen, bis ich es aufspüre.«

»Du klingst wie ein Alchemist, der verbissen nach dem Stein der Weisen forscht, und nicht wie ein Handwerker«, lächelte Simona, aber Bernard war nicht zum Scherzen zumute. Sein Gesicht verfinsterte sich. Er fühlte sich von ihr nicht ernst genommen.

Bedrückendes Schweigen kam zwischen ihnen auf, bis Bernard fast trotzig sagte: »Mir sind zwar die Tore der Universitäten aufgrund meiner Herkunft verschlossen, aber trotzdem verspüre ich den Drang nach Wissen. Gott hat mir einen Kopf zum Denken gegeben, und es kommt mir wie Sünde vor, meine Fähigkeiten brachliegen zu lassen. Alchemistische Experimente faszinieren mich. Ich möchte alles über das Formen und das Brennen lernen. Was mir vorschwebt, ist ein Material von ebenso hoher Formbarkeit wie Ton. Aber es muss hell sein, damit es bemalt werden kann, und es muss die Farbe annehmen. Es muss eine Masse sein, die im Feuer gehärtet werden kann und danach glänzt wie Glas. Dennoch sollte sie undurchsichtig sein. Einmal, ein einziges Mal habe ich etwas Ähnliches gesehen. Ein Händler auf dem Markt von Narbonne hat eine Schale verkauft, farbenprächtiger und glänzender als alles andere Steinzeug. Er sagte, im Süden des Kirchenstaates würde man dergleichen anfertigen, sie nennen es Majolika. Vielleicht kann ich einmal dorthin reisen. Vielleicht finde ich aber auch selbst heraus, welche Erde, welche Elixiere und Pulver dafür vonnöten sind.«

Die Inbrunst, mit der Bernard seinen Plan schilderte, überzeugte Simona.

Sie erinnerte sich an die Erzählungen ihrer Familie über Lucas Contarini. Auch er war Maler gewesen. Mit gleicher Leidenschaft hatte er sich gegen seinen Vater, die Vorschriften der Bildermacher und das Unverständnis seiner Zeitgenossen gewehrt und auch durchgesetzt, um

jene Bilder zu schaffen, die ihm vorschwebten und die heute jeder bewunderte.
»Du wirst es schaffen«, machte sie ihm Mut.
»Du verstehst mich ja doch!« Begeistert nahm Bernard sie an den Schultern. In seinen Augen leuchtete das Feuer der Leidenschaft. »Ich schwöre dir, ich werde nicht ruhen, bis ich mein Ziel erreicht habe. Dann werde ich dem König mein Meisterwerk überreichen. Eine Schale voller Lebewesen und Pflanzen, deren Schönheit weder stirbt noch verwelkt. Nicht einmal dann, wenn wir alle zu Staub geworden sind.«
Er umarmte sie und gab ihr einen Kuss auf die Stirn. Simona war zugleich überrascht und verwirrt.

* * *

Steinzeug in allen Größen und Formen war auf einer schützenden Lage sauberen Strohs ausgebreitet. In den unterschiedlichsten Tönen von Hellbraun bis Rostrot gab es alles, was ein Hausstand benötigte. Steinzeug in Weiß, von dem Bernard träumte, hatte Simona allerdings nicht entdecken können. Dennoch bewunderte sie die Kunstfertigkeit, mit der den einfachen Gegenständen eine reizvolle Form gegeben worden war.
Wohlweislich präsentierte der Töpfer seine Waren am Rande des Marktes von Montpellier, damit im Gewimmel niemand über seine Tellerstapel fiel.
Die junge Frau, die seine Ware verkaufte, hatte alle Hände voll zu tun. Zwischendurch allerdings warf sie immer wieder einen unwilligen Blick zu den beiden Männern, die in ein Gespräch vertieft an der Seite standen. Auch

Simona fand, dass Bernard und der Töpfer langsam zu einem Ende kommen sollten. Sie ging auf sie zu, um sich in Erinnerung zu rufen.

»Man sagt, in Nîmes gäbe es einen Meistertöpfer, der mit einer Zinnglasur experimentiert, die beim Brennen weiß wird«, vernahm sie die heisere Stimme des Töpfers. »Blei, Zinnasche und anderes muss in der richtigen Weise vermengt und getrocknet werden, um den gewünschten Grundstoff dafür zu erhalten. Ich hab es versucht, mir ist es nicht gelungen.«

»Wer hat Euch davon erzählt?«, fragte Bernard. »Ich habe auch schon davon gehört, dass es in der Toskana und im Kirchenstaat Werkstätten gibt, die weißes Steinzeug brennen können.«

»Wir im Süden sind keine Dummköpfe. Warum sollten wir das Geheimnis nicht ebenfalls lüften? Wenn du nach Nîmes gehst, frag nach Henri Lacatte. Er hat eine Werkstatt im ehemaligen Judenviertel, und jedes Kind kennt ihn, seit ihm ein Tonbrand außer Kontrolle geraten ist und fast das halbe Viertel in Brand gesteckt hätte.«

»Es ist ein Elend mit dem Brennen«, nickte Bernard. »Die Glasmacher haben das gleiche Problem.«

Sie sprachen französisch, so dass Simona sie gut verstehen konnte.

»Meint Ihr, Lacatte würde mich als Schüler annehmen?«, hörte sie ihn hoffnungsvoll fragen.

»Ich denke, ihr würdet gut zusammenpassen«, nickte der Töpfer. »Zwei Dickköpfe, die das Gleiche suchen und sich von keinerlei Schwierigkeiten abbringen lassen wollen.«

»Vater! Bitte! Ich hab auch nur zwei Hände.«

Die junge Frau hatte endgültig die Geduld verloren. Ihre Augen blitzten zornig. Der Töpfer beendete das Gespräch auf der Stelle. Bernard tauschte einen letzten Gruß mit ihm und wandte sich Simona wieder zu.
»Hast du gehört? Lacatte ist mein Mann. Ich habe die richtige Spur.«
»Blei und Zinnasche. Ich kann mir eigentlich nicht vorstellen, wie diese Verbindung weiß tönen soll«, entgegnete sie zweifelnd.
»Du vergisst das Wichtigste: die Hitze«, erklärte Bernard. »Brennen verändert die Dinge und die Farben. Je heißer der Brand ist, desto stärker. Das richtige Feuer anzufachen ist eine Kunst, die in hohem Maß den guten Töpfer vom schlechten unterscheidet.«
»Ich für meinen Teil unterscheide im Augenblick zwischen einem vollen und einem leeren Magen.« Simona deutete auf einen Pastetenbäcker, der seine Waren auf einem Brett feilbot, das er, an einem um den Hals gelegten Lederband, vor dem Bauch trug. Lachend forderte sie ihn auf: »Lass uns etwas essen.«
Sie musste es nicht zweimal sagen. Bernard konnte zwar von einem Stück Käse und einem Ranken Brot Tage leben, aber er lehnte es auch nicht ab, wenn Simona die karge Kost aus ihrer Kasse aufbesserte.
Zufrieden kauend drängelten sie sich wenig später zwischen einem Messerschleifer und einer Bäuerin durch, die ihre Hühner und Gänse an den Füßen zusammengebunden hatte. Sie lauschten einem Quacksalber, der eine dubiose Flüssigkeit als Lebenselixier anpries, und brachten sich in Sicherheit, als der Marktaufseher mit seinen Bütteln einen Weinhändler abführte, weil der In-

halt seiner Tonkrüge nicht den Marktvorschriften entsprach.
Das bunte Treiben gefiel Simona über die Maßen. Sogar ein Schreiber hatte einen kleinen Tisch aufgebaut, an dem er für seine Kundschaft Schriftstücke, Briefe und Urkunden anfertigte. Bernard verharrte und sah sie an.
»Sagtest du nicht in Narbonne, du willst deine Familie benachrichtigen«, fragte er. »Hier hast du Gelegenheit dazu. In Montpellier wirst du einen Kurier finden, der nach Venedig reist. Die hiesigen Gewürzhändler sind mit allen großen Städten des Abendlandes in Kontakt.«
»Schon, doch wozu sollte ich damit einen Schreiber behelligen«, antwortete Simona. »Ich kann selbst schreiben, und ich werde es tun, wenn ich die richtigen Worte finde.«
»Der Kapitän wird deinen Eltern über den Landweg mitgeteilt haben, dass du von Bord gegangen bist. Sie werden sich Sorgen machen.«
Da Simona ohnehin ein schlechtes Gewissen in dieser Sache hatte, klang ihre Antwort schärfer als gewohnt. »Ich bin eine verheiratete Frau und kein Kind, um das man sich sorgen muss.«
Bernard blieb wie angewurzelt stehen und starrte sie an. »Was bist du?«
»Genau gesagt, bin ich Witwe. Mein Mann ist tot«, gestand sie. »Schon fast ein Jahr.«
»Braucht Ihr meine Dienste oder nicht?«, mischte sich der Schreiber ein, vor dessen Tisch sie noch immer standen. »Wenn nicht, macht Platz für andere.«
Bernard entschuldigte sich und schob Simona, die seinem leichten Druck nachgab, sacht vor sich her. Es drängte

ihn, mehr von ihr zu erfahren, aber er wusste, dass er ihr Schweigen respektieren musste. Wenn er sich zu sehr aufdrängte, verstummte sie völlig. Das hatte er bereits herausgefunden. Je näher er sie kennenlernte, desto mehr Rätsel gab sie ihm auf.

Nie zuvor hatte er sich so viele Gedanken über eine Frau gemacht. Sicher auch, weil er sich ihr gegenüber männlich überlegen fühlte. Ihr sanfter Blick, der ihn besonders gefangen nahm, trug sicher einiges dazu bei.

Er begehrte sie, wenn er dieses Verlangen auch sorgsam vor ihr verbarg. Dass sie Witwe sein sollte, kam ihm schlicht unglaublich vor. Sie war in vielen Dingen von solch schier unfassbarer reiner Unschuld und Ahnungslosigkeit. So verstellen konnte sie sich nicht.

Auch Simona beschäftigte sich in Gedanken mit Bernard, doch sie wurde nicht recht klug aus ihren Gefühlen. Er gefiel ihr. Sie mochte ihn sehr. Sie schätzte seine Verbindlichkeit und seinen Witz, seine Jugend, aber auch seine Ernsthaftigkeit. Sie fühlte sich völlig sicher und geborgen in seiner Gegenwart, und das war ein so ungewohntes Gefühl, dass es alle anderen Gefühle überlagerte.

Er war ein Freund, dessen Gegenwart ihr guttat. Sie konnte sich auf ihn verlassen, und er verdiente ihr Vertrauen.

In der Herberge sprach sie mit ihm über ihre Ehe.

»Zu allem Überfluss ließ sich mein Mann auch noch mit den falschen Leuten ein. Betrügerische Geschäfte und das Glücksspiel brachten ihm den Tod durch einen Mord. Ich will es vergessen, nur deswegen habe ich nicht darüber gesprochen. Es ist vorbei«, endete sie. »Ich brauche keinen Mann mehr.«

»Sag das nicht. Es sind nicht alle Männer gleich. Sicher gibt es einen, der dich nicht enttäuschen würde. Und sicher gibt es Situationen, in denen auch du jemanden brauchst, der dir hilft. Ich würde dir zum Beispiel immer gerne helfen.« Bernard umfasste sie mit einem Blick. »Bestimmt verspürst du eines Tages doch auch wieder das Bedürfnis nach Liebe.«

»Ich kann es mir nicht vorstellen. Zu grausam waren die Demütigungen und die Brutalität.«

Bernard ergriff ihre Hände.

»Du wirst herausfinden, dass du auf leidenschaftliche Küsse, auf liebende Zuwendung und zärtliche Umarmungen nicht lebenslang wirst verzichten wollen«, antwortete er.

Erschrocken fuhr sie zurück und kehrte ihm den Rücken. Er akzeptierte die Schroffheit der Geste und begann seine Sachen zusammenzupacken. Sie hatten beschlossen, bei Sonnenaufgang die Stadt zu verlassen.

FÜNFTES KAPITEL
Hausgenossen

NÎMES, 12. OKTOBER 1528

Simona unterdrückte ein Gähnen. Schon viel zu lange saß sie allein in dieser Herbergskammer. Bernard hatte sie ausdrücklich davor gewarnt, ohne ihn die Stadt zu durchstreifen.

»Es ist zu gefährlich. Wir werden Nîmes gemeinsam erkunden. Zunächst muss ich die Werkstatt von Lacatte finden, das verstehst du doch?«, hatte er beim Abschied gesagt.

Je länger er fortblieb, umso unruhiger wurde sie. Viele Gedanken schwirrten ihr durch den Kopf. Wie sollte es mit ihr weitergehen, wenn Bernard Arbeit in der Werkstatt des Töpfers fand?

Allein weiterwandern kam nicht in Frage. Wenn sie auf dem Landweg nach Flandern reisen wollte, musste sie es standesgemäß tun, alles andere war Leichtsinn. Zu Pferd, auf einem Maultier, in Begleitung eines Handelszuges oder einer Reisegruppe. Die Mittel dazu hatte sie.

Es ist an der Zeit, dass du Entscheidungen triffst. Du kannst nicht länger ziellos in den Tag hineinleben. Wohin willst du?

Wirklich nach Flandern? Schon der Gedanke bereitete ihr Unmut. Weniger, weil sie die Folgen ihres Handelns fürchtete, mehr, weil es die Trennung von Bernard bedeutete. Sie wollte ihn nicht verlassen. Schon die Stunden, die sie ohne ihn verbrachte, machten ihr klar, wie einsam, wie ratlos sie sich ohne ihn fühlte. Er hatte einen Platz an ihrer Seite gefunden, ihn mit Wärme, Licht und Freude gefüllt. Sie wollte nicht auf seine Gegenwart verzichten.

Erstaunt, dass die Erkenntnis zur Gewissheit wurde, fuhr sie hoch und trat an das kleine Fenster. Es ermöglichte ihr, die Gasse hinauf und hinunter zu sehen, wenn sie sich weit genug hinausbeugte. Keine Spur von Bernard. Nur eine alte Frau, krummgestaltig, das dünne Umschlagtuch flatterte ihr um die knochigen Schultern, zog eine zweirädrige Karre mit Reisigbündeln hinter sich her. Unter Simonas Fenster blieb sie stehen und stemmte ächzend eine Hand in den Rücken.

Ihre Blicke trafen sich.

Offensichtlich gab es keinen Menschen, der ihr die schwere Arbeit abnahm. Simona sagte sich spontan, dass sie hinunterlaufen und ihr helfen sollte.

Hinter ihr flog die Tür auf. Bernard stürmte herein. Dem Leuchten seiner Augen konnte sie entnehmen, was seine Worte bestätigten.

»Lacatte experimentiert tatsächlich mit weißen Glasuren! Er kennt alle Tongruben bis hinauf nach Avignon, und er glaubt wie ich, dass es eine Sache der richtigen Erde ist. Er nimmt mich auf und weiht mich in die Geheimnisse seines Handwerks ein.«

»Aus Nächstenliebe?«

In manchen Situationen konnte Simona die Kaufmannstochter nicht verleugnen.
Bernard schloss die Tür hinter sich und grinste sie in seiner so unwiderstehlichen Weise an. »Der Lohn ist tatsächlich nicht der Rede wert. Kost und Logis, wenn du es genau wissen willst.«
»In seiner Werkstatt? Und was wird aus mir? Oder hast du mich in deinem Überschwang vergessen?«
»Du tust mir unrecht«, verteidigte er sich. »Ich hab ihm gesagt, dass mich meine Frau begleitet und dass ich für sie sorgen muss. Die Frage ist, ob dir sein Angebot gefällt. Er hat seiner Frau eine Hilfe versprochen. Wenn du diese Stelle annehmen willst, kannst auch du in seinem Haus Platz finden. Mehr konnte ich nicht erreichen.«
Simona musste an ihr Elternhaus denken. Eine Contarini als Magd? Unvorstellbar – und doch war sie gerührt, dass Bernard für sie Verantwortung übernahm. Offensichtlich wollte auch er sich nicht von ihr trennen. Trotzdem. Sie schüttelte den Kopf.
»Ich danke dir«, sagte sie aufrichtig. »Nicht dass ich mir zu schade wäre, zu arbeiten, aber mich als Magd zu verdingen ist nicht nötig. Du weißt, dass ich nicht mittellos bin. Es reicht für uns beide, für ein bescheidenes Zuhause. Wenn ich schon einen Hausstand führe, will ich es für uns tun und nicht für eine fremde Meisterin.«
»Bist du sicher?« Bernard zögerte, auf ihr Angebot einzugehen. »Der Winter ist lang, und bis zum Frühling werden wir bestimmt in Nîmes bleiben. Überleg dir gut, ob du einen hungrigen Hilfstöpfer auf deine Kosten unterbringen und durchfüttern möchtest. Ich kann es dir vielleicht nie zurückzahlen.«

»Sind wir nicht Gefährten und Freunde?« Simona streckte ihm die Hände entgegen. »Sind nicht Freunde füreinander da? Du hast so viel für mich getan in den vergangenen Wochen. Lass mich einen Teil meiner Schuld abtragen.«

»Du weißt gar nicht, wie gern ich ja sage.«

In reinem Überschwang schloss Bernard sie in die Arme, wirbelte sie einmal um die eigene Achse und küsste sie heftig auf den Mund.

Simona erstarrte unter diesem Gefühlsausbruch, aber Bernard war so begeistert, dass es ihm gar nicht auffiel, und so beließ er es nicht bei einem Kuss. Er strich mit seinen Händen über ihren Rücken und zog sie noch enger an sich. Die Berührung war ihr nicht unangenehm. Alles geschah wie selbstverständlich. Nichts empfand sie als grob oder fordernd.

Sie spürte seine Zunge ihre Lippen berühren und sie in ihrem Mund nach Nähe suchen. Ihr Herz begann schneller zu schlagen. Ein Kribbeln erfasste ihren Körper, und sie erlebte zum ersten Mal lustvoll die Erregung in den Brustspitzen.

Was macht er mit mir?

Zanino hatte sie nie so geküsst. Er hatte sie gepackt und seinem Willen unterworfen. Wenn sie dabei etwas empfunden hatte, dann nur Abscheu.

Es war anders bei Bernard. Wie von selbst erhob sie sich auf die Zehenspitzen und schlang die Arme um seinen Hals. Sie erwiderte seine Küsse leidenschaftlich, strich ihm durch das dichte Haar und drückte sich ohne jede Scham gegen seine Männlichkeit. Ihre Zurückhaltung war verflogen. In ihrem Kopf herrschte eine nicht ge-

kannte Leichtigkeit. Sie verspürte den Drang zu lachen. Es war wie ein Rausch.
Ein kühler Luftzug brachte sie wieder zur Besinnung. Bernard hatte sie unvermittelt freigegeben. Heftig atmend starrten sie einander an.
Simona mit wirren Locken, die Augen staunend aufgerissen, den Ausschnitt ihres Kittels so weit geöffnet, dass man ihre Brust sehen konnte. Voller, als es ihre Kleider verraten hatten. Seine Blicke blieben unverwandt darauf gerichtet, wobei er sich gleichzeitig für seine Begierde schämte.
»Verzeih. Ich begehre dich … das weißt du sicher, aber ich habe den Kopf verloren. Entschuldige bitte.«
Er ahnte nicht, dass er mit seinen Zweifeln Simonas Sinne zusätzlich erregte. Zanino wäre längst hemmungslos in sie eingedrungen. Nie hatte er sich für irgendetwas entschuldigt. Was sie empfand, war ihm stets gleichgültig gewesen. Zärtlichkeit an sie zu verschwenden kam ihm nicht in den Sinn.
Genau deswegen war sie so überzeugt davon gewesen, dass sie nie wieder einem Mann so nahe kommen wollte. In Bernards Armen verspürte sie weder Demütigung noch Peinlichkeit. Seine Berührungen lösten Verlangen bei ihr aus. Sie glaubte zu schweben. Sinnlicher Reiz dieser Art war neu und aufregend für sie.
Sie trat wieder näher und strich ihm zärtlich die Haare aus der Stirn. »Ich bin nicht böse, und es gibt nichts zu verzeihen. Du gefällst mir, und ich bin keine Jungfrau mehr. Was ich nicht wusste, ist, dass es Spaß macht – mit dir.«
Bernard nahm sie erleichtert wieder in die Arme. »Kann

es sein, dass heute mein Glückstag ist? Ich will dir gerne mehr Spaß bereiten.«

»Gemach. Lass uns einen Schritt nach dem anderen tun. Wir müssen uns überlegen, wo wir für länger ein Dach über dem Kopf finden. Dann sehen wir weiter.«

Ihre Vernunft hatte wieder die Oberhand gewonnen.

»Lass uns die Schankmagd unten befragen. Die Schankmädchen hören im Viertel in der Regel das Gras wachsen.«

* * *

Die Häuserzeile lag in einer engen Gasse, die kaum fünf Fuß breit war. Da die einfachen Dächer keine Überstände hatten, fiel genügend Tageslicht auf die Mauern aus Bruchsteinen. In den meisten Häusern lebten Handwerker. Im Erdgeschoss hatten sie einen Raum, der gleichzeitig als Werkstatt und Laden diente. Darüber lag die Stube, in der gelebt, gekocht und geschlafen wurde.

Neben der Tür des Hauses, das Bernard ansteuerte, rankte eine Glyzinie bis zum Dach hinauf. Auf einer Steinbank darunter schlief ein roter Kater, ungestört vom Gesumm der Bienen, die aus den letzten Blüten den Nektar saugten. Simona nahm das friedliche Bild in sich auf und wusste, noch ehe sich die Tür öffnete, dass sie hier wohnen wollte.

»Versucht es bei Annon in der *Rue de Poissonnerie*«, hatte ihnen die Schankmagd in der Herberge geraten und den Weg beschrieben. »Seit ihre Söhne und ihr Mann nicht mehr leben, leidet sie bittere Not. Ihr helft ihr über den Winter, wenn ihr bei ihr wohnt. Das Haus ist nicht groß, aber drei Leute kann es schon vertragen. Annon wird nicht viel für das Quartier verlangen. Sie ist eine gute Seele.«

Simona berührte versonnen eine Glyzinienblüte, während Bernard gegen die Tür klopfte. Sie wurde so schnell geöffnet, dass man glauben konnte, Annon habe sie erwartet. Beim ersten Blick in das faltige Gesicht mit den gütigen Augen trat Simona überrascht zurück. Annon war die alte Frau mit den Reisigbündeln.

»Was kann ich für euch tun, Kinder?«, fragte sie nach einem Gruß.

Da sie den alten Dialekt des Südens sprach, übernahm Bernard die Verhandlungen. Simona glaubte zu spüren, dass ihm der Preis zu hoch war.

»Es ist gut, wir geben, worum Annon uns bittet. Es ist wenig genug«, hielt sie ihn davon ab, den Mietzins zu drücken.

Die Stube im Obergeschoss war bei weitem besser ausgestattet als das Erdgeschoss. Der Alkoven hatte Wollvorhänge, auf der Truhe unter dem Fenster lag ein gewebtes Tuch, und der Kamin war groß genug für eine Koch- und Feuerstelle. In der Mitte stand ein großer Tisch mit vier Stühlen. In den Holzregalen konnten sie ihre Sachen unterbringen. Eine Anrichte bot Platz für die Waschschüssel. Alles, was man wirklich brauchte, war vorhanden. Sie würden sich wohl fühlen.

Einen Stock tiefer hatte Simona nur einfache Hocker rund um einen Tisch gesehen, ein Kastenbett, Holzbretter an der Wand, geflochtene Schilfmatten und ein Spinnrad.

»Du gibst uns deine gute Stube«, protestierte Bernard, der ähnliche Gedanken wie Simona hatte.

»Es soll euch gefallen, wenn ihr schon dafür bezahlt«, antwortete Annon ruhig. »Das meiste hat mein Mann selbst gezimmert und geschnitzt. Die Stiege ist mir mittlerweile zu steil und zu mühsam. Ich steige nur selten noch hier rauf, ihr seid hier oben ungestört. Ich wünsch euch Glück, wie ich es mit meinem Janot gefunden hatte.«

»Wenn du uns aufnehmen willst, dann sind wir gerne deine Hausgenossen, Annon.«

Bernard übergab der alten Frau die Miete im Voraus.

»Gott wird es euch lohnen«, sagte sie, und Simona hörte Erleichterung in ihrer Stimme. »Wenn ihr noch etwas braucht, lasst es mich wissen. Hinten im Hof findet ihr den Ziehbrunnen, den ich mit meinen Nachbarn teile. Daneben, hinter dem Schuppen mit dem Holz, den Abtritt.«

Es war alles gesagt, Annon war nicht geschwätzig. Sie verschloss hinter sich die Tür und ging langsam die Stiege wieder hinunter.

»Gefällt es dir?«, fragte Bernard vorsichtig.

Simona war ans Fenster getreten und hatte die halb geschlossenen Läden vollends aufgestoßen. Ein Zweig Glyzinien fiel vor ihr herab. Vom Dach auf der anderen Straßenseite stoben zwei Tauben auf. Der Himmel färbte sich feurig im Licht des Sonnenunterganges. Sie drehte sich zu Bernard um und breitete die Arme aus.

»Es mag verrückt klingen, aber ich komme mir vor, als wäre ich zu Hause angelangt.«

Bernard warf seine Siebensachen auf die Truhe und ließ sich in die Arme schließen.

»Wenn es nach mir geht, dann bist du es.« Er zog sie an sich. »Lass es uns genießen.«

Sein Kuss zeigte ihr, dass er da weitermachen wollte, wo sie in der Herberge aufgehört hatten.
»Warte, wir brauchen Vorräte: Brot, Wasser, Kerzen, Feuerholz und …«
»Gönn deinem Verstand und deinem Eifer eine Pause«, sagte er. »Dir bleibt noch genügend Zeit, die Hausfrau zu spielen, Simona. Ich habe jetzt Hunger. Du hast ihn geweckt.«
Sie hatte ihm gestanden, dass er ihr gefiel, und damit war für ihn der Fall klar. Er löste die Bänder ihrer Kleidung geschickt und schnell. Der Rock fiel ihr auf die Füße, der Kittel rutschte ihr über die Arme. Eine Welle der Erregung flog ihr über die nackte Haut. Furcht oder Erregung? Sie wusste es selbst nicht.
Schamhaft verschränkte sie die Hände vor der Brust, aber Bernard ließ es nicht zu.
»Zeig dich, wie Gott dich geschaffen hat. Du bist vollkommen. Schlank wie eine Zypresse und wohlgeformt wie die Muscheln am Meeresstrand.«
Obwohl sie die ungewohnten Schmeicheleien glücklich machten, wäre sie am liebsten unter die Decke des Bettes geflüchtet. Sie schloss die Augen. Seine Hände strichen ihr zärtlich über die Arme, die Brüste und den Leib. Ihre Zurückhaltung schwand unter den Liebkosungen, wandelte sich in Verlangen.
Ihre Hände reagierten wie von selbst. Sie zog ihm Weste und Hemd aus, öffnete seine Hose, die langsam zu Boden glitt. Wortlos, ohne die Augen voneinander zu lassen, bewegten sie sich beide auf den Alkoven zu.
Eng aneinandergeschmiegt, überwältigte sie schon das Gefühl, Haut an Haut zu liegen. Sie brauchten noch et-

was Zeit, um den letzten Schritt zu vollziehen. Zu lange waren sie ausschließlich Freunde gewesen.
Erst nach einer behutsamen Weile bewegte sich Bernard und drehte sie auf den Bauch. Zärtlich kreisten seine Finger über ihren Rücken, glitten seine Hände ihr über das Gesäß, bis er merkte, dass sich ihre Anspannung löste. Sie drehte sich auf den Rücken. Er spreizte vorsichtig ihre Beine, wollte nichts übereilen, suchte ihren Blick, entdeckte weder Furcht noch Ablehnung, begann ihren Schoß zu streicheln.
Simonas Atem stockte unmerklich, seine Berührungen wurden drängender, aufreizender, weckten hemmungslos ihre Sinnlichkeit. Die Leidenschaft ergriff Besitz von ihr. An Stellen des Körpers geküsst zu werden, die nie für solche Liebkosung beachtet worden waren, machte sie lebendig, weich und verlangend, bis alles in ihr nach Vereinigung rief. Sie wollte, dass er in sie eindrang.
Zunächst waren seine Bewegungen noch langsam und vorsichtig. Dann wurden seine Stöße schneller und kräftiger. Simona passte sich seinem Rhythmus an, und was sie nie für möglich gehalten hatte, geschah: Das Lustgefühl ließ sie stöhnen, aufschreien, als sie zum Höhepunkt kam. Sie fühlte sich der Erde entrückt und ließ sich fallen.

* * *

Simona wusste nicht, wie viel Zeit vergangen war. Sie blickte in Bernards fragende Augen, zog ihn mit einem verschmitzten Lächeln näher zu sich.
»Hast du es vorausgesehen?«

SECHSTES KAPITEL

Gefühle

NÎMES, 11. NOVEMBER 1528

Endlich fühlte sie sich stark und sicher genug, den Brief an ihre Eltern zu schreiben. Den Kopf in die Hände gestützt, saß sie an dem Tisch ihrer Stube und versuchte ihre Gedanken und Gefühle zu ordnen. Wie sollte sie beginnen?

Mit den Fingerkuppen strich Simona über das Papier, ehe sie zum Federkiel griff und den Tintenbehälter aufklappte. Schon viel zu lange hatte sie ihre Eltern auf ein Lebenszeichen warten lassen. Von ihrem Gewissen geplagt, hatte sie wieder und wieder Sätze formuliert, Gründe vorgebracht, Entschuldigungen gesucht, wieder verworfen.

Hastig tauchte sie die Feder in die Tinte und begann:

Geliebte Eltern, geehrte Frau Mutter, bester Herr Vater,

lasst mich Euch als Erstes sagen, dass es mir unendlich leidtut, Euch dermaßen enttäuscht zu haben. Kapitän Gerards hat Euch sicherlich auf dem Landweg schon eine Nachricht geschickt.

Ich weiß um den Kummer, den ich Euch mit meiner Entscheidung bereitet habe. Elisabetta hat nicht versäumt, mich wortreich darauf hinzuweisen, dass mein Ungehorsam und mein Eigenwille mich in große Gefahr bringen werden. Dennoch blieb mir kein anderer Ausweg. Glaubt mir, ich habe nicht aus Leichtsinn oder Abenteuerlust gehandelt, sondern aus ehrlicher Verzweiflung. Ich wusste mir keinen anderen Rat.

In Venedig war ich entschlossen, mir das Leben zu nehmen, weil ich die Demütigungen und Gewalttätigkeiten Zaninos nicht länger ertragen konnte. Sein Tod war meine Rettung, so entsetzlich es klingt. Das Schicksal hat mich vor Todsünde und Verderben bewahrt. Die Vorstellung, in Flandern wieder zum Besitz eines Mannes gemacht zu werden, versetzt mich auch jetzt noch in Panik.

Eingeengt in Konventionen, gefesselt von Aufgaben und Erwartungen, bedrängt von der Angst vor Versagen und Strafe, habe ich meine Pflichten gewissenhaft zu erfüllen versucht, aber nie Freude oder Glück erlebt.

Auf der Seereise habe ich zum ersten Mal gespürt, was es bedeutet, frei zu atmen, unmittelbar zu fühlen, tatsächlich zu leben. Den Elementen der Natur ausgeliefert, habe ich die Schöpfung in ihrer ganzen Vollkommenheit wahrgenommen, und über meiner Bewunderung für sie begann meine Trostlosigkeit zu schwinden.

Die Natur ist zum Balsam für meine Wunden geworden. Unter dem grenzenlosen Dach des Himmels fühle ich mich geborgen wie als kleines Mädchen in den Armen meines starken Vaters. Der Wind lockert mein Haar, und die nächtlichen Sterne schenken mir Trost. Auf eigenen Füßen zu wandern und die Wunder der Schöpfung zu schauen, ist Heilung und Hoffnung zugleich.

Noch aber sind Körper, Geist und Seele nicht miteinander

im Einklang. Noch suche ich die wahre Simona Contarini, die unter dem Schutt der Vergangenheit begraben liegt und darauf wartet, das Licht der Sonne in ihrem Herzen zu spüren. Wie sollte ich einem Mann eine gute Gefährtin und Ehefrau sein? Ich kann ihm ja nicht einmal Kinder schenken.

Simona konnte nicht weiterschreiben. Sie legte die Feder zur Seite. Die Worte waren wie die Perlen an einer Kette auf das Papier geflossen. Sie stellte voller Erstaunen fest, wie gut es tat, die Gefühle konzentriert zu beschreiben.
Sie schloss die Augen und lauschte den Alltagsgeräuschen, die aus dem Haus und von der Gasse heraufdrangen. Das regelmäßige Klappern von Annons Spinnrad nahm sie normalerweise schon gar nicht mehr wahr. Die Greisin spann, solange das Tageslicht reichte, obwohl die Gicht ihre Finger versteifte und die Arbeit ihr Qualen bereiten musste.
»Es ist nicht mein Ding, nutzlos herumzusitzen«, hatte sie Simonas Frage abgetan. »Nachdem ihr mir den Zins für die Stube entrichtet habt, konnte ich endlich wieder Wolle kaufen.«
Annon lebte allein. Was mit Mann und Kindern geschehen war, hatte Simona noch nicht in Erfahrung gebracht. Sie wollte nicht neugierig erscheinen, sich nicht aufdrängen, obwohl es sie ständig in Annons Nähe zog. Die Greisin war arm und krank, aber sie strahlte einen inneren Frieden aus, um den sie sie beneidete.
Sie wollte den Brief an ihre Eltern fortsetzen, wollte ihnen erklären, welche Rolle Bernard in ihrem neuen Leben spielte, auch wenn sie deren Meinung, dass er nicht der

richtige Begleiter für eine Contarini war, sicher nicht würde ändern können.
Wie sollte sie den glücklichen Zufall herausstreichen, der sie beide zusammengeführt hatte? Sie wusste nicht, was ihren Eltern über Bernard berichtet worden war. Schmeichelhaft konnte es kaum sein. Elisabetta hatte keinen Hehl aus ihrer Verachtung für ihn gemacht.

In Narbonne habe ich nicht nur einen Weg gefunden, den ich gehen möchte, sondern auch einen Menschen, der mich begleitet. Bernard Palissy ist ein Glasmaler, ein gottesfürchtiger Mann. Ja, auch ein junger Mann, ich will es nicht verschweigen, von gefälligem Aussehen. Er hat sich als umsichtiger Gefährte erwiesen, unter dessen Schutz mir nichts Böses widerfahren ist. Er erweist mir Respekt. Und er ist ein Künstler, ein Maler, der die Schönheit im kleinsten Lebewesen entdeckt und mit allem Ehrgeiz versucht, sie zum Ruhme Gottes festzuhalten. Er erinnert mich an Lucas Contarini, Euren Großvater, wie ich ihn aus Euren Schilderungen kenne, Vater. Bernard geht ähnlich kompromisslos zu Werke, um seine Ziele zu erreichen, wie er.
Ihr müsst weder um meine Ehre noch um meine Sicherheit fürchten. Bernard und mich verbindet die Liebe zur Natur, zur Malerei und der Wunsch nach Freiheit.
Diese Liebe zur Natur muss mir Euer Großvater in die Wiege gelegt haben, Vater. Nie habe ich Schöneres erlebt als auf meiner Wanderschaft durch den Süden des Königreiches Frankreich. Mir geht das Herz auf, wenn ich davon spreche.

Simona sah auf und zögerte. Dass sie Bernard schätzte, war ohne Zweifel herauszulesen aus ihrem Brief. Sollte sie auch schreiben, wie sie zu ihm stand? Konnte man seinen Eltern solche Dinge mitteilen?
Sie entschied sich dagegen.
Mit konzentriert zusammengezogenen Brauen nahm sie das Schreiben wieder auf.

Nun sind wir in Nîmes angekommen, wo Bernard in der Werkstatt eines Meistertöpfers Anstellung gefunden hat und wir den Winter verbringen wollen, der auch im Süden keine Jahreszeit zu angenehmem Reisen ist. Ich lebe im Haus einer ehrbaren Witwe, und es fehlt mir an nichts. Ich zeichne viel und nutze die Zeit, meine Gedanken und Gefühle zu ordnen. Auch eine Entscheidung über mein künftiges Leben muss in diesem Winter fallen.
Glaubt mir, meine lieben Eltern, ich vergesse Euch nicht und hoffe sehr darauf, dass Ihr einmal wieder eine gesunde Tochter in die Arme schließen könnt. Bis dahin kann ich Euch nur um Nachsicht und Geduld bitten.
Glaubt mir bitte auch, dass mich der Kummer, den ich Euch bereite, schmerzt. Ich bitte Euch inständig, mir zu verzeihen, obwohl ich weiß, wie schwer es Euch fallen muss.
Ich will durchaus nicht ausschließen, dass ich im Frühjahr nach Flandern weiterreise. Ihr habt mich mit den Mitteln dafür versorgt. Ob ich je bereit sein kann, wieder eine Ehe zu schließen, sei es auch nur, um den Kindern eines Witwers die Mutter zu ersetzen, vermag ich heute nicht zu sagen. Ich versichere Euch meiner Liebe und meiner

Aufrichtigkeit. Vergesst nicht: Die Frauen der Contarini sind von jeher ihren eigenen Weg gegangen.
Behaltet mich als liebende Tochter in Eurem Herzen.
Ich bitte in meinen täglichen Gebeten um ein langes und glückliches Leben für Euch und meine Geschwister und bin von ganzem Herzen Eure demütige Tochter Simona.
Ich vertraue diesen Brief dem Agenten an, der in Nîmes das Haus Contarini vertritt. Er wird Euch mit dem nächsten Kurier erreichen.

Hatte sie alles gesagt?
Ja. Simona faltete den Brief zusammen und hielt das Siegelwachs über die Kerze. Tropfen für Tropfen fiel weich und rot auf die Nahtstelle der Papierkante. Als Letztes drückte sie den Siegelring der Contarini in die weiche Masse. Sie hatte ihn aus seinem Versteck im Mantel geholt und entsann sich seiner Geschichte, die ihr Vater ihr mit ihm weitergegeben hatte: »Er stammt ursprünglich aus Brügge und hat einmal unserem Ahnherrn Domenico Contarini gehört. Er trägt das flandrische Siegel eines Zweiges der Contarini. Sein Enkel Lucas hat ihn nach Venedig gebracht, und es erscheint mir richtig und gut, dass er mit dir nach Flandern zurückkehrt.«
Er war ein Männerring, der an keinem von Simonas Fingern Halt fand. Sie hatte den Saum des Mantels bereits wieder geschlossen und befestigte den Ring an einem Band, das sie eilig über den Kopf streifte und unter ihren Kleidern verbarg. Sie musste den Brief auf den Weg bringen, ehe Bernard aus der Werkstatt kam.

SIEBTES KAPITEL
Ketzer

NÎMES, 12. JANUAR 1529

»Hier ist dein Anteil, Simona. Deine Blumenbilder finden immer größeren Beifall, ist dir das schon aufgefallen?«
Flavie Lacatte schob ein Häufchen Münzen über den Tisch. Simona sah ihr an, dass sie die Aufteilung nicht ganz gerecht fand.
Bernard bewunderte die kleinen, schmalen Bilder, die sie zum Zeitvertreib malte, seit sie einen Händler für Papier und Farben gefunden hatte. Er hatte ihr geraten, sie auf dem Markt anzubieten. Flavie hatte keinen Einspruch dagegen erhoben, und unterdessen kamen immer mehr Kunden zu Simona. Ihre Blumenblätter waren besonders bei jungen Männern begehrt, die sich damit bei ihrem Mädchen einschmeicheln wollten: mit einer Blume, die nie verwelkt.
Flavies Töpferwaren verkauften sich schwerer, und das traf sie umso mehr, weil sie von ihrem Erlös nicht nur fünf Kinder zu füttern hatte, sondern auch einen Ehemann und ein halbes Dutzend Lehrlinge und Hilfskräfte. Die Töpferwerkstatt in den Ruinen eines verlassenen jüdischen Wohnhauses warf keine Reichtümer ab.

Ohne nachzuzählen, strich Simona die Geldstücke von der Platte in ihre Hand.
Für sie war das Malen eine willkommene Abwechslung im Einerlei der gleichförmigen Tage des Herbstes gewesen. Sie zeichnete die Glyzinien vor Annons Haus, die Lavendelstauden und die Callas am Brunnen, deren elegante Kelche bis weit in den November hinein blühten.
»Bernard hat Glück, dass du für euren Hausstand sorgst«, bemerkte Flavie mürrisch. »Bei seinen Versuchen kommt genauso wenig Gescheites heraus wie bei denen von Lacatte. Ständig sind sie damit beschäftigt, neue Brennmethoden auszubrüten und stinkende Glasuren zu mischen. Am Ende liegen jedes Mal nur Scherben im Ofen. Auch die komischen kleinen Tiere, die dein Bernard aus Ton formt, sind nur braune, hässliche Würmer. Ich wünschte, die beiden würden einfach Becher, Krüge und Schüsseln herstellen, wie es sich gehört.«
So unverhohlen hatte Flavie sich nie zuvor über ihren Mann und Bernard beschwert. Beide hatten sich in ihrer Leidenschaft, auf der Suche nach farbigem Steingut, gesucht und gefunden und drohten, sich darin zu verlieren. Einer stachelte den anderen an, und beide vergaßen sie darüber den Alltag mit seinen Anforderungen. Auch Simona sah das. Es gab Nächte, die Bernard und Lacatte nur damit verbrachten, ihren Tonbrand zu bewachen, und noch mehr Tage, an denen sie zu fernen Tonlagern wanderten.
Wenn Bernard dann nach Hause kam, steckte er voller Pläne und Hoffnungen. Jeder Rückschlag spornte ihn nur von neuem an. Seine Gedanken kreisten fast ausschließlich um seine Tonproben und um Mischungsverhältnisse

bei der Erstellung von Glasurbrei. Inzwischen hatte sie manchmal den Eindruck, dass er, selbst wenn er sie nachts in den Armen hielt, mit seinen Gedanken nicht bei ihr war.

»Vielleicht wird es besser, wenn sie endlich Erfolg haben«, sagte sie. »Stell dir vor, du könntest weiße Teller oder buntbemalte Näpfe auf dem Markt anbieten. Man würde sie dir aus den Händen reißen und weit mehr dafür bezahlen als für das normale Steingut.«

»Fang du nicht auch noch an, zu phantasieren und die beiden Träumer zu unterstützen«, schimpfte Flavie verärgert. »Immer sollen die Frauen es ausbaden müssen, wenn die Männer hochfliegende Pläne haben? Wirst schon sehen, wo du endest, wenn dir erst Kinder am Rockzipfel hängen und dein Mann dir für die Familie Luftschlösser baut.«

Flavie ging wie alle anderen davon aus, dass sie und Bernard Mann und Frau waren. Obwohl Simona einsah, dass sie diese Fiktion aufrechterhalten mussten, hatte sie jedes Mal ein schlechtes Gewissen, wenn die Rede so direkt darauf kam. Irgendwann würde sie einmal jemand fragen, in welcher Kirche sie ihren Eheschwur geleistet hatten und wer ihn bezeugen konnte. Was dann?

»Es wird keine Kinder geben. Ich bin unfruchtbar«, entfloh sie diesen Gedanken.

»Du Glückliche!« Flavie machte keinen Hehl aus ihrem Neid.

Simona blieb vor Verblüffung der Mund offen stehen. Flavie bezeichnete ihre Unfruchtbarkeit als Glück. Zanino hatte sie beleidigt, gehasst und bestraft, weil sie ihm keine Kinder schenkte. Ihre Schwestern, ihre Mutter hatten sie zwar bemitleidet, aber ihr doch das Gefühl vermittelt, keine richtige Frau zu sein. Sich plötzlich beneidet zu sehen fühlte sich höchst ungewohnt an. Doch Flavies verhärmte Züge erklärten einiges. Auch sah sie viel älter aus, als sie war.

»Wahrhaftig.« Flavie stand schwerfällig auf. »Ich würde gerne mit dir tauschen. Die Hausmagd, die mir Lacatte seit ewigen Zeiten verspricht, wird drüben in der Werkstatt verheizt. Die werde ich sicher im Haus auch nie zu sehen bekommen. Du kannst dem Himmel für dein Schicksal danken, Simona.«

Nachdenklich machte Simona sich auf den Heimweg. Sie vergaß sogar in der Werkstatt vorbeizugehen, um nach Bernard zu schauen. Normalerweise tat sie das immer, auch wenn er meist so tief in irgendeine Arbeit versunken war, dass er sie kaum zur Kenntnis nahm. Seit er für Lacatte arbeitete, rückte er ihr jeden Tag ein wenig ferner.

Kränkte sie das? Sie stellte sich diese Frage zum ersten Mal. Im anfänglichen Überschwang ihrer Zuneigung hatte sie von einem Leben an seiner Seite geträumt. Aber mittlerweile hatte der Traum seinen Glanz verloren.

Von seiner Leichtigkeit und Unbeschwertheit war nicht mehr viel übrig geblieben. Unter dem Einfluss von Meister Lacatte wurde Bernard zusehends verbissener und eigenbrötlerisch. Simona war nicht mehr im Mittelpunkt seines Interesses. Gewiss, er war freundlich, zärtlich, aber meistens mit seinen Gedanken weit fort.

Sie konnte ihm nicht böse sein deswegen, er hatte ihr unendlich viel gegeben. Mit seiner Hilfe war sie an Körper und Seele genesen. Aber jetzt würde sie ihren eigenen Weg finden müssen.

Sie war so in ihre Überlegungen versunken, dass sie die *Rue de Poissonnerie* schon fast erreicht hatte, als sie aufsah. Es begann zu dämmern, ein scharfer Ostwind pfiff durch die Straßen. Fröstelnd zog sie das Umschlagtuch enger. Obwohl sie einen warmen Umhang besaß, wagte sie ihn nicht zu tragen. In Venedig war er ihr einfach erschienen, hier erregte er Aufsehen und provozierte Fragen. Niemand trug flandrisches Tuch hier. Flavies Mantel war aus billiger kastilischer Wolle, und sie war immerhin die Frau eines Handwerksmeisters.
Eine heftige Böe riss an ihrer Haube. Sie musste den Schutz eines Hofeinganges aufsuchen, um die Bänder neu zu schlingen. Als sie aufblickte, sah sie Annon vorbeihuschen. Sie litt unter der feuchten Kälte des Winters und war stets dankbar, wenn Simona ihr den Gang zum Markt oder zum Bäcker abnahm. Was trieb sie bei diesem Wetter und zu dieser Zeit aus dem Haus?
In den vergangenen Wochen waren sie nicht nur Hausgenossinnen, sondern Vertraute geworden. Annon drängte sich nie auf, aber sie war immer da, wenn Simona ihren Rat suchte. Ob sie wohl ahnte, wie sehr sie ihr geholfen hatte, sich in diesem Leben als venezianische Patriziertochter zurechtzufinden?
Simona sah ihr nach. Zwei Häuser weiter verschwand sie unter einem baufälligen Torbogen.
Unmittelbar darauf fiel ihr ein Mönch auf. Er hatte die Kapuze so tief in die Stirn gezogen, dass man sein Gesicht nicht erkennen konnte, dabei sah er sich immer wieder suchend um. Simona wich instinktiv tiefer in den Hofeingang zurück. Was suchte ein Klosterbruder in dieser Gegend?

Jäh entsann sie sich eines Gesprächs mit Bernard. Sie hatte Annons Bescheidenheit, ihre Nächstenliebe und ihre Frömmigkeit gelobt, und er hatte sie seltsam angesehen, ehe er fast widerwillig meinte: »Hoffentlich ist sie keine Waldenserin. Die meisten von ihnen kommen aus den Reihen von Handwerkern, Bauern und deren Frauen. Sie bilden kleine Gemeinschaften, die auf die Prediger warten, die ihnen vom Reich Gottes erzählen und von Christus, der die Armen, Schwachen und Kranken unter seinen besonderen Schutz gestellt hat. Und – viele dieser Prediger tarnen sich als wandernde Handwerker oder als Kaufleute, um unerkannt zu bleiben, aber die Kirche ist wachsam. Überall schleichen Mönche herum, die ihnen auflauern.«
Sie hatte das damals abgetan und Bernard unterbrochen, weil es sie wieder an die Verbrennung des Müllers in Pinet erinnerte. Sie wollte das verdrängen, am liebsten vergessen.
Spionierte der Mönch etwa den Waldensern in Annons Viertel nach? Sein merkwürdiges Verhalten ließ den Schluss zu. Er schritt lauernd die Gasse entlang und verschwand um die nächste Ecke. Vielleicht hatte er nur übersehen, in welchem Haus Annon verschwunden war.
Simona eilte umgehend zu dem Torbogen, durch den Annon gegangen war. Er führte in einen vernachlässigten Hof. In trockenem Gras stand dort eine magere Ziege, die bei ihrem Anblick in durchdringendes Gemecker ausbrach.
»Sei still, du dummes Tier«, sagte sie streng. Die Ziege verstummte zu ihrer Überraschung tatsächlich.
Aufatmend sah sich Simona um. Ein flaches Steinhaus duckte sich, von Schuppen und Ställen umgeben, unter

einem kahlen Apfelbaum. Läden und Tür waren geschlossen. Als sie mit der Faust dagegenpochte, erhielt sie keine Antwort. Aber Annon musste dort drinnen sein. Sie musste sie vor dem Mönch warnen.

Kurzentschlossen drückte sie die Klinke nieder und trat ein. Der quadratische Raum ähnelte dem in Annons Erdgeschoss. Das Feuer im Kamin war bis auf die Glut niedergebrannt. Von irgendwoher kam Stimmengemurmel. Simona folgte ihm zu einer Steintreppe, die neben der Hintertür nach unten führte.

Von Bernard wusste sie, dass viele Häuser in Nîmes auf alten römischen Mauern errichtet worden waren und deshalb geräumige Vorratskeller besaßen. Das schien auch hier so zu sein. Ein halb geleerter Mostbecher, der neben einem Hocker auf dem Boden stand, ließ sie vermuten, dass hier ein Wächter sitzen sollte, der seinen Posten leichtsinnigerweise verlassen hatte.

Ohne auf ihn zu warten oder ihn zu suchen, stieg sie vorsichtig nach unten in die Dunkelheit. Das Gemurmel entpuppte sich als leises Beten, dem Simona in ein Gewölbe folgte, das von gedrungenen Steinsäulen getragen wurde und mit zwei Dutzend Menschen gefüllt war.

»Wenn zwei oder drei in meinem Namen versammelt sind, so bin ich mitten unter ihnen«, verstand sie die Worte des Predigers in ihrer Mitte.

Alle Augen richteten sich überrascht auf sie, als sie so unverhofft auftauchte.

»Ein neues Gesicht? Tritt näher, Schwester, und bete mit uns.«

Der Prediger bewahrte die Ruhe. Er glich eher einem Hufschmied als einem Gottesmann.

»Stellt das Beten ein und bringt Euch in Sicherheit. Draußen schleicht ein Mönch herum. Er sieht tückisch aus, und ich denke, er ist Annon gefolgt«, stieß Simona hervor.
Annon drängte sich durch die Gläubigen, während sie dem Prediger und den anderen erklärte, wer Simona war. Im Nu löste sich die Versammlung auf.
Schweigend bekreuzigten sich die Menschen bei einem hastigen Segen, ehe sie die Treppe hinaufdrängten. Simona stützte Annon, der es schwerfiel, die Stufen so eilig wie die anderen zu nehmen.
»Gott wird es dir lohnen, dass du uns gewarnt hast, Simona«, hörte sie den Dank des Predigers, und irgendjemand drückte ihr einen schweren Henkelkorb in die Hand, der bis zum Rand mit Winteräpfeln gefüllt war.
»Sagt, Ihr habt die Äpfel bei uns geholt, wenn Euch jemand aufhält und fragt«, riet eine rundliche Frau.
Glücklicherweise war es inzwischen dunkel geworden. Sie erreichten Annons Häuschen ohne Zwischenfall. Als Simona eine Kerze anzündete, sah sie, dass Annon totenbleich schwankte.
»Warum nur musst du dich mit den Waldensern einlassen«, schalt sie sie. »Willst du auf einem Scheiterhaufen enden wie der arme Müller von Pinet? Die Kirche kennt gegenüber den Waldensern keine Gnade.«
Annon presste die Hand ans Herz und ließ sich neben dem Kamin auf die Bank sinken. Nur langsam kehrte eine Spur von Farbe in ihre Wangen zurück, aber ihre Worte klangen fest. »Es rührt mich, dass du dich um mich sorgst, Simona. Aber es ist nicht vonnöten. Wenn mich der Herr zu sich ruft, bin ich bereit. Ja, ich freue mich darauf, end-

lich wieder mit meiner Familie vereint zu sein. Du weißt nicht, wie sehr ich mich nach ihr sehne. Nach Janot, meinem lieben Mann, nach meinen Söhnen und meiner Tochter.«

»In Frieden einzuschlafen oder unter Qualen verbrannt zu werden, ist zweierlei«, hielt ihr Simona vor. »Was ist so Besonderes am Glauben der Waldenser, dass du dafür einem so grausamen Tod ins Auge sehen willst?«

»Wir machen unseren Glauben mit Gott aus und nicht mit den Priestern und Mönchen.«

Die Gelassenheit wie auch die Unerschütterlichkeit Annons waren entwaffnend. Ein wenig beneidete Simona Annon um ihre Fähigkeit, so bedingungslos an Gottes Gerechtigkeit zu glauben. Wie konnte sie, wenn es doch immer die Unschuldigen waren, die am meisten litten?

»Meinst du nicht, dass ihr weder verfolgt noch verurteilt werden würdet, wenn Gott wirklich auf eurer Seite stünde?«, platzte sie heraus.

Annon lächelte müde.

»Ist es das, woran du dich reibst, mein Kind? An der Gerechtigkeit Gottes, die wir Menschen so schwer verstehen? Wir Menschen sind ungerecht, wenn wir Gott die Liebe schuldig bleiben. Seine Gnade ist die Gerechtigkeit, die er uns zuteilwerden lässt. Es sind die Menschen, die sich Böses zufügen, nicht Gott fügt es uns zu.«

Simona hob den Apfelkorb auf den Tisch und rieb sich die klammen Finger vor dem Feuer.

»Lass uns nicht streiten. Ich hoffe, du meidest die Zusammenkünfte der Waldenser in der nächsten Zeit. Dieser Mönch ist euch auf den Fersen.«

Sie nahm ihr Umschlagtuch ab und legte es Annon um

die Schultern, ehe sie das Feuer höher schürte und Wasser vom Brunnen holte. Die alltäglichen Handgriffe waren ihr längst in Fleisch und Blut übergegangen. Während sie die Fischsuppe aufwärmte, die vom Vortag übrig geblieben war, warf sie prüfende Blicke zu Annon hinüber.
»Gleich wird es dir bessergehen, wenn du etwas Warmes in den Magen bekommst«, munterte sie sie auf. »Morgen werde ich uns frische Vorräte besorgen. Ich werde wieder einige Bilder auf dem Markt verkaufen können, wir müssen nicht sparen. Diesmal reicht es sogar für ein Suppenhuhn.«
»Danke dir. Du sorgst dich so um mich, wie es Mari getan hätte. Du hast ein gutes Herz.«
»Mari? Deine Tochter. Denkst du oft an sie?«
Annon gab sich ihren Erinnerungen hin, und ihre Stimme klang plötzlich noch brüchiger als sonst. »Sie war ein so hübsches Mädchen, meine einzige Tochter«, brach es aus ihr heraus. Sie hatten über das ganze Elend ihres Witwendaseins bisher nie ausführlicher gesprochen. »Ein Trupp marodierender Soldaten hat sie vergewaltigt, und sie wurde schwanger. Sie hat die Schande nicht ertragen. Sie hat sich erhängt.«
»Um Gottes willen.«
Simona schlug die Hände vor den Mund. Über Annons Wangen rannen Tränen.
»Der Priester hat sich geweigert, Mari in Ehren zu begraben, weil sie sich selbst das Leben genommen hat. Sie haben sie vor der Stadt verscharrt. Nichts konnte ich dagegen tun. Auch mein Mann und meine Söhne konnten mir nicht mehr beistehen. Sie hatten sich vom König für die Armee anwerben lassen und sind bei Pavia erschlagen

worden. Keiner kam zurück. Auch für sie kann ich nur noch beten.«

Annon sah sie aus wässrigen Augen an.

Erschüttert setzte Simona sich zu ihr auf die Bank.

Und ich hadere mit dem Schicksal, weil es mir mein bisschen Glück nicht gönnen will. Wie einfältig und kleinmütig.

»Und dennoch muss ich glücklich sein«, vernahm Simona Annon wie durch einen Nebel. »Er hat dich und Bernard unter mein Dach geschickt. Ohne euch hätte ich diesen Winter sicher nicht überlebt. Ihr seid meine Rettung in großer Not, und ich kann euch leider nur mit meinen Gebeten danken.«

»Danke mir, indem du besser auf dich achtest«, entgegnete Simona beschämt. »Du öffnest mir für so vieles die Augen, und ich lerne fürs Leben von dir. Es würde mich schmerzen, dich zu verlieren.«

Annon nahm schweigend Simonas Hand, und Simona begriff, was sie ihr damit sagen wollte.

ACHTES KAPITEL

Inquisition

Nîmes, 18. Januar 1529

Bernards Augen glühten vor Begeisterung. Schmutzstarrend kam er in das kleine Haus in der *Rue de Poissonnerie* gestürmt, Tonstaub sogar in den Haaren.

Ohne auf Simonas Protest zu achten, fasste er sie um die Taille und schwang sie ungestüm durch die Stube. Die Haube flog ihr vom Kopf, sie kam sich vor, als wäre sie in einen Wirbelsturm geraten.

»Geschafft! Geschafft! Wir haben es geschafft! Wir haben den naturgetreuen Abguss eines Salamanders gebrannt. Makellos kam er aus dem Feuer. Du musst in die Werkstatt kommen und ihn dir ansehen. Du erkennst jede Schuppe, jede Zehe, sogar den Ansatz einer Bewegung. Ein Meisterstück!«

Simona hatte Mühe, ihn zu verstehen, so schnell stieß er die Worte heraus. In der Erregung verfiel er in den südlichen Singsang des Okzitanischen, der auch das Französische fremd färbte.

»Gratuliere, das ist ein Freudentag«, sagte sie atemlos, als er sie wieder auf die Beine stellte und versuchte, ihr die

Haare aus dem Gesicht zu streichen. Mit der Haube waren die Nadeln, die es hielten, aus dem Haar gerutscht.
»Nein, nicht noch einmal so rumwirbeln. Schau, dass du erst …«
»Ein Salamander! Stell dir vor: ein Salamander! Das Wappentier unseres Königs. Weißt du, was das bedeutet?«
Bernard hörte nicht auf sie. Der lang ersehnte Erfolg versetzte ihn in einen Freudenrausch. Wie es seine Art war, begann er auf der Stelle Pläne zu schmieden. »Wenn es uns jetzt tatsächlich gelingt, das Tier auch noch in den richtigen Farben zu brennen, wird der Ruf meiner Kunst bis an den Hof dringen. Weißt du, dass François im Wald von Fontainebleau ein Schloss baut, das er zum schönsten Haus der ganzen Christenheit machen will?«
Simona flocht ihr Haar zum Zopf und bürstete sich den Staub von seiner Umarmung aus den Kleidern. Solange er ohnehin nicht darauf achtete, was sie sagte, schwieg sie lieber.
Ihr Verstummen dämpfte endlich Bernards Überschwang.
»Was hast du?«
»Sieh dich an, du starrst vor Schmutz.«
Bernard verzog den Mund, ging aber zur Waschschüssel, obwohl er Simonas Sauberkeitsdrang für übertrieben hielt. »Ich bin losgerannt, wie ich war, weil ich dir die guten Nachrichten auf der Stelle überbringen wollte.«
Simona sah ihm zu, wie er sich wusch. Es lenkte sie nicht ab von den Gedanken, die sie beherrschten, von der zunehmenden Sorge um Annon, die sich gegen jede Vernunft auch weiterhin um ihre Glaubensgenossen kümmerte. Was immer Simona vom Markt nach Hause schleppte, um sie zu Kräften zu bringen, sie teilte es mit anderen.

Bernard rubbelte sich unterdessen die feuchten Haare trocken und zog sich das neue Hemd über, das sie unter Annons Anleitung für ihn genäht hatte. Es fiel ihm nicht auf, wie glatt der Stoff und wie akkurat das Hemd genäht war. Enttäuscht drehte sie ihm den Rücken zu und sah aus dem Fenster. Er war völlig fixiert auf seine Arbeit, hatte kein Auge für das Alltägliche. Auch nicht für die Beweise ihrer Zuneigung.

»Komm schon, mach nicht so ein Gesicht. Wir haben allen Grund zum Feiern. Dies ist der Tag des Salamanders, und ich will ihn nicht mit Trübsal blasen verbringen.« Er trat hinter sie und schlang die Arme um ihre Taille, während sich sein Kinn auf ihren Scheitel senkte.

»Ich blase nicht Trübsal, ich sorge mich um Annon«, widersprach Simona. »Sie teilt das wenige, das sie von uns bekommt, mit den Bettlern, die in der Arena leben. Man könnte fast meinen, sie legt es darauf an, die Aufmerksamkeit der Inquisition auf sich zu ziehen. Was ich auch immer sage, sie hört nicht auf mich. Was können wir nur tun, sie davon abzuhalten?«

»Nichts. Es ist ihr Leben.«

»Sollen wir zusehen, wie sie es rücksichtslos gefährdet?« Simona fuhr in seinen Armen herum. »Das kann und will ich nicht zulassen.«

»Dann machst du einen Fehler«, entgegnete Bernard vorwurfsvoll. »Fällt dir nicht auf, dass du andere dazu zwingen willst, die Dinge so zu sehen, wie du sie siehst? Du verlangst, dass sie deine Sicht der Dinge für die einzig richtige halten, und das auf kategorische Art und Weise. Aber niemand kann auf die Dauer aus seiner Haut. Du musst lernen, die Menschen so zu nehmen, wie sie sind.«

Der unerwartet heftige Vorwurf verblüffte Simona dermaßen, dass ihr keine Antwort einfiel. Bernard hatte sie noch nie gemaßregelt. War auch das Lacattes Einfluss? Oder fing auch er an, die Dinge zunehmend anders zu sehen als sie? Es gefiel ihm sichtlich, dass sie nachdenklich schwieg.

* * *

Schon am nächsten Tag bekam Simona die Bestätigung dafür, wie notwendig es war, sich um Annon Sorgen zu machen. Sie kam vom Bäcker, und der Aufruhr in der sonst so stillen *Rue de Poissonnerie* ließ sie am Eingang der Straße erstarren. Das Zentrum des Tumultes befand sich genau vor dem Haus mit dem Glyzinienbaum. Was hatten die Stadtbüttel bei Annon zu suchen?
Die Männer drängten die Anwohner zurück. Mensch an Mensch stand so dicht, dass Simona auch auf Zehenspitzen keinen genauen Blick auf die Geschehnisse werfen konnte. Sie erkannte jedoch, dass die Tür zum Haus offen stand. Lärm drang auf die Gasse. Krachen, Scheppern, Klirren und rauhe Männerstimmen übertönten das Stimmengewirr der Nachbarn.
»Was ist los?« Sie zog eine der Frauen am Kittel, bis sie sich zu ihr umwandte.
»Die Inquisition ist hinter der alten Annon her. Waldenserin soll sie sein und vor den Herren der Kirche Rechenschaft über ihren wahren Glauben ablegen. Gott helfe ihr, das ist ein Todesurteil.«
Ehe Simona etwas sagen konnte, wurde Annon, auf jeder Seite von einem Bewaffneten gepackt, aus dem Haus ge-

zerrt. Sie sah bejammernswert aus. Bläuliche Schatten lagen unter ihren halb geschlossenen Augen, auch die ausgemergelten Lippen schimmerten blau. Schämten sich diese Männer nicht, einer wehrlosen alten Frau so zuzusetzen?

Annons Anblick brachte die Menge zum Verstummen. In der unvermittelten Stille klirrten Waffen gegen Stein, schlurften Stiefel über das Pflaster, und irgendwo weinte bitterlich ein Säugling. Der Mönch, der Simona bereits aufgefallen war, erschien unter der Tür. Er gab einen knappen Befehl, und die Männer setzten sich in Bewegung. Annons Beine schleiften über das Pflaster. Sie ging nicht, sie wurde getragen.

»Wohin bringen sie Annon?«, fragte Simona entsetzt, als sich die Menschen wortlos zu zerstreuen begannen.

»In den Folterkeller der Kirche bei Saint Castor«, antwortete die Frau. »Wenn sich dort die Türen hinter einem schließen, kann man nur noch beten.«

»Da nimm.«

Simona drückte der anderen ihre Brote in den Arm und wirbelte auf dem Absatz herum.

»Wohin willst du?«, rief ihr die Frau nach und drückte gleichzeitig die Brote eng an sich.

»Hilfe holen.«

»In so einem Fall gibt es keine Hilfe.«

Simona rannte, ohne darauf einzugehen, mit gerafften Röcken, so schnell sie konnte.

Völlig außer Atem platzte sie so unvermittelt in die Werkstatt von Meister Lacatte, dass jedermann erschrocken seine Beschäftigung unterbrach und aufsah. Sogar die Töpferscheibe des ersten Gesellen geriet aus dem Takt, und sein Fluch über das misslungene Werkstück riss alle aus ihrer Lähmung.

»Du lieber Himmel, was ist denn in dich gefahren?« Bernard betrachtete sie in einer Mischung aus Sorge und Gereiztheit.

»Ich brauche deine Hilfe. Du musst auf der Stelle mit mir kommen, Bernard.« Simona achtete weder auf Lacattes ärgerliche Miene noch auf die Neugier der anderen Töpfer. »Sie haben Annon geholt.«

»Die alte Annon? Wer tut so etwas?« Lacatte kam Bernard mit seiner Frage zuvor.

»Ein Mönch und seine Henkersknechte von der Inquisition.« Simona heftete ihren flehenden Blick auf Bernard. »Wir müssen uns beeilen. Du weißt, wie hinfällig sie ist. Wir dürfen nicht zulassen, dass man sie in den Kerker wirft oder ihr noch Schlimmeres antut. Sie ist eine gutherzige, mildtätige Seele, die keinem etwas zuleide getan hat. Sie hat nur uns, die für sie sprechen können.«

»Beruhige dich«, antwortete Bernard bedacht. »Niemand legt sich mit der Inquisition an. Und ich schon gar nicht. Außerdem kann ich meine Arbeit jetzt nicht unterbrechen.«

Was war wichtiger als Annon?

Simonas Augen wanderten von seinem Gesicht zu seinen Händen. Woran arbeitete er?

Vor ihm auf dem Werktisch lag eine Holzplatte, kaum handbreit, mit Sand bedeckt und etwa einen halben Fuß lang. Kleine Nägel und dünne Fäden bildeten ein kleines Gestell auf dem Brett. Ein Feuersalamander hockte reglos in dieser Konstruktion. Ein lebender Feuersalamander. Hilflos gefangen, schon halb mit Formsand bedeckt, in

einer Bewegung erstarrt, war er Bernard ausgeliefert. Simona gewahrte dessen Augen. Goldene Augen.
»Was hast du mit diesem Tier vor?«, fragte sie erstickt.
»Ich bin mitten in den Vorbereitungen für einen Naturabguss. Selbst wenn ich es wollte, könnte ich jetzt nicht unterbrechen«, antwortete er unwirsch. »Komm zu dir und denk nach, Simona. Wir können beide nichts für Annon tun. Wenn der Inquisitor sie der Ketzerei anklagt, ist sogar der König machtlos. Erinnere dich an unser Gespräch, geh in die Kirche und bete für sie. Das ist alles, was du tun kannst.«
Unbewusst ballte Simona die Fäuste. Ihr Blick fiel auf den Salamander, ehe er wieder zu Bernard wanderte. Kälte stieg in ihr auf, und sie erkannte entsetzt, was er da tat. Das Tier musste sterben, damit er seinen Naturabguss bekam. Er schwang sich zum Herrn über Leben und Tod auf. Vermutlich fühlte er sich ebenso im Recht wie der Mönch. Bei ihm war es ein Tier, bei dem Inquisitor ein Mensch. Eine Seele hatten beide, dessen war sie sicher.
Sie bewunderte den Künstler Bernard, vor dem Mörder schreckte sie zurück.
»Bernard hat recht. Geh beten«, mischte sich zu allem Überfluss jetzt Meister Lacatte energisch ein. »Dein Mann kann unter keinen Umständen jetzt hier weg. Und du, leg dich nicht mit den Höllenhunden der Kirche an. Geh ihnen aus dem Weg und danke deinem Herrgott, dass du nicht daheim warst, als sie kamen. Wenn ihr beide einen guten Rat von mir wollt, dann holt auf der Stelle eure Sachen aus Annons Haus. Flavie soll euch eine Kammer bei uns frei räumen. Das ist ohnehin vernünftiger, wenn wir nachts den Tonbrand bewachen müssen.«

»Er weiß, wovon er redet. Tu, was Lacatte sagt«, unterstützte Bernard ihn im Befehlston.

Seit wann erteilte er ihr Befehle? Als Simona Blut schmeckte, bemerkte sie, dass sie sich in die Wange gebissen hatte, um eine Erwiderung zu unterdrücken. Der Schmerz brachte es ihr zu Bewusstsein: Sie musste den Tatsachen ins Auge sehen. Bernard wollte und würde Annon nicht helfen. Er hatte sich dem Salamander wieder zugewandt und die Hände voller Formsand. Es wäre Zeitverschwendung, ihn weiter zu bedrängen. Grußlos verließ sie die Werkstatt.

Enttäuschung und Zorn kochten in ihr. Was konnte sie tun? Wer in Nîmes war einflussreich genug, die Inquisition aufzuhalten. Wer hatte die Macht? In Venedig wüsste sie es. Ihre Familie hätte Mittel und Wege, Annon zu retten.

Ein Geistesblitz ließ Simonas Schritt stocken. Der Name Contarini genoss auch in Nîmes Ansehen, das hatte sie bemerkt, als sie den Brief an ihre Eltern auf den Weg brachte. Sollte sie das Risiko eingehen? Welche Frage. Natürlich.

Als ginge es um das eigene Leben, rannte sie, obwohl ihr vom schnellen Lauf beinahe die Lungen bersten wollten. Keuchend bog sie in die *Rue de Poissonnerie* ein und fand sie, bis auf einen streunenden Hund, verlassen. Niemand schien sich auf die Straße zu wagen. Ihre Bangigkeit unterdrückend, stieß sie die halboffene Tür zu Annons Haus auf und trat wachsam ein. Lastende Stille und barbarische Verwüstung empfingen sie.

Bis auf den eisernen Suppentopf und die Holzschalen war alles zerschlagen. Das Spinnrad lag halbverbrannt in der Feuerstelle, die Trümmer von Bank und Tisch waren auf den ganzen Raum verteilt, gezupfte Wollreste überall auf dem Boden verstreut. Mehl und getrocknete Bohnen knirschten mit Tonscherben unter ihren Sohlen. Mit der Suppe hatten die Männer das Feuer gelöscht. Auf dem Kaminabsatz lag leblos und verdreht Annons alter Kater, der nie von ihrer Seite wich.

Simona drehte es das Herz im Leib um. Sie ertrug den Anblick des toten Katers nicht, musste sich abwenden. Das sinnlose Töten dieses völlig unschuldigen Tieres ließ das Schlimmste befürchten. Menschen, die zu so etwas fähig waren, waren zu allem fähig.

Nichts Gutes erwartend, stieg sie die Stufen zu ihrer Stube hinauf. Sie öffnete die Tür, blinzelte, so unglaublich erschien es ihr, dass keiner der Schergen sie betreten haben sollte. Aber alles war unberührt, und als sie die kleine Truhe aufschlug, die ihren kargen Besitz enthielt, fand sie ihn unangetastet vor. Offensichtlich hatten die Männer nicht gewusst, dass Annons Stube bewohnt war. Aber wieso hatten sie sie nicht einmal kontrolliert?

Waldenser leben in selbstgewählter Armut. Sie sind gar nicht auf die Idee verfallen, nach irgendwelchem Reichtum zu suchen.

Simona wechselte hastig die Kleider – den einfachen Kittel tauschte sie gegen die Kleider der Simona Contarini. Die Dame aus einer der ersten Familien Venedigs konnte sich leichter Gehör verschaffen als die einfache Handwerkersfrau. Sie nahm Papiere, Geld und den Dolch an sich.

* * *

Ohne einen Blick auf die Steinmasse der alten römischen Arena zu werfen, schritt Simona durch das Gewirr der Gassen. Die Armen der Stadt hatten nach und nach Besitz von dem verlassenen Gemäuer ergriffen, da das Schloss des Vizegrafen von Nîmes, der zuvor dort residiert hatte, auf Befehl des Königs von Frankreich geschleift worden war. Mittlerweile hatte sich das Steinrund in ein winkeliges Viertel aus Bruchsteinhäusern gewandelt, das man nach Sonnenuntergang besser nicht betrat. Bernard hatte Simona eindringlich davor gewarnt, auf ihren Streifzügen der Arena zu nahe zu kommen.

Heute schlug sie seine Warnungen in den Wind. Der schnellste Weg zu ihrem Ziel führte direkt an der Arena vorbei. Ihre Angst um Annon war größer als die um die eigene Sicherheit.

Pascalin Vernez, der Agent der Contarini, ging seinen Geschäften in einem zweistöckigen Steinhaus nach, dessen Fassade aussah, als sei sie ebenfalls aus Steinen der Arena errichtet worden. Er handelte mit billigen Stoffen aller Art, mit Segeltuch und kostbarem Salz. Das Schreiben mit dem Siegel der Contarini, das ihm die vermeintliche Magd zur Weiterleitung anvertraut hatte, hatte er am Martinstag des vergangenen Jahres geradezu ehrfurchtsvoll entgegengenommen. Offensichtlich hielt er nur selten direkte Korrespondenz mit Venedig in den Händen.

Auf diese Vermutung gründete Simona nun ihre Hoffnung. Wenn sie respekteinflößend genug auftrat, musste er sich geradezu verpflichtet fühlen, alles für sie zu tun, was in seiner Macht stand. Immerhin war sie eine Verwandte des mächtigen Paolo. Sowohl ihr Kreditbrief wie auch das Empfehlungsschreiben ihres Vaters und das Siegel mussten ihn überzeugen, auch davon, dass seine Dienstbarkeit ihm nicht zum Nachteil gereichen würde. Der magere Gehilfe, der es bei ihrem ersten Besuch kaum für nötig erachtet hatte, sich von seinen Salzfässern zu entfernen, kam beim Anblick der gutgekleideten Fremden augenblicklich herbeigeschlurft, um nach ihren Wünschen zu fragen.

»Herr Vernez ist mit einem wichtigen Besucher in seinem Kontor. Ich werde ihm unverzüglich melden, dass Ihr ihn zu sprechen wünscht, Monna Contarini.«

Sie unterbrach ihn mit einer aufgesetzten herrischen Geste, die ihn augenblicklich in Trab setzte.

»Zeigt mir den Weg, ich kann nicht warten«, erklärte sie. »Meine Zeit ist äußerst knapp.«

Er wagte nicht, ihr zu widersprechen, und begleitete sie. Vernez goss soeben Wein für seinen Besucher ein. Er blickte unwillig auf, als sein Gehilfe mit Simona hereinplatzte. Bevor der noch zu Ende stammeln konnte, ergriff Simona selbst das Wort.

»Verzeiht, dass ich Euch so unhöflich überfalle, Monsieur Vernez, aber mein Anliegen ist äußerst wichtig. Mein Name ist Simona Contarini. Da Ihr Agent unseres Hauses seid, wende ich mich an Euch um Unterstützung und Hilfe.«

»Habe ich richtig gehört? Ihr seid Simona?«

Irritiert von der formlosen Anrede nahm Simona erst jetzt den Besucher in Augenschein, dem Vernez gerade den Wein eingeschenkt hatte. Er stellte den Zinnbecher ab, sprang mit einem Satz auf die Beine und verneigte sich mit ausgesuchter Höflichkeit vor Simona.

Ihre Verwunderung wich der Verblüffung, als er vor ihr

stand. Haarfarbe, Gesichtszüge, dieses Lächeln. Er war groß, blond, mit so hellen Augen, dass sie nicht sagen konnte, ob sie nun grau, blau oder grün leuchteten – die Familienähnlichkeit mit den Contarini war augenfällig. Er war älter als Lucca und jünger als ihr Vater. Etwa so alt wie sie. Wer war er?

»Wer seid Ihr?«, fragte sie, während in ihrem Rücken Vernez den Gehilfen nach draußen scheuchte und die Tür hinter ihm schloss.

»Cornelis van Liewe aus Antwerpen, Simona. Wir sind auf irgendeine verzwickte Weise miteinander verwandt, so dürfen wir sicher auch auf die förmliche Anrede verzichten. Wie wunderbar, dass ich Euch gleich am Tag meiner Ankunft in Nîmes über den Weg laufe. Ihr seid der Grund meines Aufenthalts hier. Nehmt doch Platz, Ihr seht erschöpft aus. Geht es Euch nicht gut? Was ist das für eine Sache, in der Ihr Hilfe sucht?«

Simona fasste sich blitzschnell, während sie sich auf dem Stuhl mit geschnitzter Rückenlehne niederließ, den ihr Cornelis höflich hinschob. Kein Zweifel, wenn dieser Cornelis van Liewe ihretwegen in Nîmes war, hatte ihr Vater ihn geschickt. Zwar hatte sie ihn in ihrem Brief darum gebeten, ihre Entscheidung zu respektieren, aber in seinen Augen würde sie wohl immer das Kind bleiben, um das er sich kümmern, dem er den richtigen Weg weisen musste.

Was will er?

Annon! Ich muss Annon helfen, alles andere muss warten.

Mit äußerster Konzentration schob sie ein weiteres Mal an diesem Tag persönliche Fragen und Ängste von sich. Sie versuchte Cornelis einzuschätzen.

»Niemand in Antwerpen weiß, dass ich in Nîmes bin«,

begann sie diplomatisch, um ihm Näheres über seine Mission zu entlocken. Wie hatte ihr Vater, mitten im Winter, derartig schnell von Venedig aus mit jemandem in Antwerpen Verbindung aufnehmen können?
Er schenkte ihr ein strahlendes Lächeln, von dem sie sich, falls er das wollte, nicht beeindrucken ließ.
»Ich weiß es nur deshalb, weil ich nicht aus Antwerpen komme«, klärte er sie auf, wobei er ihre Unruhe bemerkte. »Ich komme direkt aus Venedig. Mein Vater ist der Meinung, dass es gut für mich sei, wenn ich nicht nur unser Geschäft in Antwerpen und Brügge kenne, sondern auch das unserer Partner in Florenz und Mailand sowie die Verwandtschaft in Venedig. Meine bevorstehende Heimreise hat wiederum Euren Vater dazu veranlasst, sich an mich zu wenden. Als er erfuhr, dass ich mich trotz des Winters auf den Weg nach Hause machen würde, bat er mich, Euch seine Botschaft zu überbringen. Eure Familie sorgt sich außerordentlich um Euer Wohlergehen, Simona.«
Er wollte nach seiner Kuriertasche greifen, aber Simona hielt ihn ab. Sie wusste genug für den Augenblick.
»Wir müssen das später besprechen. Verzeiht, aber es geht um Leben und Tod. Wie Ihr sicher wisst, habe ich hier bei einer ehrbaren Witwe Quartier gefunden.«
So knapp wie möglich versuchte Simona die Gefahr für Annon zu schildern. Doch während Cornelis zuhörte und nachfragte, wurde Vernez leichenblass. Als sie schwieg, hob er die Hände, als bedrohe er sie.
»Ihr könnt von Glück sagen, dass sie Euch nicht ebenfalls mitgenommen haben«, rief er erregt. »Sich mit der Kirche anzulegen ist lebensgefährlich. Schon gar, wenn es um die Waldenser geht. Die arme Frau ist nur eine von vielen, die

im Kerker gelandet sind. Seit unser König in Spanien gefangen gehalten wurde, wütet die Inquisition bei uns immer mächtiger. Niemand vermag sich gegen sie zu stellen.«

»Was soll das heißen, Vernez?« Cornelis stand Simona ohne Wenn und Aber zur Seite. »Wenn ich Monna Simona richtig verstanden habe, teilt die Frau das wenige, das sie besitzt, mit den Armen und betet zu Gott in ihrer Muttersprache. Seit wann sind Nächstenliebe und Frömmigkeit ein Verbrechen?«

»Seit im vergangenen Sommer in Paris von unbekannter Hand eine Marienstatue beschädigt wurde, kochen die Gemüter hoch«, versuchte Vernez die Zusammenhänge zu erklären. »Die Kirche nannte es ein Sakrileg und den Täter einen Gottlosen. Der König hat tausend Goldstücke Belohnung für die Ergreifung des Schuldigen ausgesetzt, aber bisher konnte man ihn nicht finden. Man sucht jedenfalls noch immer unter den Ketzern nach ihm. Infolge der Tat hat das Parlament Seiner Majestät außerdem die Lektüre und den Besitz der Bibel, in einer anderen als der lateinischen Sprache, unter Strafe gestellt. Wer sich nicht daran hält, dem droht der Feuertod. So tragisch es ist, man kann nur beten für die Frau.«

»Beten.« Der wiederholte Vorschlag kostete Simona die Fassung. »Als ob das je etwas gebracht hätte. Man muss handeln. Annon muss aus dem Gefängnis befreit werden. Sie werden sie dort hinrichten.«

»Das stimmt.« Cornelis ging mit langen Schritten im Raum auf und ab. »Wohin bringt man die armen Teufel, die der Inquisition zum Opfer fallen? Vielleicht können wir mit Geld etwas erreichen. Geld öffnet viele Türen.«

Obwohl Simona ihn im Verdacht hatte, eher aus Abenteuerlust aktiv zu werden als aus Nächstenliebe, war sie dankbar für seine Unterstützung. Seiner Autorität beugte sich schließlich auch Vernez. Er erklärte sich murrend bereit, gemeinsam mit Cornelis Erkundigungen über Annons Verbleib anzustellen.

»Wartet hier auf uns«, wandte Cornelis sich an Simona. »Wir werden uns beeilen. Ihr könnt ohnehin nicht in Euer Quartier zurück, solange nicht geklärt ist, was man der Frau Eures Hauses anlastet. Ihr dürft Euch nicht in Gefahr bringen. Ich musste Eurem Vater schwören, dass ich alles für Eure Sicherheit und Euer Wohlbefinden tun werde. Ihr wärt verantwortlich dafür, dass er mir den Kopf abreißt, sollte Euch etwas zustoßen.«

Ehe sie Gelegenheit zum Widerspruch bekam, hatte Cornelis den Agenten schon aus dem Raum geschoben. Seine Art hätte Simona unter anderen Umständen amüsiert. Jetzt aber war sie außer sich vor Sorge. Sie konstatierte lediglich, dass Cornelis van Liewe Charme besaß und ihn einzusetzen wusste. Reichte das aus?

Sie legte im Schoß die kalten Hände ineinander und schloss die Lider. Sofort erschien ihr ein wilder Bilderreigen vor dem inneren Auge: Annons verhärmtes Gesicht. Die zerstörte Stube. Der Kater, der es so geliebt hatte, nach ihrer Spindel zu haschen. Bernards Kopfschütteln und der starre Blick des kleinen Salamanders. Inzwischen war sicher auch er tot. Erstickt im Formsand und verbrannt in der Glut des Ofens. Bernard! Sein Fanatismus stand dem der Inquisitoren in nichts nach.

Gab es einen Ausweg aus diesen Spiralen der Gewalt?

NEUNTES KAPITEL

Freunde

NÎMES, 20. JANUAR 1529

Der Funke Hoffnung, den Cornelis und Vernez in Simona entzündet hatten, begann zu verglimmen im Laufe der Stunden. In Vernez' Kontor wurden die Lampen aufgestellt, man brachte ihr ein eisernes Glutbecken, das Wärme verbreitete, Gewürzwein und einen Teller mit Erfrischungen. Nichts davon freilich konnte ihre Anspannung lockern. Im Gegenteil. Sie fror, ihre Kehle schmerzte von Trockenheit, und hätte sie einen Bissen gegessen, sie hätte ihn erbrechen müssen. Die Angst um Annon nahm zu statt ab. Sie nährte sich von der verstreichenden Zeit, und als die beiden Männer endlich erschienen, zitterte sie am ganzen Körper, so dass sie nicht aufstehen konnte.

Cornelis beantwortete die Frage, die ihr in den weit aufgerissenen Augen stand, unverzüglich.

»Sie hat einen Erlöser gefunden, Simona. Gott hat sie zu sich genommen, ehe sie ihr etwas antun konnten. Ihr Herz hat einfach aufgehört zu schlagen.«

Simona presste sich die Hand aufs Herz, als müsse sie sich vergewissern, dass es noch schlug.

»Simona.« Cornelis fand instinktiv die richtigen Worte. »Annon leidet nicht mehr. Sie war alt und gebrechlich. Mögen die Ereignisse ihren Tod auch beschleunigt haben, er stand ihr ohnehin bevor. Der Herr hat sie rechtzeitig erlöst.«

Der Wahrheitsgehalt seiner Worte richtete Simona wieder etwas auf, wobei sie glaubte, in Vernez' Gesicht Erleichterung erkennen zu können. Was hatte er von ihr erwartet? Dass sie zusammenbrach? Er war ein schlechter Beobachter. Er hatte nicht einmal bemerkt, dass sie und die Magd mit dem Brief ein und dieselbe Person waren.

Bei aller Trauer war es doch auch eine Erlösung von der Angst für sie, gestand sie sich ein, von der Angst, dass Annon im schlimmsten Fall den Feuertod erleiden hätte müssen.

Sie griff nach dem Weinbecher und trank einen Schluck. Mittlerweile war der heiße Inhalt kalt geworden, war aber doch wohltuend und hatte beruhigende Wirkung. Sie straffte die Schultern.

Cornelis, der sie nicht aus den Augen gelassen hatte, nickte beifällig. »Wir haben den Kerkermeister bestochen. Er wird Annon auf dem Armenfriedhof zur Ruhe betten. Mehr konnten wir nicht für sie tun.«

Simona bedankte sich tonlos und machte Anstalten aufzustehen.

»Ihr könnt nicht mehr in das Haus der Toten zurück«, erklärte Vernez ihr. »Die Kirche beschlagnahmt das Eigentum der Ketzer. Ihr habt kein Dach mehr über dem Kopf. Was wollt Ihr jetzt tun?«

So unvermittelt vor die Frage gestellt, zögerte Simona.

Vernez hatte sicher recht. Wo sollten sie wohnen? Bei Lacatte, sein Angebot annehmen? Bernard würde auf sie warten, wenn er irgendwann seine Arbeit getan hatte und an sie dachte. Vielleicht würde er sich sogar um sie sorgen. Sie musste sich mit ihm beraten, und sie schuldete ihm auch noch eine Erklärung.

»Lest den Brief Eures Vaters, ehe Ihr weitere Überlegungen anstellt«, riet Cornelis. »Bleibt erst einmal sitzen und erfahrt in Muße, was er Euch sagen will. Wer immer auf Euch wartet, wird es auch noch ein wenig länger tun können.«

Wusste er, was in dem Brief stand? Was hatte ihr Vater ihm erzählt? Simona begegnete seinem Blick, konnte aber nur Wohlwollen darin lesen. Sie brach das Siegel und faltete den Bogen auseinander. Piero Contarini hatte die Feder selbst geführt, sie erkannte seine Schrift. Was sie wirklich überraschte, war die Kürze des Schreibens.

Geliebte Tochter,

es war immer unser Bemühen, Dein Wohlergehen zu sichern und Dir zum Besten zu dienen. Du nimmst einen Platz in unserem Herzen ein, von dem Dich nichts vertreiben kann. Dennoch bitten wir Dich inständig um Besonnenheit und Vernunft. Cornelis van Liewe ist bereit, Deine Reise zurück nach Flandern zu begleiten. Seine Urgroßmutter ist Lucas Contarinis rebellische Schwester Christina gewesen. Vielleicht ist dies für Dich ein Grund, ihm zu vertrauen.

Unsere Liebe und unsere Sorge begleiten Dich.

Deine Eltern Piero und Donata Contarini.

Die knappen Worte verfehlten nicht ihre Wirkung auf Simona. Der Brief klang in seiner Zuwendung und Besorgtheit fast flehend, bekam dadurch eine Eindringlichkeit, der sie sich nicht entziehen konnte. Dass er sie auf Cornelis' rebellische Urgroßmutter verwies, um sie zum Gehorsam aufzurufen, rührte sie. Unvermittelt erinnerte sie sich sogar des Klangs seiner Stimme. Es wäre nicht blinder Gehorsam, wenn sie folgte. Sie hatte auch ein Anrecht auf Schutz. Annons Tod, Bernards Herzlosigkeiten, die Erkenntnis, dass sie in Nîmes kein Zuhause mehr hatte – sie fühlte sich müde, erschöpft vom langen Warten in Vernez' Kontor. Sie war auch nicht so stark, wie sie geglaubt hatte. Ihr Vater hatte ihr Bestes im Sinn. In ihrem ganzen Kummer fand sie Ruhe in dieser Gewissheit.

»Ich werde dem Wunsch meines Vaters folgen, Cornelis«, sagte sie mit fester Stimme. »Aber ehe ich Nîmes verlasse, muss ich noch ein paar Dinge regeln. Gebt Ihr mir bitte die Zeit dafür?«

»Aber selbstverständlich. Ich bin erst heute Nachmittag eingetroffen, Simona, und mir steht nicht der Sinn danach, sofort wieder aufzubrechen. Auch muss ich ein Reittier für Euch besorgen und Quartier, so wie es aussieht.«

»Ihr seid natürlich meine Gäste«, lud Vernez ein. »Meine Frau wird Kammern für Euch richten und für eine ordentliche Mahlzeit sorgen. Es kommt nicht in Frage, dass Ihr in eine Herberge geht, Monna Contarini. Ihr hättet gleich um meine Gastfreundschaft nachsuchen sollen.«

Simona nickte dankend.

»Wir müssen jetzt erst einmal sehen, dass die Dinge erledigt werden, die erledigt werden müssen. Monna Simona muss zu sich finden. Sie ist erschöpft. Ich nehme das in die Hand.«

Cornelis hielt Wort. Er besorgte sogar einen pfiffigen Hausburschen, den Simona zu Meister Lacatte schicken konnte, um Bernard Bescheid zu geben.

»Er soll mich nach dem Mittagsläuten in der Kathedrale unserer lieben Frau treffen«, schärfte sie dem Jungen ein und ließ ihn die Botschaft wiederholen, ehe sie ihm eine Münze gab. »Die zweite Münze bekommst du morgen Mittag, wenn ich zurück bin.«

»Eine wahre Contarini«, stellte Cornelis trocken fest, als sie wieder allein waren. »Vorsichtig und erst bereit zu zahlen, wenn alles getan ist wie aufgetragen. Unverkennbar contarinisch auch ohne die äußerliche Familienähnlichkeit.«

Simona ging nicht sofort ein auf seine wohl als Lob gemeinte Bemerkung. Sie dachte an Bernard. In einer Kirche hatten sie sich zum ersten Mal getroffen, und in einer Kirche würden sie Abschied nehmen. Ob er ihr zürnte, wenn sie ihn verließ? Sie sah dem Gespräch mit Bangen entgegen.

Mit Verspätung drang ihr Cornelis' Bemerkung ins Bewusstsein. »Wie kommt Ihr dazu, Familienähnlichkeiten bei mir zu entdecken?«

»Das will ich Euch gerne erklären, Simona. Im Haus meiner Eltern hängt ein Bild von Lucas Contarini, das in hohen Ehren gehalten wird. Es zeigt die Verkündigung Mariens und ist angeblich nach einem Wandgemälde entstanden, das der Maler in jungen Jahren gemalt hat, ehe er nach Venedig kam. Die Mutter Gottes trägt die Züge von Hannah Contarini, seiner Frau, und Ihr seid ihr so ähnlich, wie es nur möglich ist. Ihr werdet Aufsehen erregen in Antwerpen, dessen könnt Ihr gewiss sein.«

Die Familienbande waren eng geknüpft zwischen ihnen, wurde Simona immer bewusster. Cornelis zeigte Verständnis für sie, schien ihr wirklich zugeneigt. Sie konnte ihm vertrauen, sagte sie sich. Als Familienmitglied hatte er ein Recht darauf.

»Lass uns zum verwandtschaftlichen Du übergehen, Vetter Cornelis«, bot sie ihm an. »Wie du gehört hast, habe ich dem Burschen vorhin die Botschaft für Bernard mitgegeben, dass ich mich mit ihm treffen möchte. Ich kann Nîmes nicht einfach so verlassen. Ich schulde ihm eine Erklärung.«

»Aber du lässt ihn in Nîmes zurück«, versicherte er sich mit einer Spur von Neugier.

»Unsere Wege trennen sich«, bestätigte sie, aber Cornelis konnte hören, dass ihr der Entschluss nicht leichtfiel.

* * *

Die Kathedrale *Notre Dame et Saint Castor* mochte zwei Heiligen zugleich geweiht sein, aber Cornelis hielt sie trotzdem für ein schäbiges Gotteshaus. Gedrungen, mit kleinen, halbrunden Bogenfenstern, wurde sie von den eleganten Säulen des römischen Tempels, den man in Nîmes *Maison Carrée* nannte, weit in den Schatten gestellt.

Er hatte es sich nicht nehmen lassen, Simona zu begleiten. »Betrachte mich als eine Art Bruder. Dein Vater hat dich unter meinen Schutz gestellt. Keine Angst, ich mische mich nicht ein, aber in meiner Begleitung bist du sicherer, und das beruhigt mich.«

Cornelis schien ohne große Worte zu ahnen, dass sie Halt und Schutz brauchte. Es beruhigte sie, zu wissen, dass er vor der Kathedrale auf sie wartete, während die Tür hinter ihr zufiel und sie ihre Augen an die Düsternis des Gotteshauses gewöhnen musste.

Es war Simona, als tauche sie in eine Gruft, zumal es innerhalb der Mauern so kalt war, dass jeder Atemstoß vor ihrem Mund sichtbar wurde. Sie tastete sich durch das graue Zwielicht zum Altar und kniete nieder. Ihr Gebet für Annon war gleichzeitig auch ein Abschied von ihr. Sie hoffte von ganzem Herzen, dass ein gnädiger Gott sie mit ihrer Familie vereint hatte. Ein Gott der Liebe und des Verzeihens, nicht der Gott, den die Mönche der Inquisition beschworen.

»Simona! Was hat das alles zu bedeuten? Wer war der Bursche, den du mir geschickt hast? Warum trägst du diese Kleider? Was ist mit Annon? Warum bestellst du mich in diese Kirche?«

Bernard war gekommen, bestürmte sie mit seinen Fragen. Er klang aufgebracht und besorgt zugleich. Zwei neue, scharfe Falten, zu beiden Seiten seiner Nasenflügel, fielen ihr auf. Auch seine Stimme kam ihr schärfer vor, ungeduldiger. Sie glaubte herauszuhören, dass er seine schroffen Worte in der Werkstatt im Nachhinein gerne zurückgenommen hätte, obwohl er sicher von ihrer Richtigkeit überzeugt war. Er fürchtete lediglich, dass sie ihm böse und ihm deswegen ferngeblieben war.

»Danke, dass du gekommen bist, Bernard«, antwortete sie leise. »Wir müssen miteinander sprechen, und ich will es nicht vor den Ohren der ganzen Töpferwerkstatt tun.«

»Was ist mit Annon?«, wiederholte er eine seiner Fragen ein wenig ruhiger. »Wieso bist du nicht wie verabredet zu Lacatte gekommen? Als ich dich im Haus suchte, warst du fort. Ich habe nur unsere Sachen gefunden und mitgenommen. Lacatte sagte mir, dass du einen Burschen geschickt hast, mit der Nachricht, dass du mich hier treffen willst.«

Simona beschränkte ihre Antwort auf das Wesentliche.

»Annon ist tot.«

Bernard erschrak und bekreuzigte sich. Dann presste er grimmig die Lippen aufeinander.

»Gott gebe ihr die ewige Ruhe. Woher weißt du von ihrem Tod? Ist sie auf der Streckbank gestorben?«

»Nein, ihr Herz ist wohl einfach stehengeblieben, über all den Aufregungen und der Angst. Sie kamen gar nicht dazu, sie auf die Streckbank zu binden.«

Bernard brummte etwas Unverständliches. Sie sah ihm an, dass ihm Annons Schicksal trotz allem naheging.

»Gut, dass es vorbei ist. Für sie und für uns ist es das Beste. Ich hatte solche Angst um dich. Du darfst nie wieder so ohne ein Wort verschwinden. Was hast du übrigens mit Vernez zu schaffen? Lacatte hat behauptet, es sei einer seiner Dienstboten gewesen, der deine Nachricht überbrachte. Er hat mich mit Fragen gelöchert, und ich konnte keine einzige beantworten.«

»Pascalin Vernez ist in Nîmes der Agent meiner Familie. Es tut mir leid, ich hätte es dir früher sagen sollen, aber es schien nicht wichtig zu sein. Ich habe seine Dienste bisher nur in Anspruch genommen, um einen Brief an meine Eltern zu befördern.«

»Aber nun suchst du Zuflucht bei ihm.« Bernard machte

sich seinen eigenen Reim auf die Dinge. »Bist du unglücklich mit mir? Bist du deswegen so seltsam in der letzten Zeit?«

»Du hast es also gespürt«, entgegnete Simona und versuchte jeden Vorwurf aus ihrer Stimme herauszuhalten. Auch sie trug schließlich Schuld an der Entfremdung, die sie trennte.

»Dass du nicht mehr glücklich mit mir bist? Wie sollte ich das wohl übersehen? Wenngleich ich nicht verstehe, was der Grund dafür ist. Waren wir uns nicht einig, dass wir zusammenbleiben wollen?«

In der Frage steckte eine Anklage, die Simona von sich wies. »Solange das Zusammensein uns beide bereichert und nicht belastet, ja. Aber du brauchst mich schon längst nicht mehr in deinem Leben, Bernard. Ich bin eine liebe Gewohnheit geworden, zu der du heimkehrst, wenn dich Hunger, Müdigkeit und Ratlosigkeit aus der Werkstatt treiben. Den Rest der Zeit vergisst du mich. Irgendetwas haben wir wohl falsch gemacht, dass es so mit uns gekommen ist, wobei ich wiederum nicht weiß, was.«

Bernard verengte die Augen. »Dann will ich es dir sagen, Simona. Du verübelst mir, dass ich ein Handwerker bin und kein Herr der mutigen Taten, der in Not geratene Unschuldige rettet. Du wirfst mir vor, dass ich nicht für Annon eingetreten bin. Sollte ich mein Leben für eine Frau aufs Spiel setzen, die mit offenen Augen ein Risiko eingegangen ist, vor dem du sie wieder und wieder gewarnt hast? Würdest du mich mehr lieben, wenn ich Vernunft und Vorsicht vergessen hätte?«

Er war gekränkt und schuldbewusst zugleich. Simona strich ihm beruhigend über den Arm.

»Du verstehst mich falsch, Bernard. Ich mache dir keine Vorwürfe, und ich wollte dich nie ändern. Ich weiß nur zu gut, wie es ist, wenn ständig an einem herumgemurrt wird. Ich bin dir unendlich dankbar für die Zeit, die ich mit dir verbringen durfte. Du hast mir die Augen geöffnet und mich Dinge gelehrt, von denen ich nichts ahnte. Du hast mir die Freude am Dasein und an der Liebe zurückgeschenkt. Ich bereue keinen Tag, den ich mit dir verbracht habe. Sie sind die schönsten meines Lebens gewesen.«

Bernard vernahm auch die Worte, die sie nicht aussprach.

»Dennoch willst du nicht für immer die Frau eines Handwerkers sein, der Tonstaub in deine Stube trägt und davon träumt, mit seiner Kunst die Gunst des Königs zu erringen. Warum hast du nicht Geduld genug, auf diesen Tag mit mir zu warten? Ich bin auf einem guten Weg. Du hast es doch gesehen.«

»Wenn du unschuldige Tiere dafür töten musst, ist es kein guter Weg, Bernard. Hast du Gottes Gebote vergessen? Du sollst nicht töten.«

»Das gilt für Menschen, nicht für Tiere.«

»Wer behauptet das?«

»Die großen Lehrer der Kirche. Sie sagen, dass Tiere keine Seele haben und keinen Schmerz leiden. Sie zu töten ist kein Unrecht.«

Simona ahnte, dass er sich auf eine Aussage des Thomas von Aquin berief, dessen Thesen ohnehin nicht ihren Beifall fanden. »Es gibt sogar Kirchenlehrer, die behaupten, Frauen hätten keine Seele. Leitest du daraus das Recht ab, dass man auch Frauen ungestraft töten darf?«

»Du bist spitzfindig«, verwahrte er sich.

»Nein. Nur logisch. Wenn du, um Kunst zu schaffen, töten musst, dann schaffst du nicht Kunst, sondern du vernichtest Leben. Ich kann nicht glauben, dass Tiere keinen Schmerz empfinden und keine Seele haben. Sie sind Gottes Geschöpfe wie wir, er hat ihnen den Atem und das Leben gegeben.«

»Das mag ja für Pferde, Hunde oder Katzen gelten, die dem Menschen zum Nutzen und zur Freude dienen und denen gegenüber er deshalb Verantwortung trägt, aber doch nicht für das kleine Kriechzeug im Staub. Du traust ihm Gefühle zu, die es nicht besitzt.«

Simona schüttelte den Kopf. »Wie beim Zeichnen kommt es auch hier auf die Perspektive an, Bernard. Wenn du selbst zu den Kleinen im Staub gehörst, siehst du die Dinge anders. In den Augen des Königs sind *wir* so klein wie Feuersalamander, und doch hoffen wir, dass er uns nicht sinnlos für seine Ziele opfert.«

Aufgewühlt sahen sie sich an. Nie zuvor hatten sie so strittig ihre unterschiedlichen Meinungen vertreten. Seit Simona ihre innere Sicherheit wiedergefunden hatte, entglitt sie Bernard. Sie wurden mehr und mehr ein ungleiches Paar.

»Du wirst froh sein, wenn du dich nicht mehr um mich sorgen musst«, flüsterte sie schließlich leise. Obwohl sie von der Richtigkeit ihres Entschlusses überzeugt war, fiel ihr der endgültige Bruch schwer. »Lass uns als Freunde auseinandergehen, Bernard. Ich will, dass du mit guten Erinnerungen an mich denkst, wenn wir uns trennen. Ich für meinen Teil werde die Tage unserer Wanderschaft immer im Herzen tragen. Sei gewiss, dass ich dich nie vergessen werde.«

Bernard widersprach nicht. Er akzeptierte niedergeschlagen den Abschied mit einem abgrundtiefen Seufzer. »Deswegen also die eleganten Kleider. Du verlässt die Stadt. Allein.«
»Nein. Keine Abenteuer mehr. Ich reise in Begleitung eines Verwandten aus Flandern. Er wird für alles sorgen und mich sicher nach Antwerpen bringen. Mein Vater hat ihn gebeten, mich in Nîmes abzuholen. Bis wir abreisen, werde ich Gast bei Vernez sein. Die Umstände machen mich wieder zur Simona Bragadin. Ich wollte diesem Namen entfliehen, als ich die *Christina* in Narbonne verließ, aber er holt mich ein.«
Bernard legte die Hände auf ihre Schultern und zog sie ungestüm in seine Arme. Simona lächelte bekümmert und musste in dem dunklen Kirchenraum daran denken, was er ihr über das Licht in den Kirchen erzählt hatte. Sie schmiegte ihre Wange an seine, spürte die Bartstoppeln und den hageren Körper, der ihr so vertraut und lieb geworden war. Sie vermisste ihn schon jetzt.
»Hab Vertrauen in dich, Schmetterling«, vernahm sie seine stockenden Worte. »Und lass dich im fernen Flandern nicht dazu verleiten, gegen deinen Willen zu handeln. Gott behüte dich auf deinen Wegen. Du trägst ein Stück meiner Seele davon.«
Simona musste ihre Stimme frei räuspern.
»Und wohin führen dich deine Wege, Bernard? Die Salamander führen dich in die Irre, glaub es mir.«
Er ging nicht darauf ein. »Wer weiß, vielleicht sieht mich der Frühling in den Ardennen. Man findet dort unzählige Arten von Gestein und Mineralien, deren Geheimnisse noch unerforscht sind. Lacatte sagt, dass es dort auch be-

sondere Tonsteine und Erden gibt. Ich hatte gehofft, du würdest mich dorthin begleiten. Anscheinend habe ich zu lange gewartet damit, es dir vorzuschlagen. Ich werde allein auf Wanderschaft gehen müssen.«

»Ich wünsche dir Glück, Bernard.«

Sie lösten sich voneinander. Als Letztes lösten sich ihre Hände. Bernard verschwand schweigend im Schatten. Eine Tür schlug dröhnend zu.

Simona legte die Hände an die Wangen, lauschte in die Stille und schloss die Augen. Sie ließ den Tränen endlich freien Lauf.

»Lebe wohl, Bernard Palissy.«

* * *

Der Blick, mit dem Simona die hübsche Schimmelstute musterte, die gesattelt vor ihr stand, zeigte keine Begeisterung. Cornelis hatte sich mehr Beifall erwartet. Er hatte das Damenpferd mit Bedacht ausgewählt. Es hatte einen gleichmäßigen Gang, ein ruhiges Gemüt und ließ sich auch von seinem temperamentvollen Braunen nicht beeindrucken.

Das Tier betrachtete Simona aus seelenvollen dunklen Augen. Als es leise schnaubte, zuckte sie zurück. Cornelis unterdrückte im letzten Augenblick einen lauten, sich selbst bezichtigenden Fluch. Mit einem Mal war ihm klar, was da zwischen Reiterin und Pferd im Argen lag.

»Du bist deiner Lebtag noch nie geritten, Simona«, sagte er ihr auf den Kopf zu.

»Und wenn schon. Ich werde es lernen«, entgegnete sie mehr eigensinnig als selbstbewusst. Sie machte allerdings auch keine Anstalten, Cornelis etwas vorzutäuschen. »Hilf mir in den Sattel. Wenn ich erst einmal oben bin, muss ich da nur noch bleiben.«

»Welche Verrücktheit. Lass ab von dem Unsinn. Du bist abgeworfen, ehe du bis drei gezählt hast. Ich fasse es nicht. Ich dachte natürlich, du könntest reiten.« Cornelis verdrehte die Augen.

»Ich bin in Venedig aufgewachsen«, antwortete Simona ruhig. »Wie viele Pferde sind dir da wohl über den Weg gelaufen! In Venedig geht man zu Fuß, oder man nimmt eine Gondel, einen Tragstuhl, eine Sänfte.«

»Und wie bist du nach Nîmes gekommen? Die Stadt liegt nicht am Meer, und Menschen können nicht fliegen.«

»Zu Fuß.«

Der schiere Unglaube, der Cornelis ins Gesicht geschrieben stand, entlockte Simona ein Lachen. Offensichtlich hatte ihr Vater ihm nur eine zensierte Schilderung ihrer Abenteuerlust weitergegeben. Wohlerzogen, wie Cornelis war, hatte er ihm vermutlich ebenso wenig aufdringliche Fragen nach ihr gestellt wie ihr nach Bernard. Es hatte ihm genügt, dass sie ihre Zustimmung gegeben hatte, mit ihm zurückzureisen.

»Du, als die Tochter eines venezianischen Nobile, willst zu Fuß von Narbonne nach Nîmes gewandert sein? Willst du dich über mich lustig machen?«, stellte er sie in Zweifel.

Sie hätten längst aufbrechen können, wenn er sich nur endlich entschlossen hätte, ihr in den Damensattel zu helfen. Rein theoretisch wusste sie, dass sie nur das rechte Bein über das Sattelhorn schlagen, das linke auf dem schmalen Seitenbrettchen, das sich Planchette nannte, plazieren musste, um aufzusitzen. Wie sie das jedoch ohne Hilfe bewerkstelligen sollte, war ihr ein Rätsel. Sie wollte sich weder vor Cornelis blamieren noch vor den beiden Waffenknechten. Vernez hatte nachdrücklich darauf bestanden, sie zur Begleitung bereitstellen zu dürfen. Wäre es nach ihm gegangen, hätte sogar eine Magd sie noch begleitet. Glücklicherweise hatte Cornelis Einspruch erhoben, er hatte sich dagegen gewehrt, einen ganzen Tross anführen zu müssen.

»Ich mache keine Scherze«, antwortete Simona mit ruhiger Sicherheit. »Aber wir verschwenden unsere Zeit. Ich möchte jetzt gerne losreiten. Muss ich einen der Waffenknechte um Hilfe bitten?«

»Natürlich nicht. Und du hast ja auch recht. Ob du nun reiten kannst oder nicht, wir müssen. Du hast ein wunderbares Pferd, und du wirst das Reiten sicher lernen. Und wir werden es brauchen auf unserer Reise. Wenn du heute Abend weder sitzen noch gehen kannst, hilft ein warmes Bad. Wichtig ist dann vor allem, dass du durchhältst, dass du am nächsten Tag weiterreitest. Der Schmerz vertreibt den Schmerz, und du kommst mit der Zeit in Übung.«

Er fasste Simona um die Taille und hob sie ohne Anstrengung in den Sattel.

Erfreut stellte sie fest, dass das Holzgestell mit einem gepolsterten Sattelkissen versehen war und ihre weiten Röcke den Druck des Sattelhorns in Kniekehle und Oberschenkel milderten. Vorsichtig schob sie sich in eine bequeme Stellung und ergriff die Zügel, deren Gebrauch ihr Cornelis in knappen Worten erläuterte.

»Ich bleibe an deiner Seite, damit ich dir im Notfall in die

Zügel greifen kann. Wir werden im Viertakt-Schritt reiten, bis du einigermaßen das Gleichgewicht gefunden hast. Zögere nicht, mich um Hilfe zu bitten.«

Simona nickte und vermied es angestrengt, auf den Boden zu schauen. Die kleine Stute war wesentlich höher, als sie gedacht hatte. Sie wollte sich nicht ausmalen, wie es wäre, wenn sie aus solcher Höhe zu Boden stürzte. Sie beobachtete Cornelis, der gewandt in den Sattel sprang, seinen Braunen an ihre Seite lenkte und das Signal zum Aufbruch gab.

Von Vernez und seiner Frau hatte sie sich schon am Abend zuvor verabschiedet. Zwischen Missbilligung und Mitleid hin- und hergerissen, war Madame Vernez kaum von ihrer Seite gewichen. Sie hatte sie mit Kleidern, mit unerwünschten Ratschlägen und unausgesprochenen Erwartungen zugedeckt, bis Simona nur noch von dem Wunsch beherrscht war, ihr Haus zu verlassen. Sie war heilfroh, ihrer besorgten Aufsicht entkommen zu sein.

Die Gassen waren zur frühen Morgenstunde noch so leer, dass der kleine Trupp die Stadt unauffällig hinter sich brachte. Cornelis ließ Simona nicht aus den Augen. Ihr Kampf mit den Zügeln, dem Sattel und dem Schritt des Pferdes nötigte ihm Respekt ab. Sie schlug sich tapfer.

Nur die zusammengebissenen Zähne, der strenge Mund und eine winzige Falte in der Mitte der Stirn verrieten ihre Konzentration. Bis zum nördlichen Stadttor hatte sie sich jedoch dem Rhythmus der Stute einigermaßen angepasst. Sie war tatsächlich anstelliger und beweglicher als die meisten Frauen, die er kannte. Während er ihr den Gebrauch der Zügel ausführlicher erklärte, wich eine gewisse Anspannung einer Spur von Hoffnung bei ihm. Sie

würden vielleicht doch schneller vorwärtskommen, als er gedacht hatte.
Simonas Aufmerksamkeit war so in Anspruch genommen, dass sie Nîmes hinter sich gelassen hatten, ohne dass sie es beachtet hatte. Als sie sich im Sattel umzudrehen wagte, lag hinter ihnen nur noch Landstraße.
Adieu, Bernard!
Der Augenblick der Unaufmerksamkeit hätte fast genügt, aus dem Sattel geworfen zu werden. Ein Fasan war aus dem Gestrüpp am Wegrand aufgestiegen. Simonas Stute schüttelte schnaubend den Kopf, und nur im letzten Moment konnte sie sich an der Mähne ihres Reittieres festhalten. Das Sattelhorn presste sich hart gegen ihren Oberschenkel, und sie stieß erleichtert die angehaltene Luft aus.
»Geht es wieder?«, erkundigte sich Cornelis besorgt und reichte ihr die Zügel zurück, die er für sie ergriffen hatte.
»Natürlich.« Ihre Stimme klang kurzatmig, aber entschlossen. Sie sah über den Kopf der Stute hinweg nach vorn. In die Zukunft.
Cornelis gefiel ihre Art immer besser.
»Wir reiten in Richtung Rhône, vielleicht finden wir am Fluss einen Frachtkahn, der nach Lyon getreidelt wird. Dann kannst du dich von den Strapazen des Rittes erst einmal erholen«, richtete er sie auf.
»Es geht schon«, wiederholte sie unerschüttert. Sie wollte keinesfalls Schwäche zeigen.
Am späten Nachmittag erreichten sie einen Gasthof. Ihr ganzer Körper fühlte sich steif und wund an. Jede Bewegung schmerzte, und sie wäre gefallen, hätte Cornelis ihr nicht aus dem Sattel geholfen. Er machte keine einzige

Bemerkung. Nachdem sie eine Mahlzeit im Schankraum zu sich genommen hatten, begleitete er sie in ihre Kammer.

»Ich will sehen, dass ich einen Badezuber und heißes Wasser für dich auftreiben kann«, bot er an.

Es war purer Luxus. Eine Magd bereitete ihr nur kurz danach dienstfertig das Bad. Den Nacken auf die Holzkante des Zubers gelegt, überließ sie sich hinter verschlossener Tür dem wohltuenden Nass und ihren Gedanken. Sie richteten sich in die Vergangenheit, auf die Dinge und die Menschen, die ihr wichtig waren, und auf den Weg in die Zukunft, von der sie nicht wusste, was sie ihr bringen würde.

Zweites Buch
Louise von Savoyen

ZEHNTES KAPITEL

Neuigkeiten

BRAY-SUR-SEINE, 2. MÄRZ 1529

Das Stadttor von Bray-sur-Seine kam Simona so eng und niedrig vor, dass sie unwillkürlich den Kopf einzog. Wenigstens peinigte sie im Schutz der Stadtmauern der eisige Ostwind, der sie seit Stunden vor sich hergetrieben hatte, nicht mehr so sehr.

Cornelis hatte gehofft, Paris noch vor Sonnenuntergang zu erreichen, aber die aufgeweichten Straßen und die Kälte hatten den Zeitplan durcheinandergebracht. Die Reise durch das Königreich nach Norden, anfangs von mildem Wetter begleitet und auf der Rhône sogar ein wenig frühlingshaft, hatte sich über Nacht in eine Strapaze verwandelt.

Der Winter war am Vortag unvermutet zurückgekehrt und überzog das Land mit Regen- und Graupelschauern. Alle waren bis auf die Knochen durchgefroren. Heute Morgen hatte Eis auf den Pfützen geglitzert und war klirrend unter den Pferdehufen zersprungen. Simona gedachte voller Mitgefühl der Bauern, die überall entlang ihres Weges die erste Saat in die Erde gebracht hatten. Hoffentlich war nicht inzwischen alles erfroren. Nach dem letzten Hungerwinter wäre das für alle eine Katastrophe. Speicher und Scheunen waren bereits so leer, dass die Katzen dort nicht einmal mehr Mäuse fingen. Der Preis für einen Zentner Weizen hatte sich innerhalb eines einzigen Jahres verdreifacht.

Überall waren die Folgen der Not unübersehbar. Verzweifelte Mütter bettelten um Brot, hohlwangige Kinder hielten flehend die Hände auf. Auch in den Städten herrschten Mangel und Elend. Die zerlumpten Gestalten, die sich auch in Bray-sur-Seine bettelnd an ihre Pferde drängten, machten Simona das Herz schwer.

Cornelis hatte ihr streng verboten, Bettlern etwas zu geben.

»Wenn du einem etwas gibst, weckst du damit den Neid der anderen und löst einen Tumult aus, der uns alle in Gefahr bringt«, warnte er sie auch dieses Mal. »Du kannst nicht ein ganzes Land retten, das von seinem König rücksichtslos ausgeplündert wird.«

»Warum plündert er das Land aus?«

»Weil immer noch seine beiden Söhne, die Prinzen, als Geiseln in Madrid gefangen gehalten werden. Seine Mutter, Louise von Savoyen, hat ihn im Austausch gegen die Kinder freibekommen, und Kaiser Karl fordert nun zwei Millionen Goldstücke für die Freilassung der Prinzen. Für jeden eine Million. So viel nimmt der König im ganzen Jahr an Kopfsteuer kaum ein, also lässt er seine Untertanen mit Sonderabgaben bluten. Und das genügt noch nicht. Ausländische Kaufleute, Geldwechsler und Bankiers müssen zusätzlich einspringen.«

Das also war der wahre Grund dafür, dass sie auf ihrer Reise in Paris Station machen würden. Bisher hatte Cornelis nur gesagt, seine Kuriertasche enthalte Briefe für den französischen Hof. Der König von Frankreich hatte also auch bei den Contarini um Kredit ersucht. Das venezianische Bankhaus und seine Filialen pflegten von jeher Kontakte zu allen Höfen des Abendlandes.

Es kam Simona entgegen, dass sich die Ankunft in Flandern immer mehr hinauszögerte. Je näher sie rückte, desto unbehaglicher wurde ihr. Cornelis hatte ihre Fragen nach der flandrischen Verwandtschaft geduldig beantwortet. Die Familiengeschichten und Skandale schildernd, hatte er erreicht, dass sie über jeden Einzelnen Bescheid wusste. Sie konnte sich unschwer ausrechnen, dass sie vom Regen in die Traufe kommen würde. Zu glauben, dass die Patrizier von Brügge oder die in Antwerpen Verständnis für den Freiheitsdrang einer jungen Witwe aus Venedig aufbringen könnten, wäre einfältig gewesen. Jeder ihrer Schritte würde beobachtet und zum Gegenstand des Stadtklatsches gemacht werden.

Cornelis war ein angenehmer Reisebegleiter. Er hatte seine Zeit im Süden genutzt, sprach sowohl das Venezianische wie das Toskanische fließend und konnte unterhaltsam und kundig plaudern. Er war charmant, konnte witzig sein und hatte ein umfassendes Wissen. Sein Charme nahm die Menschen für ihn ein. Herbergswirte, Schankmägde und Reisende hingen an seinen Lippen. Trotz allem war er Kaufmann durch und durch. Bei allem, was er tat und sagte, wog er ab, ob es seinen Interessen diente.

Mit Cornelis zu reisen unterschied sich von der Wanderung mit Bernard wie Tag und Nacht. Cornelis nahm die Natur kaum zur Kenntnis. Die Regionen, durch die sie ritten, beurteilte er nach Transportwegen, Brückenzöllen und den Wegverhältnissen. Er war ein Stadtmensch. Die Schönheit von Antwerpen schilderte er in den glühendsten Farben. Er freute sich darauf, später seinem Vater bei der Leitung der Familiengeschäfte zur Seite zu stehen.

»Da sind wir.«

Cornelis war in den Hof einer Herberge eingebogen. Sie beherrschte mittlerweile das Reiten und hatte mit ihrer Stute Freundschaft geschlossen. Doch wie immer half ihr Cornelis vom Pferd. Sie war steif vor Kälte. Halberfroren stützte sie sich dankbar auf seinen Arm.

»Ich bin nur noch ein Eiszapfen«, versuchte sie zu scherzen.

Ein Pferdeknecht kam, um ihnen die Reittiere abzunehmen. Simona sah sich um. Sie hatte inzwischen so viele Gasthäuser und Herbergen kennengelernt, dass sie den *Blauen Eber* schnell als ein Haus für Händler und Adlige erkannte. Bernard hätte die Schwelle solcher Häuser nie zu überschreiten gewagt.

Simona verdrängte energisch jeden Gedanken an Bernard. Dankbar genoss sie die Annehmlichkeiten einer warmen Stube und die Gastfreundschaft eines Hauses, das für seine ausgezeichnete Küche und seine guten Weine bekannt war.

Gesicht, Fingerspitzen und Zehen begannen zu prickeln, als es ihr langsam wärmer wurde. Sie schloss die Hände um einen dampfenden Becher mit Gewürzwein. Tief sog sie das Aroma von Pomeranzen und Nelken ein, ehe sie in winzigen Schlucken trank.

»Ein abscheuliches Wetter«, hörte sie einen der Männer, die mit ihnen an dem großen Tisch saßen, zu Cornelis sagen. Er stellte sich als Weinhändler aus Reims vor und fragte neugierig: »Woher kommt Ihr?«

»Aus Lyon«, entgegnete Cornelis.

»Hattet Ihr eine sichere Reise? Es gibt Gerüchte, dass hinter Sens marodierende Söldner ihr Unwesen treiben. Wegelagerer trifft man ohnehin allenthalben. Man ist auf den Straßen des Königreichs seines Lebens nicht mehr sicher in diesen Zeiten.«

»Wenn man Euch so hört, könnte man glauben, Frankreich befinde sich im Krieg«, scherzte Cornelis.

»Nun, ist es denn nicht so? Frankreich und England haben mit dem Habsburger keinen Frieden geschlossen. Bislang ruhen die Waffen, weil alle drei Kontrahenten ein und dasselbe Problem haben: Die Kriegskassen sind leer.«

»Dann sollten wir beten, dass es dabei bleibt. Nur im Frieden geht es dem Volk gut – so die Herrschenden wollen«, erwiderte Cornelis mit einem Augenzwinkern. Nach einer ernsthaften politischen Auseinandersetzung war ihm offensichtlich nicht zumute.

Simona folgte der Unterhaltung, ohne sich einzumischen.

Sein Gesprächspartner lachte.

»Offensichtlich ist unserem König nicht viel am Wohlergehen des Volkes gelegen. Die hohe Geistlichkeit, der Adel und der dritte Stand mussten das Lösegeld für seine bedauernswerten Söhne aufbringen. Jetzt fehlt das Gold an allen Ecken und Enden.«

»Wie ist es ihm gelungen, das Geld aufzutreiben?«, wollte Cornelis wissen.

»Der König hat die Vertreter der Stände zu sich nach Paris gerufen und ihnen erklärt, er müsse den Vertrag erfüllen, den er für seine Freilassung unterzeichnet hat. Unter anderem müsse er seine Kinder aus der Geiselhaft herauskaufen. Die Kirche, der Adel und der dritte Stand haben ihm nach zähen Verhandlungen schließlich Unterstützung zugesagt.«

»Wann war das?«

»Im Dezember siebenundzwanzig, vor mehr als vierzehn Monaten«, antwortete der Weinhändler und nickte, wobei sein Doppelkinn nachwippte. »Leider sind die Prinzen immer noch in spanischen Ketten.«

»Wieso, wenn das Geld bereitsteht?«, mischte Simona sich jetzt doch ein.

Der Weinhändler antwortete ihr gerne.

»Man muss es erst einmal einsammeln. Wisst Ihr, wie schwer das ist? Die Transporte müssen vor Straßenräubern gesichert werden, ein Riesenaufwand. Dabei müsste es wirklich schneller gehen. Ein Abgesandter der Mutter des Königs hat die Erlaubnis erhalten, ihre Enkel zu besuchen. Sein Bericht ließ Louise sicherlich erschaudern. Die Unmenschen haben ihre Enkel in einen kahlen Raum gesperrt, wo sie hungern und frieren. Zu Beginn ihrer Geiselhaft waren sie sieben und acht Jahre alt, mittlerweile haben sie fast ihre Muttersprache verlernt. So grausam können nur Spanier sein. Man sagt, ihre Großmutter habe bittere Tränen vergossen, als sie davon erfuhr.«

»Und was sagt der König dazu?«, erkundigte sich Simona.

»Er scheint auch fast zu verzweifeln. Man muss die armen Knaben heimholen. Der Älteste von ihnen ist unser künftiger König. Welche Schmach, dass er diese Demütigungen ertragen muss. Im März sechsundzwanzig hat der

König sie in Saint-Jean-de-Luz zum letzten Mal gesehen. Es ist ein Elend, ein wahres Elend.«

»Er hätte sie gar nicht erst nach Spanien schicken dürfen. Man macht keine Geschäfte mit Kindern«, stieß Simona schroff hervor.

»Sie sind eben keine gewöhnlichen Kinder. Sie sind Prinzen«, griff Cornelis ein, ehe die Debatte zum Streit ausartete. »Ich bin, offen gesagt, lieber der Sohn eines Händlers als der eines Königs.«

»Wohl gesprochen«, schmunzelte der Weinhändler und wusste sogleich eine neue Geschichte. Dieses Mal ging es um die neueste Geliebte des Königs.

Staunend vernahm Simona, dass die siebzehnjährige Anne de Pisseleu d'Heilly, eine Hofdame der Königsmutter, jetzt seine Favoritin sei.

»Von erlesener Schönheit soll sie sein. Das Herz geht einem auf, so schön«, schwärmte der Dicke. »Die alte Louise selbst soll die treibende Kraft hinter dieser Liaison sein. Sie hat wohl alles darangesetzt, dass sich der König von seiner bisherigen Geliebten Françoise de Chateaubriand trennt.«

Der König war seit mehr als drei Jahren Witwer. In der spanischen Gefangenschaft hatte er zugestimmt, Eleonore, die Schwester des Habsburger Kaisers, zu heiraten, das wusste Simona. Es war ihm nicht zu verdenken, dass er sich eine Geliebte nahm, Eleonore war immer noch in Madrid, zusammen mit seinen Kindern, und ihr Bruder Karl scheute nicht davor zurück, auch sie für seine Zwecke zu nutzen.

»Dem König ist es wohl schwergefallen, sich zwischen beiden Damen zu entscheiden«, verfolgte sie den Tratsch am Tisch weiter. »Es war ein ewiges Hin und Her. Mal die eine, die süße Anne, jung, erfrischend und bezaubernd. Dann die andere, eine wahre Amazone, fast dreißig, erfahren und sicher raffinierter in Liebesdingen. Nach seiner Rückkehr aus Spanien hatte es lange gedauert, ehe Madame Chateaubriand einsah, dass sie auf verlorenem Posten stand. Sie hat sich am Ende schmollend auf ihre bretonischen Besitztümer zurückgezogen.«

Jedermann wusste, dass Louise von Savoyen, die Witwe des Grafen Charles von Angoulême, ihren einzigen Sohn François über alles liebte. Es war ihm nicht in die Wiege gelegt, eines Tages die Krone Frankreichs tragen zu müssen. Eine Reihe von Todesfällen und die Tatsache, dass sein Onkel, König Ludwig XII., lediglich zwei Töchter hinterließ, hatten ihm den Weg zum Thron frei gemacht. Eine der Töchter, Claude von Frankreich, war seine erste Frau geworden. Sie hatte ihm bis zu ihrem Tod im Jahre 1524 sieben Kinder geboren, von denen fünf überlebt hatten. Die beiden gefangenen Knaben in Spanien waren die ältesten Söhne der beiden.

Während François' Gefangenschaft war Louise Regentin Frankreichs gewesen. Mit allen Mitteln hatte sie seine Freilassung betrieben. Zu unzumutbaren Bedingungen, hielt man ihr vor.

Sie hat ihre Enkel zu Geiseln gemacht, ihren Sohn mit Maitressen versorgt, Unschuldige verbrennen lassen. Sie ist eine Strafe Gottes, ging es Simona voller Abscheu durch den Kopf.

Das Gelächter der Männer, die frivolen Bemerkungen, die sie über die Manneskraft des Königs machten, brachten Simona in die Wirklichkeit zurück.

Ihre Wangen glühten. Zum einen wegen der schlüpfrigen Scherze, zum anderen wirkten der Wein und die Hitze des Feuers.

Cornelius bemerkte ihr Missfallen. Er versuchte, das Gespräch so schnell wie möglich abzubrechen. Der Weinhändler gab ihnen noch einen letzten Rat.

»Reitet über Fontainebleau, wenn Paris euer Ziel ist. Es ist kein Umweg. Das prächtige neue Schloss, das der König bauen lässt, wird Euch sicher beeindrucken. Ihr werdet in Flandern etwas zu erzählen haben. Es wird am alten Jagdsitz seiner Ahnen errichtet und stellt sogar Chambord, das er nach der Geburt seines zweiten Sohnes bauen ließ, in den Schatten. Der König liebt die Wälder von Fontainebleau. Er hält sich dort mehr auf als in Paris.«

Cornelis bedankte sich höflich und begleitete Simona zu ihrer Kammer. Er entschuldigte sich dabei für die rauhen Sprüche.

»Informationen sind das wichtigste Kapital für uns Kaufleute. Wir müssen uns dafür oft auf unsere Gesprächspartner einstellen. Nirgendwo erfährt man mehr als in Schänken, Badestuben und – verzeih bitte – in Bordellen.«

Ehe er sich verabschiedete, hielt sie ihn am Arm fest.

»Werden die Contarini wirklich dem König von Frankreich Kredite geben?«

»Warum fragst du, Simona? Hast du einen Einwand? Kredite bringen Zinsen.«

»Er hat doch das Lösegeld längst beisammen. Wozu braucht er noch mehr Gold?«

»Um die Schlösser zu bauen und zu verschönern, die ihm so am Herzen liegen, und ich fürchte auch, um weitere Soldaten anzuwerben.«

»Und wer unterstützt das hungernde Volk?«
»Hungernde bekommen von keinem Bankhaus der Welt Kredit, das muss ich dir doch nicht sagen, oder? Hier geht es um ein Geschäft, und nicht um Nächstenliebe und Moral. Unsere Familien haben schon immer den Mächtigen gedient. Sie sind damit wohlhabend und einflussreich geworden, und sie wollen es bleiben.«
Simona rebellierte.
»Das heißt, wir finanzieren all diese Kriege mit, die das ganze Elend über die Menschen bringen.«
»Wir führen die Kriege nicht. Und es steht nicht in unserer Macht, sie zu verhindern. Auch in deiner nicht, falls du vielleicht glaubst, die Welt verbessern zu können. Es wird immer Kriege geben, und immer werden sie von irgendjemandem finanziert. Auch du kannst das nicht ändern, selbst wenn du die neue Geliebte des Königs werden würdest.«
»Was für ein alberner Gedanke«, warf sie ihm vor.
Er stupste ihr mit dem Zeigefinger auf die Nase und lachte.
»Wart ab, bis du dem König gegenüberstehst. Er ist groß, größer als jeder andere Mann im Königreich. Schwarzhaarig ist er und trägt bevorzugt Blau, was ihm ausgezeichnet steht. Alle Frauen sind hingerissen von ihm, alle Welt preist seine fabelhafte Erscheinung.«
»Was soll das?« Simona war empört. »Die Haarfarbe Seiner Majestät interessiert mich nicht, auch welche Farben er bevorzugt trägt, ist mir völlig gleichgültig. Ich beurteile ihn nach seinen Taten, und was ich weiß und heute gehört habe, gefällt mir nicht. Es kann niemandem gefallen.«

Simona zog die Kammertür hinter sich zu. Für einen Augenblick blieb sie stehen und schüttelte den Kopf.
Sie ärgerte sich über Cornelis. Was sollte der Nasenstupser? Sie war kein Kind mehr. Sie wollte nicht getröstet werden, sie wollte Erklärungen zu einer ungerechten Welt. Doch mit ihm zu diskutieren war ein Ding der Unmöglichkeit. Er wich charmant aus in blanken Unsinn. Am Ende gab man auf.
Sie lag lange wach an diesem Abend. Zu viel ging ihr durch den Kopf.
Einige lebten in Saus und Braus, andere verhungerten. Könige zettelten Kriege an, Untertanen ließen dafür ihr Leben. Andersgläubige wurden verfolgt und hingerichtet. Recht und Gesetz lagen allein in der Hand der Mächtigen, und die Mächtigen waren von Geburt an mächtig, die Untertanen von Geburt an ohnmächtig. Weder große Taten noch schlimme Fehler vermochten etwas daran zu ändern. Auch in der Republik Venedig stand nicht alles zum Besten, aber wenigstens konnte der Doge nicht allein entscheiden. Es gab eine Verfassung, die auch für ihn Gesetz war. Zudem war er dem Rat der Zehn Rechenschaft schuldig, der seine Amtsführung überwachte und sogar noch Hinterbliebene des Dogen strafte, wenn ein Verschulden erst nach seinem Tod entdeckt wurde.
Wie sähe Frankreich aus, müsste es sich solchen Gesetzen unterwerfen? Sicher anders.
In einem musste sie Cornelis zustimmen. Einer allein konnte dagegen nichts ausrichten. Ein ganzes Volk müsste sich dagegen erheben.
Endlich schlief sie über ihren Gedanken ein.

ELFTES KAPITEL
Vertrauen

FONTAINEBLEAU, 4. MÄRZ 1529

Geborgen inmitten endloser Wälder, war Fontainebleau ein Ort von beruhigender Stille.
Über das taufeuchte Gras am Saum des Waldes entlangwandernd, bewunderte Simona die Kraft der ersten Sonnenstrahlen, die den Morgennebel vertrieben, und atmete genießend die balsamische Luft. Das Gelände senkte sich leicht hinter ihr. Die Gebäude verschwanden in der Senke.
Am Vortag waren sie spät eingetroffen. Simona hatte sich kein Bild vom alten Jagdschloss der Könige von Frankreich machen können.
Ein überforderter Majordomus hatte sie in Empfang genommen und ihnen ein schlichtes Nachtquartier in einem Seitenflügel des Schlosses zugewiesen. Der gesamte königliche Hof von Frankreich befand sich in Fontainebleau. Der Raum war knapp.
Trotz ihrer Müdigkeit hatte Simona kaum geschlafen. Sie hatte sich nicht ausgezogen, da sie die winzige Kammer mit Cornelis teilen musste. Er hingegen schnarchte seelenruhig auf einem Strohsack, am Fuße ihres Bettes. Sie beneidete ihn darum.

Sobald sie im ersten Dämmerlicht die Hand vor Augen sehen konnte, hatte sie sich erhoben und war leise nach draußen geschlichen.
Der Wachposten hatte sie entgeistert angestarrt, als sie nach dem Weg in den Garten fragte.
»Was wollt Ihr dort, um Himmels willen? Am Schloss wird gebaut. Die alten Gärten sind vernachlässigt, die neuen noch nicht angelegt. Ihr werdet die reine Wildnis vorfinden.«
»Die Wildnis hat sicher auch ihre Schönheit«, hatte Simona gelassen erwidert und war seiner ausgestreckten Hand gefolgt, die auf ein breites Portal gezeigt hatte. Der Wachposten hatte verständnislos den Kopf geschüttelt.
Sie ging ein gutes Stück in die angegebene Richtung und blieb nachdenklich kurz stehen.
Wie lange wird mir noch so viel Freiheit bleiben? Was wird in Antwerpen auf mich warten?
Eine leichte Ungewissheit überfiel sie. Sie atmete tief durch.
»Warum so gedankenschwer? Der Morgen ist zu schön, um Trübsal zu blasen.«
Simona blickte zur Seite und entdeckte, auf einer Steinbank sitzend, geschützt von einer natürlichen Rotunde aus halbhohem Buchsbaum, die Frau, die sie beobachtet und angesprochen hatte.
Wer war sie? Ihr blasses ovales Gesicht beherrschten große dunkle Augen. Strenge Falten und die pergamentene Haut verrieten ihr Alter. Das schwarze Gewand und die klösterlich strenge Haube waren aus feinstem Wollstoff. In den Händen, auf den Schoß gelegt, hielt sie einen Brief, den sie hier wohl in Ruhe gelesen hatte. Sie war zweifellos ein Mitglied des Hofes.

»Guten Morgen«, sagte Simona verlegen und erwies der Fremden für alle Fälle eine Reverenz.
»Den wünsche ich auch Euch. Doch sagt, was treibt Euch zu dieser Stunde ins Freie? Lässt ein Kummer Euch nicht schlafen?«
Der Ton, in dem sie fragte, bestärkte Simona in der Annahme, sie müsse eine Adlige sein. Besonnen ging sie auf ihre Fragen ein.
»Ich wache stets früh auf und schätze die Stunde des Tagesanbruchs. In der Natur finde ich mich zu dieser Zeit im Einklang mit der Schöpfung. Es macht mich frei und glücklich.«
Der wachsame Blick der Fremden ruhte nachdenklich auf Simona.
»Setzt Euch neben mich. Ich bekomme einen steifen Hals, wenn ich die ganze Zeit zu Euch aufsehen muss. Erzählt mir, wer Ihr seid und woher Ihr kommt. Ich habe Euch nie hier gesehen.«
»Wir sind erst gestern Abend eingetroffen. Zu spät, um bei Hof vorgelassen zu werden«, berichtete Simona. »Mein Name ist Simona Contarini. Ich wurde in Venedig geboren und reise in Begleitung meines Verwandten Cornelis van Liewe. Er bringt mich nach Flandern, zu den Verwandten meiner Familie. Da er Kurierdienste für das Haus Contarini übernommen hat, sucht er in Fontainebleau um eine Audienz bei Seiner Majestät nach. So lange werden wir hierbleiben. Mir ist es sehr recht, wenn es einige Tage dauert. Ich habe es nicht eilig, Flandern zu erreichen, ich fühle mich hier wie im Paradies.«
»Frankreichs Könige gehen hier seit Jahrhunderten zur

Jagd. Sie sind in der Burg geboren und gestorben. Der König verwandelt das alte Gemäuer zurzeit Zug um Zug in ein Schloss von majestätischen Ausmaßen. Noch ist vieles erst im Entstehen, aber seine Liebe zur Kunst und sein Sinn für Schönheit werden etwas Einmaliges und Wundervolles entstehen lassen. Ich hoffe, Ihr seid zu Eurer Zufriedenheit untergebracht.«

»Wir haben auf unserer Reise Bescheidenheit gelernt. Die Kammer, die ich mit Cornelis zu teilen gezwungen bin, enthält nur ein Bett und einen Strohsack. Was Ihr mir über Fontainebleau erzählt, interessiert mich sehr, doch ich darf Euch hoffentlich gestehen, dass meine Bewunderung weniger dem Schloss als vor allem der Natur gilt, die es umgibt. Nie zuvor habe ich einen so riesigen Wald gesehen. Der Süden kennt ganz andere Bäume, eine ganz andersartige Flora. Alles fügt sich dort weicher zu einem Landschaftsbild. Dieser Forst hier beherrscht die Landschaft.«

»Ich vermute, keine der Hofdamen im Schloss ist der Natur so verbunden wie Ihr. Sagt mir, warum wollt Ihr nicht nach Flandern?«

»Ich habe meine Freiheit liebgewonnen. Ich bin Witwe und hatte eine schreckliche Ehe. In Antwerpen besteht meine Familie auf einer neuen Heirat. In Venedig konnte ich dem durch meine Abreise eben noch entgehen.«

»Das also hat Euch nicht schlafen lassen.«

»Ja«, gestand Simona ehrlich, wollte dann aber gerne ablenken und stellte selbst eine Frage.

»Wählt auch Ihr die frühe Morgenstunde, um Eure Probleme zu überdenken?«

»Es ist die Fortsetzung einer schlaflosen Nacht, denn es

sind wahrhaftig keine Bagatellen, die mir das Herz beschweren. Es stehen Entscheidungen von höchster Bedeutung an. Allein, ich habe keine Wahl. Ich wünschte, die Nachricht hätte mich nie erreicht.«

Der Brief auf ihrem Schoß, der die Nachricht wohl enthielt, kam erkennbar aus Flandern, und Simona stach bei der beiläufigen Handbewegung ihrer Gesprächspartnerin, mit der sie auf ihn deutete, ein Rubinring in der Pracht eines Kardinalsringes so unvermittelt ins Auge, dass es plötzlich keinen Zweifel für sie gab.

Sie sprang auf und verbeugte sich.

»Ihr seid die Herzogin von Angoulême, Louise von Savoyen, die Mutter des Königs!«

»Habt Ihr mich also erkannt? Wie das? Es gibt nur wenige Bilder von mir.«

»An Eurem Ring und an dem Brief. Wer sonst in Fontainebleau würde in diesen Tagen mit Flandern korrespondieren?«

»Ihr seid eine kluge Beobachterin«, stellte Madame, wie man sie bei Hofe nannte, anerkennend fest.

»Sicher nicht«, schüttelte Simona den Kopf. »Es tut mir aufrichtig leid, Madame. Ich war unbedacht in meinen Äußerungen.«

»Inwiefern? Das müsst Ihr mir erklären.«

Simona sammelte sich, suchte nach den richtigen Worten, aber sie wollte auf keinen Fall schönreden, was sie auf ihrem Weg durch das Königreich von Süd nach Nord gesehen und erfahren hatte.

»Wenn ich sagte, ich sei mehr an der Natur interessiert als an den Schlossbauten des Königs, so habt Ihr sicher meine Vorbehalte bemerkt. Wenn Ihr mich nun aber auffordert, mich weiter zu erklären, so will ich ehrlich sein. Mir missfällt, dass die Menschen in den Städten und Dörfern Frankreichs hungern, während der König neue Schlösser baut. Ich konnte es auf meiner Reise sehen. Ihr verschärft das Elend durch Steuererhöhungen und Sonderzahlungen, um das Lösegeld für die Prinzen aufzutreiben. In Eurem Reich werden zudem Christen gefoltert und verbrannt, weil sie zu Gott in ihrer eigenen Sprache beten. Jetzt bin ich vollends unbedacht: Wenn Ihr mit Euren Untertanen fühlt, warum unternehmt Ihr nichts, ihre Lage zu verbessern?«

»Denkt Ihr, das alles ist so einfach?«, erwiderte Louise bewusst ruhig. Simonas Aufrichtigkeit und ihr Ernst hatten einen gewissen Eindruck auf sie gemacht. »Habt Ihr gründlich nachgedacht, bevor Ihr mich bezichtigt? Dass meine Enkelkinder, die Prinzen, aus der Gefangenschaft befreit werden, ist im Interesse des ganzen Volkes. Der Kaiser verlangt ein immens hohes Lösegeld. Die Summe kann nur von allen Franzosen gemeinsam aufgebracht werden: vom Hof, von der Kirche, vom Adel und vom Volk. Ich darf die Kinder nicht im Kerker von Madrid sterben lassen. Und glaubt Ihr etwa, ich entscheide, wer in den Augen der katholischen Kirche ein Ketzer ist? Ihr habt keine Ahnung von der Macht des Klerus. Frankreich kann sich nicht in Widerspruch zum Papst stellen.«

Sie schöpfte Atem, ehe sie fortfuhr.

»Um die Lage der Menschen nachhaltig zu bessern, brauchen wir in erster Linie Frieden. Frieden zwischen meinem Sohn und dem Habsburger Kaiser Karl. Zwischen diesen beiden liegt jedoch so viel im Argen, dass eine Verständigung nicht möglich ist.«

Simona wusste nichts zu antworten. Es trat eine lange Stille ein, bis Louise nachdenklich das Wort wieder ergriff. »Seid Ihr des Flämischen kundig?«
»Ich beherrsche die Sprache«, erwiderte Simona zurückhaltend. »Wir betreiben ein großes Handelshaus. Ein Zweig meiner Familie lebt in Flandern.«
»Eure abfällige Kritik französischer Verhältnisse könnte Euch in Schwierigkeiten bringen. Ich denke, das ist Euch klar. Ich könnte Euch sogar einkerkern lassen. Doch ich will Euch zugutehalten, dass Ihr ehrlich wart und dass Ihr noch jung und sicher noch lernfähig seid. Ob man Euch vertrauen kann, werden wir sehen. Im Augenblick könnt Ihr mir unter Umständen nützlich sein. Der Brief hier stammt von Margarete von Österreich. Es muss noch geheim bleiben, dass ich mit ihr korrespondiere. Aus Gründen, die ich nur vermuten kann, schreibt sie flämisch, womit ich große Schwierigkeiten habe. Übersetzt mir diesen Brief.«
Simona hatte anfangs Mühe, die extravagante steile Schrift zu entziffern, aber nach und nach fiel es ihr leichter. Sie las.
»Ich fürchte die Bitterkeit und den Hass zwischen den beiden, die uns so am Herzen liegen, meine Freundin. Es könnte zu Konsequenzen kommen, die schrecklich wären, zu fürchterlichen Feindseligkeiten. Wie einfach ist es doch für uns Frauen, in einer solchen Lage den ersten Schritt zu machen.«
Simona machte eine Pause, sah auf, suchte den Blick Louises. Sie fand nur ruhiges Abwarten in ihren Augen. Es lag auf der Hand, dass dieser Brief hochbrisant war. Die beiden Länder befanden sich noch im Kriegszustand.

Da Louise keinerlei Anstalten machte, etwas zu sagen, las sie weiter.

»Es könnte von den Monarchen so nicht geplant oder vorgeschlagen werden, weil ihr Stolz und ihr Ehrgefühl es ihnen verbieten. Aber wir können solche Vorschläge machen, die sich über persönlichen Hass und die Befriedigung von Rachegefühlen hinwegsetzen. Vorschläge, die nur zum Nutzen unserer Völker sind.«

Simona hatte mit zunehmender Erregung gelesen. Es platzte förmlich aus ihr heraus.

»Sie schlägt Friedensverhandlungen vor? Das ist doch wunderbar.«

»Ja, meine Liebe. Die Sache hat nur einen Haken. Mein Sohn müsste auf Burgund verzichten. Das Volk würde sich gegen ihn erheben.«

»Woher nimmt der Kaiser des Heiligen Römischen Reiches Deutscher Nation, der auch König von Spanien ist und Provinzen in Italien hat, das Recht, auch noch das Herzogtum Burgund für sich zu fordern?«, fragte Simona. »Will er Frankreich absichtlich demütigen?«

»Das auch. Aber vor allem besteht er auf seinem Erbanspruch. Sein Vater, Philipp der Schöne, war ein Enkel des letzten Herzogs von Burgund. Erst nach der Schlacht von Nancy 1477 sind das alte Herzogtum, die Freigrafschaft Burgund, das Auxerre und das Charolais in französischen Kronbesitz übergegangen. Das will Karl rückgängig machen. Sein Machthunger ist so grenzenlos wie seine Unverfrorenheit. Karl kennt keine Rücksicht. Nicht einmal gegen die eigene Familie. Alle fürchten ihn. Er unterwirft jedermann seinem Willen, egal, ob es sich dabei um seine bedauernswerte Mutter Johanna, seine Schwester Eleonore oder die Tante, Margarete von Österreich, handelt. Er behauptet zwar, sie zu lieben, aber im Grunde sind sie nur Mittel zum Zweck für ihn.«

Simona mühte sich redlich, ihr zu folgen.

»Welch ein Durcheinander. Da ist Friedensstiftung schwer.«

»Auch muss ich meine Enkel noch aus der Gefangenschaft befreien. Karl lässt das Lösegeld bis zum letzten Goldstück prüfen und wiegen. Noch immer sind nicht alle Sendungen eingetroffen, und die Übergabe der Prinzen verzögert sich von Monat zu Monat. Alles keine Bagatellen, wie Ihr seht. Zurück zu dem Brief. Margarete von Österreich war die Gefährtin meiner Kindheit. Sie wartet sicher ungeduldig auf meine Antwort. Was würdet Ihr wohl antworten?«

»Das fragt Ihr mich?«

»Warum nicht? Ihr habt das Land durchreist und Euch eine Meinung gebildet, auch wenn sie mir nicht gefällt. Ihr habt keinerlei eigene Interessen und seid unvoreingenommen unparteiisch.«

»Schließt Frieden. Um jeden Preis. Eure Untertanen sind am Ende. Vom Stolz ihres Königs können sie nicht leben, und sie haben genug gelitten.«

Simona faltete sorgsam den Brief zusammen und reichte ihn zurück.

»Zürnt mir nicht. Eine ehrliche Antwort kann nicht anders lauten. Ich bin keine Diplomatin.«

Wieder senkte sich Schweigen zwischen sie. War sie zu unverblümt gewesen, fragte sich Simona im Stillen. Der Umgang mit Bernard und die Reise mit Cornelis hatten sie geformt. Sie hatte gelernt, ihre Meinung zu sagen.

»Wäret Ihr bereit, meine Antwort an Margarete ins Flämische zu übersetzen und zu schreiben?«
Louise verblüffte Simona.
Noch vor ein paar Tagen hatte sie sie für eine skrupellose Person gehalten, die nicht einmal vor politischen Geschäften zurückschreckte, für die sie ihre Enkel verschachern musste.
Sie ist voller Überraschungen, musste sie jetzt feststellen.
Konnte sie nein sagen?
»Ihr ehrt mich mit Eurem Vertrauen, Madame. Ich will Euch gerne zu Diensten sein«, war ihre ein bisschen verzögerte Antwort.
Louise stand etwas schwerfällig auf und winkte sie an ihre Seite. »Dem Anschein nach müssen wir als Erstes für ein vernünftiges Quartier sorgen, damit Ihr in meiner Nähe seid.«

* * *

Simona hatte Cornelis im ovalen Hof der alten Gebäude entdeckt, wo er den Steinmetzen zusah, die am Portikus arbeiteten.
»Das ist nicht wahr.« Cornelis sah sie an, als seien ihr über Nacht zwei Köpfe gewachsen. »Du treibst deinen Schabernack mit mir. Woher solltest du Madame Louise kennen?«
Simona nahm ihm die Zweifel nicht übel. Sie verspürte selbst ein heftiges Gefühl von Unwirklichkeit, wenn sie an ihre Begegnung in den Schlossgärten dachte.
»Wir sind uns heute Morgen begegnet«, sagte sie.
»Aber was will sie von dir? Sie kann doch unmöglich

wollen, dass der König die bezaubernde Anne d'Heilly für dich aufgibt …«

Er brach ab, weil ihm bewusst wurde, dass die Bemerkung nicht witzig, sondern geschmacklos war. »Verzeih bitte«, entschuldigte er sich.

»Ausnahmsweise«, konzidierte Simona und überging so den Fauxpas.

»Madame Louise möchte, dass ich mich während unseres Aufenthaltes ihrem Haushalt anschließe, Cornelis«, erklärte sie, wie mit Madame Louise abgesprochen. »Das Handelshaus Contarini ist ihr geläufig. Sie war verärgert, dass man uns gestern so wenig gastfreundlich empfangen hat, und sie interessiert sich für meine Reise durch das Königreich. Im Übrigen solltest du mir dankbar sein, dass du nicht länger auf dem Fußboden schlafen musst.«

»Das natürlich, aber …«

»Hör auf, mich zu beaufsichtigen, Cornelis.« Sie ahnte, was ihm durch den Kopf ging. »Ich werde zurechtkommen mit Madame Louise. Warum sollte ich ihre Gastfreundschaft ablehnen? Mein Vater zum Beispiel wäre sicher stolz, wenn er davon hört. Du weißt, dass Venedig und Frankreich in der Liga von Cognac verbündet sind.«

»Nun denn. Richten wir uns also in Fontainebleau ein. Dich treibt es ja sowieso nicht nach Flandern, wenn ich das richtig sehe«, gab Cornelis nach.

»So ist es«, war die kurze Antwort.

»Ich habe sogar schon eine Einladung zur Jagd erhalten, die der König heute Nachmittag veranstaltet. Du hast offensichtlich innerhalb eines einzigen Vormittags erreicht, dass man uns bei Hof zur Kenntnis nimmt.«

Simona wollte noch etwas erwidern, wurde aber unterbrochen.
»Verzeiht. Madame erwartet Euch«, rief eine der Ehrendamen, die Madame Louise umschwirrten wie bunte Vögel, sobald sie sich im Schloss bewegte. Nur der frühe Morgen gehörte ihr selbst.
Zum Zeichen, dass sie verstanden hatte, erhob Simona die Hand und wandte sich Cornelis noch einmal zu. Er stand völlig bezaubert von der jungen Hofdame da und brachte nur eine Frage heraus.
»Wer ist das?«
»Thérèse von Fleurbaix. Madame Louise hat ihr aufgetragen, mir alles zu erklären. Vergiss sie sofort als mögliches Objekt deiner Begierde.«
Sie stieß ihn in die Rippen. Eine kleine Rache für die unpassende Bemerkung von eben.
Cornelis' Blick kehrte zu ihr zurück.
»Sie ist zauberhaft, das darf ich doch feststellen, oder etwa nicht?«
»Pass auf dich auf, nicht nur bei dieser Jagd heute Nachmittag.« Sie reckte sich auf die Zehenspitzen und küsste ihn flüchtig auf die Wange. »Der König ist übrigens ein leidenschaftlicher Jäger und von großer Ausdauer im Sattel, sagt Thérèse.«
»Auch Kaufmannssöhne können reiten. Ich werde es ihm beweisen.« Cornelis lächelte ihr versöhnlich zu und sah ihr nach, bis sie mit der hübschen Hofdame verschwunden war.
Thérèse de Fleurbaix. Er würde sich den Namen merken.
»Wen habt Ihr da geküsst?«, erkundigte Thérèse de Fleurbaix sich bei Simona.

»Wir sind verwandt«, klärte Simona sie auf. »Cornelis van Liewe kommt aus Antwerpen. Wir sind auf dem Weg dorthin. Mein Vater hat ihn gebeten, mich zu begleiten. Wir kommen gut miteinander aus.«
Thérèse sagte nichts dazu, aber ihr Lächeln war verschwunden.

ZWÖLFTES KAPITEL

Eigennutz

Fontainebleau, 5. März 1529

Ohne Thérèse hätte Simona sich nicht zurechtgefunden. Edelleute, Priester, Ärzte, Apotheker, Schreiber, Ehrendamen, Pagen, Musiker, Leibwächter und Türwärter gehörten zum Haushalt von Madame Louise. Obwohl sie seit der Rückkehr des Königs aus seiner Gefangenschaft nicht mehr die offizielle Regentin Frankreichs war, verfügte sie weiterhin über einen kompletten Hofstaat, der dem Seiner Majestät in nichts nachstand.

Auch hierher, in die Kapelle des Heiligen Saturnius, wo alle die tägliche Messe mit Seiner Majestät feierten, hatte Thérèse sie begleitet. Sie hatte ein angenehmes Wesen, war hilfsbereit, fröhlich und mitteilsam.

»Ich bin selbst erst seit einem halben Jahr bei Madame Louise«, erzählte sie. »Ich weiß noch gut, welche Schwierigkeiten ich hatte, mich zurechtzufinden. Ihr habt Glück, in Fontainebleau geht es nicht so steif zu wie in Paris und den anderen königlichen Residenzen. Hierher kommt der König, um sich zu zerstreuen und zu erholen. Er feiert hier großartige Feste und reitet nahezu täglich, oft stundenlang, mit seinen Freunden zur Jagd. Er liebt die Bewegung und den sportlichen Wettstreit.«

Simona schaute sich suchend um. Bisher hatte sie den König noch nicht entdeckt. Inzwischen war sie doch neugierig auf ihn, das konnte sie nicht leugnen.

»Und wo ist Seine Majestät?«

Ein Lächeln ließ zwei Grübchen auf Thérèses Wangen erscheinen. Sie deutete auf die prächtige Empore hinter ihnen, die von gedrechselten Säulen getragen wurde. Die Balustrade zierte vergoldetes Schnitzwerk.

»Dort oben. Nur die königliche Familie und die engsten Vertrauten Seiner Majestät haben Zutritt zum Balkon, genau wie in Paris, in der *Sainte Chapelle*.«

Simona bedauerte, dass er unsichtbar blieb. Nur ein extravagantes Feder-Gebilde überragte die Schnitzereien.

»Der Federschmuck gehört bestimmt zum Kopfputz von Marguerite, der Königin von Navarra«, vermutete Thérèse. »Der König liebt seine Schwester und hat sie gerne an seiner Seite. Das kleine Mädchen, seine Nichte, das sie im vergangenen November zur Welt gebracht hat, vergöttert er. Er legt Wert darauf, dass seine Schwester mit ihrem Mann in Frankreich lebt. Navarra ist ihm zu nahe an der spanischen Grenze. Er sorgt sich sehr um ihre Sicherheit. Sie ist in zweiter Ehe mit Henri d'Albret, dem König von Navarra, verheiratet. Marguerite erwidert die Gefühle ihres Bruders. Während seiner Gefangenschaft in Spanien war sie ihm so schnell zu Hilfe geeilt, dass im Volk das Gerücht entstand, sie sei mit himmlischer Hilfe nach Süden geflogen.«

Thérèse redete wie ein Wasserfall, Antworten erwartete sie gar nicht.

Simona hätte gerne auch Marguerite gesehen, nicht nur ihren modischen Kopfputz, denn schon Madame Louise hatte sie mehrmals im Gespräch erwähnt. Stolz hatte sie ihre Tugenden gepriesen. Verstand und Scharfsinn würden sie auszeichnen, sie beherrsche sieben Sprachen, sei eine fähige Diplomatin, eine Dichterin und habe eine Vorliebe für die Kunst, hatte sie erklärt.

Thérèse hatte unerwartet mitten im Satz abgebrochen und über gesenkte Köpfe hinweg jemanden gegrüßt.

Obwohl Simona sie erst einen Tag kannte, spürte sie ihre Verunsicherung. Sie hielt Ausschau nach dem Gegrüßten. Alle benahmen sich wie vorher. Sie flüsterten miteinander, statt zu beten.

Da sie nicht genau wusste, nach wem sie suchen sollte, gab sie wieder auf und wandte sich Thérèse zu. Ein Muster der Frömmigkeit, stand diese nun mit gefalteten Händen und gesenktem Blick neben ihr. Warum plötzlich solche Demut?

Erst auf dem Weg in den großen Speisesaal fand Thérèse die Sprache und ihre Natürlichkeit wieder.

»Das *Diner* wird täglich um diese Zeit serviert. Achtet darauf, dass Ihr es nicht versäumt, sonst müsst Ihr bis zum Abend hungern. Madame vergisst gern die Zeit über ihren Audienzen und Korrespondenzen. Für sie ist Essen eine störende Notwendigkeit. Dabei ist die königliche Küche hervorragend. Für alle anderen am Hofe ist das Essen eines der größten Vergnügen hier, deswegen nehmen sich die *gens de bouche* auch so wichtig.«

»Die *gens de bouche?*«, wiederholte Simona, die den Begriff noch nie gehört hatte. »Wer soll das sein?«

»Das wisst Ihr nicht?« Thérèse sah sie erstaunt an. »Unterhalten Eure Herrscher in Venedig keinen Hofstaat?«
Thérèses Ahnungslosigkeit brachte Simona zum Lachen. »Venedig ist eine Republik, und unser Doge ist kein Herrscher. Er ist erster Diener des Staates. Das Haus, in dem er lebt und regiert, gehört ebenfalls dem Staat. Würde er Staatsgelder für persönlichen Luxus oder unnötige Festbankette verschwenden, käme er schnell in Schwierigkeiten.«
»Nun, dann könnt Ihr es wirklich nicht wissen. Die königliche Küche ist in vier Hauptbereiche unterteilt. Da ist zum einen die Küche mit den Öfen und den Bratspießen. Dann ist da der Keller mit den königlichen Weinen, schließlich die Brotkammer und als Letztes die Fruchtkammer. Jede Abteilung wird von einem eigenen Meister geführt und beschäftigt hervorragende Köche, Spezialisten, Zuträger, Laufburschen und Küchenkinder. Alle gemeinsam nennt man die *gens de bouche*, die Leute, die sich um das leibliche Wohlergehen des Königs und des Hofes bemühen. Es sind gewiss Hunderte. Aber das ist auch bitter nötig. Ihr seht ja selbst, wie viele Menschen sie jeden Tag versorgen müssen«, wurde Simona aufgeklärt.
Die Ausmaße des Speisesaals, den sie nun betraten, waren gewaltig. Der Boden war mit frischen, duftenden Kräutern bestreut, die Tafeln mit Leinen bedeckt. An jedem Essplatz befanden sich ein Essbrett und ein Becher. Edelknaben standen an der Wand, bereit zum Servieren. Der Truchsess wetzte die Messer für die Fleischstücke, die soeben auf großen Brettern herbeigeschleppt wurden. Auf riesigen Silberplatten stand eine Fülle süßer Kuchen bereit, Schalen mit gezuckerten Mandeln, eingelegten

Früchten und schaumigen Cremes. Nicht erst, als die ersten saftigen Bratenstücke, auf weißen Broten dampfend, an Simona vorbeigetragen wurden, musste sie an die hungernden Menschen in den Dörfern des Königreiches denken.

»Sucht Euch bitte einen Platz, Simona. Ich werde Euch in diesem Fall nicht begleiten, ich muss die Mahlzeit an der Seite meines Verlobten einnehmen. Er sitzt stets in Madame Louises unmittelbarer Nähe«, wies Thérèse sie ein.

»Ihr seid verlobt?« Simona war verblüfft.

»Ja. Überrascht Euch das? Ich bin die Erbin von Fleurbaix, und Madame Louise hat sich persönlich darum gekümmert, dass ich eine Verbindung eingehe, die meiner Herkunft und meinem Vermögen angemessen ist. Sie sorgt für ihre Damen, das werdet sicher auch Ihr noch merken.«

Da ich nur ihr Gast bin, muss ich hoffentlich keine solche Einmischung fürchten, hoffte Simona. Schließlich hatte sie Madame Louise auch schon bei ihrem ersten Gespräch zu erkennen gegeben, wie sehr ihr eine neue Ehe widerstrebte.

Thérèse sollte ruhig glauben, dass sie gegen so viel Fürsorglichkeit von Madame nichts einzuwenden habe. Sie wusste nur wenig über sie, und dabei sollte es auch bleiben, wenn es nach ihr ging. Thérèse war liebenswürdig, aber viel zu jung, sie wollte sich ihr nicht persönlich anvertrauen.

»Genießt das Essen«, riet Thérèse ihr noch. »Nirgendwo in ganz Frankreich werdet Ihr besser essen. Des Königs Tafel lässt keinen Wunsch unbefriedigt. Gesegnete Mahlzeit wünsche ich Euch.«

Simona sah ihr nach. Sie wollte gerne sehen, welchem Mann Madame Louise die liebenswürdige Thérèse anvertraut hatte? Sie wünschte ihr, dass sie einen angenehmeren Ehemann bekommen würde, als er ihr zugedacht worden war. Einen, der mindestens so nett wie Cornelis war.

Von weitem konnte sie, im Schein der Kerzen, nur einen großen, dunkel gekleideten schwarzhaarigen Edlen erkennen, der Thérèse, nachdem sie ihn erreicht hatte, die Hand küsste. Als er sich aufrichtete, überragte er Thérèse um Kopfeslänge und zeigte Simona den Rücken. Sie hätte gerne gehört, was er zu Thérèse sagte, und sie hätte ihn gerne von vorne gesehen.

Hatte sie ihren Verlobten von weitem gegrüßt, und hatte er die offensichtliche Verunsicherung bei ihr ausgelöst? Weshalb?

Ihren Gedanken nachhängend, tat sie den Speisen nur wenig Ehre an. Die Völlerei erschien ihr ohnehin wie eine Sünde.

* * *

»Nun, seid Ihr zu Eurer Zufriedenheit untergebracht?«

Louise hatte Simona in ihr Arbeitskabinett gebeten. Ganz in Schwarz, an einem Tisch sitzend, der von Schriftstücken übersät war, glich sie der geschäftigen Mutter Oberin eines Klosters.

Man hatte Simona einen Hocker zugewiesen. Da sie dem Adelsstand nicht angehörte, stand ihr keine Lehne zu, wie sie von Thérèse wusste. Sie bedankte sich aufrichtig für die komfortable, unerwartet luxuriöse Unterbringung, die ihr durch die Fenster den Blick auf die endlosen Wälder ermöglichte.

»Ich wusste, es würde Euch gefallen«, entgegnete Louise befriedigt, lehnte sich in ihrem Stuhl zurück und legte die Fingerspitzen unter dem Kinn aneinander.

»Nun, da Ihr Euch hoffentlich ein wenig eingewöhnt habt, verratet mir, wie stellt Ihr Euch Euer künftiges Leben vor, wenn Euch der Gedanke, in Flandern verheiratet zu werden, so sehr schreckt?«

Simona war erstaunt über die persönliche Frage. Sie hatte damit gerechnet, einen Brief schreiben zu müssen. Sie schwieg und überlegte.

»Womit habt Ihr Eure Tage verbracht, ehe Ihr das Königreich Frankreich durchquertet?«, wurde Louise eine Spur eindringlicher.

»Vor meiner Ehe und nach dem Tod meines Mannes habe ich den größten Teil meiner Zeit mit Malen verbracht«, gestand Simona schließlich stockend. »Mein Talent, von dem mein Vater behauptet, ich habe es von meinem Urgroßvater geerbt, und von dem ich glaube, dass es dazu zu bescheiden ist, erlaubt es mir, Blumen und Pflanzen zu zeichnen, was mir auch besonderes Vergnügen bereitet. Darüber hinaus habe ich die Bücher und die Geschäftskorrespondenz meines Mannes geführt. Er hatte keinen Sinn für die alltäglichen Verrichtungen eines Kontors. Wichtig ist wohl auch, zu sagen, dass meine Schwestern und ich eine sehr gute Ausbildung erfahren haben, worauf mein Vater besonderen Wert gelegt hat. Ginge es nur nach meinen Vorlieben, würde ich am liebsten malen und meine Bilder verkaufen, um davon zu leben.«

»Meine Tochter ist ja auch der Kunst zugetan, wie Ihr

schon von mir wisst, wenngleich vor allem der Poesie und der Musik«, erwiderte Louise. »Mehr als einen noblen Zeitvertreib allerdings kann ich darin nicht sehen. Seid mir nicht böse, aber für mich sieht es so aus, als wüsstet Ihr zwar, was Ihr nicht wollt; was Ihr wollt, bleibt indes eher vage.«

»Das mag sehr wohl sein, Madame. Aber verzeiht, ich hatte bisher auch noch nicht viele Möglichkeiten, meine Fähigkeiten zu entfalten. In meiner Ehe wurden mir zudem keine Kinder geschenkt. Ich bin zweifellos unfruchtbar. Welchen Sinn, für welchen Mann, hätte da zum Beispiel eine neuerliche Ehe?«

»Ihr seid vermögend und klug. Ihr wärt beispielsweise in der Lage, ein Lehen oder ein Geschäft zu führen und die Kinder eines Witwers aufzuziehen.«

»Und was hätte ich davon?«

Louise musste schallend auflachen.

Simona errötete. Was war so vergnüglich an ihrer Frage?

»Entschuldigt.« Louise bezähmte ihre Heiterkeit. »Ich habe nicht gelacht, weil ich Eure Reaktion lächerlich fand. Im Gegenteil, Ihr habt mir aus dem Herzen gesprochen. Ihr sagt, was Ihr denkt, ohne Rücksicht darauf, ob es Euch schadet, nutzt oder den Konventionen entspricht. Das gefällt mir. Ihr habt mich auch an meine Jugend erinnert. Mit siebzehn wollte ich, nachdem ich Witwe geworden war, auch nicht wieder heiraten.«

»Und Ihr habt nie wieder geheiratet. Dann könnt Ihr doch sicher auch meine Gefühle nachempfinden«, wagte Simona Louise herauszufordern.

»Natürlich, wenn auch in Königshäusern Gefühle keinen Einfluss auf Eheschlüsse haben. In meinem Fall war aus

dynastischen Gründen glücklicherweise niemand daran interessiert, dass ich mich ein zweites Mal binde. Wäre es anders gewesen, ich hätte mich nicht widersetzen können. Auch Ihr steht nach dem Tod Eures Mannes wieder unter der Obhut Eures Herrn Vaters. Ihr braucht sein Einverständnis für ein Leben, wie es Euch vorschwebt.«
Stumm nickte Simona. Sie hatte sich von diesem Gespräch mehr erhofft als die Aufzählung unbequemer Tatsachen. Doch Madame war noch nicht fertig.
»Hört, Simona Contarini. Meine Gastfreundschaft ist durchaus von Eigennutz bestimmt. Bleibt vorerst hier. Kommt in meine Dienste. Mit Eurem Verstand könnt Ihr mir nützlich sein. Standfestigkeit und Verschwiegenheit bringt Ihr mit, wie Ihr mir gezeigt habt, und Eure Kenntnisse des Flämischen in Wort und Schrift sind genau die Ergänzung, die ich dringend brauche. Es würde Euch bestimmt genügend Zeit bleiben, Eurer Malerei nachzugehen und die Annehmlichkeiten von Fontainebleau zu genießen.«
Simona starrte Madame Louise entgeistert an. Mit allem hatte sie gerechnet, aber nicht mit einer Position im Haushalt der königlichen Mutter. War das die Lösung ihres Problems?
Sie musste nachdenken. Sie presste den Kopf zwischen die Handflächen. Hinter ihrer Stirn tobten die Gedanken. Sie war Ausländerin, nicht von Adel. Sie würde Neider haben, Feinde auf den Plan rufen. Der Hof war voller Tücken. Würde sie dem gewachsen sein? Andererseits hatte das Angebot etwas Verlockendes.
»Ich will es versuchen, aber ich möchte auch Euer Einverständnis, wenn ich irgendwann den Wunsch haben

sollte, nach Antwerpen zu gehen«, sagte sie endlich nach einer ganzen Weile des Schweigens.

»Es erleichtert mich, dass Ihr Euren Entschluss wohl erwogen habt und nicht etwa aus Eitelkeit zusagt. Natürlich muss ich Gehorsam von Euch erwarten. Ihr dürft mir in Anwesenheit Dritter keinesfalls widersprechen. Es darf keine Silbe dessen, was in diesem Kabinett gesagt wird, außerhalb dieser vier Wände über Eure Lippen kommen.«

»Meiner Loyalität und Verschwiegenheit dürft Ihr sicher sein. Ich gebe mein Wort im Gedenken an eine fromme und uneigennützige Frau, die mich tief beeindruckt hat und die ihr Leben für ihren Glauben hingegeben hat.«

Neugier blitzte in Louises Augen auf.

»Ihr sprecht von einer Verwandten?«

»Nein. Von einer einfachen Frau aus Eurem Volk, einer Waldenserin.«

»Oh.«

Die kurze Silbe hinterließ vielsagendes Schweigen bei Louise. Simona beobachtete sie verstohlen unter halb gesenkten Lidern. Sie wollte unbedingt Annon in ihrer Loyalitätsversicherung ein Erinnerungszeichen setzen. Sie verdiente dieses Gedenken.

»Wollt Ihr Euer Angebot zurücknehmen?«, überwand sie sich endlich zu einer Frage.

»So muss also auch die Frage der Religion zwischen uns geklärt werden.« Louise klang leicht gereizt. »Ich hoffe, Ihr seid keine Waldenserin?«

Simonas Kopfschütteln quittierte sie erleichtert.

»Der König ist von Gottes Gnaden gesalbt«, erklärte Louise ohne Umschweife. »Solange sein Volk ihn als gottgesandt akzeptiert, ist seine Position unanfechtbar, und er wird sich deshalb nie gegen die Kirche wenden. Die Inquisition ist deren Sache. Wenn der König die Waldenser nicht duldet, gilt das der Tatsache, dass sie die weltliche Gerichtsbarkeit und die Todesstrafe ablehnen. Dies kann er nicht hinnehmen.«

Es war die unmissverständliche Eindeutigkeit dieser Erklärung, die Simona half, die Dinge einzuordnen.

»Ich verurteile die Mittel, mit denen die Kirche sich schützt. Aber auch mir ist klar, dass Ihr Euch nicht in Widerspruch zum Heiligen Vater setzen könnt.«

»Dann sind wir uns also einig. Offen gesagt, führe ich mit meiner Tochter ähnliche Debatten über die Kirche. Auch sie erwartet mehr Toleranz vonseiten der Geistlichkeit. Im Augenblick beschäftigt sie sich sogar mit Martin Luther und seinen Thesen. Mir sind diese Diskussionen zuwider.«

Louise erhob sich.

»Ich möchte jetzt gern den Fortschritt der Bauarbeiten an der persönlichen Galerie des Königs begutachten. Man schafft dort eine Verbindung zwischen der Hofkirche und seinem Schlafgemach, im ehemaligen Bergfried. Mein Sohn hat Künstler aus Eurer südlichen Heimat mit den Arbeiten beauftragt. Sie vollbringen erstaunliche Dinge. Begleitet mich.«

Louise öffnete die Flügeltür. Der Leibwächter, der dort Dienst tat, trat respektvoll zurück. Er kam Simona merkwürdig vor. So sah kein Leibwächter aus. Sie registrierte blitzschnell Einzelheiten.

Er trug keinen Waffenrock. Bis auf die schmale Kante eines weißen Hemdes war er völlig in schwarzes Tuch gekleidet. Südländisch dunkles, glattes Haar. Guter Kopf. Gesichtszüge wie aus Stein gemeißelt, Augen stählern. Er musste ein Hofbeamter sein. So dunkel gekleidet, wirkte er etwas bedrohlich.

»Paul!«, hörte sie Louises erfreuten Ausruf. »Seit wann bewacht Ihr meine Tür? Gibt es keine Männer mehr, die diesen Dienst tun können?«

»Ich nahm an, es sei in Eurem Interesse, wenn in diesem Fall ich die Ungestörtheit garantiere.«

»Ich danke Euch für so viel Umsicht, mein Freund.« Der Tonfall und die vertraute Anrede verrieten Louises Wohlwollen.

»Lasst Euch mit Simona Contarini aus Venedig bekannt machen. Ich habe sie in meine Dienste genommen. Sie genießt mein Vertrauen. Simona, dies ist Paul von Andrieu, der Kommandant meiner Leibwache und somit auch der Garant für Eure Sicherheit.«

Simona sah ihn sich noch genauer an.

»Demoiselle.«

Kaum dass er die Lippen bewegte.

Sie nickte verhalten.

DREIZEHNTES KAPITEL

Komplikationen

Fontainebleau, 10. März 1529

Die Flut der Briefe, Berichte, Gesuche und Anfragen, die täglich bei der Mutter des Königs eintrafen, beeindruckte Simona. Alle wollten ihren Rat, ihre Hilfe und Unterstützung. Sei es nun, dass sie sich bei ihrem Sohn dafür verwenden sollte, dass der jüngste Spross einer Adelsfamilie eine kirchliche Pfründe bekam oder ein verdienter Beamter eine königliche Rente. Ehevorschläge, Ehrenhändel und Erbschaftsprobleme wurden ihr ebenso unterbreitet wie die immer wiederkehrende Frage, ob sie die Patenschaft für ein sehnlichst erwartetes Kind übernehmen wolle.

»Es geschieht kaum etwas in diesem Land ohne ihr Wissen und ihre Zustimmung«, berichtete sie Cornelis. »Eigentlich regiert sie nach wie vor.«

Cornelis hatte sich bei der königlichen Jagd als geschickter Schütze und waghalsiger Reiter hervorgetan. Das war für den König Grund genug, mit dem flämischen Patriziersohn Freundschaft zu schließen.

Er bewunderte und förderte Männer, die tollkühn waren wie er. Innerhalb weniger Tage bewegte Cornelis sich unter diesen Edlen, als habe er von jeher dazugehört.

»Wundert dich das?« Er lachte.

»Natürlich nicht«, erwiderte sie ein wenig ironisch.

Sie unterhielten sich in gedämpftem Ton in einer Fensternische, vor dem Spielsalon des Schlosses.

»Man nennt deine Louise hinter vorgehaltener Hand die Königin ohne Schleppe. Sie ist das wichtigste Mitglied im Rat Seiner Majestät. Nahezu in allen bedeutenden Ämtern des Hofes sitzen von ihr begünstigte und vorgeschlagene Männer.«

»Sie kann in die Menschen hineinschauen und ihre Fähigkeiten genau einschätzen«, verteidigte Simona Louise. Sie hatte seinen kritischen Unterton sehr wohl bemerkt. »Der König kann sich glücklich schätzen, dass sie ihm zur Verfügung steht.«

Seit sie sah, wie viel Arbeit sie bewältigte, und begriffen hatte, welches Ausmaß an Verantwortung auf Louises Schultern lastete, war ihre Achtung für sie gestiegen.

»Du musst sie nicht in Schutz nehmen, das war kein Tadel«, ging Cornelis auf sie ein. »Louise ist für die Politik wie geschaffen. Ich weiß das. Sie beherrscht die Kunstgriffe der hohen Diplomatie ebenso wie das Geschäft des Alltags. Da trifft es sich gut, dass ihr Sohn sich zwar gerne den Anschein des Allmächtigen gibt, aber die unbequemen Entscheidungen ihr überlässt. Er will geliebt und bewundert werden. Louise verschafft ihm den Respekt.«

Simona hatte gegen diese Sicht nichts einzuwenden.

»Louise trägt die Last freiwillig. Sie würde alles für ihn tun, weil sie ihre Kinder fast bedingungslos liebt. Nie hätte ich gedacht, dass sie eine so hingebungsvolle Mutter ist.

Kein vorwurfsvolles Wort kommt über ihre Lippen. Dabei ist sie beileibe nicht mit allem einverstanden, was ihr Sohn tut oder ihre Tochter denkt. Sie hat oft Mühe, die Folgen unüberlegter Entscheidungen des Königs zu korrigieren. Seine Rastlosigkeit bereitet ihr ebenso schlaflose Nächte wie seine Verschwendungssucht und seine Nachsicht gegenüber jedermann, der ihm schmeichelt.«

»Sein Amüsement geht ihm über alles. Es geht das Wort, dass in seinem Kopf das Angenehme immer das Ernste verdrängt. Seit er die Demütigungen der spanischen Gefangenschaft überwunden hat, wendet er sich am liebsten dem Vergnügen zu. Ich kann verstehen, dass das seiner Mutter, in Anbetracht der politischen Lage, Sorgen bereitet«, erwiderte Cornelis nachdenklich.

»Du scheinst das angenehme Leben ebenfalls zu genießen.«

Wieder war Ironie in Simonas Stimme. Natürlich verriet sie nicht, dass sie ihr Wissen von Thérèse hatte.

»Ein Meister des Ballspiels sollst du sein und stets bereit, den König auf seinen erschöpfenden Jagden zu begleiten. Antwerpen scheint in weite Ferne gerückt zu sein. Bringt dich das nicht in Schwierigkeiten? Dein Vater erwartet dich doch sicher.«

»Unter diesen Umständen sogar sicher nicht. Er würde mir wohl eher raten, zu bleiben. Man gewinnt nicht jeden Tag das Wohlwollen des französischen Königs. Für unser Haus ist eine solche Verbindung von unschätzbarem Wert. Noch dazu, wenn man bedenkt, dass der König weitere Schlösser bauen will und Unsummen für Kunst, Juwelen, Bücher und seltene Kostbarkeiten ausgibt.«

»Mit deren Bezahlung er ständig im Rückstand ist«, warf Simona trocken ein. Sie hatte die Aufstellung der Rechnungen bei Louise gesehen.

»Und wenn schon. Allein der Umstand, dass wir unsere Konkurrenz in Brügge verärgern können, ist schon etwas wert. Die Herren halten Antwerpen für ein Nest von Emporkömmlingen. Sie begreifen nicht, dass ihre Zeit längst abgelaufen ist. Damme und Sluis, Brügges wichtigste Häfen, versanden zusehends, der Minnewaterhafen in der Stadt ist am Ende. Die Zollabgaben sind kaum der Rede wert. Antwerpen gehört die Zukunft. Antwerpen wird der neue Kreuzungspunkt der abendländischen Welt werden.«

»Übertreibst du nicht ein wenig?«

»In Antwerpen sind uns, anders als in Brügge, die Gezeiten und Strömungen gnädig. Die Schelde, unser Fluss, von dem wir so abhängig sind, wird immer tiefer und weiter. Inzwischen ist er auf der Höhe von Antwerpen beinahe eine halbe Meile breit. Wir liegen ideal für unsere Handelspartner in Deutschland, England oder dem Baltikum. Sogar die Handelswege über die Alpen, aus deinem Heimatland, sind nach Antwerpen kürzer als nach Brügge.«

»Ist ja schon gut, Cornelis.« Simona nahm seine Hand und blinzelte ihm verschwörerisch zu. »Du hast mich ja schon überzeugt, dass du dich nur opferst, für euer Handelshaus und für deine Heimatstadt. Und ich dummes Ding dachte doch tatsächlich schon, dass dir der Aufenthalt in Fontainebleau einfach nur Spaß machen würde«, hielt sie ihn heiter von weiteren Lobreden auf Haus und Heimat ab.

»Oder hast du gar Gefallen an der schönen Thérèse von Fleurbaix gefunden?« Diese Frage war im Ton ernster gestellt.

Obwohl das Licht in der Fensternische nicht besonders gut war, entdeckte Simona, dass ein Schatten sich auf Cornelis' heitere Miene legte. Er korrigierte Simona nicht. Sie sah sich gezwungen, deutlicher zu werden.

»Der Hof ist leichtlebig und vergnügungssüchtig, aber er hat seine Regeln, Cornelis. Thérèse ist nicht mehr frei. Sie ist verlobt, und die Verbindung hat Louises Segen. Bring Thérèse nicht in Schwierigkeiten.«

»Wofür hältst du mich? Für einen Narren? Ich umwerbe die Damen am Hof nicht, auch Thérèse von Fleurbaix nicht. Ich hätte ohnehin vom Stand her keine Chance bei ihr.«

Die Tür des Spielsalons flog auf. Einige Höflinge traten schwatzend auf den Gang. Mit einem eiligen Gruß schloss sich Cornelis der Gruppe an und ließ Simona am Fenster zurück. Sie sah ihm bekümmert nach. Seine Erklärung hatte gekränkt und wenig überzeugend geklungen. Sie hatte ihn nicht verletzen wollen, nur warnen.

Ihr Gewand leicht raffend, trat sie aus der Nische. Mittlerweile trug sie die Kleider, die Louise für sie hatte anfertigen lassen. Ihren Widerspruch hatte Louise im Keim erstickt. Fast wäre sie mit einem der Höflinge, der sich ihr im selben Augenblick zuwandte, zusammengestoßen.

»Demoiselle Simona.«

Erschrocken fuhr sie zurück. Paul von Andrieu stand vor ihr.

»Seigneur?«

»Verzeiht, Simona Contarini, was habt Ihr mit van Liewe

in der Abgeschiedenheit einer Fensternische zu besprechen? Ich empfinde es als äußerst verdachterregend.«

»Inwiefern?« Nach der ersten Verwirrung stieg Zorn in Simona auf. »Wir sind Verwandte, was ist verdächtig daran, dass ich mit Cornelis spreche?«

»Die Tatsache, dass er ein Patrizier aus Antwerpen ist. Flandern steht auf der Seite der Habsburger, wenn Ihr es genau wissen wollt. Ich bin mir Eurer Loyalität nicht sicher. Frankreich und Flandern befinden sich in einem fragilen Zustand des Abwartens. Es wäre schlecht für unser Land, wenn ausgerechnet jetzt falsche Signale nach Mecheln dringen würden.«

»Ihr beleidigt mich mit Eurem Verdacht. Nie würde ich Madame Louises Vertrauen missbrauchen«, entgegnete Simona entrüstet, während das Stichwort Mecheln Louises Erzählungen in ihr wachrief.

In Mecheln residierte Margarete von Österreich, die Tante des Kaisers, die Statthalterin von Flandern, der *Niederen Lande*, wie die Spanier es nannten, weil inzwischen auch Brabant, Seeland, Luxemburg und andere Gebiete hinzugekommen waren.

Madame Louise hatte Simona von ihrer gemeinsamen Kindheit mit Margarete berichtet, um ihr Person und Wesen Margaretes näherzubringen. Louise und ihr Bruder Philibert von Savoyen hatten ihre Mutter früh verloren und waren am französischen Königshof aufgewachsen. Anne von Beaujeu, die älteste Schwester des französischen Königs, hatte ihre Erziehung übernommen und die Margaretes, nachdem sie im Alter von drei Jahren mit dem französischen Thronfolger, Charles VIII., verheiratet worden war.

»Anne war uns Kindern eine liebevolle Mutter. Margarete habe ich damals sehr schnell in mein Herz geschlossen. Entzückend und intelligent war sie, gewann alle für sich. Fünf unbeschwerte gemeinsame Jahre waren uns vergönnt«, hatte Madame Louise ihr mit viel Wärme in der Stimme erzählt. »Mit kaum zwölf wurde ich dann dem dreizehn Jahre älteren Karl von Angoulême ins Brautbett gelegt. François und Marguerite sind die Kinder aus dieser Ehe.«
Bedauernd hatte sie hinzugefügt, dass Margarete von Österreich keine Kinder hatte, dass ihre erste Ehe, die körperlich nie vollzogen wurde, aus politischen Gründen 1491 aufgelöst worden war und Charles VIII. dann Anna, die Erbtochter des Herzogs der Bretagne, geheiratet hatte.
»Margaretes zweite Ehe mit dem spanischen Thronfolger Juan«, hatte Madame Louise weiter erzählt, »endete bereits nach wenigen Monaten. Juan starb am Fieber, und sie verlor das Kind, das sie erwartete. Erst Margaretes dritte Verbindung schenkte ihr endlich persönliches Glück. Sie fand es an der Seite meines Bruders Philibert. Sie liebten sich schon als Kinder. 1504 kam er bei einem Reitunfall ums Leben. Danach hat sich Margarete jeder weiteren Eheschließung verweigert. Statt eigener Kinder kümmerte sie sich in Mecheln um vier Kinder ihres Bruders, Philipps des Schönen, und seiner Frau Johanna von Kastilien.«
»Margarete wäre eine prächtige Königin oder Kaiserin geworden«, hatte Madame Louise neidlos eingeräumt. »Sie war ungewöhnlich durchsetzungsstark. Auch heute lässt sie sich nicht gerne dreinreden und träumt davon, die sech-

zehn Provinzen Flanderns zu einem einheitlichen Staat zusammenzufassen. Aber die Flamen leisten solchen Plänen Widerstand. Sie sind sich selbst ihre ärgsten Feinde, weil sie sich nie untereinander einigen können. Einmal war der Kaiser schon gezwungen, Margarete abzuberufen, dieses Risiko will sie kein zweites Mal eingehen.«

All das, was Simona durch den Kopf ging, bevor Paul von Andrieu sich misstrauisch an sie wandte, hatte Louise ihr anvertraut mit dem Bemerken, dass man das wissen müsse, wenn man sich mit Margarete zu einigen versuche. Dass Simona ihre Schreiben an Margarete ohne Kenntnis dieser Hintergründe nicht einfühlsam übersetzen, den richtigen Ton nicht treffen könne.

»Was geht in Eurem Kopf vor?«, fragte Andrieu. Ihr langes Schweigen machte ihn misstrauisch, irritierte ihn zunehmend.

Simona suchte nach einlenkenden Worten.

»Sorgt Euch weder um Cornelis van Liewe noch um mich. Die Politik Frankreichs oder Flanderns interessiert uns nicht. Wir sind lediglich Gäste an diesem Hof.«

»Ich wünschte, ich könnte Euch glauben«, brummte er unwillig.

»Was hindert Euch daran?«

Sein düsterer Blick wurde energisch.

»Die Sorge um Madame Louise«, antwortete er zu ihrem grenzenlosen Erstaunen. »Der Zeitpunkt Eurer Ankunft bei Hof ist in meinen Augen zu klug gewählt, um zufällig zu sein. Seid gewiss, dass ich Eure Schritte im Auge behalte.«

Er ergriff unaufgefordert ihren Arm und führte sie zur Tür des Spielsalons.

»Was soll das?«, protestierte sie, ließ es aber letztlich geschehen, um Aufsehen zu vermeiden.
»Ich bringe Euch zu Madame Louise. Sie hat nach Euch gefragt, habe ich das etwa nicht erwähnt?«
Stimmen, Gelächter und Musik beherrschten den Saal.
»Da seid Ihr ja«, rief Madame gut gelaunt. »Nehmt meinen Platz ein. Ich habe für heute genug gespielt.«
»Eure Mitspieler, Madame, werden nicht begeistert sein von mir«, antwortete Simona vorsichtig. »Ich hatte noch nie Karten in der Hand.«
»Wie das? Ihr spielt nicht?«
Unter Louises verblüfftem Ausruf flogen ihr neugierige Blicke zu.
Simona schwieg verlegen.
»Ihr solltet es lernen, meine Liebe. Es kann höchst unterhaltsam sein. Ich bin sicher, es wird Euch keine Schwierigkeiten bereiten.«
»Euer Vertrauen in meine schnelle Auffassungsgabe ehrt mich, aber ich fürchte, durch Ungeschick zu langweilen. Das möchte ich niemandem antun.«
Louise stimmte in das allgemeine Gelächter ein.
»Dann kommt wenigstens mit zum Würfeltisch, meine Liebe. Es bedarf keiner besonderen Kunst, die Würfel zu werfen. Ich werde für Euch setzen und Euer Glück herausfordern. Es geht nicht an, dass Ihr Euch jedem Spiel widersetzt. Heute Abend wollen wir uns amüsieren.«
Bleigefüllte Würfel und unmäßiges Glücksspiel hatten Zanino den Tod gebracht. Jäh tauchte das Bild ihres ermordeten Mannes vor Simona auf.
Mit unsicherer Hand nahm sie die weißen Elfenbeinwür-

fel mit den dunklen Punkten entgegen. Die grüne Decke des Spieltisches verschwamm ihr vor Augen. Sie hielt sich mit einer Hand an dem erhöhten Tischrand fest.
»Was habt Ihr?«
Paul von Andrieu bemerkte ihren Schwächeanfall.
»Versucht Ihr, Eure Mitspieler zu Eurem Vorteil abzulenken?«
Die Verdächtigung, leise und scharf in ihr Ohr gezischt, brachte Simona schnell wieder zu sich. Empört schleuderte sie die Würfel auf den Tisch.
»Bravo! Welch ein Wurf!«
Man klatschte ihr Beifall. Sogar am Spieltisch des Königs hoben sich die Köpfe und hielten nach dem Grund der Aufregung Ausschau.
»Warum wollt Ihr wieder aufhören?«
Madame hielt sie davon ab, den Spieltisch zu verlassen. »Es war ein großartiger Wurf.«
»Es war lediglich Zufall.«
Die Hitze des überfüllten Raumes trieb Simona den Schweiß auf die Stirn. Sie fühlte sich nicht wohl im Spielsalon. Am liebsten wäre sie geflüchtet, aber das hätte Madame Louise brüskiert. Was sollte sie tun?
»Die Glücksgöttin Fortuna ist auf Eurer Seite. Nutzt ihre Gunst, Demoiselle.«
Der König! Simona machte einen vollendeten Hofknicks und sah hartnäckig dabei zu Boden, die edelsteinbesetzten Schuhe und weißbestrumpften Waden des Monarchen vor Augen. Bisher hatte sie ihn immer nur aus der Ferne gesehen. Eine athletische Gestalt, die alle anderen Männer überragte.
»Kein Zeremoniell im Spielzimmer«, sagte er freundlich

und half ihr auf. »Ihr seid neu bei Hofe. Ihr wurdet mir noch nicht vorgestellt.«
»Wenn Majestät erlauben, Simona Contarini. Sie ist meine Verwandte, über die ich mit Euch gesprochen habe«, beeilte sich Cornelis sie vorzustellen. »Eure Frau Mutter hat die Freundlichkeit besessen, sie in ihre Dienste zu nehmen.«
»Ah, die Venezianerin!«
Der König nahm sie ausführlich in Augenschein und küsste ihr jetzt sogar ihre Hand. Er zeigte seine ganze Liebenswürdigkeit gegenüber Frauen, die man ihm nachsagte, die keine Standesgrenzen kannte, kein Aussehen, und, sympathischerweise, auch kein Alter. Sie spürte kitzelnd seinen Bart.
»Seid willkommen bei Hofe, Simona Contarini. Ihr tragt einen ehrwürdigen Namen, der uns von Gesandten und höchsten Würdenträgern der venezianischen Republik vertraut ist. Aber zurück zu unserem Spiel. Wagt den nächsten Wurf, ich bitte Euch«, forderte er sie auf.
Sie konnte sich seiner Bitte nicht entziehen. Weder durfte sie seine Freundlichkeit zurückweisen noch den Widerspruch in der Öffentlichkeit wagen, vor dem sie auch Madame Louise gewarnt hatte. Prächtig in Goldbrokat und rotbestickte Seide gewandet, eine Federkappe schräg auf dem schwarzen Haar, verströmte er Wohlwollen und ansteckende Lebensfreude. Sie spürte sein ungewöhnliches Charisma.
»Bitte demonstriert uns Euer Geschick.«
Eine hinreißende Blonde trat an die Seite des Königs. Sie brachte ihr verführerisches Dekolleté wirkungsvoll zur

Geltung, indem sie die Arme ausbreitete und mit heller Stimme forderte: »Macht Platz am Spieltisch für die Venezianerin!«
Niemand musste Simona sagen, dass Anne d'Heilly vor ihr stand, die neueste Geliebte Seiner Majestät. Sie zählte zu den Schützlingen Madame Louises, die ihren Auftritt mit Wohlgefallen betrachtete.
Simona hatte sich, ohne sie bisher gesehen zu haben, eine Meinung von ihr gebildet, wobei sie sich wohl in einem geirrt hatte. Sie erkannte sofort, dass Anne d'Heilly kein Opfer war, vom König dazu gezwungen, ihm zu Willen zu sein. Sie genoss ihren Status als königliche Maitresse ganz offensichtlich. Ihre Favoritenstellung gefiel ihr. Sie stellte sich zur Schau.
Simona nutzte ihren Auftritt, sich mit Geschick aus der Schlinge zu ziehen.
»Erlaubt, dass ich meine Würfel an Euch weitergebe«, wandte sie sich liebenswürdig an Anne. »Ihr habt den König an Eurer Seite. Bei einem solchen Garanten des Glücks wird mir Fortuna eine flüchtige Göttin sein.«
»Wie reizend Ihr seid, habt Dank.«
Anne knickste spielerisch vor ihr und begab sich sofort an den Spieltisch. Die Aufmerksamkeit galt jetzt allein ihrem Wurf und dem König, der ihr erkennbar bezaubert von oben in das Dekolleté sah. Im Eifer des Spieles bebte dort verführerisch der wohlgeformte Busen der Schönen, von einem Spitzenvolant nur dürftig bedeckt.
Simona gratulierte sich zu ihrem Schachzug und trat erleichtert zurück. Damen und Noble drängten an ihr vorbei, alle eifrig bemüht, in die unmittelbare Nähe Seiner Majestät zu gelangen. Auch Madame Louise war jetzt in

diesem Gewühl gefangen, so dass Simona sich zum ersten Male ungestört umsehen konnte.
Sie entdeckte Thérèse vor einer goldbestickten Portiere im Gespräch mit Paul von Andrieu. Sie lächelte ihn an. Ein ergebenes, schüchternes Lächeln. Simona hätte sie am liebsten geschüttelt.
Bis sie erkannte, dass Andrieu die gute Partie war, die Madame Louise ihr zugedacht hatte.
Arme Thérèse!
Unwillkürlich suchte ihr Blick Cornelis. Auch er beobachtete die beiden. Seine Miene war finster.

VIERZEHNTES KAPITEL
Staatsaffären

FONTAINEBLEAU, 11. MÄRZ 1529

In Madame Louises Arbeitskabinett fiel die Sonne in breiten Bahnen durch die Fenster. Marguerite von Navarra hatte ihre Mutter auf deren Wunsch aufgesucht. Vergnügt hatte sie sie mit einem Kuss begrüßt und sich ihr gegenüber niedergelassen auf einem der gepolsterten Lehnstühle. Simona wollte sich zurückziehen, aber eine nachdrückliche Geste ließ sie innehalten.

»Bleibt bitte. Es geht um Margaretes Brief an mich, und natürlich möchte ich Euch dabeihaben, wenn ich mir die Meinung meiner Tochter einhole.«

Louise überreichte ihrer Tochter den Brief, den Simona aus dem Flämischen übersetzt hatte.

Marguerite überflog die Blätter. Sie wurde zunehmend ernster bei der Lektüre.

»Weiß François davon, dass Margarete von Österreich Verbindung mit Euch aufgenommen hat?«

»Nein.«

»Wollt Ihr damit sagen, dass Ihr hinter seinem Rücken mit ihr über die Möglichkeit eines Friedensschlusses verhandelt? Ist das nicht sehr riskant?«

»Wir schreiben uns seit Jahren Briefe. Immerhin sind wir zusammen aufgewachsen. Zudem ist sie meine Schwägerin und eine liebe Verwandte.«

»In diesem Brief geht es nicht um die Familie, sondern um Frankreich. Um die Zukunft des Königreichs.«

»In der Tat«, nickte Louise. »Und diese Zukunft zu sichern ist die Aufgabe des Königs.«

»Wir beide kennen François, Maman. Er wird nicht nachgeben. Erinnert Euch, dass er sich sogar an den Sultan in Konstantinopel gewandt hat, damit die Osmanen den Habsburger Kaiser in die Schranken weisen. Er hasst ihn mit jeder Faser seines Körpers.«

Simona ließ die Blicke von Mutter zu Tochter wandern. Sie registrierte die Ähnlichkeit beider Frauen und das Vertrauensverhältnis, das sie verband. Gerne hätte sie ein solches mit ihrer Mutter gehabt.

»Ich bin die Letzte, die François deshalb tadelt.« Louise gab ihrer Stimme Nachdruck. »Aber die Kämpfe müssen ein Ende finden. Der Preis ist zu hoch. Das Volk hungert. Unser Land ist erschöpft. Wir können es uns nicht länger leisten, unsere Männer auf dem Schlachtfeld zu verlieren. Wir brauchen ihre Arbeitskraft, um die Felder zu bestellen. Handwerk, Handel und Gewerbe müssen wieder in Gang kommen. Die Kinder dürfen nicht schon in der Wiege verhungern.«

»Gewiss, es war ein schwerer Winter«, räumte Marguerite ein. »Aber das allein ist kein Grund, vor dem Kaiser zu Kreuze zu kriechen. Denn darauf wird es hinauslaufen, fürchte ich. Was sollen wir bei einem solchen Frieden gewinnen?«

»Zeit, Marguerite. Wir brauchen Zeit. Weißt du, wie viele

verlassene Dörfer und Höfe im Königreich gezählt werden? Wenn das so weitergeht, entvölkert sich das Land, es gibt niemanden mehr, der Steuern zahlt und das Reich aufrechterhält. Es gibt kein Reich und kein Volk mehr, und wenn ein König kein Volk mehr hat, verkommt seine Macht zur Luftspiegelung.«

»Ist es denn wirklich so schlimm?«

»Lass es dir von Simona schildern. Sie hat das Land eben erst durchreist. Dem Himmel sei Dank, dass wir im vergangenen Jahr wenigstens von der Pest verschont geblieben sind. Aber niemand weiß, ob uns die Seuche wieder heimsucht. Wir brauchen den Frieden so dringend wie das tägliche Brot. Und auch wenn es grausam klingt, wir brauchen ihn um jeden Preis.«

»Es wird nicht leicht sein, François das nahezubringen, Maman, wo er noch dazu von neuen Schlössern träumt und von Kunstwerken, die noch künftige Generationen entzücken werden.«

»Seine Träume kann er verwirklichen, wenn die Voraussetzungen dafür geschaffen sind«, erwiderte Louise nüchtern. »Bei allem Verständnis dafür, dass er jede Erinnerung an seine Gefangenschaft in Spanien verdrängen möchte, es geht einfach nicht an, dass er die Realitäten ignoriert. Er muss in jedem Fall die Verpflichtungen einhalten, die Bedingung für seine Freilassung waren. Das Lösegeld für seine Kinder, die immer noch gefangen gehalten werden, muss endlich erbracht werden, und er muss den Ehevertrag vollziehen, der ihn verpflichtet, Karls älteste Schwester zu heiraten.«

Marguerite rümpfte in unverhohlener Abscheu die Nase. »Ich habe Eleonore gesehen, Maman. Eine Schönheit ist sie nicht gerade. Hängende Unterlippe und kein anmutiger Körper. Grausam. Ein Glück, dass die Ehe nicht schon in Madrid vollzogen werden musste. Ginge es nach mir, würde die Heirat gar nicht stattfinden. Was soll François mit dieser Frau als Königin?«

Sicher sprach schwesterliche Zuneigung aus Marguerites Worten. Bei ihrer Mutter kam sie damit nicht an. Mit einer unwilligen Handbewegung winkte Louise ab.

»Liebste Tochter, ich appelliere an deinen Verstand und nicht an dein Herz. Du weißt sehr wohl, dass diese Ehe dem Frieden dienen soll. Kaiser Karl schätzt seine Schwester, und dass er sie nach Frankreich verheiratet sehen will, ist ein Zeichen seines guten Willens. Hinzu kommt, dass Eleonore über große politische Erfahrung verfügt. Nach dem Tod ihres portugiesischen Mannes hat Karl sie zurückgeholt und ihr während seiner kriegsbedingten Abwesenheiten die Verantwortung für Spanien anvertraut. Auch Margarete hält viel von ihr. Du solltest nicht den Fehler machen, deinen Bruder gegen Eleonore einzunehmen. Du würdest dem Königreich einen schlechten Dienst damit erweisen.«

Mutter und Tochter sahen sich an, ehe Marguerite endlich die Frage stellte, die auch Simona beschäftigte, seit die beiden dieses Gespräch führten.

»Ihr habt recht, Maman, aber was kann ich in dieser Angelegenheit tun?«

An der Art, wie Madame Louise sich entspannt zurücklehnte, erkannte Simona, dass sie erleichtert war.

»Du hast großen Einfluss auf deinen Bruder. Bitte unterstütze mich darin, ihm den Friedensgedanken näherzubringen. Sein Stolz lässt es nicht zu, dass er einen Schritt auf den Kaiser zugeht, und Karl ist aus gleichem Holz geschnitzt. Ich muss also aktiv werden, und da brauche ich von François freie Hand, um die vertrackte Angelegenheit auf meine Weise zu regeln.«

Marguerite erhob sich und trat an eines der Fenster, während ihre Mutter Simona in den Blick nahm und ihrer Tochter geduldig Zeit ließ, die Sache zu bedenken.

Wie viele verschiedene Gesichter sie doch besaß, staunte Simona. Das der Mutter, der Freundin, der Feindin, der Diplomatin, der Regentin. Und bei alldem stellte sie ihre Fähigkeiten ganz in den Dienst ihres Sohnes.

»Ich kann Euch nicht versprechen, dass ich erfolgreich sein werde, Maman.«

Marguerite kam zurück und nahm wieder Platz.

»François hat Kaiser Karl vertraut. Er hat sich nach seiner Gefangennahme in Pavia darauf verlassen, dass der Habsburger ihn ehrenhaft und königlich behandeln würde. Wir alle wissen, dass es nicht so war. Die Einsamkeit, die Krankheit, die Schmach während der Gefangenschaft haben Spuren bei François hinterlassen. Dass der Kaiser die königliche französische Familie zu einem Kuhhandel um seine Söhne gezwungen hat, so empfindet er das, bringt ihn fast um.«

»Das Schicksal meiner Enkelsöhne liegt auch mir bleiern auf der Seele, das weißt du nur zu gut, Marguerite«, antwortete Louise. »Wir werden sie freibekommen, das steht außer Frage. Und es wird François trösten, wenn er sie wieder umarmen kann. Vielleicht auch milder stimmen, wenn du ihn dahin gehend beruhigst. Aber unerlässlich brauchen wir den Frieden, und das muss er ebenso dringlich wollen, wie ich es dringlich für nötig halte.«

»Seid Ihr denn sicher, dass Margarete tatsächlich berechtigt ist, im Namen Karls Frieden zu schließen? Man hört, ihr Verhältnis sei in den letzten Jahren ein wenig abgekühlt«, zweifelte Marguerite weiter. »Vielleicht ist ihr Schreiben eine Falle.«
Nicht einmal Simona hatte daran gedacht. Erschrocken machte sie eine Bewegung. Marguerites Mutter hingegen schnaubte nur missfällig.
»Das ist blanker Unsinn, übertreibe dein Misstrauen nicht. Ich kenne Margarete wie mich selbst. Unser Kontakt ist in all den schwierigen Jahren nie abgebrochen. Der Verlust ihres Mannes, meines Bruders, hat uns gleichermaßen geschmerzt. Wir haben uns gegenseitig getröstet, das verbindet auf besondere Weise. Da sie danach keine Ehe mehr eingehen wollte, hat sie sich ganz der Erziehung ihrer Nichten und ihres Neffen hingegeben. Karl ist schwierig, aber sie steht ihm sicher am nächsten. Wenn jemand die richtigen Worte findet, den Kaiser von der Notwendigkeit eines Friedensschlusses zu überzeugen, dann ist es Margarete.«
»Und wie finde ich die richtigen Worte, François zu überzeugen? Ihr ladet mir da eine schwere Last auf, Maman. Ich frage Euch ganz konkret: Warum soll François Karl die Hand reichen? Das dringliche Bedürfnis nach Frieden allein wird ihm nicht als Grund genügen.«
Marguerite war noch nicht klar, mit welchen Argumenten sie ihren Bruder überzeugen könnte. Sie ließ nicht locker. Wenn sie die Aufgabe übernehmen würde, wollte sie auch Erfolg haben.
Simona hatte gehört, dass man Marguerite auch *Die zehnte Muse* und *Die vierte Grazie* nannte. In Navarra hatte

sie sich nie richtig wohl gefühlt, wusste sie von Thérèse. Wie sie jetzt die eigene Mutter herausforderte, bewies Scharfsinn.

»Ich wiederhole mich: um Frankreich zu retten«, war die klare Antwort. »Wir brauchen ein geschlossenes Königreich, einschließlich Burgund. Nur so kann eine große französische Nation entstehen. Das muss die Vision eines großen Königs sein.«

In einer höchst ungewohnten Aufwallung sprang Louise auf und trat ein paar Schritte in den Raum.

»Wir sind von allen Seiten umstellt. Im Westen dehnt sich das Meer, im Süden, Osten und Norden steht der Habsburger Kaiser, ein gefräßiges Ungeheuer, an unseren Grenzen. Wenn wir ihm nicht Einhalt gebieten, wird er uns verschlingen. Ein Friede, dem auch er zustimmt, ist unsere letzte Möglichkeit dazu.«

Marguerite gab den Widerstand auf. Ihr eigenes Königreich Navarra konnte sich nur behaupten, wenn ihr Bruder seine Macht behielt. Henri d'Albret, ihr zweiter Mann, war von schlichtem Gemüt. Lediglich die Unterstützung ihres Bruders, der Navarra als Bollwerk zwischen Frankreich und Spanien schätzte, hielt ihn auf dem Thron.

»Ich sehe, du verstehst«, nickte Louise. »Dieses gewaltige Reich, das der Kaiser beherrscht, ist im Gegensatz zu Frankreich ein Konglomerat der unterschiedlichsten Länder, Sprachen und Menschen. Sie alle zu einen und einem einzigen Willen zu unterwerfen ist nahezu unmöglich. Welchen Grund hätten diese Völker, sich Karl für immer zu beugen? Ihm wiederum liegt vor allen Ländern im Reich besonders Flandern am Herzen. Er ist in Gent geboren und in Flandern aufgewachsen, und er bereist es regelmäßig. Margarete, die seine Wahl zum deutschen König unterstützt hat, hat er dafür zu seiner Statthalterin in Flandern gemacht, und es ist in guten Händen bei ihr. Schließe daraus, dass er ihr vertraut und dass wir mit Margarete zu einem Frieden mit dem Kaiser kommen können, wenn sie es will.«

»Ist nicht gerade dieses Vertrauensverhältnis genau der Grund, ihr zu misstrauen?«, warf Marguerite ein. »Karl wird für sie immer an erster Stelle stehen.«

»Glaube mir, Marguerite, sie steht zu Karl, aber sie will uns nicht schaden. In Deutschland, in Österreich, in Spanien, in Neapel und anderen Ländern ist der Kaiser ein Ausländer. Die Widerstände gegen ihn werden wachsen. Seine Politik hat die Türken bis nach Wien gebracht und seine Schwester, die Königin von Ungarn, zur Witwe gemacht. Es weht ihm ein heftiger Wind ins Gesicht, und er kann nicht an allen Fronten zugleich kämpfen. Ich bin sicher, du findest den Weg, deinem Bruder die Lage so darzulegen, dass ihm die Notwendigkeit des Friedensschlusses einleuchtet. Nie gab es einen günstigeren Zeitpunkt. Du musst ihn davon überzeugen, dass es ein Frieden der Vernunft ist, den wir wollen, und Margarete wird es Karl klarmachen.«

Marguerite nickte, obwohl ihre Zweifel nicht ganz ausgeräumt waren, aber das lag mehr an ihrer Besorgnis, François vielleicht nicht überzeugen zu können, als an der Schlüssigkeit der Analyse ihrer Mutter.

»Gut«, stellte Louise knapp fest und wandte sich an Simona. »Dann werden wir jetzt die Antwort nach Mecheln formulieren.«

»Maman, verzeiht, wenn ich es in ihrer Anwesenheit zur Sprache bringe. Ihr schenkt Simona Contarini, einer Venezianerin, ungewöhnlich großes Vertrauen. Ist das nicht unvorsichtig, fürchtet Ihr keine Staatsaffäre?«
Bevor Simona sich Gedanken darüber machen konnte, wie groß das Ausmaß an Argwohn hinter dieser Frage sein musste, antwortete Louise souverän.
»Ich fürchte keinerlei Verrat von ihr. Simona ist so wenig dazu fähig wie Margarete, mir eine Falle zu stellen. Warum ich davon so überzeugt bin, erkläre ich dir gerne ein anderes Mal.«
Mit einem Handkuss verabschiedete sich Marguerite respektvoll von ihrer Mutter.
Simona sah ihr nach. Die Tochter brachte ihr nicht dasselbe Wohlwollen entgegen wie die Mutter.

* * *

Der Raum lag bereits im Dunkeln, als Simona eintrat und die Tür hinter sich zuzog. Mit geschlossenen Augen sank sie völlig erschöpft aufs Bett. Der Kopf schmerzte, das Handgelenk schmerzte. Es war ein langer, schwieriger Brief gewesen, den Louise diktiert hatte. Die Übersetzung ins Flämische hatte sie noch einmal Stunden gekostet. Madame hatte sich bei fast jedem Wort doppelt rückversichert, bis sie schließlich ihre Unterschrift geleistet hatte. Am Ende tanzten Simona die Buchstaben vor Augen.
Sie massierte sich die Schläfen und sah zum Fenster. Im letzten Dämmerschein entdeckte sie Thérèse in der Fensternische, die da verschüchtert saß und sich ängstlich nicht gleich bemerkbar gemacht hatte.

Mit zwei Schritten war Simona am Tisch, um nach der Zunderbüchse zu greifen.
»Thérèse, was ist los? Was macht Ihr hier in meiner dunklen Kammer? Wartet, ich entzünde eine Kerze.«
»Nein. Bitte nicht.«
Die Stimme klang bekümmert. Simona ging besorgt zum Fenster und ließ sich auf der anderen Seite der Nische nieder.
»Was ist geschehen?«, fragte sie, so einfühlsam es ging.
»Nichts Besonderes. Ich wollte nur ein bisschen mit Euch reden und konnte der Versuchung nicht widerstehen, hier auf Euch zu warten. Hier ist es so hell und angenehm. Schließlich bin ich eingeschlafen.«
Es war Simona klar, dass sie schwindelte. Sie hatte sich zu ihr geflüchtet, weil sie etwas auf dem Herzen hatte, und nun überkamen sie Bedenken. Ihr Mut hatte sie verlassen.
»Hat Euch jemand etwas getan?«, fragte Simona direkt.
»Paul von Andrieu?«
»Paul? Du meine Güte. Nein. Er ist so förmlich und zurückhaltend und höflich, dass man mit ihm nicht einmal streiten könnte. Nein …«
Sie brach ab.
»Cornelis van Liewe?«
»Wie kommt Ihr darauf?«
»Ich habe Augen im Kopf, Thérèse. Ist er Euch zu nahe getreten? Normalerweise verliert er seine Beherrschung nicht so leicht.«
»Nein. Er ist mir nicht zu nahe getreten, aber ich habe mich in ihn verliebt. Und mein Kummer ist, ich merke, dass er auch für mich etwas empfindet, doch er macht keinen Schritt auf mich zu.«

Vernünftiger Cornelis, lobte Simona im Stillen.
Sie half Thérèse nicht, sie in ihren naiven Träumen zu bestärken. Sie ließ ihr Zeit, sich zu fassen und die Augen zu trocknen, ehe sie endlich die Kerzen entzündete.
»Sagt mir, was ich für Euch tun kann?«
»Könnt Ihr mir ein heimliches Treffen mit Eurem Vetter verschaffen?«
Was denkt sie sich? Sie ist verrückt.
»Nehmt Euch zusammen, Thérèse, ehe Ihr Euch in Schwierigkeiten bringt. Cornelis stammt aus einer Familie von Kaufleuten und Reedern. Sogar wenn Ihr noch frei wärt, wäre eine Verbindung zwischen Euch ausgeschlossen.«
»Der König könnte ihn in den Adelsstand erheben. Es kommt immer wieder vor, dass er verdiente Bürger auszeichnet. Gelehrte, Beamte, Künstler.«
»Cornelis legt keinen Wert auf einen Adelstitel. Er ist stolz auf seine Familie, seine Stadt. Er wird eine junge Frau aus seinen Kreisen heiraten.«
»Das will ich aus seinem Mund hören. Helft mir doch bitte. Ich weiß mir keinen anderen Rat, als Euch zu bitten. Er geht mir aus dem Weg, aber er beobachtet mich, wenn er sich unbemerkt glaubt.«
Thérèse zeigte sich unerwartet hartnäckig, obwohl ihre Augen vom Weinen noch gerötet waren.
Simona pries in Gedanken Cornelis noch einmal für seine Vorsicht. Von Thérèse konnte man sie erkennbar nicht erwarten. Hoffentlich kam sie nie dahinter, dass er ihre Gefühle tatsächlich mit Leidenschaft erwiderte. Sie sah aus, als würde sie in diesem Fall vor keinem Skandal zurückschrecken.

»Schenkt Eure Gunst lieber Andrieu. Er ist Eure Zukunft«, riet sie eindringlich. »Habt Ihr mir nicht voller Stolz erzählt, dass Madame Louise Eure Verbindung geknüpft hat? Ihr schuldet ihm Treue und ihr Gehorsam.«
»Ich weiß, das bedrückt mich ja auch schrecklich«, gab Thérèse kleinlaut zu.
»Dann hört auf, von Cornelis zu träumen.«
Thérèse sah sie enttäuscht an.
»Habt Ihr noch nie geliebt? Kennt Ihr nicht den Schmerz unerwiderter Liebe? Wisst Ihr nicht, wie es ist, wenn man nicht schlafen kann, weil die Sehnsucht einen wach hält?«
Nein. Simona wollte es auch nicht wissen. Ihre Kopfschmerzen wurden schlimmer und ihre Stimme schroff.
»Kommt zur Besinnung, lasst diese Himmelsstürmerei.«
»So viel Kälte hätte ich nicht von Euch erwartet. Ich dachte, wir wären Freundinnen.«
Thérèse sprang auf, lief aus dem Zimmer und schlug die Tür hallend hinter sich zu.
Sind wir natürlich nicht, murmelte Simona hinter ihr her. Es war offensichtlich, dass die Erbin von Fleurbaix an ihre Grenzen stieß und mit kindlichem Trotz darauf reagierte. Wenn Madame Louise davon erfuhr, würde sie Ärger bekommen.
Nachdenklich trat Simona ans Fenster und blickte in die Nacht hinaus. Musste sie Cornelis vor Thérèses Unbesonnenheit warnen, oder würde sie von selbst zur Vernunft kommen, wenn sie begriff, dass sie keine andere Wahl hatte, als zu gehorchen?
Gehorchen. Es war den Frauen aufgegeben. Sogar die Mutter des Königs und deren Tochter mussten sich in

Gehorsam unterwerfen. Zu sehen, dass selbst sie nicht frei waren, war bedrückend.
Simona sann dem Ausmaß an persönlicher Freiheit nach, das sie auf der Wanderung mit Bernard genossen hatte und das sie aufgegeben hatte.
Ich habe die Freiheit nicht aufgegeben. Sie wurde mir genommen. Schon am ersten Tag in Nîmes hat sie geendet.
Würde sich das je ändern?
Morgen wollte sie sich ihrer Malerei widmen, und niemand würde sie davon abbringen.

FÜNFZEHNTES KAPITEL

Hindernisse

Fontainebleau, 18. März 1529

Holzspäne flogen nach allen Seiten. Das Stemmeisen stieß in schneller Folge auf und nieder. Das Schlagen klang nicht nach Handwerkslärm, sondern wie eine rhythmische Begleitung zum Tanz. Bearbeitet wurde ein braungoldenes Nussholz, in dem nach und nach die Umrisse eines Salamanders erschienen. Staunend verfolgte Simona die Geburt des königlichen Wappentieres unter den Händen des Holzschnitzers.

Der Mann arbeitete, ohne aufzusehen. Da nur stundenweise helles Tageslicht in die Galerie des Königs fiel, galt es keine Zeit zu verlieren. Die Holzvertäfelungen, die er und seine Zunftbrüder hier schufen, sollten höchsten Ansprüchen gerecht werden. Es entstand eine Folge von Medaillons mit Salamandern, verschnörkeltem *F* für François und den drei königlichen Lilien von Frankreich.

Simona verbrachte viele ihrer freien Stunden bei den Handwerkern und Künstlern, die aus dem breiten Gang zwischen dem Schlafgemach des Königs und der ehemaligen Klosterkirche einen prächtigen Wandelgang machen sollten. Zwar war in der Galerie die Luft mit Staub und Holzmehl gesättigt, was Simona zum Husten reizte, aber das Übel nahm sie gerne in Kauf. Das Gewimmel der Handwerker war gut organisiert, und es war kurzweilig, ihnen zuzusehen. Jeder von ihnen war ein Könner auf seinem Gebiet und arbeitete Hand in Hand mit den anderen. Noch fehlten wichtige Teile der Ausstattung. Die Gemälde, die Stuckarbeiten, die sich mit den Holzschnitzereien zu einem harmonischen Ganzen verbinden sollten.

In der Galerie wurde viel über den Maler gesprochen, der den Auftrag zu den Bildern für Seine Majestät bekommen hatte. Ein Ausländer, was den Franzosen im Grunde ihres Herzens nicht besonders gefiel. Gab es in Frankreich etwa keine Maler?

Simona hatte den Namen des Künstlers in Venedig schon gehört. Giovan Battista di Jacopo. Besser bekannt war er als Rosso Fiorentino, was er seinem feuerroten Haar und dem Umstand verdankte, dass er in die Malerzunft von Florenz eingetreten war. Er behielt den Namen bei, als er Florenz verließ, um in Rom eine eigene Werkstatt zu eröffnen.

Die Plünderung Roms im Mai 1527, der *Sacco di Roma*, hatte seine Werkstatt in Flammen aufgehen lassen. Das Söldnerheer des Kaisers hatte gegen seine Anführer rebelliert. Seit der Schlacht von Pavia saß es in Oberitalien fest, wurde nicht mehr bezahlt und litt Hunger. Deutsche Landsknechte und spanische Söldner rotteten sich zusammen und marschierten nach Rom, weil sie Papst Clemens VII. die Schuld gaben. Mit Franzosen und Engländern in der Liga von Cognac vereint, hatte der Papst die Seiten gewechselt und sich gegen den Kaiser gestellt.

Vierundzwanzigtausend wütende Söldner, die von ihren Anführern nicht mehr im Zaum gehalten werden konnten, stürmten Rom, brandschatzten und metzelten gut die Hälfte der Bevölkerung im Blutrausch nieder. Mit seiner Flucht in die Engelsburg rettete sich der Papst, aber unter den Folgen des Ereignisses litt die Stadt bis heute. Kirchen, Paläste und Hospitäler waren geplündert und in Brand gesteckt worden. Der größte Teil der kirchlichen und weltlichen Schätze der Heiligen Stadt war den Angreifern in die Hände gefallen. Man schätzte den Wert dieser Beute auf runde zehn Millionen Golddukaten.
Kaiser Karl hatte öffentlich abgestritten, dass er den Befehl zum *Sacco* gegeben hatte. In Venedig hatte ihm niemand geglaubt. Zu gelegen kam es dem Habsburger, dass die Ereignisse den Papst dazu zwangen, sich ihm zu unterwerfen und seine Bedingungen zu akzeptieren. Noch verhandelten Papst und Kaiser über einen Friedensvertrag, aber sobald er unterschrieben war, würde Karl sein nächstes Ziel anstreben: die offizielle Kaiserkrönung. Obwohl er seit Jahren den Titel trug und regierte, stand die Krönung und Salbung durch den Heiligen Vater noch immer aus.
Der Ruf des Königs nach Fontainebleau hatte Rosso Fiorentino zum richtigen Zeitpunkt erreicht. Seine Kunden waren umgekommen oder verarmt, Rom hatte schwer an Bedeutung verloren.
Für heute war die Ankunft des großen Meisters angekündigt. Ein Kurier war ihm vorausgeeilt. Voller Vorfreude hoffte Simona darauf, endlich die Arbeiten und die Arbeitsweise eines so bedeutenden Künstlers aus nächster Nähe mitverfolgen zu können.

Endlich war es so weit. Meister Fiorentino trat prunkhaft auf. Kostspielig gekleidet und seiner Wichtigkeit bewusst, begleitet vom königlichen Architekten Philibert Delorme, betrat er die Galerie wie eine Bühne. Zwei Männer folgten in respektvollem Abstand. Einer trug eine dicke Lederrolle, der andere einen Holzkasten und ein ledergebundenes Buch.

Zweifellos enthielt die Rolle die Entwürfe zu den geplanten Gemälden, von denen Marguerite bereits überschwenglich berichtet hatte. Sie hatte mit dem König die Vorschläge des Meisters begutachtet.

»Er symbolisiert in seinen Werken die Macht des Königs«, hatte sie ihrer Mutter in Simonas Anwesenheit berichtet. »Seine Skizzen zeigen subtile Anspielungen auf das Leben Seiner Majestät und den Verlauf der Menschheitsgeschichte, Motive aus der Antike wie den königlichen Elefanten, der Kraft und Weisheit verkörpern soll. Mir persönlich gefallen die feinsinnigen Allegorien des Lichts oder der ewigen Jugend am besten. Sie sind wunderschön.«

Hinter Meister Fiorentino drängten nun auch Mitglieder des Hofes herein und behinderten die Handwerker. Auch der Holzschnitzer setzte sein Stemmeisen ab. Mit dem Handrücken wischte er sich Schweiß und Staub von der Stirn und murmelte leise: »Welch eitler Pfau.«

Fiorentino und Delorme waren schon in ein Fachgespräch vertieft. Es ging um die Grundierung für die geplanten Wandgemälde. Bis ins Detail gab der Meister seine Anweisungen.

»Die Ziegelmauern müssen auf jeden Fall zuvor gründlich durchfeuchtet werden, damit der Putz gut haftet und die Farben wie gewünscht abbindet«, hörte sie ihn sagen. »Ich brauche besten Grubenkalk. Er muss mindestens zwei Monate, unter ausreichend Wasser, gelagert worden sein. Keinen Tag weniger. Dieser Kalk, Marmorkies und Marmorsand werden dann für den Mörtel angerührt. Allein diese Mischung garantiert den weißesten und härtesten Untergrund für meine Arbeit. Der Mörtel muss in drei Schichten aufgetragen werden. Jede Schicht hat ihr eigenes Mischungsverhältnis, das peinlich beachtet werden muss.«

Simona hatte bisher nie einen Gedanken darauf verschwendet, wie ein Wandgemälde entstand. Sie reckte sich auf die Zehenspitzen, damit ihr keine Einzelheit entging. Prüfend schritt Fiorentino die Galerie ab und gab jetzt Anweisung, eine bestimmte Skizze auf dem freigeräumten Arbeitstisch auszubreiten.

Es war die, die auch Marguerite schon beschrieben hatte.

»Seht hier den majestätischen Elefanten«, dozierte der Maler, unter bewundernden Ausrufen. »Zu seinen Füßen liegt der Storch, als Symbol für die Sohnesliebe des Königs zu seiner Mutter. Die drei Krieger mit Blitz, Dreizack und dem dreiköpfigen Höllenhund versinnbildlichen die Macht des Königs über den Himmel, das Meer und die Erde …«

»Ich habe mir schon gedacht, dass ich dich hier finden würde.« Cornelis trat hinter Simona. »Dein Landsmann ist bemerkenswert. Der König ist voll des Lobes über seine Handzeichnungen.«

Simona wollte sich auf das Geschehen konzentrieren, aber sein Gesichtsausdruck machte sie stutzig.

»Was hast du? Gibt es schlechte Nachrichten?«

Er verneinte, aber sie durchschaute ihn. Schweren Herzens drehte sie Fiorentino den Rücken und schob sich mit Cornelis aus der Galerie.
Erst im Freien wollte Simona ihn zum Reden bringen. In den geschlossenen Räumen von Fontainebleau hatte sie stets das Gefühl, von unsichtbaren Ohren belauscht zu werden. Sogar in Louises Gemächern.
»Was bereitet dir Kummer, Cornelis?«
»Kannst du Gedanken lesen?«
»Nein, aber traurige Augen erkennen. Sag es. Ich ahne es. Du weißt, du kannst mir vertrauen.«
Jetzt platzte Cornelis heraus damit.
»Thérèse … Nein, sag mir nicht noch einmal, dass ich sie mir aus dem Kopf schlagen muss, ich weiß es selbst. Doch es nützt nichts. Ich habe alles versucht, aber meine Gefühle drohen mit mir durchzugehen. Du bist eine verständige Freundin – sag mir, was ich machen soll.«
»Also, eines ist sicher, Cornelis. Paul von Andrieu wird niemals zulassen, dass ein anderer seiner Verlobten schöne Augen macht. Der kleinste Verdacht, und er fordert dich zum Duell. Du hättest keine Chance gegen ihn.«
»Das ist mir klar. Ich bin Kaufmann, kein Ritter. Trotzdem … wo steckt er überhaupt? Ich habe ihn seit Tagen nicht mehr mit ihr zusammen gesehen.«
In Mecheln, hätte Simona sich um ein Haar verplappert. Nur ihm hatte Louise das wichtige Schreiben an Margarete von Österreich anvertrauen wollen. Er war unterwegs, und natürlich in streng geheimer Mission.
Nachdenklich beobachtete sie Cornelis, wie er mit der Stiefelspitze wütend in den Boden stieß und kleine Staub-

fontänen aufsteigen ließ. Sie ließ ihn gewähren. Zu seiner Frage zuckte sie lediglich mit den Schultern.

»Es gibt nur eine Möglichkeit für mich, Simona. Ich muss aus Thérèses Gesichtskreis verschwinden. Ich muss hier weg. Wir müssen abreisen.«

Der Vorschlag gefiel Simona gar nicht. Abreisen? Ausgerechnet jetzt? Unmöglich. Madame Louise war auf sie angewiesen, und ihre Sache war wichtig. Cornelis musste sich zusammennehmen, einen anderen Weg finden, denn ohne ihn konnte sie nicht bei Hofe bleiben. Alleine, unverheiratet und ohne seinen Schutz war das unmöglich. Wie sollte sie ihm dies klarmachen? Von der Wichtigkeit ihrer Arbeit durfte sie nicht sprechen.

Cornelis unterbrach ihr kurzes Grübeln.

»Ich werde den König bitten, mich abreisen zu lassen. Triff auch du deine Vorbereitungen. Wir wollen es schnell hinter uns bringen.«

Simona schwieg. Nur Madame Louise konnte Cornelis an einer Abreise hindern.

* * *

»Der König möchte den Hof nach Paris verlegen. Der Lärm der Bauarbeiten stört seine Maitresse.«

Gelächter brandete auf, und das Gespräch wandte sich anderen Neuigkeiten zu. Der Entschluss des Königs überraschte nicht wirklich, seine Rastlosigkeit hielt ihn nirgendwo lange. Cornelis hörte zu, ohne sich an den Erörterungen zu beteiligen. Es war ihm egal, er würde ohnehin abreisen.

Neugierig sah er zur Stirnseite der großen Tafel hinüber,

wo die königliche Familie saß. Es schien ihm fast, als spüre Louise seine Gedanken. Ihr Blick war auf ihn gerichtet. Er beobachtete, wie sie einen Pagen zu sich winkte. Wenig später tauchte der Page an seiner Seite auf und teilte ihm mit, er möge nach dem Bankett Madame Louise in ihrem Arbeitskabinett aufsuchen.

Gerne hätte er sich mit Simona zuvor besprochen, aber er konnte sie nirgends entdecken. Steckte sie hinter dieser Aufforderung?

Madame bestätigte es ihm.

»Simona hat mir mitgeteilt, dass Ihr nach Flandern heimzukehren wünscht, Monsieur van Liewe. Ihr bringt Euch und sie in höchste Gefahr, ich kann das nicht billigen.«

Ohne ein überflüssiges Wort tat sie ihren Willen kund. Ihre Körpersprache duldete keinen Widerspruch. Aus welchem Grund ihr daran lag, Simonas Abreise zu verhindern, blieb ihm verschlossen.

Er versuchte, sich seinen Ärger über die Einmischung nicht anmerken zu lassen.

»Eure Sorge ehrt uns«, erwiderte er ehrerbietig. »Aber darf ich dennoch wissen, was Euch an unserer Reise so beunruhigt? Mein Vater erwartet mich. Ich habe mich schon viel zu lange in Fontainebleau aufgehalten.«

»Der Pöbel rottet sich immer wieder in den Städten zusammen und plündert wohlhabende Bürgerhäuser und städtische Speicher. Bisher wagte kein Magistrat die Revolten gewaltsam niederzuschlagen. Alle haben Angst, dass der Funke einen Flächenbrand entfacht und in Folge einen Bürgerkrieg auslöst. Noch sind die Aufstände auf Paris, Lyon und Bourges begrenzt. Erst heute in der Ratssitzung sind wir uns einig geworden, die Revolten ungeachtet dieser Gefahr niederzuschlagen«, entgegnete Louise erstaunlich geduldig. »Die Anweisung, in aller Härte gegen die Aufständischen vorzugehen, ist bereits getroffen. Die Kuriere sind in alle Himmelsrichtungen unterwegs. Niemand kann voraussagen, wie die Befehle aufgenommen werden. Ich hoffe, dass es uns gelingt, alles in kürzester Zeit unter Kontrolle zu bekommen. Aber es kann auch passieren, dass unser Land in ein blutiges Chaos stürzt. Wir müssen abwarten, was in den nächsten Tagen geschieht. Ihr seid meine Gäste. Ich fühle mich für Euch verantwortlich, möchte aber keinesfalls Eure Familien gegen den französischen Hof aufbringen.«

In der eintretenden Stille begegnete er dem dunklen, eindringlichen Blick Louises. Wäre ihr nicht aus unbekannten Gründen daran gelegen, Simona in ihren Diensten zu halten, sie hätte sie beide in diese Gefahr entlassen, das stand für ihn fest. Sie tat nichts ohne Zweckdienlichkeit. Schon gar nicht ließ sie sich von Gefühlen leiten.

Welche Rolle spielte Simona? Von Louise würde er es nicht erfahren und wahrscheinlich auch nicht von seiner Reisegefährtin.

»Unter solchen Umständen ehrt uns Eure Gastfreundschaft.« Er musste seinen Widerstand aufgeben. Ihm blieb keine andere Wahl.

Madame winkte dem Sekretär, der ihrem Gespräch beigewohnt hatte.

»Gute Nacht, Monsieur van Liewe.«

SECHZEHNTES KAPITEL

Fieber

FONTAINEBLEAU, 20. MÄRZ 1529

Der Aufbruch des Königs nach Paris verzögerte sich. Marguerites Tochter wurde von heftigen Darmkoliken gequält, und solange seine Nichte krank war, wollte der König Fontainebleau nicht verlassen. Er befahl seine Leibärzte an das Bett des Kindes. Gemeinsam mit Marguerite wachte er mit einer Sorge über das kleine Mädchen, die er für keines seiner eigenen Kinder aufgebracht hatte. Alle wunderten sich. Sie konnten es sich nicht erklären. Bewegte ihn die Liebe zu seiner Schwester, zu der kleinen Nichte oder vielleicht der Gedanke, bei den eigenen Kindern etwas versäumt zu haben?

Das Warten auf die Genesung der Prinzessin zerrte allen an den Nerven. Es gab keine Jagden, keine Ballspiele, keine Feste, und die Langeweile griff um sich. Simona verbrachte viel Zeit mit der melancholischen Thérèse. Von Cornelis sah und hörte sie wenig. Er hatte die Abreise nie wieder erwähnt und machte einen großen Bogen um die Orte, an denen er Thérèse hätte begegnen können.

Jetzt suchte Simona wieder einmal Ablenkung in der Galerie. Rosso Fiorentino, von dem sie heimlich gehofft hat-

te, er würde sie als Landsmännin und Schülerin akzeptieren, lehnte es rundweg ab, eine Frau zu unterweisen. Er schnaubte entrüstet und würdigte sie keines weiteren Gespräches.
Trotzdem hielt sie sich gerne in seiner Nähe auf, um den Fortgang der Arbeiten zu verfolgen. Inzwischen war sie mehrmals Zeugin geworden, wie Fiorentino seine Skizzen den genauen Wandverhältnissen anpasste. Ob er sich an ihre Gegenwart einfach gewöhnt hatte oder inzwischen durch sie hindurchsah, konnte sie nicht sagen.
Zu sehen, wie sein Rötelstift die Gestalt eines Mannes, das Abbild einer Pflanze oder eines geblähten Segels zu Papier brachte, war erregend und ernüchternd zugleich. Seine Skizzen waren nicht nur Abbilder, sie erzählten Geschichten, dabei benötigte er nur wenige Striche, um eine Figur oder eine Szene zum Leben zu erwecken. Dagegen war das, was sie zeichnete, Stümperei.
Die Erkenntnis schmerzte. Eigentlich hätte sie die Galerie meiden müssen, um nicht den Spaß an der Malerei zu verlieren, aber sie konnte der Anziehungskraft nicht widerstehen. Heute war sie auch vor dem schlechten Wetter in die Galerie geflohen.
Gleich beim Eintreten vernahm sie die zornige Stimme des Meisters, ein Wortgemisch aus Florentinisch und Französisch. Simona verstand ihn gut. Es ging um die Höhe der Vertäfelung. Der Maler wollte sie zugunsten seiner Wandgemälde niedrig halten, der Holzschnitzer war damit nicht einverstanden. Er forderte mindestens Mannshöhe. Beide fluchten und beschimpften sich.
Sie sollte nicht erfahren, ob eine Einigung zustande kam. Thérèse zerrte sie am Ärmel.

»Madame Louise schickt nach Euch.«
»Was ist geschehen?«
»Keine Ahnung. Niemand hinterfragt Madame Louises Anordnungen.«
Simona warf kurz noch einen bedauernden Blick auf die ausgebreiteten Skizzen des Malers, die wohl Anlass für den lautstarken Streit waren. Es gab neue darunter. Eine zeigte eine Schlange, die eine Quelle bewachte, sie hätte sich gerne genauer mit ihr beschäftigt.
Sie schloss sich Thérèse an, die ihr so schnell vorauseilte, dass kein Gespräch mit ihr möglich war. Sie hatte ihre fröhliche Unbeschwertheit verloren, was Simona bedauerte, auch, weil ihr Geplapper eigentlich hin und wieder ganz unterhaltsam gewesen war. Sie vermisste es. Besorgt sah sie ihr nach, als sie vor Louises Arbeitskabinett mit einem leisen Abschiedswort davonging.
In Louises Räumen brannten alle Kerzen, obwohl der Abend noch fern war. Marguerite saß bei ihrer Mutter. Sie waren erkennbar in ein ernstes Gespräch vertieft, das Louise ungeduldig sofort bei Simonas Eintreten unterbrach.
»Wo habt Ihr gesteckt?«
Simona grüßte. »In der Galerie, Madame.«
»Noch immer auf den Spuren Meister Fiorentinos? Konntet Ihr ihn doch noch überreden, Euch zu unterrichten?«
Simona schüttelte stumm den Kopf. Louise war an den Tisch getreten und ergriff einen der zahllosen Berichte, die dort bereitlagen. Sie erwartete keine Antwort.
»Meine Tochter wird morgen mit dem König nach Paris aufbrechen. Die Rädelsführer der Aufstände sind in Ket-

ten gelegt. Es wurde mit aller Härte gegen sie vorgegangen. Paris hat zur Normalität zurückgefunden«, erklärte sie knapp.

»Der Strafvollzug an den Rädelsführern kommt einem Todesurteil gleich«, ergänzte Marguerite. »Das wird den Pöbel abschrecken. Die meisten Kerker stehen nach diesen heftigen Regenfällen mehr oder weniger unter Wasser. Kaum ein Angeklagter wird unter solchen Umständen bis zu seiner Verurteilung überleben. Auffällige Prozesse gegen sie würden sich in dieser Zeit der allgemeinen Not auch nicht gut machen. Sie würden die Bürger gegen den König aufbringen.«

Simona musste kräftig schlucken. Es fiel ihr schwer, nichts zu erwidern. Sie hielt den Blick gesenkt, um sich ihr Entsetzen nicht anmerken zu lassen.

»Es ist keineswegs die Schuld des Königs, dass es so kommen musste.« Louise spürte, was in Simona vorging. »Es ist unsere Pflicht, das Volk zur Ruhe zu bringen. Der König hat für Eintracht im Land zu sorgen. Er muss einen Bürgerkrieg verhindern, muss sogar in Kauf nehmen, dass ihm das Volk dafür die Liebe versagt. Wenn die Ruhe hergestellt ist, kommt wieder eine Zeit, die Herzen neu für sich zu gewinnen.«

Es entstand eine beredte Stille im Raum. Simona wollte dazu nichts sagen.

»Wie geht es Eurer Tochter, der Prinzessin von Navarra? Fühlt sie sich besser?«, wandte sie sich an Marguerite, um vom Thema abzulenken.

»Ja, dem Himmel sei Dank.«

»Hast du die Gelegenheit an Jeannes Bett genutzt, unter vier Augen mit François zu sprechen?«, unterbrach

Louise das Gespräch der Tochter brüsk. »Mir weicht er aus, wenn ich Karls Namen nur in den Mund nehme.«

»Er will nichts von Verhandlungen hören, Maman. Einmal habe er ihm vertraut und sich im Festungsturm des Alcázar von Madrid wiedergefunden. Der Gedanke, ihm Zugeständnisse zu machen, ist ihm unerträglich. Er fürchtet sein Gesicht zu verlieren, wenn er es tut. Trotzdem denke ich, dass meine Worte eine gewisse Wirkung bei ihm hinterlassen haben. Dass wir einen Friedensschluss brauchen, ist ihm klar, aber er will nicht den ersten Schritt tun.«

Madame nickte geistesabwesend und trommelte mit Zeige- und Mittelfinger auf die Armlehne ihres Stuhles.

»Und Karl denkt genauso. Deshalb müssen Margarete und ich eine Lösung finden. Wenn die Angelegenheit am Ende scheitern sollte, können Kaiser und König behaupten, von der Sache nichts gewusst zu haben. So schlimm das wäre, sie würden jeder das Gesicht gewahrt haben, könnten unseren Vorstoß als eine gutgemeinte Frauensache abtun.«

So, wie sie ihre Worte betonte, ließ sie keinen Zweifel daran, welcher Spott über die Frauen ausgeschüttet würde, sollte es denn so weit kommen. »Aber noch habe ich die Hoffnung nicht aufgegeben, dass sich alles zum Guten wenden wird.«

Sie winkte Simona zum Tisch.

»Gehen wir an die Arbeit.«

Sie kamen nicht dazu. Die Tür öffnete sich für Paul von Andrieu. Von Hut, Umhang und Stiefeln tropfte Regenwasser auf das Parkett. Er schwankte, als er sich zum Gruß verneigte.

»Paul. Endlich. Ich habe dringend auf Euch gewartet,

wie Ihr Euch denken könnt.« Erleichterung entspannte Louises strenge Züge. »Tretet näher. Legt den Mantel ab. Simona, schnell einen Hocker. Ihr seht elend aus. Seid Ihr die ganze Strecke in einem Stück durchgeritten?«

»Soweit es möglich war«, antwortete er hustend. Er griff unter sein Wams und zog die Kuriertasche heraus, die er dort vor dem Regen geschützt hatte.

Simona schob ihm den Hocker an die Kniekehlen. Er ließ sich erschöpft nieder. Es verwirrte Simona, ihn in einem solchen Zustand zu sehen. Sie kannte ihn nur gepflegt, penibel gekleidet, formvollendet in jeder Beziehung.

Louise hatte die Kuriertasche ergriffen. Sie entnahm ihr ein flaches, in Leder verschnürtes Päckchen. Mit einem kleinen Messer durchschnitt sie die Bänder, während sie fragte: »Wie habt Ihr meine Schwägerin angetroffen? Bei guter Gesundheit?«

»Sie hat mich sehr freundlich empfangen und sendet Euch ihre besten Grüße«, antwortete Andrieu stockend. »Und – sie versichert Euch ihres aufrichtigen Willens zum Friedensschluss.«

Ein neuerlicher Hustenanfall sprengte ihm förmlich die Brust. Er konnte sich nicht auf dem Sitz halten, rutschte und fiel zu Boden. Sein Kopf schlug dumpf aufs Parkett. Reglos blieb er liegen.

Louise eilte zu ihm.

»Um Gottes willen, Maman. Haltet Abstand. Er könnte infiziert sein.«

»Es wird Fieber sein, keine Seuche.«

Simona fand Marguerites Angst zwar verständlich, aber übertrieben. Sie ging neben Andrieu in die Hocke und berührte seine Stirn mit der Handfläche.

»Er glüht, und sein Husten deutet auf eine starke Verkühlung hin. Eine Folge des hinter ihm liegenden Gewaltritts, der Nässe und seiner Erschöpfung, möchte ich vermuten.«

»Woher wollt Ihr das wissen?« Marguerite krauste die Stirn und umfasste den Arm ihrer Mutter, um sie davon abzuhalten, sich Andrieu zu nähern. »Nur ein Medikus kann eine Diagnose stellen.«

»Ich hatte einen Haushalt zu versorgen und war verantwortlich für das Wohlbefinden meines Mannes und des Gesindes. Die Winter in Venedig sind feucht und kalt. Krankheiten wie diese waren normal. Er hat sich im Bemühen, so schnell wie möglich zurück zu sein, nicht geschont und sich dabei übernommen.«

Andrieu kam wieder zu sich und versuchte sich aufzurichten.

»Meine Kuriertasche. Wo ist meine Tasche? Sie darf nicht in fremde Hände kommen, sie …«

Mit letzter Energie streckte er die Hand aus und brach, Wortfetzen stammelnd, erneut in sich zusammen.

»Du meine Güte. Er ist verwirrt. Gut, dass ihn erst hier die Kräfte verlassen haben.«

Louise legte das Lederpäckchen ab, ohne es zu öffnen. Mit gewohnter Schnelligkeit traf sie eine Entscheidung.

»Man muss sich auf der Stelle um ihn kümmern. Gleichgültig, was ihm fehlt, er braucht Hilfe. Allerdings muss verhindert werden, dass er im Fieberwahn geheime Reichsangelegenheiten preisgibt.«

»Wie wollt Ihr das verhindern? Sobald Ihr einen Medikus hinzuzieht, der ihn untersucht und behandelt, wird es genau dazu kommen«, argwöhnte Marguerite.

»Dann werden wir eben auf die Konsultation eines Medikus verzichten«, beschloss Louise. »Auf jeden Fall kann er nicht länger in diesen nassen Kleidern hier liegen. Er braucht ein Bett und Pflege.«

»Das ist ganz sicher dringlich«, stimmte Simona ihr zu. Ihr gefiel Marguerites Verhalten nicht. Die Fähigkeit zur Fürsorge beschränkte sich bei ihr anscheinend ausschließlich auf ihre Familie.

Louise betrachtete Simona mit hochgezogenen Brauen. Was sie ausbrütete, erfuhr sie schon im nächsten Augenblick.

»Ihr solltet Andrieus Pflege übernehmen, Simona. Euer Witwenstand, Eure Erfahrung mit Krankheiten und Eure Geistesgegenwart, mit der Ihr im Fieberwahn mögliche unbedachte Äußerungen Andrieus parieren würdet, prädestinieren Euch dafür. Auch wisst nur Ihr, außer meiner Tochter und mir, um was es geht und wie wichtig die Geheimhaltung ist. Jeder neu Eingeweihte bringt eine unübersehbare Gefahr mit sich.«

»Sollte nicht besser seine Verlobte, Thérèse …«

Simona brach ab, weil ihr selbst aufging, dass der Gedanke unsinnig war.

»Die kleine Fleurbaix darf nicht einmal erfahren, dass er im Schloss ist, Simona. Meine Kammerfrau soll Euch unterstützen. Sie dient mir seit Jahrzehnten und ist absolut verschwiegen. Sagt ihr, was Ihr braucht, und sie wird es herbeischaffen. Ihr selbst bitte weicht nicht von seiner Seite, bis er wieder so weit bei sich ist, dass keine Gefahr besteht. Am besten bringen wir ihn in der Kammer bei Eurem Gemach unter, alles andere wäre mit langen Wegen verbunden, würde auch sonst Schwierigkeiten bereiten und womöglich Fragen provozieren. Die Kammer ist zu Eurem Gemach mit einer geheimen Tapetentür verbunden, die Ihr sicher noch gar nicht entdeckt habt. Den Schlüssel dazu verwalte ich persönlich. Ich übergebe ihn gleich der Kammerfrau.«

Simona fühlte sich völlig überrumpelt und vereinnahmt. Bei aller Sympathie für Louise, die sie inzwischen empfand, diesen Auftrag wollte sie abwenden.

»Das ist unmöglich, Madame. Thérèse geht bei mir ein und aus. Sie würde es bemerken, wenn ich mich dauernd um einen Pflegefall in der Nebenkammer zu kümmern hätte. Wenn sie dann Fragen stellt, was soll ich antworten? Sie ist, wie Ihr wisst, ziemlich naseweis.«

»Gar nicht«, entgegnete Madame kurz angebunden. »Ihr werdet nicht antworten müssen, denn sie wird nicht dazu kommen, Fragen zu stellen.«

Simonas Mitgefühl für Paul von Andrieu relativierte sich beträchtlich bei dem Gedanken, ihn pflegen, Tag und Nacht für ihn zur Verfügung stehen zu müssen. Sie wollte nichts mit dem Mann zu tun haben. Sogar Madame Louise musste das einsehen. Es musste andere für diese Aufgabe geben.

Für Louise war es jedoch bereits beschlossene Sache. Sie nahm auch Marguerite in die Pflicht.

»Nimm du dich des Mädchens an. Finde in deinem Hofstaat eine Aufgabe für Thérèse. Ich werde ihr sagen, dass du mich darum gebeten hast. Gut, dass ihr morgen schon nach Paris aufbrecht.«

Sie erwartete absoluten Gehorsam. Sowohl von der Tochter wie von Simona, einer ihr freiwillig Verpflichteten. Unterschiede zu machen kam ihr nicht in den Sinn. Und

Simona gab sich wieder einmal geschlagen. Sie hätte nicht erklären können, warum sie immer wieder bereit war, anzunehmen, was Louise ihr zumutete.
Mit Hilfe der Kammerfrau brachten sie Andrieu so weit auf die eigenen Beine, dass er, gestützt, durch eine versteckte Tür taumeln konnte.
Er hatte seine Pflicht getan, ohne Rücksicht auf die eigene Gesundheit. Er nahm auch jetzt noch alle Kräfte zusammen, soweit es ihm möglich war. Sein desolater Zustand verlangte ihm höchste Disziplin ab, die er auch bewahrte. Simona konnte Andrieu die Hochachtung nicht versagen.
Als er endlich in der Kammer lag, war auch sie erschöpft und schweißgebadet. Keuchend strich sie sich das wirre Haar aus der Stirn.
»Ich brauche Wasser, Tücher und trockene Hemden für ihn«, trug sie der Kammerfrau auf, die wartend hinter ihr stand. »Wein, Honig, Zwiebeln, Senfsamen, Schweinefett, einen eisernen Dreifuß und Töpfe. Weiters einen Zuckerhut, Andorn, Dillsamen, Fenchelkörner und Königskerzenblüten. Es gibt hoffentlich eine ausreichend bestückte Kräuterkammer in Fontainebleau.«
»Wer soll sich das alles merken?« Sichtlich überfordert rang die Frau die Hände. »Das ist eine halbe Küche.«
»Versucht es.« Simona wiederholte geduldig die Aufzählung und ergänzte zur Erklärung. »Zwiebelsirup wird seinen Hustenreiz lindern, Andorn das Fieber senken. Die übrigen Kräuter sollen den Schleim in der Lunge lösen und ihm Schlaf bringen. Schlaf wird die beste Medizin für ihn sein. Seht zu, dass Ihr bald zurück seid. Aber bringt zuerst die Hemden, damit er aus den nassen Kleidern kommt.«

»Wollt Ihr ihn etwa selbst entkleiden?«

»Was bleibt mir anderes übrig? Sorgt Euch nicht um mich. Ich bin geübt. Oft genug musste ich meinem verstorbenen Mann, wenn er betrunken war, denselben Dienst erweisen.«

Nicht ganz überzeugt verschwand die Kammerfrau, nachdem sie Simona noch die Tapetentür zu ihrem Gemach geöffnet hatte.

Andrieu lag reglos auf dem Bett. Sie hielt sich nicht damit auf, herauszufinden, ob er bei Sinnen war. Einen Fuß gegen die Bettkante stützend, zog sie mit aller Kraft an seinem rechten Stiefel, bis er sich schmatzend vor Nässe vom Bein löste. Der linke saß noch fester, und sie fiel rückwärts auf ihr Hinterteil, als er nachgab.

Andrieu rührte sich nicht.

Sie rieb sich das schmerzende Steißbein. Wie sollte sie den schweren Mann entkleiden? Sie machte kurzen Prozess. Sie zerschnitt das klamme Zeug.

Zaninos Dolch, nach wie vor ein treuer Begleiter, leistete ihr dabei gute Dienste. Der Kranke ließ alles regungslos mit sich geschehen. Er war nass bis auf die Haut. Obwohl sie alles mit großer Distanz, ja fast mit Abneigung tat, nahm sie seinen wohlproportionierten, muskulösen Körper wahr, das dunkle gelockte Brust- und Schamhaar. Trotz ihres Unbehagens musste sie sich eingestehen, dass er ein schöner Mann war.

Andrieu war schmaler als Bernard, und doch strahlte sein Körper eine wärmende Kraft aus, die weder Bernards noch der Zaninos verströmt hatte.

Sie zog hastig die Decke über seinen Körper und ging hinüber in ihr Gemach. Erst nachdem sie ihre Gedanken wieder unter Kontrolle hatte, griff sie nach dem Leinentuch, mit dem sie sich am Morgen, nach dem Waschen, getrocknet hatte. Es duftete noch immer nach der Lavendelessenz, die sie in ihr Waschwasser gab. Vielleicht beruhigte ihn der Lavendel ein wenig. Vorsichtig trocknete sie mit dem Tuch seine Haare. Wie von selbst strichen ihre Finger sie glatt. Die gedankenlose Zärtlichkeit drang wohl in sein Bewusstsein. Plötzlich schoss eine Hand unter der Decke hervor und packte sie am Handgelenk.

Erschrocken zuckte Simona zurück und versuchte vergeblich, sich zu befreien.

»Jean! Jean! So warte doch!«

Zweimal stieß er den Namen aus, und sein Griff wurde so fest, dass er schmerzte. Aus fieberglänzenden Augen starrte er sie an und sah sie doch nicht. Ein neuerlicher Hustenanfall schüttelte seinen Körper. Mit geschlossenen Augen rang er nach Luft, und seine Hand gab sie so abrupt wieder frei, wie er sie zuvor gepackt hatte.

Simona umfasste das schmerzende Gelenk. Es war unglaublich, welche Kraft er besaß.

Jean. Wer war Jean?

Stimmen auf dem Gang vor der Kammer rissen sie aus ihren Gedanken. Eilig öffnete sie die Tür, bevor jemand eintreten konnte. Die Vorsicht erwies sich als unnötig. Zwei Gardisten, die Louises Farben trugen, bewachten den Eingang bereits mit quer gelegten Lanzen. Nur die Kammerfrau ließen sie passieren. Die Männer, die die Körbe und Wassereimer brachten, mussten sie im Gang abstellen. Simona half der Frau, sie in die Kammer zu schleppen. Sie prüfte den Inhalt und nickte zufrieden. Endlich konnte sie dem Kranken Erleichterung verschaffen.

»Seid Ihr sicher, dass die Kräuter im Wein mehr bewirken?«, fragte die Frau neugierig.
»Ja, ganz sicher. Man muss sie im Wein aufwallen lassen und den Trank mit Honig süßen. Er muss ihn löffelweise, so heiß wie möglich eingegeben bekommen. Zwiebelsirup ist auch sehr gut, aber das dauert jetzt zu lange. Der Mann braucht schnelle Linderung. Sobald er versorgt ist, werde ich mich den Zwiebeln zuwenden.«
»Und wozu benötigt Ihr das Schweinefett?«
»Ich werde es erwärmen für einen Brustumschlag. Aber erst muss das Fieber gesunken sein.«
Im Augenblick sah es nicht danach aus. Die Kammerfrau musste den unruhigen Kranken an den Schultern in die Kissen drücken. Es war kaum möglich, ihm den Heiltrank einzuflößen. Immer wieder warf er sich herum und krächzte zusammenhanglose, kaum verständliche Worte. Das Fieber stieg stetig, anstatt zu sinken.
Simona bekam es mit der Angst zu tun. Was sie für eine normale Verkühlung gehalten hatte, entwickelte sich zu einer schweren Krankheit.
Sie kühlte ihm Stirn und Waden mit feuchten Tüchern. Als der Schüttelfrost ihn mit den Zähnen klappern ließ, nahm sie sie wieder ab. Wie lange konnte sein Körper diese Extreme ertragen?
Die Nacht sank herab, die Kammerfrau döste in einem Lehnstuhl am Kaminfeuer, aber Simona blieb in der Kammer, wich nicht von Andrieus Seite.
In einem Kampf auf Leben und Tod würde sie ihn nicht allein lassen, das verbot ihr ihr weiblicher Instinkt. Immer wieder legte sie die kühle Hand auf seine heiße Stirn, dann wurde er ruhiger, seine Atemzüge wurden gleichmäßiger.

SIEBZEHNTES KAPITEL
Unbeherrschtheit

Fontainebleau, 22. März 1529

Cornelis machte gute Miene zum bösen Spiel. Marguerite las wieder einmal vor versammeltem königlichen Hof aus ihren Gedichten. Gelangweilt spendete er Beifall, während seine Gedanken eigene Wege gingen. Sie kreisten um das Handelskontor in Antwerpen. Dort, zwischen Kontobüchern und Warenstapeln, Stehpulten und Regalen voller Schriftstücke, war seine Welt.

Nachts lag er wach und dachte an Thérèse. Seit Tagen hatte er nicht mehr richtig geschlafen, und der wenige Schlaf war von unruhigen Träumen gestört, die er zu deuten versuchte. Mal glaubte er, Hoffnung aus ihnen schöpfen zu können, ein anderes Mal ängstigten sie ihn. Wenn es erotische Träume waren, versuchte er vergeblich, das Erwachen zu verzögern. Was unterschied Thérèse von den jungen Frauen in Antwerpen, Gent oder Brügge? Was machte sie so begehrenswert? Er fand nur die verklärenden Antworten des Verliebten.

Sein Vater drängte seit geraumer Zeit auf eine Heirat. Womöglich kam er sogar auf die Idee, Simona, die entfernte Verwandte, könnte eine passende Frau für ihn sein. Ihre Mitgift und die weitläufig familiäre Verbindung nach Venedig würden in seinen Augen ihren Witwenstand aufwiegen. So gern Cornelis Simona hatte, er sah eine Schwester in ihr, wie sie in ihm einen Bruder.

Neuerlicher Beifall drang in seine Grübeleien. Marguerite war zum Ende gekommen. Sie neigte geschmeichelt den Kopf nach allen Seiten. Der König küsste ihr die Hand, alle Aufmerksamkeit konzentrierte sich auf sie. Cornelis nutzte die Gelegenheit, die Gesellschaft ungesehen zu verlassen.

Der Abreisetermin des Königs war jetzt endgültig festgelegt. Ehe Cornelis zu Bett ging, wollte er sich vergewissern, dass auch Madame Louises Haushalt und mit ihm Simona nach Paris, in den Palast auf der *Île de la Cité*, übersiedelten. Noch immer fragte er sich, warum Simona eine vorherige Abreise mit ihm hintertrieben hatte. Warum sprach sie mit ihm nicht darüber? Welche womöglich streng geheimen Angelegenheiten konnten sich dahinter verbergen?

Auf dem Weg begegnete er Thérèse. Hatte nicht Simona dafür sorgen wollen, dass sie einander nicht mehr sahen? Sie schien wenig Einfluss auf sie zu haben.

In Thérèses Augen stand die nackte Angst. Blass vor Erregung, presste sie die Handflächen gegeneinander.

»Auf ein Wort, Monsieur van Liewe.«

»Bitte, Dame Thérèse?«

»Lasst Euch warnen. Ihr schwebt in Gefahr. Geht nicht in Euer Gemach zurück.«

Am liebsten hätte er sie tröstend in den Arm genommen. Er bezwang das Bedürfnis mühsam, indem er auf Ab-

stand ging. Sie so außer sich zu sehen beunruhigte ihn mehr als ihre rätselhafte Warnung.
»Wie kommt Ihr darauf«, fragte er mit erzwungener Ruhe. »Was versetzt Euch in solche Aufregung?«
»Madame hat Simona Contarini unter Arrest gestellt!«
Ungläubig schüttelte Cornelis den Kopf.
»Wer hat Euch das erzählt? Simona steht unzweifelhaft in Madame Louises Gunst. Ihr müsst etwas falsch verstanden haben.«
»Zwei Lanzenträger stehen vor ihrer Tür und kreuzen die Waffen, sobald man bei ihr eintreten will. Niemand darf Simona sprechen oder sehen. Der Befehl kommt von Madame Louise, sagen die Wachen. Wie kann man das falsch verstehen?«
»Davon will ich mich selbst überzeugen. Ich kann mir keinen Grund dafür vorstellen.«
Thérèse vertrat ihm den Weg.
»In Madame Louises Kabinett treten sich Sekretäre, Agenten und Gesandte fast auf die Füße. Es ist etwas Ungewöhnliches im Gange, und Simona hat damit zu tun. Ich bin inzwischen lange genug bei Hofe, um die Zeichen deuten zu können.«
»Vielleicht gibt es wichtige Angelegenheiten zu regeln, ehe der Hof nach Paris aufbricht. Ich bin sicher, es gibt eine harmlose Erklärung für alles.« Cornelis tat sein Bestes, überzeugend zu klingen.
»Lanzenträger zur Bewachung, wenn alles harmlos ist?«, beharrte Thérèse auf ihren Befürchtungen. »Wisst Ihr, dass ich vor einer Stunde den Befehl erhielt, mich auf der Stelle dem Hofstaat der Königin von Navarra anzuschließen? Sie wünscht meine Dienste als Vorleserin. Madame

Louise weiß, dass Simona und ich Freundinnen geworden sind, aber sie hat mir keine Zeit gelassen, Abschied von ihr zu nehmen. Die Hofdamen der Königin von Navarra flüstern sogar, Madame Louise habe sich mit dem König überworfen und bleibe mit kleinstem Hofstaat allein in Fontainebleau zurück.«

Cornelis wurde zunehmend unruhiger. Simonas Vergangenheit war von Gewalttaten gekennzeichnet. Wurde sie von ihnen verfolgt? In Venedig Zaninos Tod. In Nîmes die Geschichte mit der Waldenserin. Hatte sie sich womöglich erneut in eine brenzlige Situation gebracht? Was konnte er tun? Er hatte ihrem Vater zugesagt, sie zu beschützen.

»Meint Ihr, Ihr könnt den König um Aufklärung bitten?«, fragte Thérèse, als könne sie seine Gedanken lesen.

»Ich weiß es noch nicht. Auf jeden Fall muss ich zuvor herausfinden, was ihr vorgeworfen wird.«

»Seht Euch vor. Wenn Ihr in die Sache verwickelt werdet, könnt Ihr Simona in nichts mehr helfen. Wenn vor Eurer Kammer ebenfalls Lanzenträger Posten bezogen haben, müsst Ihr auf der Stelle fliehen.«

Fassungslos tat er den Rat ab. »Bei Nacht und Nebel fliehen? Warum sollte ich das tun? Wir sind Gäste des Hofes. Ausländer.«

Thérèse war den Tränen nahe. Sie verlor die Kontrolle über ihre Gefühle.

»Glaubt Ihr, das schützt Euch? Venedig ist ein Verbündeter Frankreichs, und nicht einmal das hat Simona geholfen. Flandern hingegen ist Feindesland, nur das Wohlwollen des Königs garantiert Eure Sicherheit. Ich habe Angst um Euch. Es darf Euch nichts zustoßen. Ich könnte es nicht ertragen.«

Cornelis konnte ihre Worte nicht missverstehen. Es war eine Liebeserklärung. Was halfen da die Barrieren, die er aufgebaut hatte? Die Leidenschaft Thérèses riss sie ein. Jede Zurückhaltung vergessend, griff er nach ihren Händen. Ihre Blicke trafen sich. Sie fielen einander in die Arme, und ihre Lippen vereinten sich in einem innigen Kuss.

Sich voneinander zu lösen fiel ihnen schwer. Cornelis verbot sich die Liebesschwüre, die ihm auf der Zunge lagen. Vernunft war das Gebot der Stunde.

»Es ist nicht richtig, was wir tun, das weißt du so gut wie ich. Verzeih meine Unbeherrschtheit. Ich habe den Kopf verloren.«

Thérèse berührte wie in Trance ihre Unterlippe und kämpfte um Fassung. Sie zitterte.

»Wir müssen sehen, was wir für Simona tun können«, sagte sie leise, nachdem sie sich wieder etwas gefasst hatte.

Stumm gingen sie weiter und verharrten im Treppenhaus, wo sie den Gang zu Simonas Gemach einsehen konnten, ohne selbst entdeckt zu werden.

Die Bewaffneten vor ihrer Tür standen reglos. Ihre Haltung sprach für sich.

»Immerhin wird sie im eigenen Gemach bewacht«, flüsterte Thérèse. »Hätte sie sich etwas wirklich Schwerwiegendes zuschulden kommen lassen, wäre sie bestimmt in den Kerker geworfen worden. Meinst du nicht auch?«

Was sollte er dazu sagen? Er kannte die Gepflogenheiten am französischen Hof nicht. Sein Verstand sagte ihm nur, dass es sicher wenig Sinn hätte, den falschen Leuten gefährliche Fragen zu stellen und sich etwa an die Wachposten zu wenden.

Das Beste war, den Stier bei den Hörnern zu packen. Simona war eine Bürgerin Venedigs und seiner Obhut anvertraut. Madame Louise hatte ihn deshalb davon abgehalten zu reisen. Nun würde sie akzeptieren müssen, dass er eine Erklärung von ihr erwartete.

»Ich werde Aufklärung von Madame Louise fordern, noch heute«, entschied er knapp. »Zuvor bringe ich dich jedoch zurück zur Königin von Navarra. Du darfst nicht allein nachts durchs Schloss gehen. Du könntest in falschen Verdacht kommen. Wie du dich um mich ängstigst, ängstige ich mich um dich.«

»Ich habe keine Angst um mich. Auch jetzt nicht. Ich wollte dich warnen.«

Er blieb stumm, denn er fürchtete, erneut die Kontrolle über sich zu verlieren.

Sacht ihren Ellbogen berührend, führte er sie zu den königlichen Gemächern, wo Marguerite und der König die Genesung der kleinen Prinzessin und ihren Abschied von Fontainebleau feierten. Musik und Lachen drangen durch die Gänge.

»Leb wohl, Thérèse«, zwang er sich zu sagen, »und lass uns später, zu deinem Schutz, in der Öffentlichkeit wieder bei der förmlichen Anrede bleiben.«

Er wandte sich hastig ab und ging, ohne sich umzusehen.

* * *

»Van Liewe? Was macht Ihr hier?«

Cornelis schreckte jäh aus seinem Dämmerschlaf. Wie lange er auf der Bank in Louises Vorzimmer auf sie gewartet hatte, vermochte er nicht zu sagen. Er hatte sich am Abend geweigert, den Raum zu verlassen. Der Wachhabende hatte ihn einfach sitzen gelassen. Irgendwann war er wohl in der Stille eingenickt.

»Madame.« Steif richtete er sich auf und grüßte angemessen. »Ich habe auf Euch gewartet.«

»Ja – aber was wollt Ihr? Es ist noch früh am Tag. Die ersten Tagesstunden brauche ich für mich. Die Audienzen sind später anberaumt.«

Sie wusste, weshalb er hier war, dessen war sich Cornelis sicher.

»Verzeiht die frühe Stunde, aber ich sorge mich um Simona Contarini.«

»Dazu besteht kein Grund.«

Der eisige Ton warnte ihn.

»Vor ihrer Tür stehen bewaffnete Männer und lassen niemanden zu ihr. Weshalb darf sie keinen Besuch empfangen? Warum ist sie unter Arrest gestellt?«

»Arrest? Was bringt Euch auf diese alberne Vermutung? Die Wachen stehen zu ihrer Sicherheit dort.«

Hörbar gereizt fuhr sie fort: »Simona wird kein Unrecht getan. Im Gegenteil, ich habe sie mit einer Aufgabe von höchster Wichtigkeit betraut, sie darf nicht gestört werden. Deshalb die Wachen. Geduldet Euch ein paar Tage, dann könnt Ihr wieder mit ihr sprechen. Verbreitet keine Unruhe. Es ist in Simonas Sinn, wenn keine Gerüchte entstehen.«

Cornelis verstand gar nichts mehr, bemerkte Louise und fand, sie sei es Simona schuldig, ihn zu beruhigen. Schließlich war er der ihr vertrauteste Mensch in der Fremde. Aus dem Versuch einer Beruhigung wurde allerdings eine unverhohlene Aufforderung, ihren Wünschen zu folgen.

»Schließt Euch dem Hof an und geht nach Paris, van Liewe. Simona ist hier unentbehrlich. Nutzt die Zeit nach besten Kräften. Egal, ob Wissenschaft, Handel oder Handwerk, Ihr findet in Paris die klügsten, geschicktesten und besten Vertreter jeder Zunft. Tut Euch um und knüpft gute Kontakte. Der König wird Euch behilflich sein.«

Sie wollte ihn loswerden und keine weiteren Erklärungen abgeben, erkannte Cornelis. Aber so einfach wollte er es ihr nicht machen.

»Das würde ich gerne tun, aber ich bin bei Simonas Vater im Wort, dass ich sie nicht sich selbst überlassen werde.«

»Ihr überlasst sie nicht sich selbst. Sie steht unter der Obhut der Mutter des Königs von Frankreich, junger Mann. Besseres kann ihr nicht geschehen.«

Zähneknirschend verneigte sich Cornelis.

Er vermutete, dass Louise sich des Einverständnisses von Simona sicher war und wusste, dass er gegen die Allianz der beiden Frauen keine Chance hatte. Das befreite ihn zwar nicht von seinem Versprechen ihrem Vater gegenüber, doch da würde man dann sehen, dachte er und kapitulierte.

Als er sich wieder aufrichtete, war Madame Louise verschwunden.

Welchen Grund hätte sie gehabt, ihn zu belügen, fragte er sich im Gehen. Vielleicht gab es ja wirklich eine plausible Erklärung für alles. Möglicherweise hatte er sich von Thérèses Ängsten anstecken lassen.

Madame Louise wünschte, dass er mit dem Hof nach Paris ging.

Nach Paris – mit Thérèse.

* * *

Simona grübelte. Sie rief sich Louises nächtlichen Besuch bei ihr noch einmal genau ins Gedächtnis.
Madame verheimlichte etwas.
»Verzeiht, sagt Euch der Name Jean etwas?«, hatte sie Louise gefragt, sobald sie Andrieus Befinden begutachtet hatte. »Immer wenn er für kurze Augenblicke zu sich kommt, ruft er nach ihm.«
»Nein, ich weiß nicht, wen er damit meinen könnte. Der Name ist häufig. Fragt ihn selbst, wenn er wieder einen wachen Moment hat.«
»Ich fürchte, das wird dauern. Sollte nicht doch ein Medikus gerufen werden?«
»Im Moment muss Eure Pflege genügen. Ein Medikus wird nicht hinzugezogen«, hatte Louise Simona in einem Ton beschieden, der wie immer keine weiteren Einwände duldete.
Danach hatte sie ihrer Kammerfrau befohlen, sie zu begleiten. Morgen sollte sie Simona wieder zur Verfügung stehen.
Erst als beide gegangen waren, fiel Simona auf, dass Madame Louise nicht mehr mit ihr über den Briefwechsel mit Margarete gesprochen hatte. War es ein gutes oder ein schlechtes Zeichen, dass sie ihn von sich aus nicht erwähnt hatte?
Sie hoffte von ganzem Herzen auf Frieden. Noch immer suchten sie im Schlaf die Gesichter der hungernden Kinder heim, die sie in den Städten und Dörfern des Königreiches hatte sehen müssen.
Während sie das dampfende Tuch auf der Stirn des Kranken durch ein kühles ersetzte, warf er sich unruhig zur Seite. Das Laken rutschte von seinen Schultern und ent-

blößte unterhalb der rechten Schulter eine erschreckende Narbe. Ein Schwertstreich?

Simona konnte es nur vermuten. Obwohl verblasst und verheilt, sah man noch immer, dass es sich um eine lebensbedrohliche Wunde gehandelt haben musste. Etwas in ihr drängte sie, die Narbe zu befühlen. Ein Verlangen nach Berührung? Einen Atemzug lang stockte das Keuchen des Kranken.

»Jean?«

Er sprach den Namen diesmal mit so viel Wärme aus, dass ihr klarwurde, Jean musste eine wichtige Rolle in seinem Leben spielen, und Madame Louise musste ihn kennen. Warum gab sie es nicht zu? Welches Geheimnis steckte dahinter? Und warum lehnte sie so strikt die Unterstützung eines Medikus ab? Bisher war es Simona nicht gelungen, das Fieber nachhaltig zu senken. Zum Husten war ein Rasseln bei jedem Atemzug gekommen, das ihr durch Mark und Bein ging. Madame Louise hatte es ungerührt vernommen.

Hastig zog Simona die Hand zurück und bedeckte den Kranken wieder mit dem Laken. Es schien ihn zu beruhigen, denn sein Zittern ließ nach. Sie hingegen wurde mit jedem Atemzug ratloser und furchtsamer. Ihn so gequält, ausgeliefert und hilfsbedürftig zu sehen, musste jedem in der Seele weh tun. Dass Madame Louise den Anblick so scheinbar teilnahmslos hinnahm, fand sie erschreckend.

Paul von Andrieu war der Kommandant ihrer Leibwache, ein enger Vertrauter und treuer Diener. Dennoch hatte sie weder Sorge noch Mitgefühl für ihn erkennen lassen. Ihr war es nur darum gegangen, ihn am Hof dem

Gesichtskreis aller zu entziehen, damit niemand Zeuge seiner möglichen Fieberphantasien werden konnte.
Sein Zustand war lebensbedrohlich, und es wurde ihm kundige medizinische Hilfe verweigert. Wenn es ihre ganze Fürsorge war, ihn ihr und einer Kammerfrau zu überlassen, dann setzte sie bewusst sein Leben aufs Spiel. Wie würde sie sich bei Schwierigkeiten ihr, Simona, gegenüber verhalten?
Simona hatte Madame Louise im Verlauf der gemeinsamen Zeit ihr Herz geöffnet. War das blauäugig gewesen und musste sie es bereuen, fragte sie sich jetzt. Bewegte eigentlich das Schicksal anderer Menschen das Herz dieser Frau? Bewegte sie ein mitfühlender Gedanke für die hungernde Bevölkerung, die die Angst um das Leben ihrer Kinder in verzweifelte und vergebliche Aufstände trieb? Der Hof bezeichnete sie als Pöbel und vergaß sie in den Kerkern.
Simona schien plötzlich, der Mutter des Königs ging es nur um die Macht der Krone, um die Ehre Frankreichs. Wollte sie den Frieden gar nicht um der Menschen willen? War er ihr nur Mittel zum Zweck?
Verstört musste Simona sich eingestehen, dass sie darauf keine Antwort wusste.
Jäher Husten riss sie aus ihren Grübeleien.
Keuchend rang Andrieu um Luft. Erst der Zwiebelsaft, den ihm Simona geduldig Tropfen für Tropfen einträufelte, verschaffte ihm nach einiger Zeit Erleichterung.
Wann würde er zu Bewusstsein kommen?

ACHTZEHNTES KAPITEL
Vorwürfe

FONTAINEBLEAU, 25. MÄRZ 1529

Paul von Andrieu erwachte.

Geräusche und Stimmen drangen an sein Ohr. Erst nach und nach konnte er sie unterscheiden. Leise gesprochene Worte. Klappern von Geschirr und plätscherndes Wasser.

Er versuchte die Augen zu öffnen, aber seine Lider gehorchten ihm nicht. Träumte er, oder war er tatsächlich wach? Was ging um ihn herum vor? Wo war er?

Er verspürte höllischen Durst. Seine Zunge war geschwollen, Kehle und Lippen brannten vor Trockenheit. Beim Atmen verspürte er heftigen Schmerz in der Brust. Der Versuch zu sprechen scheiterte kläglich.

Was geschah mit ihm?

Erst nach einer geraumen Zeit lieferte ihm sein Körpergefühl Zeichen. Seine rechte Hand ertastete den Holzrand eines Bettes. Er war mit einem Tuch bedeckt.

Sein Gehirn arbeitete langsamer als sonst. Er fühlte sich sterbenselend. Unfähig, einen klaren Gedanken zu fassen, musste er tatenlos warten, bis seine Erinnerung allmählich wieder einsetzte.

Mit letzter Kraft hatte er Fontainebleau, von einem Wolkenbruch bis auf die Knochen durchnässt, erreicht. Aber bevor er Margarete von Österreichs Brief an Madame Louise übergeben konnte, war er zusammengebrochen. Danach konnte er sich an nichts mehr entsinnen.

Angestrengt lauschte er den Stimmen. Es war Frauengeflüster. Unter Aufwendung aller Kräfte brachte er ein seltsames Krächzen heraus. Es wurde gehört. Ein kühler Lappen legte sich auf seine Stirn. Lauwarme Flüssigkeit rann über seine Lippen und über sein Kinn, ehe sie den Schmerz im Hals linderte. Sie schmeckte köstlich nach Honig und Salbei.

Endlich konnte er auch die Augen öffnen. Eine Frau stand an seinem Bett. Madame Louises Gast, die Venezianerin?

»Simona Contarini? Seid Ihr es?«

»Ja, ich bin es. Aber bitte sprecht nicht weiter. Ihr habt kaum noch eine Stimme. Setzt Euch ein wenig auf und lasst Euch stützen, damit Ihr erst einmal richtig trinken könnt.«

Er folgte und ließ die Blicke durch den Raum schweifen.

»Wo bin ich?« Er hatte den Becher leer getrunken.

Die Anstrengung verursachte einen heftigen Hustenanfall. Keuchend und schweißgebadet, mit hämmerndem Herzen, rang er nach Luft.

Simona reagierte sofort. Sie flößte ihm einen wahrhaft abscheulichen Sirup ein, an dessen Geschmack er sich lange Zeit später noch schaudernd erinnerte. Anschließend bedeckte sie seine Brust unter dem Hemd mit einem doppelt gelegten, heißen Tuch, das nach Schweineschmalz stank. Die Wärme, im Verein mit dem Sirup, dämpfte den Hustenreiz und erleichterte ihm das Atmen. Sie nickte zufrieden.

»Eure starke Natur hat sich durchgesetzt. Ihr könnt Gott danken.«

»Wo bin ich hier eigentlich?« Andrieu fügte dem Wort mit zitternder Hand eine Bewegung hinzu.

»Ihr seid in Fontainebleau. In einer Kammer mit Verbindung zu meinem Gemach.« Simona machte eine Pause und ergänzte: »Es war Madames Wunsch, Euch ganz in meiner Nähe zu haben. Sie war in Sorge, Ihr könntet im Fieberwahn Dinge ausplaudern. Deswegen hielt sie es für angemessen, Euch hier unterzubringen. Sie hat mich und ihre Kammerfrau mit Eurer Pflege beauftragt und es strikt abgelehnt, einen Medikus hinzuzuziehen. Sie wird sicher in Kürze erscheinen und nach Eurem Wohlergehen sehen. Die Kammerfrau ist schon unterwegs zu ihr.«

Was hatte sich Madame Louise dabei gedacht, ausgerechnet Simona Contarini mit seiner Pflege zu beauftragen? War Margarete von Österreichs Schreiben überhaupt in Madame Louises Hände gekommen? Andrieu brummte der Kopf.

Gleichzeitig überkam ihn ein elementares Bedürfnis nach Schlaf und Vergessen. Es bezwang ihn.

* * *

»Er war wach? Er hat gesprochen?«

Louise stand nahe an Andrieus Bett, betrachtete ihn prüfend.

»Nur wenige Worte, Madame. Ich nehme an, es wird ihm ab jetzt täglich bessergehen. Das Fieber ist gebrochen. Sein Körper bekommt die Ruhe, die er zur Genesung braucht.«

Andrieu hielt eisern die Augen geschlossen. Er lag schon eine Weile schlaflos, hatte es aber nicht zu erkennen gegeben. Schwäche lähmte ihn, Neugier hielt ihn wach.

»Es ist ein Wunder, dass er das schwere Fieber so gut überwunden hat«, hörte er Simona mit deutlichem Vorwurf in der Stimme sagen.

»Dank Eurer Pflege, Simona. Er brauchte, wie Ihr seht, keinen Medikus.«

»Madame Louise. Ich war am Ende meiner Weisheit. Es hätte auch schlimm ausgehen können. Dankt lieber Gott, nicht mir.«

Wusste diese Simona Contarini, in welchem Ton sie sprach? Wo nahm sie die Unerschrockenheit her, so mit Madame Louise zu reden?

Louise ging auf die zurechtweisende Bemerkung nicht ein. Sie kam ohne Umschweife zur Sache.

»Habt Ihr Margaretes Brief inzwischen übersetzt?«

»Hier ist meine Abschrift, Madame. Darf ich noch eine Bitte äußern? Cornelis van Liewe wird sich Sorgen machen, er hat mich seit Tagen nicht mehr zu Gesicht bekommen. Kann ich ihm eine Nachricht zukommen lassen?«

Also hatte er seinen Auftrag erfüllt. Erleichtert atmete Andrieu auf. Stoff raschelte über den Boden und verriet ihm, dass Madame sich von seinem Bett entfernte.

»Lasst mich wissen, wenn er sich kräftig genug für ein Gespräch fühlt«, drang ihre Stimme noch einmal an sein Ohr. »Und sorgt Euch nicht um van Liewe. Er ist auf dem Weg nach Paris, im Gefolge des Königs.«

»Nach Paris?«, wiederholte Simona fassungslos. »Nie würde er mich allein in Fontainebleau lassen.«

»Ich habe ihn dazu gezwungen. Er hat zu viele Fragen gestellt.«
Simona war sprachlos.
Als Andrieu endlich die Augen öffnete, sah er, dass sie die Hände vor das Gesicht geschlagen hatte.
Madame war gegangen.

* * *

Simona stand am Fenster. Die Sonne wärmte sie.
Andrieu beobachtete sie seit geraumer Zeit. Sie stand da schon eine Weile. Sinnend, wie ihm schien. Was ging in ihr vor?
»Ihr betet?« Seine Stimme klang noch rauh in den eigenen Ohren, aber fast wieder vertraut.
Sie zuckte zusammen.
»Es ist Karfreitag. Wie fühlt Ihr Euch?«
»Besser«, antwortete er knapp.
»Ihr müsst Hunger haben. Ich habe Suppe für Euch warm gehalten.«
Sie überging seinen Versuch, nach dem Holzlöffel zu greifen, und fütterte ihn so geschickt, dass es töricht gewesen wäre, dagegen zu protestieren. Als sie indes danach die Waschschüssel und Tücher an sein Bett brachte und Anstalten machte, ihn zu waschen, griff er ein.
»Das will ich selbst machen.«
»Dazu seid Ihr noch zu schwach«, erwiderte sie ruhig.
»Mein Leibdiener soll kommen.«
»Vor der Tür stehen Tag und Nacht zwei Lanzenträger. Madame erlaubt außer ihrer Kammerfrau und mir niemandem den Zutritt bei Euch.«

Andrieu sah sie verblüfft an.
»Soll das heißen, ich bin hier mehr oder weniger gefangen?«
»Ich habe es Euch schon einmal erklärt. Ihr wusstet im Fieber nicht, was Ihr sagt.«
Schweigend duldete er, dass sie ihm aus seinem verschwitzten Hemd half, Gesicht, Oberkörper und Arme wusch und ihm am Ende ein frisches Hemd über den Kopf zog.
Als sie ihn sogar ohne den kleinsten Schnitt von den Bartstoppeln befreite, konnte er nur staunend feststellen: »Ihr macht das nicht zum ersten Mal.«
»Ich war verheiratet«, antwortete sie knapp.
»Und wo ist Euer Mann?«
»Tot.«
Sie trat zurück, räumte Waschschüssel und Tücher zur Seite. Erst jetzt bemerkte er die Anwesenheit der Kammerfrau, die ihr zur Hand ging.
»Ich werde jetzt nach Madame Louise schicken. Fühlt Ihr Euch stark genug für ein Gespräch? Sie wartet ungeduldig darauf.«
Er nickte. Die Kammerfrau eilte davon.
Simona ging wieder zum Fenster, wandte sich dann aber doch zögernd um.
»Ich habe eine Frage, Seigneur Andrieu. Ich hoffe, sie ist nicht zu aufdringlich. Während Eures Fiebers habt Ihr immer wieder nach einem Jean gerufen. Madame Louise sagte, sie kenne keinen Jean in Eurem Umfeld.«
Andrieu schloss die Augen. Er wollte die Frage nicht beantworten.
»Madame Louise hat recht«, antwortete er schließlich.

»Es gibt keinen Jean. Es waren Fieberträume, die mich heimsuchten.«
»Das mag ich nicht glauben, wenn Ihr erlaubt«, sagte sie ihm auf den Kopf zu. »Wenn Ihr mir nicht antworten wollt, so ist das Euer gutes Recht. Aber ich mag es nicht, wenn ich belogen werde.«
Ehe er eine Antwort erfinden konnte, um Simona zufriedenzustellen, ging die Tür auf.
Louise kam, trat an sein Bett und ergriff seine Hände mit sichtlicher Erleichterung, während er sich dafür entschuldigte, sie im Liegen begrüßen zu müssen. Aus den Augenwinkeln beobachtete er, wie sich Simona zurückzog. Die Beantwortung ihrer Frage war offengeblieben. Sie machte einen leicht verärgerten Eindruck.
»Gott sei Dank, dass Ihr auf dem Weg der Besserung seid, mein Freund«, sagte Madame Louise mit ungewöhnlicher Wärme. »Ihr habt uns einen gehörigen Schrecken eingejagt. Aber jetzt möchte ich nicht mehr länger auf Euren Bericht warten. Wie wurdet Ihr in Mecheln aufgenommen?«
»Es gab keinen Grund zur Klage. Margarete von Österreich war froh, mich zu sehen und ein Antwortschreiben von Euch zu bekommen. Ihr liegt außerordentlich viel an einem Frieden, und sie bedauert es sehr, dass der Kaiser von seinen Forderungen nicht Abstand nimmt. Karl will, dass Euer Sohn jede politische Ambition in Italien aufgibt. Den Anspruch auf Burgund erhebt er weiterhin. Auf die Lehnshoheit in allen anderen ehemaligen flandrisch-burgundischen Gebieten soll Frankreich für alle Zukunft verzichten. Zudem soll Frankreich die habsburgischen Kriegsschulden an England begleichen, und Euer

ältester Enkel soll mit Eleonores Tochter, der portugiesischen Prinzessin Marie, vermählt werden.«

»Das sind samt und sonders die mir bekannten Ansprüche«, erwiderte Louise eisig.

»Einen Hoffnungsschimmer gibt es.«

Louise sah finster auf ihre im Schoß zusammengelegten Hände, gab ihm jedoch mit einem Nicken die Erlaubnis fortzufahren.

»Der Kaiser will seinen Bruder Ferdinand ins deutsche Speyer schicken, mit dem Auftrag, die deutschen Kurfürsten auf dem dortigen Reichstag davon zu überzeugen, dass man den Kaiser in seinem Feldzug gegen die Türken unterstützen müsse. Sie sollen aus Ungarn vertrieben werden. Gestattet, Madame. Wir alle kennen Ferdinand. Sein mangelndes diplomatisches Geschick und seine schwache Überzeugungskraft werden ihn scheitern lassen. Dabei kann der Kaiser ein Scheitern nicht riskieren, weil die Gefahr, den Türken zu unterliegen, ohne Unterstützung viel zu groß ist. Er geht mit Ferdinands Entsendung ein hohes Risiko ein, während er für sich selbst in Spanien seine Reise nach Italien vorbereitet, um dort den Papst zu treffen. Ihm ist bei alldem vordringlich daran gelegen, von Seiner Heiligkeit zum Kaiser gesalbt zu werden.«

»Dass Karl seinen Bruder unter solchen Umständen nach Speyer schickt, beweist, dass er überfordert ist. Er zeigt Schwäche, das müssen wir nutzen«, stellte Louise nachdenklich fest.

»Margarete von Österreich wünscht, Euch an einem neutralen Ort zu treffen, um ein weiteres Vorgehen zu besprechen, soll ich Euch ausrichten. Auch sie sorgt sich

um den Ausgang des Reichstages«, endete Andrieu erschöpft.
»Ich werde darüber nachdenken und einen Ort vorschlagen«, nickte Louise zufrieden. »Ihr habt mir einen großen Dienst erwiesen, Paul. Nehmt meinen Dank dafür entgegen.«
»Ich habe meine Pflicht getan.«
»Mehr als das, Paul.«
Sie wandte sich zu Simona, während er wieder in seinen Erschöpfungsschlaf fiel. Die Stimmen der Frauen wurden leiser, und als er die Augen wieder aufschlug, hatte Louise den Raum verlassen. Simona hingegen stand wieder am Fenster. Sie glaubte sich unbeobachtet und trommelte gerade wütend mit den Fäusten gegen die seitliche Holzverkleidung.
»Was empört Euch so?«
Ihre Gefühlsaufwallung machte ihn neugierig und vertrieb seine Müdigkeit.
»Seid Ihr wieder wach? Es tut mir leid, wenn ich Euch geweckt habe, aber ich bin wütend, einfach wütend. Ist Euch eigentlich klar, was Madame Louise mir zumutet? Welche Verantwortung sie mir aufgebürdet hat?«, fragte Simona erregt.
Sie löste die Fäuste und unterstrich ihren Redefluss mit stürmischen Gesten.
»Sie hat Euch meiner Fürsorge überlassen. Ich bin eine Fremde, Euch bin ich ganz und gar fremd. Mein Wissen um die Heilkunde und meine medizinischen Erfahrungen sind die einer Hausfrau. Ich habe ihr das gesagt, und doch durfte kein Medikus zugezogen werden. Nur ein Schutzengel hat Euch vor dem Schlimmsten bewahrt. Und da-

mit nicht genug. Sie hat mich isoliert und von allen getrennt, die mir beistehen könnten. Sie hat Cornelis van Liewe mit dem König nach Paris geschickt. Thérèse den Damen der Königin Navarra zugeordnet. Und ich habe geglaubt, sie müsse ein Herz haben. Ihre Bemühungen um einen Frieden haben mir ein Trugbild vorgegaukelt, doch ihr Verhalten hat mir die Augen geöffnet. Sie ist eiskalt. Kein Schicksal geht ihr wirklich nahe. Doch … das ihres Sohnes vielleicht. Aber das möglicherweise auch nur des Königreiches wegen.«

Ihr Temperamentsausbruch beeindruckte Andrieu.

»Übertreibt Ihr da nicht ein wenig?«

Simona warf den Kopf in den Nacken, dass die Locken flogen. Die Hände in die Seiten gestemmt, ließ sie ihrem Zorn freien Lauf. »Oh nein! Verlasst Euch darauf. Nein.«

»Trotzdem müsst Ihr mir eines erklären«, bat er achtsam. »Was ist in Euren Augen so falsch daran, dass Madame Louise mich ganz in Eure Obhut gegeben hat? Seid gewiss, dass sie höchste Anforderungen an die Menschen in ihrer Umgebung stellt. Sie kann Dummköpfe, Angeber und Quacksalber nicht ausstehen. Wenn sie keinen Medikus hinzugezogen hat, heißt das, dass sie Euch für kompetent genug gehalten hat. Abgesehen davon, teile ich ihre Abneigung gegen die Ärzte des Hofes. Die meisten von ihnen reden nur unverständliches Zeug und lassen ihre Patienten zur Ader.«

»Ihr verteidigt sie?« Fassungslos trat Simona näher an sein Bett. »Habt Ihr mir denn nicht zugehört? Wir sind unwichtig für sie. Allenfalls Marionetten, an deren Fäden sie zieht. Wenig mehr als der Pöbel, wie ihre Tochter das

Volk zu nennen pflegt, das sich hungrig und verzweifelt gegen den König erhebt.«

»Ihr tut Madame Louise unrecht«, widersprach er.

»Sie tut uns unrecht, mir! Mir ist unerklärlich, wie es ihr gelungen ist, Cornelis zu einem Wortbruch gegenüber meinem Vater zu bewegen. Ich bin überzeugt, er hat mich nicht aus freien Stücken hier zurückgelassen. Was hat diese herrschsüchtige Frau vor? Soll ich hier vermodern? Weiß ich zu viel? Traut sie mir nicht länger und isoliert mich deshalb?«

Verzweiflung stand in Simonas Gesicht. Tränen stiegen ihr in die Augen.

»Ihr missversteht ihre guten Absichten.«

Paul von Andrieu war zu entkräftet, um mehr zu sagen.

Simona lachte bitter.

NEUNZEHNTES KAPITEL

Aufruhr

PARIS, 28. MÄRZ 1529

Das Geläut der Kirchenglocken übertönte die städtische Geräuschkulisse von Paris. Normalerweise läuteten die Glocken im Wechsel, zur Messe, oder um Alarm zu schlagen. Am Ostersonntag jedoch vereinten sie sich zu einer Klangfülle, die Cornelis so nicht kannte. Der Sage nach reisten die Glocken der Stadt in der Karwoche nach Rom. Erst am Ostersonntag kehrten sie wieder zurück, um jubelnd die Botschaft der Auferstehung Christi zu verkünden.

Obwohl die Kathedrale von *Notre-Dame* viele hundert Gläubige fasste, drängte sich auf dem Platz davor noch immer eine riesige Menschentraube. Die Nachricht, dass der König das Osterfest hier feiern wollte, hatte Jung und Alt auf die *Île de la Cité* gelockt. Abgeschirmt von der königlichen Garde, umgeben von seinem Hofstaat, empfing Seine Majestät soeben vor dem Altar den Ostersegen des Erzbischofs. Die Worte gingen im ohrenbetäubenden Glockenklang unter.

Dem Brauch gemäß umarmte er nach der Messe Familie und Freunde. Cornelis hielt sich im Hintergrund. Er legte auf diesen Gunstbeweis keinen Wert. Er wollte weder für einen Bittsteller noch für einen Günstling gehalten werden.

Als Seine Majestät an der Seite seiner Schwester Marguerite, die in Abwesenheit der Mutter als erste Dame des Reiches repräsentierte, aus dem Gotteshaus trat, verstummten die Glocken nach und nach. Die Stimmen der wartenden Menschen schwollen dafür zu brausendem Getöse an. Es waren lachende und fröhliche Osterwünsche auszumachen, aber auch Beschimpfungen und Flüche.

Hinter der Absperrung drängelten sich nicht nur die gut gestellten Pariser, sondern auch ausgezehrte und ärmliche Gestalten. Mütter hielten dem König flehend ihre halbverhungerten Kinder entgegen. Verkrüppelte Veteranen aus zahllosen Schlachten bildeten mit ihren Familien ein Heer von Hoffnungslosen. Sie alle waren gekommen, weil sie sich von ihrem König ein Wunder erhofften, das ihr Weiterleben und ihre Existenz sichern sollte.

Marguerite bemerkte die Armen ebenfalls. Sie berührte den Arm ihres Bruders, um seine Aufmerksamkeit auf sie zu lenken. Der König reagierte betroffen und winkte seinem Almosenier. Er eilte mit einem kleinen Säckchen herbei, das augenscheinlich mit Münzen gefüllt war. Mit Sous, vermutete Cornelis, der als Kaufmann einen Blick für solch kleine Geldsäckchen hatte.

In Anbetracht der Tatsache, dass man für einen Sou kaum zwei Brote aus schlechtem Mehl kaufen konnte, und der Menschenmenge, die hier versammelt war, wirkte dieses Säckchen lächerlich und menschenverachtend. Auf den Märkten von Paris waren Öl oder Speckseiten unerschwinglich, Milch, Butter, weißes Mehl oder gar frisches Grün waren zu purem Luxus geworden. Das Brennholz für die Öfen war teurer als alles andere. Nur die Reichen konnten sich die Notwendigkeiten des täglichen Lebens noch leisten.

Erschwerend kam hinzu, dass die Bauern rund um Paris unter einer Maikäferplage litten, wie es sie seit Jahren nicht mehr gegeben hatte. Die Tiere fraßen die Weinstöcke, die Obstbäume und Beerensträucher schneller kahl, als sie austrieben.

Dass der König dem Almosenier mit betonter Großzügigkeit auch noch die eigene Börse überreichte, um den Inhalt an die Armen zu verteilen, war eine theatralische Geste. Der Wert ihres Inhaltes mochte den des Münzsackes übersteigen, aber auch das war nur ein Tropfen auf den heißen Stein.

Während sich der Hof zum Palast hin bewegte, warfen die Gehilfen des Almoseniers die Münzen aus vollen Händen einfach in die Menge. Entsetzt wich Cornelis vor ihnen zurück. Er ahnte das Chaos voraus, das die königlichen Beamten mit dieser gedankenlosen Aktion heraufbeschworen.

Blindlings warfen sich die Menschen ins Gewühl, um einen Sou zu ergattern. Im Handumdrehen kam es zu einer wilden Prügelei. Bettler und Krüppel rauften mit Stöcken und Krücken um ein erbärmliches Geldstück. Frauen rissen einander an den Haaren, Kinder kreischten. Schon stürzten die ersten Opfer blutüberströmt zu Boden, unbeachtet von den Kämpfenden.

Die königliche Garde hatte Mühe, die Damen und Herren des Hofes zu schützen, die dem König hastig folgten.

Es wurden Dolche gezückt und Schwertgehänge gelockert. Der Osterjubel wandelte sich jäh in Kampfgeschrei. Cornelis wurde im zunehmenden Gedränge vom Zug des Königs abgeschnitten. Urplötzlich ins Gewühl geraten, sah er sich nach einem Fluchtweg um. Sich etwa mit Fäusten zur Wehr zu setzen wäre sinnlos gewesen. Die Kathedrale hinter ihm bot Zuflucht. Gleich ihm suchten andere dort Sicherheit.

Prüfend sah er sich um und entdeckte Thérèse.

Auch ihr war es nicht mehr gelungen, im Schutz der königlichen Truppen den Palast zu erreichen. Als er sich erschrocken zu ihr durchdrängelte, erkannte er, dass sie die Arme schützend um ein weinendes Kind geschlungen hielt.

Der wadenlange Kittel des Mädchens ließ die erbärmlich schmutzigen Füße erkennen. Ein aufgelöster Zopf, graubraun wie Holzasche, fiel ihr über den mageren Rücken. Aus einer Wunde am Haaransatz rann Blut auf Thérèses Festkleid.

»Warum habt Ihr Euch vom Geleit des Königs abdrängen lassen?«, rief er besorgt.

Thérèse wirkte zu seiner Verblüffung nicht ängstlich, sondern fuchsteufelswild.

»Ich konnte nicht anders. Vor mir wurde die Mutter des Mädchens niedergeschlagen. Sie haben das Kind einfach in den Staub getreten. Ich musste die Kleine retten.«

Ihre Augen blitzten entrüstet, während sie dem Mädchen sanft über das Haar strich, um es zu trösten.

»Diese Menschen erschlagen für eine Münze jeden. Ich wünschte, ich hätte einen Dolch. Einen wie Simona.«

Cornelis fasste vorsichtig an die Schulter des Kindes, damit es den Kopf wandte und er die Stirnwunde prüfen konnte. Es war ein harmloser Riss, der zwar stark blutete, aber folgenlos verheilen würde, wenn er sich nicht entzündete. Aus großen braunen Augen starrte das Mädchen ihn ängstlich an.

»Du musst dich nicht fürchten«, beruhigte er sie sanft. »Wir wollen dir helfen. Sag mir deinen Namen.«

Seine Freundlichkeit machte der Kleinen Mut. Sie reckte sich. Wahrscheinlich war sie über zehn Jahre alt, schien es Cornelis, aber unterernährt und deswegen erheblich kleiner, als es ihrem Alter entsprach.

»Ich bin Sanceline.«

Cornelis suchte nach dem kleinen Tuch, das er stets bei sich trug, wie es in Venedig Mode war. Er faltete es einige Male und drückte es leicht auf die Wunde.

»Halt es mit deiner Hand fest, Sanceline, bis es aufhört zu bluten. Je weniger Staub in die Wunde kommt, desto schneller wird sie heilen.«

Das Mädchen folgte ihm, und Cornelis wandte sich wieder Thérèse zu.

Erst jetzt nahm er sie richtig wahr. Ihre Schleierhaube war verrutscht, und ihr Haar fiel zerzaust in die Stirn. Ihr Kleid war an der Schulter leicht eingerissen.

»Hat man Euch etwas angetan«, fragte er beunruhigt. »Seid Ihr verletzt?«

»Aber nein. Es ging nur ein wenig rauh zu.«

»Euer Kleid?«

»Es ist nichts«, tat sie ihn ab und ging in die Knie, um mit dem Mädchen zu sprechen. »Wo wohnst du? Wir möchten dich in Sicherheit bringen. Nach deiner Mutter müssen wir später suchen.«

Hoffentlich lebt sie noch und wurde nicht zu Tode getrampelt, dachte Cornelis, ohne etwas zu sagen.
»Mutter ist sicher schon zu Hause«, antwortete Sanceline währenddessen mit zittriger Stimme. »Sie hat gesagt, dass ich gleich nach Hause laufen muss, wenn wir getrennt werden. Dort können wir uns am leichtesten wiederfinden.«
»Und wo ist dein Zuhause?«
»Hinter dem Grand Châtelet, im Viertel der Schlachter und Kaldaunenhändler.«
Thérèse ergriff die Hand des Kindes und sah Cornelis auffordernd an. Er ahnte, was auf ihn zukam, noch ehe sie den Mund öffnete.
»Wir müssen sie nach Hause bringen. Sie kann jetzt nicht allein über die große Brücke gehen. Die Wunde könnte anfangen, stärker zu bluten. Es könnte ihr alleine weiß Gott was zustoßen. Außerdem sollten wir hier verschwinden. Hier wird es wahrscheinlich immer gefährlicher.«
»Ich bin nicht sicher, ob das richtig ist. Mir wäre wichtiger, Euch schnellstens unbeschadet in den Palast zu bringen.«
Thérèse strich sich das Haar aus der Stirn und widersprach.
»Überall wird gekämpft. Zum Palast kommen wir ohnehin nicht durch, Ihr seht es doch. Am anderen Seineufer ist es vielleicht ruhiger.«
Sie setzte sich in Bewegung, ohne auf Antwort zu warten. Sanceline hatte sich an ihre Hand geklammert und zog sie, um ihr den Weg zu zeigen. Inzwischen hatte sich der Tumult tatsächlich bis in die Seitengassen erstreckt. Cornelis stieß einen stummen Fluch aus und folgte ihr eilig.

Der Lärm des Aufruhrs blieb hinter ihnen. Die Brücke der Wechsler war leer. Zwar waren am Ostersonntag sowohl die Wechselstuben wie die Werkstätten der Gold- und Silberschmiede geschlossen, aber die Stille in der Gasse zwischen den Brückenhäusern kam Cornelis und Thérèse so befremdlich vor, dass sie einen bangen Blick tauschten.
Sanceline gab ihnen die Erklärung.
»Ganz Paris ist auf der *Cité,* um den König zu sehen. Er ist so selten in der Stadt. Er gibt reiche Almosen, wenn man ihm zujubelt.«
Cornelis musste an die schäbigen Kupfermünzen denken, die vom König unters Volk gebracht worden waren. Ein paar davon wären für das Kind schon Reichtum.
»Hast du denn ein paar Sous auffangen können?«, fragte er Sanceline.
»Ich nicht, aber meine Mutter«, sagte sie stolz. »Doch dann hat der Einbeinige, der neben uns stand, ihr seinen Krückstock einfach so von hinten in den Rücken gestoßen, und sie ist hingefallen. Er hat ihr die Münzen weggenommen. Ich hab mich auf ihn geworfen und gebissen und getreten, und da hat er mir auch eins abgegeben mit seinem Krückstock. Der Mistkerl!«
Cornelis sah aus den Augenwinkeln, dass sich Thérèse auf die Lippen biss.
»Dabei brauchen wir jeden Sou, sagt Mutter. Was wir für Vaters Messer noch bekommen haben, ist verbraucht. Die letzten Rüben, das letzte Brot. Ich hab Hunger.«
Thérèse traten Tränen in die Augen.
Sanceline schwieg.
Am Ende der Brücke machte sie sich von Thérèse frei

und bog vor der Kapelle des Heiligen Lefroy nach rechts ab. An der Einmündung zur *Rue de la Triperie* blieb sie schließlich stehen und deutete auf ein windschiefes Holzhaus unter vielen. Der Gestank nach Schlachtabfällen und Tierblut, gemischt mit Unrat und Rauch, verpestete die Luft. Die Dächer der Behausungen ragten so weit über, dass kaum Licht auf die verschlammte Gasse fiel.

»Hier wohnst du?«, fragte Thérèse.

Eine Frau rannte auf das Mädchen zu.

»Sanceline! Da bist du ja, deine Mutter ist außer sich vor Sorge. Komm schnell. Sie braucht dich.«

»Gott sei Dank. Ihre Mutter lebt und ist hier«, stellte Cornelis erleichtert fest, und auch Thérèse sah man die Erleichterung an. Der Fremden erklärte er, dass Sanceline ihre Mutter im Getümmel verloren habe und sie sie hierher begleitet hätten.

»Sanceline ist verletzt«, setzte er noch hinzu. »Wie geht es Sancelines Mutter?«

»Wie man's nimmt. Ein Zunftbruder ihres seligen Mannes, also der Gontran, hat sie entdeckt und nach Hause geschleppt«, gab sie Auskunft. »Ohne ihn, den Gontran, meine ich – also wer weiß, was aus ihr geworden wäre. Sie sagen ja, dass die Königlichen wild zugeschlagen haben. Es soll Tote und Verwundete gegeben haben, sagen sie.«

Sanceline lief in das kleine Haus.

Als sie ihr folgten, fanden sie sie neben ihrer Mutter knien. Die Frau lag auf einem Strohsack in einem Kastenbett und sah aus, als wäre sie unter ein Pferdefuhrwerk geraten. Sie stöhnte vor Schmerzen, dennoch dankte sie Thérèse und Cornelis mit schwacher Stimme dafür, dass sie sich ihrer Tochter angenommen hatten.

»Gott soll es Euch lohnen«, wünschte sie. »Ich hatte solche Angst um Sanceline. Wer konnte wissen, dass die Hölle auf dem Vorplatz von Notre Dame ausbricht. Ich dachte, jetzt hat uns die letzte Stunde geschlagen.«

»Du bist schwer verletzt. Wer kümmert sich um dich?«

»Habt Dank. Sanceline wird für mich sorgen.«

Thérèse sah sich prüfend um. Die Behausung bestand aus einer ebenerdig gelegenen Stube und einer Dachkammer, in die eine Leiter führte. Auf den Wandborden entdeckte sie Holznäpfe und Küchengerät, der große Suppenkessel war umgestülpt. Ein Eimer Brunnenwasser stand neben der Herdstelle.

Thérèse musste etwas tun. Es schien ihr unmöglich, tatenlos zu bleiben und einfach nur wieder zu gehen. Sie schüttete etwas Wasser in eine flache Schüssel, die sie vom Bord nahm. Erst wusch sie Sanceline das Gesicht, dann trug sie die Schüssel vorsichtig zum Bett und begann die Verwundete zu waschen.

Die eingefallenen Wangen, die tiefen Sorgenfalten ließen sie uralt erscheinen. Ihre Haut war rauh und rissig. Sie hatte kaum noch Zähne.

»Gibt es in der Nähe eine Garküche?«, wandte sich Thérèse an Sanceline. »Wenn ja, könntest du dem Seigneur den Weg zeigen? Du hast Hunger, und deine Mutter braucht auch dringend eine warme Mahlzeit. Habt ihr Feuerholz?«

»Nur getrocknete Dungfladen.«

»Vielleicht könnte dein Vater …«

»Der ist doch tot.«

»Mein Gott ja, die Frau hat es gesagt. Entschuldige, ich hab nicht mehr dran gedacht. An was, warum ist er gestorben, wenn du darüber reden möchtest?«

Sancelines Mutter kam ihrer Tochter zu Hilfe.
»Ein Geschwür wuchs in seinem Leib, das ihn nach und nach zerstört hat. Am letzten Andreastag ist es aufgeplatzt. Er schwamm in seinem Blut. Niemand konnte ihm helfen. Zum Pfingstfest müssen wir aus dem Haus, weil ich den Zins nicht länger erwirtschaften kann. Niemand gibt der Witwe eines toten Kaldaunenhändlers Arbeit. Wäre da nicht Sanceline …«
Thérèse begann in ihrem Beutel zu suchen, den sie am Gürtel trug, und brachte fünf Silbermünzen zum Vorschein. »Lasst mich helfen«, unterbrach sie in bestimmtem Ton. »Mehr habe ich leider nicht bei mir.« Sie heftete einen flehenden Blick auf Cornelis. »Sicher habt auch Ihr noch etwas übrig, wenn Ihr das Essen bezahlt habt.«
Sanceline starrte sie mit offenem Mund an.
»Kauft euch zu essen, Brennholz und warme Kleider. Um den Mietzins macht euch keine Sorgen. Ich übernehme ihn. Ein Bote wird das Geld morgen vorbeibringen.«
»Ihr seid zu gütig, Madame, und ich weiß nicht, was ich sagen soll, wie Euch immer wieder danken, aber Ihr macht mir auch Angst mit so viel Geld. Keiner darf davon wissen. Wenn jemand davon erfährt oder unseren plötzlichen Reichtum bemerkt, müssen wir um unser Leben fürchten. Man würde uns überfallen, ausrauben. Es ist zu viel Not um uns herum.«
Thérèse sah Cornelis verzweifelt an.
»Wir werden einen Weg finden, euch nicht in Gefahr zu bringen. Die Silberstücke werde ich in kleine Münzen tauschen. Ihr müsst das Geld gut verstecken und dürft niemandem etwas davon erzählen. Leider können wir nicht alle Not lindern, was natürlich das Schönste wäre.«

Cornelis hatte Thérèses traumwandlerisch sichere Hilfsbereitschaft währenddessen immer nachdenklicher gemacht. Es berührte ihn tief, wie mitfühlend und besorgt sie sich dieser armen, aber fremden Menschen annahm. Er hatte sich in sie verliebt, stellte er fest, ohne sie eigentlich zu kennen.

Sie war eine schöne, begehrenswerte Frau, die alle seine Sinne ansprach. Hier nun entdeckte er etwas an ihr, was sie auf andere Weise begehrenswert machte. Hätte er so gehandelt wie sie, wenn er allein in eine Situation wie diese gekommen wäre, fragte er sich. Es verbargen sich Nächstenliebe und Scharfblick hinter ihrer Schönheit. Er sah sie plötzlich mit ganz anderen Augen. Welche Eigenschaften lagen noch in ihr verborgen?

Sanceline nahm ihn bei der Hand und zog ihn aus dem Haus. Der Gedanke an eine warme Mahlzeit ließ sie den Hunger erst richtig verspüren.

Als er und Sanceline mit den Töpfen aus der Garküche zurückkamen, hatte Thérèse noch mehr bewirkt. Ein Laken bedeckte den Strohsack, Sancelines Mutter trug einen sauberen Kittel, ihr Haar war geordnet und geflochten. Die Nachbarin, der sie beim Kommen begegnet waren, stand bei ihr. Sie hatte ein Bündel an sich gepresst und verabschiedete sich.

»Was habt Ihr ihr gegeben?«, fragte Cornelis.

»Meinen bestickten Gürtel, einen meiner Unterröcke und die letzten beiden Haarnadeln«, antwortete Thérèse ohne Zögern. »Ich finde, es war ein guter Handel.«

Cornelis musste es sich verbieten, sie in den Arm zu nehmen.

Er forderte sie auf, sich von Mutter und Tochter zu ver-

abschieden, und sie verließen schnellen Schrittes wenig später das übelriechende Viertel.
»Wenn ich mir vorstelle, was an der Tafel des Königs serviert wird, überkommt mich die Scham«, brach Thérèse das Schweigen zwischen ihnen. »Diese Armut in Paris ist entsetzlich. Warum tut der König nichts dagegen? In Fleurbaix lässt mein Vater nicht zu, dass unsere Bauern und Handwerker derart Not leiden.«
»Du meine Güte, das Festbankett.« Cornelis schlug sich mit der flachen Hand auf die Stirn. »Ich habe es völlig vergessen. Die Königin wird Euch vermissen.«
»Bestimmt nicht.« Thérèse verzog das Gesicht. »Sie weiß kaum, wer ich bin. Dass ich ihr fehle, wage ich zu bezweifeln. Ihre Damen sind eine verschworene Gemeinschaft, die keine Fremde unter sich duldet. Als Vorleserin braucht mich die Königin auch nicht. Warum Madame Louise mich in ihre Dienste entlassen hat, ist mir ein Rätsel.«
»Habt Ihr Madame verärgert?«
»Wann denn? Sie war viel zu beschäftigt. Allenfalls hatte Simona bei ihr Zutritt.«
Simona. Steckte sie dahinter? Hatte sie veranlasst, dass Thérèse Fontainebleau verlassen musste, seinetwegen? *Es sähe ihr ähnlich,* dachte Cornelis. *Dumm nur, dass sie das Gegenteil erreicht hat. Nach dem heutigen Tag sind wir uns näher als je zuvor.*
Thérèse blickte zu ihm auf.
»Findet Ihr nicht auch, dass dies ein wunderbarer Ostertag ist? Stunden ohne Hof, ohne Zeugen, ohne Etikette. Niemand wird sich darüber wundern, dass ich orientierungslos durch die Stadt geirrt bin. Dass es Stunden dauerte, bis ich zurückfand.«

Er ergriff ihre Hände, obwohl ihm die Vernunft davon abriet. Wie sollte er den Aufruhr in sich verbergen? Wie seinen kühlen Kopf bewahren?
»Ich muss Euch dennoch zurückbringen, Thérèse«, sagte er, und seine Augen blitzten. »Ehre und Anstand erfordern es.«
Sie lächelte unwiderstehlich.

ZWANZIGSTES KAPITEL

Erinnerungen

FONTAINEBLEAU, 28. MÄRZ 1529

Ich will endlich aufstehen. Ihr müsst mich nicht hüten wie einen Vogel, der vor einem Kater geschützt werden muss.«

Das Fieber war gesunken, und der Schmerz in der Brust ließ nach. Andrieu wurde zunehmend mürrischer. Er konnte Untätigkeit nicht ertragen.

»Schimpft nur«, riet Simona ihm nachsichtig. »Dann wird es Euch wenigstens leichter ums Herz. Es fördert die Genesung.«

»Unsinn. Wer sagt Euch, dass mir schwer ums Herz ist?«, brummte er.

»Meine Augen«, antwortete Simona. »Die Grübelfalten in Eurem Gesicht verraten es. Ihr lacht nicht, seid nie heiter. Nur wenn das Fieber Euch um die Kontrolle über den eigenen Verstand bringt, bricht alles aus Euch heraus. Dann ruft Ihr nach Jean, den es nicht gibt.«

Dass er ihr nach langem Schweigen schließlich doch antwortete, erstaunte sie beide.

»Es gibt ihn wirklich nicht mehr. Er ist tot. Gefallen in der Schlacht von Pavia. Sein Tod war völlig sinnlos. Der

Kaiser hat die französischen Truppen vernichtend geschlagen. Sechzehntausend französische Soldaten haben ihr Leben verloren. Unter ihnen die größten Generäle unseres Königreiches. Es war am 24. Februar vor vier Jahren. Am fünfundzwanzigsten Geburtstag des Kaisers. Manche sagten damals, der Sieg sei ein Geschenk Gottes an ihn gewesen.«

Die Worte brachen heiser aus ihm heraus.

Simona zog den Lehnstuhl näher an sein Bett und setzte sich.

»Redet darüber, es wird Euch helfen. Warum nennt Ihr Jeans Tod sinnlos?«

Sie hielt seinem Blick stand. Zum ersten Mal zeigten sich Gefühlsregungen in seinen Augen.

»Erzählt mir von der Schlacht.«

Er löste den Blickkontakt, schaute an ihr vorbei. Simona hatte den Eindruck, dass schrecklichere Bilder ihn plagten.

Sie gab nicht nach.

»Wart Ihr dabei?«

»Seite an Seite mit Jean, in unmittelbarer Nähe unseres Königs. Wir hatten die Schlacht schon fast gewonnen. Die kaiserlichen Truppen zogen sich bereits zurück. Unsere Kavallerie setzte nach, und der König, voller Drang, sich als Held zu geben, griff völlig unnötig und gegen jeden Rat ein. Seinen Kampfesmut zu beweisen war ihm wichtiger als alles andere. Hoch zu Ross ritt er, in prachtvoller Rüstung, genau zwischen die Feindeslinien. Jeder sollte ihn sehen und bewundern. Dass er damit die eigene Kavallerie außer Gefecht setzte, die Angst haben musste, den eigenen König zu treffen, hat er nicht bedacht. Die allgemeine Verunsicherung gab den kaiserlichen Truppen Zeit, sich erneut zu formieren.«

Er stockte.

»Und dann?«

»Der König liebt den Kampf. Er stählt sich in Ritterturnieren und im sportlichen Wettstreit. Aber dass eine Schlacht kein Spiel ist, wurde ihm wohl erst klar, als sein Pferd unter ihm erschossen wurde. Er stürzte zu Boden. Jean wich nicht von seiner Seite. Er war einer seiner engsten Freunde und Gefährten. Er deckte den König, der sich trotz seiner schweren Rüstung erheben konnte, um weiterzukämpfen, mit seinem Körper. Ein Arkebusenschuss zerschmetterte Jeans Kopf. Er erfuhr nicht mehr, dass er seine Pflicht getan und den König gerettet hatte. Er war tot, ehe er den Boden berührte. Ein zerfetzter Körper ohne Seele und Gesicht.«

»Wie nahe stand Euch Jean? Wo habt Ihr Euch kennengelernt?«, fragte Simona nach langem Schweigen.

»Er war mein Bruder. Mein jüngerer Zwillingsbruder. Es war meine Pflicht, ihn zu schützen. Ich habe kläglich versagt.«

»Sicher wart Ihr ebenfalls verletzt.«

Sie dachte an die hässliche Narbe auf seinem Rücken.

»Karl von Lannoy, Vizekönig von Neapel von Kaisers Gnaden, nahm den König nur wenige Augenblicke nach Jeans Tod gefangen. Die Männer, die mit ihm überlebt hatten, ließ er einkerkern«, fuhr Andrieu fort, ohne zu antworten. »Es hat uns das Leben gerettet. Die deutschen und spanischen Söldner, die für den Kaiser kämpften, kannten kein Erbarmen mehr. Sie metzelten alles nieder, was sich bewegte. Die Toten stapelten sich übereinander.

Ich weiß nicht, was schlimmer war, das Schreien der Verwundeten oder das Schweigen der Toten.«
Die Sinnlosigkeit von Kriegen stand Simona wieder einmal eindringlich vor Augen nach dieser erschütternden Offenbarung Andrieus. Sie begriff jetzt auch, weshalb Madame Louise es abgelehnt hatte, ihre Frage nach Jean zu beantworten. Er war für den König, ihren Sohn, gestorben, und sie wusste bestimmt, wie unverantwortlich dessen Verhalten in dieser Schlacht gewesen war. Hätte er nicht unnötig den Kriegshelden gespielt, unzählige Männer wären am Leben geblieben. Auch Andrieus Bruder.
»Seid Ihr mit dem König in Spanien gewesen?«, versuchte Simona vorsichtig Andrieu aus den schrecklichen Erinnerungen zu reißen.
»Nein. Ich war zu schwer verletzt, der kaiserliche Vizekönig ließ mich nach Frankreich zurückkehren. Madame Louise nahm mich in ihre Dienste.«
»Ich habe nie verstanden, warum der König freiwillig nach Spanien gereist ist und nicht unter Lannoys Schutz in Italien geblieben ist«, wunderte sich Simona.
»Das ist nur mit seiner vielschichtigen Persönlichkeit zu erklären. Er ist waghalsig, unbekümmert, ruhmsüchtig und ruhelos. Gleichzeitig leitet ihn ein fast überanspruchsvoller Begriff von Ehre. Über die Bedingungen für die Freilassung aus seiner Kriegsgefangenschaft wollte er nur von Angesicht zu Angesicht mit dem Kaiser verhandeln. Er glaubte es sich schuldig, seine Sache selbst zu verteidigen. Seiner Denkweise nach entstehen alle Missverständnisse auf der Welt nur deswegen, weil ständig Berater und Gesandte die Worte ihrer Herrscher verfälscht weitergeben. Im persönlichen Gespräch wollte er damals

allen Zwist ausräumen. Es war viel von Güte und Großherzigkeit die Rede, und anfangs sah auch alles nach einer Einigung aus. Der König eroberte die Spanier mit seiner Liebenswürdigkeit. Einen Herrscher, der mit ihnen feierte und ihre Stierkämpfe und Lanzenturniere bewunderte, waren sie nicht gewohnt. Sie jubelten unserem König mehr zu als dem Habsburger Kaiser. Das war dem natürlich ein Dorn im Auge. Er wird ohnehin von den Spaniern nicht geliebt. Er ließ den König in den Festungsturm des Alcazar bringen und verweigerte zunächst jede weitere Verhandlung um seine Freilassung. Welchen Preis seine Freiheit schließlich gekostet hat, wisst Ihr bereits.«

Andrieu schloss die Augen und drehte Simona den Rücken zu. Er wunderte sich über seinen Redefluss und wollte das Gespräch beenden. Er fragte sich, warum er eigentlich so viel preisgegeben hatte? Was an Simona Contarini bewegte ihn dazu, sich in dieser Weise zu öffnen? Woher kam es, dass er ihr jetzt plötzlich Vertrauen schenkte? Seine Stellung bei Madame Louise hatte ihm geboten, misstrauisch zu sein ihr gegenüber, und doch hatte er sich schon sehr schnell von ihr angezogen gefühlt. Weshalb?

Er zwang sich, an Thérèse zu denken.

»Wo seid Ihr mit Euren Gedanken?«

Er wandte sich ihr wieder zu und sah sie fragend an.

»Ich habe zu viel geredet. Auch wenn Madame Louise Euch in Geheimsachen des Königreiches eingeweiht hat. Kann ich mit Eurer Verschwiegenheit rechnen?«

»Ihr könnt sicher sein, dass ich Dinge für mich behalten kann, die für andere nicht bestimmt sind.«

»Ihr habt übrigens recht gehabt«, lächelte er beruhigt.

»Einmal über alles zu reden ruft die Ereignisse zwar wieder in Erinnerung, aber es hat mir doch gutgetan. Ich bin gerne vor den schmerzlichen Erinnerungen weggelaufen. Man kann das aber nicht immer. Ich bin Euch dankbar für Eure Geduld, auch für Eure aufopferungsvolle Pflege.«
»Madame Louise hat mir keine andere Wahl gelassen.« Verlegen stand Simona auf. »Versucht ein wenig zu schlafen. Ihr seid sicher erschöpft.«
»Später«, winkte er ab. »Ich möchte erst noch über Eure Vorbehalte gegenüber Madame Louise sprechen.«
»Was wollt Ihr damit erreichen? Ich bin nicht wie Ihr. Es liegt mir nicht, die Hand zu küssen, die mir Leid zufügt.«
Paul verengte die Augen. »Das erklärt mir bitte.«
»Muss ich das wirklich? Der König hat den Tod Eures Bruders durch Selbstüberschätzung und Leichtsinn verschuldet. Der Schmerz quält Euch bis heute. Dennoch bleibt Ihr bei Hofe und dient der Krone. Warum?«
»Ihr nehmt wirklich kein Blatt vor den Mund«, staunte er. »Die Andrieus dienen dem König von Frankreich seit vielen hundert Jahren. Keiner von ihnen hat sich je vor seiner Pflicht gedrückt. Jean war nicht nur der Freund des Königs, sondern auch Mitglied seiner Leibwache. Es war seine Aufgabe, das Leben des Königs zu schützen. In Erfüllung dieser Pflicht ist er gestorben.«
Verständnislos erwiderte Simona seinen Blick. »Wenn Ihr das so seht, warum liegt Euch sein pflichtgetreuer Tod dann dermaßen auf der Seele?«
»Mein eigenes Versagen liegt mir auf der Seele«, antwortete er. »Als wir an den Hof gingen, habe ich meinen El-

tern geschworen, dass ich Jean beschützen und nicht aus dem Auge lassen werde. Ich habe versagt.«

»Machen Eure Eltern Euch Vorwürfe?«

»Die Vorwürfe mache ich mir selbst. Aber lenkt nicht ab. Ich möchte über Euer Problem sprechen. Ein Landsmann von Euch, ein gewisser Machiavelli, hat eine Schrift über die Grundsätze des Regierens verfasst. Er rät einem Fürsten, Grausamkeit zu vermeiden und Barmherzigkeit zu üben. Wenn dies jedoch nicht möglich ist, so sagt er, sei es besser, für grausam gehalten zu werden, denn Schwäche zu zeigen und verachtet zu werden. Er hält es für menschlicher, das Blut weniger zu vergießen, wenn damit das ganze Volk vor Unruhe und Anarchie bewahrt werden kann. Madame Louise hält diesen Mann für einen klugen Kopf.«

»Sein Name ist mir ein Begriff«, entgegnete Simona, »doch worauf wollt Ihr hinaus? Madame Louise befolgt seine Maximen offensichtlich.«

»Was ich Euch sagen will: Ihr müsst nichts von ihr befürchten, sie verachtet Grausamkeit. Im Gegenteil, Ihr habt eine Fürsprecherin in ihr. Ihr habt ihr Vertrauen und auch das meine inzwischen, das kann ich Euch versichern. Eure furchtlose Aufrichtigkeit ist zwar recht gewöhnungsbedürftig, aber Ihr seid auch die erste Frau nach dem Tod meiner Mutter, mit der ich so offen sprechen kann.«

Langes Schweigen erfüllte den Raum.

»Vergesst Ihr da nicht Thérèse von Fleurbaix, der Ihr die Ehe versprochen habt?«

»Eine notwendige Verbindung, damit Andrieu einen Erben bekommt. Es ist meine Pflicht, dafür zu sorgen, dass das Lehen in der Familie bleibt.«

»Ein Erbe. Ist das alles, was Ihr Euch von Thérèse erwartet?«

»Was sonst?«

»Fragt Ihr mich das im Ernst?«

Simonas Temperament ging mit ihr durch.

»Der Bund für ein ganzes Leben sollte auch aus Liebe geschlossen werden. Was ist eine Frau in Euren Augen? Ein Geschöpf, nur geschaffen, um Euch Kinder zu gebären und den Haushalt zu führen? Habt Ihr einmal darüber nachgedacht, dass Frauen Hoffnungen, Wünsche, eigene Lebensziele haben könnten? Thérèse ist noch so jung und erwartungsfroh.«

Sie zügelte sich gewaltsam, um nicht mehr zu sagen.

»Eure eigene Ehe war nicht glücklich.«

Überrascht sah sie auf. In seinem forschenden Blick erkannte sie Mitleid. Sie brachte es nicht fertig, zu leugnen.

»Es ist vorbei.«

»Wartet in Flandern eine neue Ehe auf Euch?«

»Nein.«

Sie errötete, hielt aber seinem Blick stand, bis er sich am Ende abwandte.

Beide hatten das Gefühl, dass sie zu weit gegangen waren.

EINUNDZWANZIGSTES KAPITEL

Schmerzen

FONTAINEBLEAU, 30. MÄRZ 1529

»Verzeiht, dass ich erst jetzt komme, Eure Isolation zu beenden. Eine Abordnung des Kronrates ist aus Paris eingetroffen. Bis spät in die Nacht wurde getagt.«
Madame Louise hatte die Tür aufgerissen und war eingetreten. Sie lächelte Andrieu und Simona huldvoll an.
»Die Wachen sind abgezogen. Ich denke, dass Ihr inzwischen aus eigener Kraft Euer Gemach erreichen könnt, mein Freund. Simona wird froh sein, wieder für sich zu sein.«
Simona stand am Fenster, hatte es gerade geöffnet, um die Frühlingsluft ins Zimmer zu lassen. Wie gerne hätte sie einen ausgiebigen Spaziergang gemacht. Mit Freuden vernahm sie, dass ihre Dienste nicht mehr benötigt wurden.
Es ging Andrieu tatsächlich mittlerweile wesentlich besser. Er schlief zwar noch viel, aber er hatte kein Fieber mehr und kaum noch Beschwerden beim Atmen.
Simona war froh, dass Andrieu wieder auf die Beine kam, bedauerte aber zu ihrem eigenen Erstaunen plötzlich die bevorstehende Trennung. Prüfend hörte sie in sich hinein.

Die Gespräche mit ihm würden ihr fehlen. Er war einfühlsam, intelligent und konnte geduldig zuhören. Trotz seiner Krankheit strahlte er eine außerordentliche Energie aus und hatte erreicht, dass sich viele ihrer Zweifel zerstreut hatten.

Madame ging inzwischen zum Tagesgeschäft über, ohne weitere persönliche Worte zu verschwenden.

»Zum Beginn der nächsten Woche brechen wir nach Paris auf. Ich hoffe, dass Ihr bis dahin Euren Dienst wieder aufnehmen könnt, Paul. Mein Sohn hat mir freie Hand gegeben, mit Margarete von Österreich zu verhandeln. Der Kaiser hat seine Tante seinerseits endlich mit der Vollmacht ausgestattet, in seinem Namen zu sprechen und Entscheidungen zu fällen.«

»Welches Argument kann den Kaiser von der Notwendigkeit eines Friedens überzeugt haben?«, erkundigte sich Andrieu ungläubig.

»Die Stimmung in seinen Ländern, würde ich meinen«, entgegnete Madame sachlich. »Vor dem deutschen Reichstag in Speyer, im April, ist er in einer äußerst kritischen Lage. Die religiösen Fragen haben mittlerweile mehr Gewicht erlangt als das Türkenproblem. Es sieht nicht so aus, als könne sein Bruder Ferdinand verhindern, dass sechs deutsche Fürsten und vierzehn freie Reichsstädte für die ungehinderte Ausbreitung des evangelischen Glaubens eintreten werden. Die Thesen Martin Luthers haben sie anerkannt und dem Bann gegen Luther vom Wormser Reichstag widersprochen. Die Entwicklung wird am Ende zu einer Kirchenspaltung führen. Philipp von Hessen plant sogar einen Bund gegen den Kaiser. Für Karl kann es eng werden. Seine lange Abwesenheit hat die deutschen

Fürsten mächtig und selbstbewusst gemacht. Vor allem die Hessen und Sachsen … Wie will er die notwendige Unterstützung gegen die Türken bekommen, wenn er die Evangelischen unter ihnen vor den Kopf stößt?«

»Das verschafft Frankreich eine gute Ausgangsposition«, unterbrach Andrieu noch einmal. »Erschwerend leiden seine deutschen Lande bis heute unter den Folgen des verheerenden Bauernkrieges. Es herrscht dort wie in Frankreich große Armut.«

Madame suchte Simonas Blicke.

»Mir bleibt noch einiges zu tun. Ich muss den geeigneten Verhandlungsort finden und mit Margarete von Österreich absprechen.« Sie erwartete keine Reaktion, sprach ohne Pause weiter. »Paul, ich sehe Euch morgen früh in meinem Arbeitskabinett. Simona, Ihr könnt Fontainebleau ein wenig genießen. Ich sage Euch, wenn ich Euch brauche.«

So eilig, wie sie gekommen war, verabschiedete sich Madame Louise. Simona blieb kaum Zeit, ein Abschiedswort mit Andrieu zu wechseln.

Ihr enges Zusammenleben endete, wie es begonnen hatte. Unverhofft und überhastet.

* * *

Der zukünftige Park von Fontainebleau war fest in der Hand eines ganzen Heeres von Gärtnern. Gespannte Seile, umgegrabene Beete, offen liegende Wassergräben und Karren voller Pflanzen und Blumen, die darauf warteten, in die Erde zu kommen, machten es unmöglich, den Wegen zu folgen. Die Umrisse der künftigen Anlage zeigten sich inzwischen. Simona betrachtete den Fortgang von der Terrasse des Schlosses aus. Die geschwungenen Pfade waren so angelegt, dass sie scheinbar ins Unendliche führten, dorthin, wo sich Wald und Himmel am Horizont trafen.

Mach endlich die Spaziergänge, nach denen du dich die ganze Zeit gesehnt hast!, forderte sie sich auf, aber es blieb beim Vorsatz.

Eine eigenartige Antriebsschwäche hatte sie befallen. Ohne die Inanspruchnahme durch Madame Louise oder durch die Krankheit Paul von Andrieus fühlte sie sich überflüssig. Sie konnte sich zu nichts aufraffen. Nicht einmal zum Zeichnen.

Was hatte sie in Fontainebleau zu suchen?

Gedankenverloren machte sie kehrt, um die Galerie wieder einmal aufzusuchen. Seit nur noch Madame Louise im Schloss residierte, gab es keine Neugierigen mehr. Simona erregte Aufsehen, als sie bei den staubbedeckten Künstlern und Arbeitern aufkreuzte.

»Wenn Ihr Meister Fiorentino sucht, der ist zurzeit nicht auf der Baustelle«, erteilte ihr einer der Maler ungefragt Auskunft. Pinsel und Farbpalette sanken herab und verrieten, dass er zu einem Gespräch bereit war. Offensichtlich erkannte er sie von früheren Besuchen wieder.

»Er ist abgereist?«

»Nein. Aber die einfachen Arbeiten, die Grundierungen, die Verzierungen der Ränder, der Säulen und kleiner Stuckmedaillons überlässt er seinen Lehrlingen und Gesellen. Von der Hand des Meisters sind dann nur die Gemälde. Sie kommen als Letztes dran, wenn alles andere fertig ist.«

Interessiert sah Simona den Maler genauer an. Seinen Bart durchzogen graue Strähnen, ein ganzes Netz von Falten zog sich durch sein Gesicht. Sie schätzte ihn älter als den Meister.

»Ihr seid …«, begann sie vorsichtig.

»Fiorentinos dritter Geselle«, antwortete der Mann bereitwillig. »Marino Panzatti, Monna.«

Das Rankwerk aus Blumen und Efeublättern, das er auf einer zierlichen Säule soeben vollendet hatte, erregte ihre Bewunderung. In ihren Bildern, die sie in Nîmes verkauft hatte, hatte sie eine vergleichbare Naturtreue nie erreicht.

»Habt Ihr das nach Vorlagen des Meisters gemalt?«

»Nach Vorlagen und Pausblättern arbeiten nur die Lehrlinge, Monna«, klärte er sie auf. »Gesellen, die der Meister in seiner Werkstatt behält, dürfen selbständig kleine Aufträge ausführen und nach seinen Angaben frei arbeiten. Ich bin sein Spezialist für Blumen und Blätter, wie Ihr seht.«

Simona war begeistert von der Kunstfertigkeit des Gesellen.

»Wie lange dauert eine Ausbildung zum Maler?«, wollte sie wissen. »Ich meine, bis man selbständig so gut malt und zeichnet, dass man es verkaufen kann?«

Simona und der Geselle waren in ihre heimatliche Sprache verfallen. Es erstaunte sie, wie ungewohnt sie ihr inzwischen klang. Sie erfuhr von ihm alles Wichtige über die richtige Ausbildung eines Malers.

Dass ihre Frage schwer zu beantworten sei, stellte Marino Panzatti erst einmal klar. Bis ein Lehrjunge zum Gesellen aufsteige, könnten bereits Jahre vergehen. Zu Beginn verbringe man seine Zeit in erster Linie mit Werkstattfegen und dem Reiben von Farbpigmenten. Danach dauere es weitere Jahre, ehe ein Meister mit den Leistungen so zufrieden sei, dass man in den Gesellenstand erhoben werde. Und dann hänge das Weiterkommen von der Auftragslage der Werkstatt ab. Sei sie bekannt und bekomme viele Aufträge, benötige der Meister die Hilfe seiner Gesellen. Die Arbeiten machten einen dann bekannt, und erst daraufhin sei es ratsam, darüber nachzudenken, auf Wanderschaft zu gehen oder eine eigene Werkstatt zu eröffnen.

Simona nickte nachdenklich und verabschiedete sich mit einem Dank.

Rosso Fiorentinos Kunstfertigkeit beruhte also nicht allein auf Talent, sondern auf Jahren härtester Arbeit. Die Lehrstunden, die sie im Hause ihres Vaters erhalten hatte, waren dagegen die einer Patriziertochter gewesen, deren Talent man, in Anbetracht ihrer vererbten Begabung, mit Wohlwollen betrachtet und gefördert hatte. Der Gedanke, sie könne sich mit diesem Talent ihr Leben verdienen, war weder ihrem Lehrer noch ihrem Vater je gekommen. Es bedurfte wahrer Leidenschaft, diesen Weg zu gehen. Einer Leidenschaft, wie sie auch Bernard getrieben hatte. Unwillkürlich zog Simona Vergleiche zwischen Fiorentino und Bernard, maß sich mit ihnen. Sie waren beide begeisterungsfähig, bewundernswert zielstrebig und beharrlich. Sie war ehrlich mit sich und zweifelte an ihrer Imagination ebenso wie an ihrer Willenskraft.

Nicht ohne die Fortschritte an den Arbeiten zu würdigen, verließ sie die Galerie. Auch das wirkte ernüchternd.

Zu gerne wäre sie eine große erfolgreiche Malerin geworden, hatte sich manchmal heimlich in eine Zukunft hineingeträumt, in der sie sich als freie Künstlerin sah, im eigenen Haus, mit einem hellen Atelier. Sie erkannte, dass sie sich von diesem Traum verabschieden musste, dass sie sicher auch keine gute Porträtmalerin werden würde.
Weil es so wenige Bilder von Madame Louise gab, hatte Simona kurz einmal mit dem Gedanken gespielt, sie könnte ihr Modell sitzen. Was diese vermutlich sowieso für Zeitverschwendung gehalten hätte, tröstete sie sich.
Ihre Niedergeschlagenheit verschwand auf dem Spaziergang, zu dem sie sich schließlich doch aufraffte. Was immer auf sie zukäme, sagte sie sich, sie würde selbst darüber entscheiden.

* * *

Simona sah Paul von Andrieu erst Tage später wieder, als er Madame Louise in den Reisewagen half. Der Wappenrock und die Federn auf seinem Hut waren in den königlichen Farben blau-rot-blau gehalten. Das Schwertgehänge blitzte poliert in der Sonne. Man sah ihm nicht an, dass er schwer krank gewesen war.
Auf Louises Befehl setzte sich die Reihe der Kutschen und Wagen in Bewegung. Zunächst fuhren sie durch die Wälder von Fontainebleau.
Nach dem langen Zwangsaufenthalt im Schloss genoss Simona das Grün und die Waldluft. Madame Louise hatte die Augen geschlossen. Sie hatte Andrieu und Simona in ihren Wagen gebeten. Sogar die Gräfin von Vendôme, Louises bevorzugte Ehrendame, musste auf ihren Befehl

hin im zweiten Wagen Platz nehmen. Sie waren beide sicher, dass es einen besonderen Grund haben musste. Simona betrachtete Madame Louise.
Sie war zweiundfünfzig Jahre, sah wohl älter aus, war ihr aber nie krank oder gebrechlich erschienen. Jetzt presste sie eine Hand auf den Magen. Ein tiefer Atemzug und ein Runzeln der Stirn zeigten, dass sie nicht schlief.
»Verzeihung, Ihr habt Schmerzen«, vermutete Simona. »Kann ich Euch helfen?«
»Ja.«
Louise schlug die Augen auf und lächelte angestrengt. Es schien, als habe sie geradezu auf die Frage gewartet.
»Ich hoffe, dass Ihr das könnt, Simona. Ich setze meine ganze Zuversicht in Euch. Es steht nicht zum Besten um meine Gesundheit, und Ihr habt bei Paul von Andrieu Wunder bewirkt. Verschiebt Eure Abreise nach Flandern. Ich kann Euch nicht zwingen, aber ich bitte Euch herzlich darum.«
Louises Stimme blieb sachlich und ohne jede Gefühlsregung.
»Ich habe mich bisher nicht offenbart, denn ich kann es mir nicht leisten, meine Gesundheit öffentlich werden zu lassen. Es würde unsere Position in den Friedensverhandlungen auf das Gefährlichste schwächen.«
»Was fehlt Euch?« Andrieu wagte die offene Frage.
»Mein Leibarzt konnte es ebenso wenig feststellen wie der Medikus des Königs. Beide traktieren mich mit Tränken und Kuren, die keinerlei Wirkung zeigen und mich eher schwächen. Damit sie mich in Frieden lassen, habe ich den Herren gesagt, meine Schmerzen hätten nachgelassen.«

Simona sah ihre Besorgnis bestätigt, hatte aber noch keine Antwort auf die wichtigste Frage bekommen.

»Ihr habt nicht gesagt, welche Schmerzen Euch plagen.«

»Mein Magen schmerzt. Oft ist mir übel, und ich erbreche, leide an Appetitlosigkeit und schlafe schlecht. Noch sieht man es nicht, aber ich verliere stetig an Gewicht. Etwas zehrt an mir. Meine Widerstandskräfte beginnen nachzulassen.«

Es hörte sich schlimm an und schien zudem unfassbar. Louise hatte monatelang mit eisernem Willen und allen Mitteln verhindert, dass man am Hof etwas wahrnahm von ihrer Krankheit. Ihr ungewohnt wortreiches, fast redseliges Eingeständnis traf Simona, die bei aller Loyalität immer auch einen kritischen Abstand zu Louise gehalten hatte, wie ein Blitz aus heiterem Himmel. Die widersprüchlichsten Gefühle bewegten sie. Sie grübelte, ob sie Louise nicht vielleicht hie und da unrecht getan hatte. Vor allem fragte sie sich, was sie denn eigentlich tun konnte. Sie war schließlich nicht klüger als die königlichen Ärzte.

Louises weiteres Bitten erleichterte sie nicht.

»Ich brauche zuverlässige, mir vertraute persönliche Hilfe über die Kanzleiarbeit hinaus. Es muss jemand sein, der schützend verhindert, dass meine Krankheit öffentlich wird. Die Ärzte sind zum Schweigen ja verpflichtet. Und auch in den Dingen des Alltags muss ich begleitet werden, um es unauffällig erscheinen zu lassen, wenn sie vom Gewohnten abweichen. Schwere Gerichte aus der Schlossküche vertrage ich nicht. Bestimmte Gewürze und Weine reizen meinen Magen. Ich weiß, wie leicht der Hofklatsch die harmlosesten Kleinigkeiten aufbauscht. Simona, ich erwarte keine Wunder. Das Unausweichliche im Auge, bin ich dankbar für Umsicht und für jeden Tag. Ich fühle, dass meine Zeit knapp bemessen ist, ich muss sie nutzen.«

Da blieb keine Zeit des Zögerns für Simona. Nichts war nach solch schonungsloser Bittstellung so dringlich in ihren Augen, dass es eine Ablehnung gerechtfertigt hätte.

»Ich kann Euch leider nichts versprechen«, sagte sie zu. »Aber ich will mein Bestes versuchen, Euer Vertrauen in meine bescheidenen Fähigkeiten nicht zu enttäuschen. Es gibt eine Reihe von Rezepten für alle möglichen Beschwerden, die in unserer Familie von Generation zu Generation weitergegeben werden. Einer meiner Vorfahren war ein angesehener Arzt in Flandern. Lasst uns damit anfangen, sie auszuprobieren.«

»Ich danke Euch, Simona. Der Himmel hat Eure Schritte nach Fontainebleau gelenkt. Ich weiß, ich kann mich auf Euch verlassen. Nicht einmal mein Sohn oder meine Tochter dürfen von meinem Gesundheitszustand erfahren. Sie würden sich unnötig sorgen, mir Ruhe empfehlen, versuchen, mich zur Schonung von meinen Pflichten abzuhalten. Das will ich nicht. Ich verlasse mich auf Euch und Paul. Ihr wisst, um was es geht.« Louise verstummte und schloss die Augen. Sie hatte alles gesagt.

Simona starrte aus dem Fenster des Reisewagens, nahm aber keine Einzelheiten wahr. Es war kein harmloses Gebrechen, das Louise heimgesucht hatte, sie hatte den Bericht eines schleichenden Verfalls gegeben.

Louise von Savoyen blickte mutig ihrem Ende entgegen. Ihr ganzer Kampf galt ihrem Sohn und dem Frieden für ihr Land.

* * *

Als der Reisezug die Dörfer erreichte, deren Bauern Paris mit Getreide, Gemüse, Früchten, Vieh und Eiern versorgten, machten die wenigen Bewohner, die neugierig der Wagenkolonne nachgafften, keine Anstalten, der Mutter des Königs zuzujubeln. Man zog zwar den Hut und knickste, aber die mürrischen Gesichter erhellten sich nicht.

Sie wussten nicht, wofür und unter welchen Umständen sie in der verbleibenden Zeit ihres Lebens kämpfte. Sie fragten sich nicht, was aus Frankreich werden würde, wenn sie nicht mehr hinter dem König stand. Sie ahnten nicht, dass die Kraft ihrer Liebe dem Sohn beim Regieren ordnend die Hand führte.

Neben Simona machte Andrieu es sich bequem und kam ihr dabei näher. Die Berührung schuf Nähe und Trost. Sie nahm es an. Er trug die schwere Last auf diese Weise mit.

ZWEIUNDZWANZIGSTES KAPITEL

Geheimnisse

Paris, 12. April 1529

Thérèse und Cornelis befanden sich im Vorzimmer der Königin von Navarra im Gespräch. Es glich einem Taubenschlag. Ehrendamen, Edelmänner, Künstler, Bittsteller, Diplomaten und Männer der Kirche kamen und gingen. Die Nachricht von Louises Rückkehr war überallhin vorgedrungen.

»In welchem Flügel des Palastes residiert sie?«, wollte Cornelis wissen. »Ich möchte mich auf der Stelle davon überzeugen, dass es Simona gutgeht.«

»Madame Louises Wohnsitz ist das *Hôtel des Tournelles*, in der Nähe der *Port Saint Antoine*«, entgegnete Thérèse. »Der König unterhält dort in den weitläufigen Gärten seine Menagerie. Er hat *Les Tournelles* seiner Mutter überlassen, da ihr der Trubel am königlichen Palast in letzter Zeit zu viel geworden ist.«

»Dann werde ich Simona dort unverzüglich suchen. Ich möchte so schnell wie möglich mit ihr nach Flandern reisen.«

»Habt Ihr es so eilig, Paris zu verlassen?«

Sie sagte Paris und meinte sich. Cornelis verstand, warum

sie so überrascht reagierte. Das bittersüße Glück der letzten Tage war stets von dem bevorstehenden Abschied überschattet gewesen.

»Wir haben keine andere Wahl, wir waren uns einig.« Prüfend sah er sich im Raum um, ehe er nach ihren Händen griff und sie einen Augenblick zärtlich hielt. »Ich will nicht mit ansehen, wie Ihr einen anderen heiratet.«

»Dann kommt ihm zuvor. Lasst uns fliehen, wie wir es schon besprochen haben.«

Der kühne Plan war in leichtsinniger Unbeschwertheit am Ostersonntag geschmiedet worden, aber er hielt der Realität nicht stand. Thérèse war ein Kind. Heiter, unbeschwert, zu jedem Abenteuer bereit. Das liebte er an ihr. Aber sie mussten die Konsequenzen bedenken.

»Ach, Thérèse, wenn doch alles nur so einfach wäre, wie Ihr Euch das vorstellt.«

»Was heißt einfach? Nichts ist einfach, so wie es aussieht. Ich bin unglücklich ohne Euch.«

Ein Page in den Farben von Navarra kam herangeeilt. Kaum dass er sich Zeit nahm, für die Dauer der Botschaft innezuhalten.

»Die Königin von Navarra plant einen Besuch in *Les Tournelles*. Sie wünscht die Begleitung ihrer Damen. Auch der König kommt mit.«

»Ein offizieller Besuch bei der versammelten königlichen Familie?«, vergewisserte sich Cornelis.

»So könnt Ihr es nennen.« Der Page flitzte weiter.

Cornelis nahm es als eine glückliche Fügung, auch weil es ihm ersparte, Thérèse zu antworten.

* * *

Im Vergleich zu Fontainebleau oder dem Königspalast auf der *Île de la Cité* war *Les Tournelles* von überschaubarer Größe. Angenehm, nicht allzu prächtig eingerichtet, strahlte es eher die Atmosphäre eines weitläufigen Wohnhauses aus als die eines königlichen Schlosses. Seine Gärten grenzten an die Stadtmauern, und auf den zahllosen Türmen und Türmchen, die ihm seinen Namen gegeben hatten, wehten die königlichen Standarten, gemeinsam mit denen des Hauses von Savoyen und Angoulême.
Madame Louise empfing den Besuch in der großen Halle. Sie umarmte ihre beiden Kinder, Marguerite und François.
Simona beobachtete die Begrüßung und zog ihre Schlüsse. Sie fand François nicht besonders gutaussehend. Seine Nase war ihres Erachtens zu lang, und aus der Nähe betrachtet schielte er ein wenig. Größe, Haltung und Auftreten waren zweifellos beeindruckend, und seine Stimme drang mühelos bis in den letzten Winkel der Halle.
Es fiel allgemein auf, dass er der mütterlichen Liebe mit Zurückhaltung begegnete. Auch wenn er mittlerweile offiziell der Friedensinitiative zugestimmt hatte, war ihm die Sache nach wie vor unbehaglich, und er verbarg es keineswegs.
Marguerite schien sich wieder guter Gesundheit zu erfreuen. Luxuriös elegant stand sie dem König in Prachtentfaltung um nichts nach.
Beide Kinder hatten ihre Mutter jetzt in die Mitte genommen. Man sah, dass sie sie liebte.
Nach der offiziellen Begrüßung zog sich die königliche Familie zur Beratung in Louises Kabinett zurück. Zahllose Pagen reichten Erfrischungen. Es bildeten sich kleine

Grüppchen, die über die bevorstehenden Friedensverhandlungen spekulierten. Alle waren gespannt auf das Ergebnis der Aussprache. Man wollte es mit eigenen Ohren hören.

Dass Madame sich mit Margarete von Österreich treffen würde, um einen Frieden auszuhandeln, warf zahllose Fragen unter dem Adel auf. Würde der König den Bedingungen am Ende zustimmen? Welche Opfer kostete Frankreich diese Übereinkunft? Der Krieg ging nun schon so lange, dass sich viele gar keinen Frieden mehr vorstellen konnten.

Die Dauer der Beratungen beunruhigte zunehmend. Wie ging es weiter, wenn man sich nicht einigen konnte?

Das Gefolge musste einige Stunden warten, bis Madame Louise mit ihren Kindern wieder in der Halle erschien. Sofort wurde es totenstill.

Sie ergriff das Wort.

»Margarete von Österreich hat ein Treffen in Cambrai vorgeschlagen. Im nächsten Monat werden meine Tochter und ich uns mit einer Delegation auf den Weg dorthin begeben. Schon morgen werden Kuriere nach Mecheln, Madrid, London, Venedig, Neapel und Rom entsandt, um die dortigen Regierungen zu informieren.«

Bei der Nennung von Cambrai zuckte Simona zusammen. Ausgerechnet Cambrai. Vor Jahren war dort eine Liga gegen Venedig besiegelt worden. Der französische König, Louis der Zwölfte, Kaiser Maximilian, der aragonische König, Ferdinand der Katholische, der ungarische König Vladislav der Zweite, Englands Heinrich der Achte und Papst Julius der Zweite wollten damals gemeinsam Venedig vernichtend schlagen. Die Herrscher wollten

ihre Macht in Italien erweitern, der Papst seinen Kirchenstaat stärken.
Ein schlechtes Omen, dachte Simona, und merkwürdig, dass dieser verhängnisvolle Ort erneut für so wichtige Verhandlungen erwählt wurde.
Trotz ihrer gewaltigen Übermacht war es den Verbündeten der Liga dann nicht gelungen, Venedig völlig zu besiegen. Die unterschiedlichen Interessen der Machthaber ließen die Serenissima erneut erstarken.
So gesehen, ist es vielleicht doch kein ganz so schlechtes Omen, beruhigte sie sich. Madame Louise und Margarete von Österreich schienen jedenfalls keine Bedenken zu haben.
Unterdrücktes Gemurmel setzte unmittelbar nach Louises Ankündigung ein, während der König sich nachdenklich mit Daumen und Zeigefinger das bärtige Kinn rieb. Spannung lag über dem Saal. Simona suchte in den Gesichtern nach Zustimmung. Sie fand nur vorsichtige Zurückhaltung. Aber sie entdeckte bei dieser Gelegenheit Cornelis weit hinten unter den Höflingen.
Sie musste an sich halten, damit sie sich nicht allzu stürmisch zu ihm durchdrängte. Sie hatte ihm erst heute die Nachricht zukommen lassen, dass sie sich in *Les Tournelles* befand. Während der ersten Tage in Paris war dafür keine Zeit geblieben. Louise hatte sie voll in Anspruch genommen.
Obwohl sie sich freute, ihn wiederzusehen, scheute sie das Gespräch mit ihm. Sie wusste nicht, wie sie ihm erklären sollte, dass sie nicht nach Antwerpen mitkommen würde. Er hatte Wochen in Paris auf sie gewartet und würde wenig Verständnis dafür aufbringen, dass seine Langmut ganz umsonst gewesen sein sollte.

Eine Bewegung am Rande ihres Blickfeldes lenkte ihre Aufmerksamkeit wieder von ihm ab.
Thérèse stand neben Paul. Er hatte diesen für ihn typischen Gesichtsausdruck, der keine Gefühle zeigte. Thérèse schien nicht so heiter wie sonst.
Jetzt ergriff der König, an seine Mutter gewandt, das Wort. Laut genug, dass man ihn auch in seiner Umgebung gut verstehen konnte.
»Ich wünsche, dass Ihr mit großem Gefolge zu diesem Treffen nach Cambrai reist. Beschützt und gewappnet, auch gegen mögliche missliche Ereignisse. Im Übrigen werde auch ich Paris in Kürze verlassen. Ich werde mich nach Blois begeben.«
Blois war die Lieblingsresidenz des Königs, er hatte sie erst kürzlich um einen prächtigen Flügel im italienischen Stil erweitern lassen.
Es wurde still, und alle Augen richteten sich auf Louise, die ihm ein Lächeln voller Zuneigung schenkte.
»Es wärmt mein Herz, dass Ihr Euch um mich sorgt, François, aber es ist unnötig. Meine Mission ist eine des Friedens und der Freundschaft. Von wem sollte ich Feindseligkeiten in Cambrai erwarten? Margarete von Österreich ist meine Schwägerin. Sie war die Gattin meines Bruders. Uns verbinden unendlich viele gemeinsame Kindheitserinnerungen. Wir haben beide nur eines im Sinn, wir wollen, dass Frankreich und das Heilige Römische Reich Deutscher Nation die Waffen ruhen lassen.«
Der König, der sogar im Sitzen einen Kopf größer war als alle anderen, ließ seinen Blick hoheitsvoll über die Köpfe der Zuhörer gehen.
»Das ist sicher richtig, doch Ihr sollt Frankreich mit allem

Glanz und in seiner ganzen Macht vertreten. Wir dürfen nicht den Anschein erwecken, als Bittsteller zu kommen. Ihr werdet nicht nur mit Gefolge nach Cambrai gehen, Frau Mutter. Meine Schwester sowie Repräsentanten und Ehrendamen aus den ersten Familien unseres Landes werden Euch begleiten. Ihr seid Frankreich, Madame!«

Obwohl beeindruckt vom Auftritt des Königs, konnte Simona einen kritischen Gedanken nicht unterdrücken. Warum verhandelte er nicht selbst, wenn ihm so viel daran lag, Frankreich in aller Stärke zu repräsentieren? Wahrscheinlich, um nicht überrumpelt zu werden, erwog sie nach kurzem Überlegen. Auf diese Weise blieb ihm Zeit, zu taktieren.

»Ich werde Frankreich würdig vertreten«, war Louises kurze Bestätigung. Der Hof spendete Beifall.

Die Atmosphäre im Saal wurde fröhlich. Louises Hofstaat mischte sich mit dem ihrer Tochter und den Begleitern des Königs. Stimmengewirr und Gelächter stiegen auf zu den Deckenbalken, deren Schnitzwerk auch hier das königliche Wappen zeigte.

Simona hielt sich beständig in Louises Nähe auf. Sie wies einen Pagen an, den Becher der Königsmutter mit einem bereitstehenden Kräuteraufguss zu füllen. Sie hatte den leichten Loirewein, der den anderen serviert wurde, gegen ein Minzgetränk ausgetauscht, das mit einer Spur Honig gesüßt war. Louise nahm dankend einen Schluck, stutzte, trank noch einmal und suchte anerkennend Simonas Blick. Nur Marguerite bemerkte erstaunt die stumme Verständigung.

Plötzlich tauchte Cornelis vor Simona auf. Er nahm sie in den Arm und bestürmte sie auf der Stelle mit Fragen.

»Ich brenne darauf zu erfahren, was dich in Fontainebleau zurückgehalten hat. Ich hoffe, die Sache ist endlich abgeschlossen.«

»Es würde dich langweilen, wollte ich aufzählen, was ich für Madame Louise alles tue«, entgegnete Simona und lächelte diplomatisch. Sie führte ihn zur Seite, damit sie die königliche Familie nicht störten.

»Wie schön, dich bei guter Gesundheit zu sehen. Wirst du mit dem König nach Blois gehen?«

»Ganz sicher nicht«, stieß Cornelis hervor. »Wenn es nach mir geht, sind meine Tage bei Hof gezählt. Ich habe genügend Jagdpartien und Bälle mitgemacht. Es zieht mich nach Hause. Wann können wir aufbrechen?«

»Nicht so hastig.« Simona suchte nach den richtigen Worten und hakte sich freundschaftlich bei ihm ein. »Wir sind erst vor wenigen Tagen in Paris eingetroffen. Außer *Les Tournelles* habe ich kaum etwas von der Stadt gesehen …«

Louises Page war ihnen gefolgt und unterbrach das Gespräch.

»Monsieur van Liewe?« Er verneigte sich vor Cornelis. »Madame Louise wünscht Euch zu sprechen. Wenn Ihr mir bitte folgen wollt.«

»Was hat das zu bedeuten«, fragte Cornelis Simona verblüfft.

»Woher soll ich das wissen?«

»Ich glaube, du weißt sehr viel mehr, als du sagst.«

»Sagst du mir denn alles?«

Es sollte nur eine scherzhafte Ablenkung sein, aber Cornelis wurde blass. Er murmelte etwas, nickte dem Pagen zu und folgte ihm.

Simona starrte ihm verblüfft hinterher.

Was war das? Was war geschehen? Wie konnte eine harmlose Bemerkung Cornelis so verstören?
»Ärger?«
Sie drehte sich um. Paul von Andrieu hatte sich von Thérèse gelöst. Simona freute sich, dass er den Weg zu ihr gefunden hatte.
»Das kann ich noch nicht sagen.«
»Es hat so ausgesehen.«
»Ihr solltet Euch nicht überanstrengen«, sorgte sich Simona nach einem prüfenden Blick in sein Gesicht. »Ihr seht noch angeschlagen aus.«
Obwohl er eine gewisse Gliederschwäche spürte, wies er ihre Anteilnahme lächelnd zurück.
»Entlasst mich aus Eurer Aufsicht, ich bitte Euch. Es genügt mir schon, dass mich mein Leibdiener mit diesen Tränken plagt, die Ihr ihm zukommen lasst. Madame Louises Burgunder ist mir wesentlich lieber. Doch im Ernst: Ihr könnt offensichtlich etwas mit dem Kräuterbuch anfangen, das ich Euch bringen ließ.«
Gleich nach der Ankunft in Paris hatte er ihr dieses Buch geschenkt.
»Oh, ja«, antwortete Simona begeistert. »Ich konnte mich bisher noch gar nicht dafür bedanken! Ich habe einiges schon gründlich studiert. Es ist ein äußerst fundiertes Werk zur Heilkunst, soweit ich das beurteilen kann.«
»Wenn Ihr morgen ein wenig Zeit erübrigen könnt, kann ich Euch mit einem fähigen Apotheker bekannt machen, der mehr von Krankheiten versteht als jeder Medikus des Königs. In erster Linie verdanke ich es seiner Geduld, seinen Salben und Tinkturen, dass mein Schwerthieb so gut verheilt ist.«

Sie wollte gerne zusagen und begegnete seinem Blick. Beide verstummten.

Unweit von ihnen beugte sich ein Page zu Madame hinab und flüsterte ihr eine Botschaft ins Ohr. Sie nickte kurz und sah ihm nach, als er sie verließ. Dabei kamen Simona und Paul von Andrieu in ihr Blickfeld. Für einen Moment stutzte sie irritiert.

DREIUNDZWANZIGSTES KAPITEL

Verlangen

PARIS, 12. APRIL 1529

Das Gezwitscher der Vögel übertönte die Abendglocken. Wie bunte Blitze schossen sie in der Voliere umher. Cornelis taten sie leid. Arme gefangene Wesen. Er begutachtete die Türen des fein geschmiedeten Käfigs. Ein kräftiger Schlag, und sie würden aufspringen und die gefiederten Sänger in die Freiheit entlassen.

»Die meisten Tiere der Menagerie sind Geschenke von ausländischen Gesandten, befreundeten Herrschern oder Händlern aus fernen Ländern«, erläuterte Louise. »Der König lässt sie hier von Tierpflegern versorgen. Er schätzt die Singvögel mehr als Löwen oder Bären. Lerchen und Nachtigallen liebt er wegen ihres herrlichen Gesanges ganz besonders.«

Cornelis zermarterte sich den Kopf, was sie in Wirklichkeit von ihm wollte. Warum sie ihn um diesen Spaziergang durch die Menagerie von *Les Tournelles* gebeten hatte?

Es fiel Cornelis schwer, seine Frage zurückzuhalten und Louise mit der Aufmerksamkeit zuzuhören, die sie von ihm erwartete.

»Ihr scheint keinen besonderen Gefallen an Vögeln zu finden.«

»Gott hat ihnen die Weite des Himmels geschenkt«, antwortete Cornelis geradeheraus. »Der Käfig beraubt sie ihrer Freiheit.«

»Ihr könnt Eure Verwandtschaft mit Simona wahrlich nicht leugnen. Das hätte auch sie sagen können. Die schönsten Exemplare aus dieser Voliere werde ich mit nach Cambrai nehmen«, entgegnete Louise ruhig. »Die Statthalterin wird das Geschenk zu würdigen wissen. Ich erinnere mich, dass mein Bruder ihr ein Finkenpaar zur Hochzeit schenkte, von dem sie ganz hingerissen war. Doch etwas anderes: Eure Reise geht in die gleiche Richtung wie unsere, Monsieur van Liewe. Wollt Ihr Euch uns nicht anschließen, wenn wir nach Norden aufbrechen?«

Es dauerte ein paar Herzschläge, bis Cornelis die beiläufig gestellte Frage in ihrer ganzen Bedeutung erfasste.

»Nach Cambrai?«, fragte er entgeistert.

»Sicherer und bequemer könnt Ihr Simona auf keinem Weg nach Flandern bringen. Den königlichen Reisezug werden weder aufständische Bauern noch marodierende Söldner anzugreifen wagen. Hinzu kommt, dass ich bei den bevorstehenden Friedensverhandlungen nur ungern auf Simonas Dienste verzichte und sie gebeten habe, bei mir zu bleiben. Sie übersetzt das Flämische besser als jeder Hofbeamte. Wenn Ihr Euch dazu bereit erklären könntet, uns zu begleiten, wäre dies ein besonderer Gefallen, den Ihr dem König und mir erweist. Sobald die Übereinkunft in Cambrai besiegelt ist, will ich Euren eigenen Plänen dann nicht länger im Wege stehen.«

Wie jeder Flame wusste Cornelis, dass Margarete von Österreich in Frankreich erzogen worden war. Die Verständigung war unzweifelhaft das geringste Problem der beiden Damen. Warum tischte ihm Madame Louise eine so hanebüchene Geschichte auf? Warum wollte sie Simona nicht gehen lassen? Was band die Frauen aneinander?
Der Gesang der Vögel verstummte mit zunehmender Dämmerung. Hinter der großen Voliere entdeckte Cornelis Paul von Andrieu. Die dunkle Kleidung machte ihn fast unsichtbar vor den gestutzten Hecken. Er folgte Louise als ihr persönlicher Leibwächter wie ein Schatten. Andrieu – Thérèses Verlobter. Cornelis musste gegen seine Eifersucht ankämpfen. Thérèse. Wieder und wieder endeten seine Gedanken bei ihr.
Wenn er auf Louises Vorschlag einging, würden sich ihre Wege endlich trennen, ging es ihm durch den Kopf. Marguerite von Navarra würde Thérèse sicher mit ihrem Haushalt in Paris lassen; sie duldete die ihr Zugewiesene sowieso nur ungern in unmittelbarer Nähe. Cornelis hatte das Getuschel längst vernommen. Ihre Königliche Hoheit von Navarra hielt Frauen, die jünger und zu attraktiv waren, lieber auf Abstand. Damit, dass Andrieu Thérèse überhaupt nicht verdiene, rechtfertigte Cornelis seine Eifersucht noch sich selbst gegenüber.
»Ich nehme Euer Angebot gerne an«, entschied er ohne viele weitere Überlegungen, machte nur eine Bedingung. »Wenn dies auch Simona genehm ist. Es wäre mir eine Ehre, mit Euch zu reisen.«
»Fragt sie selbst. Ich nehme an, Ihr habt noch einige Neuigkeiten mit ihr auszutauschen. Seid mein Gast bis zu unserer Abreise. Mein Haushofmeister wird Euch Quartier

zuweisen und Euch in jeder erdenklichen Weise behilflich sein. Seid willkommen in *Les Tournelles*.«
Bis Cornelis sich aus seiner Reverenz erhob, schritt sie an der Voliere vorbei, wechselte ein paar Worte mit Andrieu und stützte sich auf den Arm, den er ihr bot. Auf eigentümliche Weise erinnerte sie ihn an die müden Vögel, die nun, einer nach dem anderen, ihre Köpfe unter die Flügel steckten.

* * *

Wenig später traf Cornelis Simona im Garten.
»Ich hoffe, du zürnst mir nicht, weil ich Madame unmöglich im Stich lassen kann.«
Simona suchte nach Anzeichen von Ärger bei Cornelis. Er sah grimmig aus.
Weil er nichts sagte, sprach sie weiter.
»Es freut und erleichtert mich, dass du bereit bist, mit uns zu reisen. Ich nehme an, du kennst die Straßen nach Norden besser als der königliche Reisemarschall.«
»In erster Linie bin ich froh, den Hof des Königs verlassen zu können«, gestand Cornelis in aller Offenheit. »Damit hat mir Madame ungewollt einen Wunsch erfüllt. Wir hätten nie so lange verweilen dürfen. Aus Gefälligkeiten und Freundschaftsdiensten werden viel zu schnell Verpflichtungen, denen man irgendwann gar nicht mehr entkommen kann.«
Ermutigend berührte sie seinen Arm mit leichtem Druck.
»Sei dem Schicksal nicht gram. Wir haben beide in Fontainebleau eine gute Zeit gehabt, Cornelis. Auch wenn

wir mit leeren Händen weiterziehen, so werden uns doch vor allem schöne Erinnerungen bleiben. Sag mir, wie es dir geht?«

Cornelis ahnte, was sie meinte, ging aber nicht darauf ein. Es war vielmehr ihr Zustand, der ihn besorgte.

»Du hast deine gesunde Gesichtsfarbe verloren, und unter deinen Augen liegen Schatten. Gönnt Madame dir keinen Schlaf?«

Simona dachte an die Nächte während Andrieus Krankheit und wehrte seine Besorgnis ab.

»Schlaf kann man nachholen. Sorge dich nicht um mich. Ich war es schon in Venedig gewohnt, mit wenigen Stunden Ruhe auszukommen. Begleite mich ins Haus und sei willkommen unter Madame Louises Dach.«

* * *

Simona richtete sich auf. Sie verschränkte die Hände im Nacken, um ihre verspannten Schultern zu lockern. Sie hatte jedes Gefühl für Zeit verloren, seit sie sich, nach dem Abendessen an Cornelis' Seite, in die Kammer zurückgezogen hatte, die ihr als Arbeitsraum diente. Es war fesselnd, in dem Buch zu lesen, das Andrieu ihr geschenkt hatte. Immer wieder entdeckte sie neue brauchbare Rezepturen.

Ob sie unterwegs nach Cambrai Gelegenheit haben würde, frische Heilkräuter zu sammeln? Besonders die vielfältigen Sorten der Minze waren in frischem Zustand krampflösend und schmerzstillend. Um diese Jahreszeit müsste sie sie an Bachrändern, Teichen und in feuchten Wiesen in Hülle und Fülle finden.

Die beiden Öllampen, die das Leselicht spendeten, begannen zu flackern. Das Öl ging zur Neige. Simona löschte sie vollends und verließ den Raum. Die Gänge von *Les Tournelles* waren in Louises Flügel nachts immer beleuchtet, so dass man keine Kerze brauchte.
Zu ihrer Überraschung lag der Flur heute völlig im Dunkeln. Zögernd blieb sie stehen, schloss dann aber doch die Tür hinter sich und tat den ersten Schritt in absoluter Finsternis.
Vielleicht war nur das eine Licht erloschen, und im nächsten Gang konnte sie wieder etwas sehen. Es musste noch später sein, als sie vermutet hatte. Langsam tastete sie sich weiter.
Ein fernes Grollen aus den Raubtierkäfigen der Menagerie erreichte ihr Ohr. Knistern von Holz. Das Rascheln kleiner Haustiere in Mauerritzen und unter Türschwellen. Sie verspürte einen Luftzug. Dann kam jemand auf sie zu und blieb vor ihr stehen. Am Schritt hatte sie erkannt, dass es ein Mann sein musste, sein Geruch war ihr vertraut.
Simona stutzte, sog noch einmal die Luft tief und prüfend ein.
»Warum liegt Ihr um diese Zeit nicht im Bett und gönnt Euch die Ruhe, die Ihr so nötig braucht«, sagte sie auf gut Glück.
»Ich konnte nicht schlafen. Was hat mich verraten?«
»Der Duft des Safranweines, den ich Euch empfohlen habe.«
»Ich bin für alles dankbar, was nicht nach Zwiebeln schmeckt.«
Ein leises Lachen stieg in ihr auf und wollte sich nicht un-

terdrücken lassen. »Und diese Dankbarkeit treibt Euch an, vor der Tür meines Arbeitsraumes Wache zu halten?«

»Ich sah das Licht durch den Türspalt. Warum seid Ihr noch auf?«

»Auch ich konnte nicht schlafen. Mir geht zu viel im Kopf herum.«

Simona spürte Andrieus Neugierde und erklärte: »Der König schickt Madame mit großer Gefolgschaft nach Cambrai, behält sich aber dennoch die letzte Entscheidung darüber vor, ob ihm das Ergebnis ihrer Verhandlungen zusagt. Was soll das Theater?«

»Es war ein langer Tag. Ich bringe Euch zu Eurem Gemach. Lasst uns dort weiterreden, nicht hier auf dem Gang und im Dunklen.«

Andrieu drängte sie zum Gehen. Sie spürte seine Hand an ihrer Taille.

Sie fand Gefallen daran, von ihm geführt zu werden. Er hatte die Augen einer Katze und bewahrte sie vor Stufen und hervorstehenden Steinplatten. Ganz selbstverständlich an ihn geschmiegt, gab sie sich dem Gefühl der Sicherheit hin.

In ihrer Kammer brannte die Kerze im Eisenleuchter, und ein kleines Feuer im Kamin vertrieb die nächtliche Kälte. Das Gesinde in *Les Tournelles* war aufmerksam, davon sprach auch das abgedeckte Tablett mit einem Imbiss auf ihrem Tisch. Paul blieb in der Tür stehen.

»Kommt.«

Simona trat ein und hob einladend das Leinentuch von den Speisen.

»Kommt herein und schließt die Tür, wenn Ihr Hunger habt.«

Sein Blick ging suchend durch den Raum, dann drehte er sich prüfend um.

»Wer sollte Euch um diese Zeit schon sehen?« Seine unausgesprochenen Bedenken amüsierten Simona. »Und wenn Ihr um meinen Ruf besorgt seid: Er kümmert mich nicht.«

Sie goss Wein ein und sah ihm zu, wie er die kalten Bratenstücke und die Pastetenscheibe vertilgte. Sein Appetit war wiederhergestellt und bewundernswert.

»Seid Ihr sicher, dass Ihr nichts davon wollt?«, fragte er fast schuldbewusst vor dem letzten Stück Käse.

»Ganz sicher«, antwortete Simona und lehnte sich mit der Hüfte neben ihm an den Tisch. »Lasst es Euch ohne Zurückhaltung schmecken.«

Nach der Mahlzeit blieb Paul sitzen. Er verschränkte die Arme vor der Brust, ehe er sich zurücklehnte.

»Was soll das Theater, war Eure Frage. Es gibt geheime Botschaften, dass der türkische Sultan Süleyman in Kürze, von Konstantinopel aus, ein Heer Richtung Norden in Bewegung setzen will. Ungarn, wenn nicht sogar Wien, sind erneut seine Ziele. Wenn der Kaiser dort in Bedrängnis gerät, womöglich sogar zum Zeitpunkt des Treffens in Cambrai, wäre das ein großer Vorteil für Frankreich. Solange Madame Louise nur den Friedensvertrag vorbereitet und nicht abschließt, steht es dem König frei, im günstigsten Falle alles abzulehnen und eigene Forderungen zu stellen.«

»Wäre es unter solchen Umständen nicht besser, schnell und nur mit kleinem Gefolge nach Cambrai zu reisen? Wenn ich mir vorstelle, wie viele Truhen allein die Garderobe der Königin von Navarra füllt, sehe ich uns mit

Ochsenkarren im Schritttempo über die Landstraßen ziehen.«

Verwirrt durch die lang entbehrte körperliche Nähe zu Simona, erfasste Andrieu ihre Hände und zog sie an sich.

»Höre ich da Vorbehalte gegen Marguerite von Navarra aus Euren Worten?«

»Mag sein. Ich teile die allgemeine Bewunderung für sie nicht kritiklos. Sie hat Vorzüge, aber sie ist auch hochfahrend, stolz und stellt gerne ihre herrschaftliche Überlegenheit zur Schau. Gefühle bringt sie nur für ihren Bruder, ihr Kind und ihre Mutter auf. Ihre Vorliebe für große Auftritte kann in Cambrai Sympathien kosten.«

Simonas Stimme wurde zunehmend leiser. Er hatte ihre Hände mit seinen an die Brust gezogen. Sie spürte den Schlag seines Herzens. Schnell. Zu schnell. Fast so schnell wie das Hämmern des eigenen Herzens.

»Seid gewiss, dass sie eine gute Figur machen wird, nichts tut, was den Verhandlungen ihrer Mutter schadet. Sie zu unterstützen ist ihr ganzes Bestreben.«

»Was wollt Ihr damit sagen?«

Abgelenkt und doch neugierig, wusste sie nicht, worauf sie sich konzentrieren sollte. Auf Andrieus Worte oder auf seine Nähe.

»Habt Ihr nie von Charles gehört, dem letzten Herzog von Alençon? Er war Marguerites erster Mann. Die Ehe wurde aus rein dynastischen Gründen geschlossen, doch sie blieb kinderlos, und er wurde zum Verräter an der königlichen Familie. Er gehörte zu den Schlachtführern von Pavia und ist dem König in der Gefahr nicht zu Hilfe geeilt. Stattdessen hat er seine Truppen zurückgezogen. Nicht nur das, er hat auch die Brücke

hinter sich zerstört, und damit dem König den Fluchtweg.«
»Das ist schrecklich. Ein Verrat am König und an ihrem Bruder. Was ist aus dem Feigling geworden?«
»Er ist zwei Monate nach der Schlacht in Lyon gestorben. Man sagt, er habe die Last seiner Schuld nicht länger ertragen können.«
»Das alles ist grauenvoll«, murmelte Simona. »Marguerites Mann ein Verräter, erst der Bruder gefangen, jetzt dessen Kind, und die Mutter …«
Sie brach ab, weil ihr zu Bewusstsein kam, wie quälend dieser Verrat innerhalb der eigenen Familie für Madame Louise sein musste, dass es kein Wunder war, wenn Argwohn und Zweifel ihr Handeln bestimmten. Auf wen sollte sie sich verlassen können?
Andrieu sah fragend zu ihr auf. Die Perspektive war so ungewohnt wie die ganze unwirkliche Situation. Simona wollte ihm die schwarze Haarsträhne aus der Stirn streichen, die sich eigenwillig über die rechte Braue gelegt hatte. Ihre Hand machte sich selbständig, wurde aber im selben Moment wieder ergriffen. Nicht galant, nicht zärtlich, sondern besitzergreifend.
»Ihr habt mich noch nie um etwas gebeten. Habt Ihr keinen Wunsch?«
»Doch. Den, dass Ihr mich bitte loslasst.«
Unter Aufbietung aller Selbstbeherrschung blieb ihre Stimme ruhig und spröde, obwohl ihr das Herz bis in den Hals schlug.
»Ist das wirklich Euer Wunsch?«
»Nein.«
Ehe Simona erfasste, was geschah, zog er sie an sich und

küsste sie mit der Sinnlichkeit, die den ganzen Körper erfasst. Sie hatte diesen Kuss erhofft, ersehnt. Er war wie eine Erlösung, gab ihr ein Gefühl von Schwerelosigkeit, ließ jede Anspannung von ihr abfallen. Scheinbar nicht mehr enden wollend, weckte er in beiden eine Leidenschaft, die Simona alle Skrupel vergessen ließ.

Er löste ihr Haar, presste ihre Stirn gegen seine.

»Ich möchte jeden Gedanken aus diesem Kopf pressen, der nicht mir gilt, du Bündel aus Widersprüchen«, hörte sie ihn. »Ich liebe dich, weil ich liebe, wie du bist: still und redselig – nachgiebig und kämpferisch – abweisend und mitfühlend – ehrlich offen und verschwiegen – das Schöne liebend – das Hässliche prüfend. Ich bin verrückt nach dir. Ich will dich.«

Sie suchte nur wieder seinen Mund, schmiegte sich fordernd an ihn, bot ihm ihre Weiblichkeit als Antwort auf seine Liebeserklärung.

»Du weißt nicht, was du tust«, murmelte er.

»Ich weiß es, Paul.«

Simona löste ihren Gürtel, zog die Verschnürungen ihres Gewandes auf, streifte es ab, stand nackt vor Paul. Bewegungslos wartete sie auf seinen nächsten Schritt. *Bitte keine Worte,* flehte sie im Stillen.

Er zögerte nur für die paar Sekunden, die er brauchte, um das Bild, das sie ihm bot, in sich aufzunehmen. Sekunden später hatte er sich entkleidet, sie aufgenommen und zum Bett gebracht. Es war Lust, schärfer als Leidenschaft, der sie sich in nicht gekannter Hemmungslosigkeit hingaben. Simonas Feuer überraschte Paul ebenso wie die schlanke Geschmeidigkeit ihres Körpers.

Simona überraschte sein unbändiges Verlangen, die Kraft

seiner Sexualität, mit der er in sie eindrang. Er glaubte in dem Augenblick den Kopf zu verlieren. Sie schämte sich weder der Lust noch der Körperlichkeit, mit der sie sich hingab. Sie war ohne Zeitgefühl, heiß, feucht und bereit für ihn, bis der intensive Höhepunkt ihrer Leidenschaft sie gemeinsam mit solcher Heftigkeit traf, dass sie jede Verbindung zur Wirklichkeit verloren.

Drittes Buch

Margarete von Österreich

VIERUNDZWANZIGSTES KAPITEL

Bittgesuch

Paris, 14. Mai 1529

Louises Krankheit schritt fort.
Obwohl sie besser schlief, seit sie abends nur noch Kleinigkeiten zu sich nahm, die Simona für sie zubereitete, nahm sie zusehends ab. Wie wenig sie für sie tun konnte, schmerzte Simona, und wie viel sie von sich selbst verlangte, nötigte ihr uneingeschränkten Respekt ab. Simonas Bitten, sich zu schonen, ließ sie nie gelten.
Ihre Tage, angefüllt mit den Vorbereitungen für das Treffen in Cambrai, begannen bei Sonnenaufgang und endeten selten vor Mitternacht. Die Vormittage nach der Frühmesse hielt sie für Besprechungen und Audienzen frei. Der Morgen begann mit den Berichten der Hofbeamten und Sekretäre.
Simona wich auch dabei nicht von ihrer Seite. An einem Stehpult schräg gegenüber Louise bearbeitete sie Schriftstücke und machte Notizen.
»Was hört man vom Reichstag aus Speyer?«, wollte Louise soeben von einem ihrer Sekretäre wissen.
»Nachdem Ferdinand sich geweigert hat, die Protestationsschrift der lutherischen Fürsten und der Reichsstädte

entgegenzunehmen und an seinen Bruder, den Kaiser, weiterzuleiten, hat Landgraf Philipp von Hessen seine Anhänger nach dem Ende des Reichstags um sich versammelt. Die Herren wollen ihr *Instrumentum Appellationis* jetzt dem Kaiser durch einen Gesandten direkt übergeben lassen. Die Fürsten wollen den Kaiser schwächen, wobei ihnen der Religionsstreit nur als Vorwand dient, sich gegen Papst und Kaiser aufzulehnen.«

Der berichtende Sekretär beendete seinen Vortrag und trat zurück. Nachdenklich klopfte Louise mit einer ungespitzten Gänsefeder auf die Einlegearbeiten ihres großen Tisches, ehe sie ihre Meinung kundtat.

»Seit Jahren unterschätzt der Kaiser die Brisanz der Religionsfrage in Deutschland. Wenn er tatsächlich von den Fürsten und Städten keine geschlossene militärische Unterstützung erwarten kann, wird er nachgeben müssen. Was hört man vom Goldenen Horn?«

»Die Berichte der Spione haben sich schon bestätigt. Süleyman ist am zehnten April mit seinem Heer nach Norden aufgebrochen. Mittlerweile wird er Ungarn erreicht haben. Er will es zu einem Vasallenstaat der Türken machen. Sobald er es unterworfen hat, wird er Richtung Wien marschieren.«

»Haltet mich in der Sache auf dem Laufenden«, wies sie den Sekretär an. Dann fiel ihr noch etwas ein: »Gibt es endlich eine verlässliche Information, wann der Kaiser nach Italien aufbrechen will?«

»Kaiserin Isabella erwartet zu Beginn des nächsten Monats ihr viertes Kind. Keinesfalls wird er Spanien verlassen, ehe er nicht weiß, ob er Vater eines Sohnes oder einer Tochter geworden ist«, erhielt sie zur Antwort.

»Gut, damit sind wir für heute am Ende.«
Louise entließ ihre Kanzlisten und winkte Simona zu sich.
»Wir haben noch ein wenig Zeit, bis Montmorency und die andern kommen. Lest mir bitte die Liste meiner Ehrendamen vor, damit ich entscheiden kann, wer nach Cambrai mitkommen soll.«
Simona verlas die Liste.
Die Reise nach Cambrai ähnelte dem Auszug der Israeliten aus Ägypten, musste sie dabei denken.
Von Cornelis hatte sie erfahren, dass vierhundert Gepäckwagen für Louises Haushalt und den der Königin von Navarra bereitgestellt werden sollten. Sechshundert Maultiere und noch mehr Pferde wurden für die Reise benötigt. Man musste die Tiere aus dem ganzen Land herbeischaffen.
Simona stutzte und unterbrach sich.
»Thérèse von Fleurbaix steht hier. Sie gehört doch zum Hofstaat Eurer Tochter. Das muss ein Irrtum sein. Soll ich sie streichen?«
»Nein. Es hat seine Ordnung, Simona. Sie fühlt sich bei Marguerite nicht wohl, und ich kann das verstehen. Der größte Teil ihrer Damen kommt aus Navarra, und jede kennt jede seit langer Zeit. Thérèse hat keine Chance, in deren Kreis angenommen zu werden. Es ist sicher eine Erlösung für sie, wenn wir sie mitnehmen nach Cambrai, und sie kann außerdem so ein Wiedersehen mit ihrem Vater feiern. Fleurbaix ist nur einen strammen Tagesritt von Cambrai entfernt. Ich habe keinen Grund, ihr ihre Bitte abzuschlagen, und nehme sie wieder unter meine Damen auf.«

Louise konnte nicht übersehen, dass in Simona etwas Unerwartetes vorging. Sie konnte sich allerdings keinen Reim darauf machen, warum sie so verdutzt war, dass sie darüber vergaß, die Liste weiter zu verlesen. Simona stellte keine Frage, noch weniger schien sie sich auf ein Wiedersehen mit Thérèse zu freuen.

»Seid Ihr nicht froh, sie wieder bei Euch zu haben?«, fragte Louise unbefangen. »Ich will damit eigentlich auch Euch einen Gefallen tun. Ihr wart zu Beginn Eures Aufenthaltes am Hof unzertrennlich, erinnere ich mich. Thérèse kann Euch auch bei einem Teil Eurer Aufgaben zur Hand gehen. Sie ist gewitzt, stellt keine dummen Fragen, und – was sehr angenehm ist – sie ist nicht launisch.«

Simona hatte sich während der langen Lobrede langsam aus ihrer Starre gelöst.

»Ich danke Euch. Ich war nur überrascht«, stammelte sie und versuchte ihre Fassungslosigkeit zu verbergen. »Ihr sagt, sie habe Euch darum gebeten?«

»Sie hat mir ein förmliches Bittgesuch geschickt. Zusammen mit einem Geschenk. Ein Perlenarmband von erlesener Schönheit.«

Madame Louises Vorliebe für Schmuck und Juwelen war allgemein bekannt. Ihre Feinde nannten es Besitzgier, die anderen eine weibliche Schwäche. Thérèse wusste, wie sie einer Bitte Nachdruck verleihen konnte.

»Sie agiert geschickt«, durchschaute Louise schmunzelnd Simonas Gedanken, »aber das ist nicht verwerflich, zeigt eher Sinn fürs Praktische. Apropos praktisch: Thérèse könnte zum Beispiel in Fleurbaix, in Gegenwart ihres Vaters, vermählt werden. Andrieu und sie sind sich lange genug versprochen.«

Simona war so sehr in ihre Gedanken verstrickt, dass ihr Louises prüfender Blick entging.
»Wollt Ihr nicht fortfahren?«, fragte sie schließlich.
Mit leicht stockender Stimme kam Simona der Aufforderung nach. Ihre Gedanken gingen eigene Wege.
Zu wissen, dass Paul irgendwann eine andere zur Frau nehmen würde, war schlimm genug für sie; von konkreten Plänen für seine Hochzeit zu hören führte ihr die ganze Hoffnungslosigkeit ihrer Liebe vor Augen. Sie war sich so sicher, wie Liebende sich sein konnten, dass auch er sie liebte. Dass das aber seine Ehe mit Thérèse verhindern würde, wagte sie nicht zu hoffen.
Sie versuchte ruhig zu wirken, dennoch beschlich sie das Gefühl, dass Louise ihre Gedanken lesen konnte. Ein Gefühl, das sie allerdings seit einigen Tagen schon verfolgte. Ihre innere Stimme mahnte sie zur Vorsicht.
»Wir haben noch viel zu tun, ehe wir aufbrechen können«, stellte Louise fest. »Die nächsten Tage erfordern Konzentration und Umsicht.«
Das ließ sich nicht bestreiten. Diese Reise verursachte einen Aufwand, den sich selbst die Tochter eines reichen Handelshauses nicht im mindesten hatte vorstellen können. Es ging nicht nur darum, Staatsroben und Reisekleider anzufertigen und zu packen, sondern auch darum, die Dinge des täglichen Bedarfs zu erfassen und zu beschaffen. Louise dachte nicht daran, ohne ihre Lieblingsmöbel, ohne Tapisserien und ihr eigenes Geschirr, ihr Essbesteck oder ihre Lieblingsbilder zu reisen.
Simona hatte schon mehrmals die Klagen des Haushofmeisters darüber vernommen. Er wisse nicht mehr, wo ihm der Kopf stehe. Mittlerweile war selbst Cornelis in

die Vorbereitungen mit einbezogen worden. Er war dem Mann eine gute Unterstützung, da er einige Handelszüge zusammengestellt hatte und seine Erfahrung einbringen konnte.
Obwohl er keinen offiziellen Auftrag hatte, war er innerhalb weniger Tage zur Anlaufstelle für alle möglichen Fragen der Reiseplanung geworden. Sogar Paul fand nur lobende Worte für ihn. Was würde er wohl sagen, wenn er von seiner Liebe zu Thérèse wüsste?
Von Simona würde er es niemals erfahren, auch wenn es ihr schwerfiel, es Paul gegenüber für sich zu behalten. Cornelis, Thérèse, Paul und sie waren wie ein magisches Viereck, schien es Simona. Sie wusste, dass man solchen Quadraten magische Kräfte zuschrieb, aber auch Teufelswerk.
Wusste Paul, dass seine künftige Frau Louise nach Cambrai begleiten würde? Und was würde Cornelis zu dieser Neuigkeit sagen? Sicher war er auch deshalb in *Les Tournelles* geblieben, weil die halbe Stadt zwischen ihm und Thérèse lag.
Hör auf zu grübeln. Tu deine Arbeit, sonst verärgerst du Madame Louise, rief sie sich zur Ordnung.
»Verzeiht«, bat sie um Nachsicht für die kurze Geistesabwesenheit.
Louise nickte nur und sah sie vielsagend an. Erwartete sie noch eine Erklärung?
Zum Glück traten in diesem Moment mehrere Männer ein, der gutaussehende Konnetabel Montmorency, der oberste Feldherr von Frankreich, der Kanzler und Kardinal Antoine Duprat und der Präsident des Pariser Parlaments Odet de Selve. Sie waren die königlichen Ratgeber,

die Louise nach Cambrai begleiten sollten. Sie hatten ihr schon beigestanden, als der König in spanischer Gefangenschaft war. Louise setzte großes Vertrauen in ihre Fähigkeiten. Soweit es Montmorency und den nüchternen de Selve betraf, konnte Simona das verstehen. Bei Duprat lag die Sache anders. Der fette Kardinal mit den wulstigen Lippen war undurchschaubar und ihr widerlich.
Er war nach dem Tod seiner Frau in den Kirchendienst eingetreten und inzwischen das geistliche Oberhaupt der Diözese von Sens wie auch von Paris. Duprat hatte das Konkordat von Bologna mit dem Papst geschlossen und so seinem König das Recht verschafft, Prälaten zu ernennen. Seine Kritiker warfen ihm vor, dass er so den französischen Klerus königlicher Willkür ausgeliefert habe.
Simona zog sich eilig zurück.

* * *

»Simona!«
Ein Wirbelwind aus Seiden- und Schleierstoffen warf sich in ihre Arme. Thérèse küsste überschwenglich ihre Wangen und strahlte sie an.
»Wie schön, dass wir endlich wieder in einem Haushalt leben«, sprudelte sie los. »Ihr ahnt nicht, wie sehr ich mich nach einem vertrauten Menschen gesehnt habe.«
Von so viel Wiedersehensfreude angesteckt, lächelte Simona ohne Nachdenken zurück. Sie war völlig unvorbereitet im Garten von *Les Tournelles* auf Thérèse getroffen.
»Es freut mich, Euch so heiter zu sehen, Thérèse.«

»Ich bin froh, dass Madame Louise mich an ihren Hof zurückbeordert hat, auch freue ich mich, Euch wiederzusehen. Heiter bin ich nicht, eher unglücklich, und Ihr könnt Euch sicher denken, warum. Aber davon später. Man hat mir gesagt, Madame Louise sei bei den Vögeln. Ich möchte ihr gerne meine Aufwartung machen und ihr danken. Begleitet Ihr mich?«

Simona nickte und machte keinen Versuch, den Redestrom zu unterbrechen.

An der großen Voliere drängte sich eine buntgemischte Menschengruppe. Sie hatten geflochtene Körbe und Käfige bei sich. In der Voliere versuchte ein schmaler halbwüchsiger Junge mit Hilfe eines Netzes die Vögel zu fangen, die Louise ihm vorgab. Ein kleiner Stieglitz zappelte hilflos zwischen den Maschen und piepste erbärmlich.

»Armes Kerlchen«, flüsterte Simona. »Am liebsten würde ich ihn freilassen.«

»Wer weiß, ob er in Freiheit überleben würde.« Thérèse drängelte sich vorwärts, damit ihr nichts entging.

»Lieber in Freiheit sterben als in Gefangenschaft leben«, entgegnete Simona.

Thérèse hielt inne und sah sie fragend an.

»Bedrückt Euch etwas? Vermisst Ihr die Wälder?«

Simona zögerte.

»Ein wenig. Wenngleich die Gärten von *Les Tournelles* im Frühling wunderschön sind.«

»Ja, das ist wahr. Ich weiß nicht, wann ich zum letzten Mal so prächtig blühende Kirschbäume gesehen habe. Es muss zu Hause, in Fleurbaix, gewesen sein.«

»Wir reisen in die Nähe Eurer Heimat. Ihr werdet doch sicher Eure Familie besuchen?«

Simona war ein paar Schritte weitergegangen und sah sich um, als Thérèse nicht antwortete.
Thérèse ging Paul entgegen, der wohl auch zur Voliere wollte, und plapperte drauflos, noch bevor sie ihn erreicht hatte. Simona war überrumpelt, hatte ihn hier nicht erwartet, musste sich sammeln, um ihre wahren Gefühle zu verbergen.
»Ich will gerade Madame Louise meine Aufwartung machen«, hörte sie Thérèse. »Es sollte eine Überraschung für Euch werden, dass ich für die Reise nach Cambrai wieder zu ihrem Hofstaat gehöre. Nun seid Ihr dem zuvorgekommen. Ich hoffe, Ihr freut Euch. Ich habe so lange nichts von Euch gehört.«
Da Paul nicht sofort reagierte, redete sie einfach weiter.
Louise gab dem Vogelfänger ein Zeichen zu warten, ehe sie sich majestätisch näherte.
»Willkommen, Thérèse. Wollt Ihr Euch nicht begrüßen, Paul?«
Paul neigte sich über Thérèses Hand.
Über die Köpfe der beiden hinweg fühlte Simona Madames Blicke auf sich ruhen.
Sie weiß von uns, schoss es ihr durch den Kopf.

FÜNFUNDZWANZIGSTES KAPITEL

Ratlosigkeit

Paris, 28. Mai 1529

»Sie weiß von uns.«

Frisch angezogen, das Haar noch feucht, kam Paul aus der Badestube. Simona wartete bereits auf ihn, ging ihm entgegen, roch ihn. Sie hätte ihn immer wieder am Geruch erkannt, gepflegt, ein Hauch von Minze. Er hielt nichts von der Weisheit mancher Ärzte, die meinten, Luft und Wasser könnten dem Körper schaden. Am liebsten hätte sie ihn umarmt.

»Von wem sprichst du?«

»Von Madame Louise.«

Sie erwiderte sein Lächeln nicht. »Ich habe den Eindruck, dass sie mich beobachtet. Wir dürfen uns nicht länger heimlich treffen.«

Paul strich ihr sanft über die Wange.

Simona liebte jede seiner Berührungen. Seine Zärtlichkeit beglückte sie. Sie war eine der größten Überraschungen an ihm, zeigte ihn männlich und zugleich feinfühlig, löste am Körper diese kleinen Wonneschauer bei ihr aus, die allem die Schwere nehmen.

Es erforderte Kraft, einen klaren Kopf zu behalten.

»Wir müssen Rücksicht auf Thérèse nehmen. Sie könnte unsere Liebschaft entdecken. Ich will deine Zukunftspläne nicht durchkreuzen und auch Thérèse nicht unnötig verletzen. Wir können nichts rückgängig machen, was geschehen ist, und ich will es auch nicht bereuen. Aber es muss zu Ende sein.«

Paul schien ihre Worte nicht ernst zu nehmen.

»Wir gehören zusammen«, antwortete er bestimmt. »Ich werde Thérèse bitten, mir mein Wort zurückzugeben. Weder der König noch Madame Louise oder der Kaiser können meinen Entschluss ändern.«

Simona schüttelte den Kopf. »Das ist reine Torheit.«

»Nennst du es Torheit, dich zu lieben?«

»Bitte denk nach, Paul. Du hast Pflichten. Gegenüber Madame Louise, gegenüber Thérèse und deinem Lehen Andrieu. Da ist kein Platz für mich. Ich habe es von Anfang an gewusst und akzeptiert.«

Sie kämpfte mit den Tränen.

»Schenk mir dein Vertrauen. Ich werde alles in Ordnung bringen.«

»In Ordnung?« Simonas Stimme brach. »Ich fürchte, du überschätzt dich, Paul. Wir müssen uns mit den Tatsachen abfinden.«

»Das ist richtig. Und Tatsache ist, dass ich keine Ahnung habe, wie meine Zukunft aussieht.«

»Was soll das heißen?«

»Komm mit, ich will es dir erklären. Aber nicht hier.«

Wenig später saßen Simona und Paul sich in seinem Gemach gegenüber. Der Raum verriet genauso wenig über ihn wie die kühle Gelassenheit, die er normalerweise der Welt zeigte. Er war das Zuhause eines Mannes, der seine persönlichen Besitztümer in einer Satteltasche unterbrachte und keinerlei Hang zur Verschwendung zeigte.

Paul nötigte Simona auf den Fenstersitz, drängte sie, einen Schluck Wein zu trinken, und rieb ihre eiskalten Hände, als er sich ihr gegenüber niederließ. Simonas besorgter Blick zur Tür veranlasste ihn zu einem Kopfschütteln.

»Wir sind allein, Simona. Niemand kommt herein ohne meine Erlaubnis. Nicht einmal mein Knappe oder mein Leibdiener. Du kannst dich wirklich entspannen. Bitte, Simona.«

»Mach es mir doch nicht so schwer, Paul«, bat sie. »Was willst du mir sagen?«

»Ich muss ein bisschen ausholen und dir mehr von mir und von meiner Heimat erzählen, damit du meine Situation verstehst«, begann Paul und hielt weiter ihre Hände.

»Die Burg von Andrieu überragt das Tal des Doubs. Der Fluss ist ein Meister der Umwege. Auf seinem Weg aus den Bergen heraus windet er sich in zahllosen engen Schleifen, zwischen Felsen und Wäldern hindurch. Jedes Feld, jedes Gehöft, das zu Andrieu gehört, musste der Wildnis abgerungen werden. Der Wald ist Andrieus größter Reichtum. Wir leben seit Generationen von der Jagd, vom Verkauf der Pelze, des Holzes, der Holzkohle. Getreide bauen wir nur zum eigenen Bedarf an. Das Lehen liegt im Herzen der Freigrafschaft Burgund, der Franche-Comté, wie wir sie nennen. Du musst die politischen Zusammenhänge kennen. Die Franche-Comté war über viele Jahrhunderte ein Spielball der Mächte. Burgund, die Eidgenossenschaft, jener lose Staatenbund von Alpenländern, wie du weißt,

Frankreich und das Reich stritten sich, bis nach langen Verhandlungen 1493 im Vertrag von Senlis die Franche-Comté dem Habsburger Philipp dem Schönen zugesprochen wurde. Die Eidgenossen hatten vorher ihre Ansprüche auf das Gebiet für 150 000 Gulden abgetreten und sich dafür eingesetzt, dass der Franche-Comté Neutralität zugestanden wurde. Sie garantierten den militärischen Schutz ihrer Grenzen, denn die meisten ihrer eigenen Metall- und Salzimporte können ihre Kantone nur über die Handelswege der Franche-Comté erreichen.«

»Warum erzählst du mir das alles?«, unterbrach ihn Simona. »In welchem Zusammenhang steht es mit deiner ungewissen Zukunft? Welche Rolle spielt dabei das Hin und Her um die Franche-Comté?«

»Das eine ist von dem anderen nicht zu trennen. Jede Entscheidung über Burgund hat Auswirkungen auf mein Schicksal. Du musst mir bitte noch etwas zuhören. Im Kampf um die Eroberung Lothringens fiel vor Nancy der letzte Herzog von Burgund. Er hinterließ keinen männlichen Erben, und seine einzige Tochter, Maria, heiratete den Habsburger Kaiser Maximilian. Der konnte das Herzogtum Burgund jedoch trotz größter militärischer Anstrengungen in seiner ursprünglichen Form nicht bewahren.«

»Philipp der Schöne und Margarete von Österreich sind die Kinder Maximilians.« Endlich ergab sich für Simona ein vollständiges Bild. »Und Kaiser Karl ist der Urenkel des letzten Herzogs von Burgund. Aus diesem Grund fordert er ganz Burgund für sich. Er betrachtet es als sein Erbe.«

Paul nickte zustimmend.

»Deshalb kann auch niemand mit Sicherheit voraussagen, wie diese Friedensverhandlungen ausgehen werden. Sowohl der Kaiser wie auch der König müssen auf irgendetwas verzichten. Im schlimmsten Fall womöglich auf Burgund.«

»Das würde ja bedeuten, dass du nicht länger dem König von Frankreich, sondern dem Habsburger Kaiser dienen würdest.«

»So ist es. Andrieus Zukunft wird in Cambrai entschieden. Wer weiß, was für die Franche-Comté ausgehandelt wird und wie sich die Eidgenossen dazu stellen.«

»Bedrohen etwa auch die Eidgenossen die Comté?«

»Nein. Im Gegenteil. Den Eidgenossen, die über ein starkes Söldnerheer verfügen, verdanken wir die Neutralität der Comté, die uns seit 1512 einen Sonderstatus sichert. Jede kriegerische Auseinandersetzung, die die Transportwege beeinträchtigt, würde den Lebensnerv der eidgenössischen Kantone empfindlich treffen. Sie schützen uns schon aus reinem Eigennutz.«

Simona machte das Gehörte nachdenklich. Es musste herrlich sein, in Andrieu zu leben, in freier Natur, ohne beengende Stadtmauern und Menschengedränge. Es würde ihr so sehr gefallen, aber es würde nicht ihre Zukunft sein. Sie zwang sich, ruhig und nüchtern ein Fazit aus allem zu ziehen.

»Wie und wann immer die Entscheidungen in Cambrai fallen, du solltest Thérèse heiraten und sie mit nach Andrieu nehmen. Dort ist deine Heimat. Auch Jean würde nicht wollen, dass du Burg, Land und die Menschen dort im Stich lässt. Die Zukunft des Lehens liegt in deiner Hand.«

Paul brauchte Bewegung und stand auf. Simonas leuchtender Blick bei der Schilderung von Andrieu war ihm nicht entgangen, aber nun hätte er sie am liebsten an den Schultern genommen, um die Gedanken an dieses unsägliche Eheversprechen aus ihr herauszuschütteln.

»Bisher habe ich mich mit der Zukunft Andrieus und mit meiner eigenen nicht beschäftigt. Ich habe meine Pflicht getan und jede Entscheidung vor mir hergeschoben. Nicht einmal die Verlobung mit Thérèse hat etwas daran geändert. Erst du gibst mir ein Ziel vor Augen und die Gewissheit, es erreichen zu können. Weil ich es gemeinsam mit dir erreichen will. Ich will dich an meiner Seite haben.«

Er nahm sie an den Schultern, schüttelte sie aber nicht, sondern sah ihr nur in die Augen.

»Wenn ich mit einer Frau zurückgehe nach Andrieu, dann mit dir, Simona Contarini. Ich will mit dir dort leben und Kinder mit dir haben.«

Simona schlug die Hände vors Gesicht. Ihre zuckenden Schultern erschreckten Paul. Er zog sie sanft an sich. Sie hatte plötzlich wieder Tränen in den Augen.

»Was ist? Was habe ich Falsches gesagt?«

»Du weißt, dass ich keine Kinder bekommen kann. Ich hab es dir gesagt, als ich von meiner Ehe mit Zanino gesprochen habe«, hielt sie ihm vor.

»Ja, natürlich hast du es gesagt, aber ich glaube es nicht.«

»Ich war Jahre verheiratet und hab nicht ein einziges Mal empfangen«, schleuderte sie ihm unglücklich entgegen. »Glaub mir, Zanino hat keinen Versuch ausgelassen, mich zu schwängern. Umsonst.«

»Er hat dir natürlich vorgehalten, es liege an dir«, nickte

Paul und nahm sie jetzt trotz aller Gegenwehr in die Arme. »Aber das muss nichts heißen. Hast du je gehört, dass eine der Frauen empfangen hat, mit denen er dich betrogen hat? Sicher hat er sich den Mägden genähert und sich bei Dirnen vergnügt.«
Simona schaute ihn groß an.
»Siehst du. Männer wie er setzen ohne Gewissensbisse Bastarde in die Welt. Dass es von ihm keine gibt, bestätigt meine Vermutung. Es gibt Frauen, die empfangen selten und spät. Vielleicht gehörst du zu ihnen. Meiner Mutter ging es ganz ähnlich. Oft genug hat sie uns erzählt, wie verzweifelt sie sich ein Kind gewünscht hat. Wie vergeblich sie auf eine Schwangerschaft wartete. Sie war schon Mitte zwanzig, als sie meinen Bruder und mich zur Welt brachte, und wir blieben ihre einzigen Kinder. Sicher hingen unsere Eltern auch deswegen so sehr an Jean und mir. Es kann kaum zwei Söhne geben, die sehnlicher erwartet und mehr geliebt wurden.«
Obwohl Simonas Tränen langsam versiegten, konnte er sie nicht überzeugen.
»Wer sagt dir, dass ich wie deine Mutter bin?«
»Meine innere Stimme. Hab mehr Vertrauen in unsere Liebe, Simona. Auch Thérèse könnte schließlich unfruchtbar sein. Wir haben das nicht in der Hand. Wir bekommen Kinder, wenn Gott es will, und auch Andrieu wird nur bestehen bleiben, wenn er es will.«
»Aber du darfst Gott nicht herausfordern und ein zu hohes Wagnis eingehen.«
»Du bist jedes Wagnis wert.« Paul sank vor Simona auf ein Knie und ergriff ihre unruhigen Hände von neuem. »Die Tage meiner Krankheit haben mir die Augen geöff-

net und mich zum Nachdenken gezwungen. Es waren nicht Jeans Tod und die verlorene Schlacht allein, die mich gefühllos gemacht haben. Es war die Ratlosigkeit, die mich befallen hatte. An meinen Vätern konnte ich mich nicht länger orientieren. Sie waren Ritter, die an der Seite des Königs gekämpft haben und ihm ihre eigenen Bewaffneten zuführten. Aber die Zeiten des mutigen Kampfes, Mann gegen Mann, nach ehrenhaften Regeln, gehören der Vergangenheit an. Heute schickt der König bezahlte Söldner in die Schlacht, die das Kriegshandwerk mit vernichtenden Waffen ausüben. Es ist ein abscheuliches Handwerk. Pavia hat es mir gezeigt.«

»Du wirst nicht mehr kämpfen müssen, wenn es Frieden gibt«, erwiderte Simona. »Aus Rittern werden Höflinge werden.«

Paul erhob sich gestikulierend wieder.

»Schau sie dir doch an. Eitle, aufgeplusterte Weichlinge, die ihre Zeit sinnlos mit Jagden und Festen verschwenden. Das ist nicht meine Welt«, antwortete Paul. »Ich diene Madame Louise, weil ich ihr dankbar bin, dass sie mir in den düstersten Stunden meines Lebens Halt gegeben hat. Aber nach ihrem Tod bin ich frei.«

»Was redest du da?«

Simona schwieg, weil ihr klar war, dass er die traurige Wahrheit aussprach. Die Spanne Lebens, die ihr blieb, konnte so lang nicht mehr sein.

»Hör mir zu, Simona. Wenn ein Mitglied der königlichen Familie stirbt, werden Hofstaat und Haushalt komplett aufgelöst. Vom Küchenjungen bis hinauf zum Haushofmeister muss jeder sich dann ein neues Auskommen suchen. Auch ich. Ich denke nicht daran, beim König um eine Pension oder eine Position zu ersuchen. Ich will den Hof verlassen. Sag, dass du mit mir nach Andrieu kommen wirst. Nach Madame Louises Tod sind wir niemandem mehr Rechenschaft schuldig. Lass uns gemeinsam auf Andrieu neu anfangen. Ich weiß, dass es richtig ist so.«

Die besonnene Simona lag im Widerstreit mit der spontanen, die vernünftige mit der leidenschaftlichen, und die verliebte Simona sollte jetzt die kluge sein, die rücksichtsvolle. Das Ja lag ihr auf der Zunge, aber sie sagte: »Du vergisst Thérèse. Was soll aus ihr werden?«

»Simona! Sie ist reich und hübsch genug, um einen anderen zu finden, dessen bin ich gewiss. Gewisser als dessen, dass sie mich liebt.«

Cornelis, schoss es Simona durch den Kopf. Ihn liebt sie. Niemanden würde sie lieber zum Mann nehmen als ihn.

Pauls Augen blieben unverwandt auf sie gerichtet. Trotzdem, die Worte, die er hören wollte, kamen ihr nicht über die Lippen.

»Weißt du, dass Madame Louise dich gerne mit Thérèse im Beisein ihres Vaters in Cambrai verheiratet sähe? Sie will alles Entsprechende arrangieren, sagt sie. Sie wird es dir übelnehmen, wenn du ihre Pläne durchkreuzt. Den Verdacht, dass wir uns lieben, hat sie ja bereits.«

»Die Reise nach Cambrai ist lang genug. Ich werde eine Gelegenheit finden, mit ihr zu sprechen. Glaub mir, sie hat Einfühlungsvermögen und ist mir in gewisser Weise auch verpflichtet. Meinen Dienst bei ihr tue ich freiwillig, die Andrieus aus der neutralen Comté sind nicht abhängig von ihr oder vom König. Sie hat keine Befehlsgewalt über mich. Ich habe dir nicht umsonst vorhin meine Geschichte erzählt. Du sollst Gewissheit haben und wissen, wem du dein Jawort gibst. Ich schwöre dir, du sorgst dich umsonst. Thérèse empfindet, wie gesagt, sicherlich kaum mehr als flüchtige Sympathie für mich, und sie wird einen anderen finden. Er muss nur von Adel sein.«

»Paul. Mir zerplatzt der Kopf. Ich glaube, du weißt, was ich denke, Paul. Nur: Ich weiß einfach nicht, was ich sagen soll!«

Für Simona war das alles zu viel. Sie zählte die Tage. Den 12. April würde sie nicht vergessen. Sechsundvierzig Tage waren vergangen seit ihrer ersten Liebesnacht. Und nun sollte sie sich zu einer erneuten Heirat entschließen. Die Zweifel, ob sie die Verantwortung für ein Lehen in der Franche-Comté, an Pauls Seite, übernehmen konnte, plagten sie genauso wie die Furcht vor dem zunehmenden Druck ihrer Umgebung, wenn sie nicht schwanger werden würde. War es nicht Wahnsinn, nur dem Glück zu vertrauen? Was würden ihre Eltern zu alledem sagen? Würden sie ihre Einwilligung geben? Sie hatten andere Pläne mit ihr.

Paul erkannte ihre Not und bedrängte sie nicht weiter. Vor seinem Fenster war mittlerweile die Sonne untergegangen. Er erhob sich und entzündete die erste Kerze.

»Ist es schon so spät?« Simona rieb sich die schmerzenden Schläfen. »Ich muss zurück. Madame Louise braucht ihr Abendessen, und ich muss mitessen, was ihr aus der Küche gebracht wird. Bisher ist es uns gut gelungen, so ihre Krankheit zu verheimlichen. Schwierig wird es erst, wenn sie in der Öffentlichkeit tafeln muss.«

»Du wirst auch das meistern, meine kluge Venezianerin.«

SECHSUNDZWANZIGSTES KAPITEL

Versprechen

SAINT-DENIS, 20. JUNI 1529

Der Reisezug, eine endlose Kolonne von Wagen, Karren, Sänften und Reitern, hielt schon nach wenigen Stunden vor der Kathedrale von Saint-Denis im Norden von Paris an. Mit seinem reichen Figurenschmuck, den Türmen und eleganten Strebepfeilern wuchs das Gotteshaus direkt in den Himmel. Simona war tief beeindruckt. Der Dom von San Marco in Venedig kam ihr unscheinbar dagegen vor.

»Dies ist die Grabstätte der Könige von Frankreich«, erklärte ihr Louise. »Vom ersten Kapetinger bis zu Ludwig, der meinem Sohn voranging, wurden nahezu alle Königinnen und Könige von Frankreich in Saint-Denis zur letzten Ruhe gebettet. Auch Claude ruht hier. An ihrem Grab möchte ich gerne ein Gebet sprechen.«

Simona hatte das Getuschel schon vernommen. Madame habe der Ehe Claudes mit ihrem Sohn damals nur zugestimmt, weil Claudes Erbe und Mitgift ihn zum König und zum reichen Mann machten. Claudes Mutter und Louise seien einander spinnefeind gewesen. Die reizlose Braut habe ihren Sohn entsetzt, hinzu kam, dass sie hinkte.

Zart und von Geburt an kränklich, war Claude schon im Alter von vierundzwanzig verstorben. In den zehn Jahren ihrer Ehe hatte sie François jedoch drei Söhne und vier Töchter geboren. Fünf der Kinder waren noch am Leben. Zwei von ihnen fristeten ihr Dasein kläglich als Geiseln in Madrid.

»Die Königin war gütig und wurde von allen geliebt. Sie starb im Sommer fünfzehnhundertvierundzwanzig, kurz nachdem der König zu seinem letzten Italienfeldzug aufbrach. Man sandte ihm einen Kurier mit der Todesnachricht. Erst nach dem Krieg konnte ihr Sarg von Blois nach Saint-Denis gebracht werden«, hatte die Gräfin Vendôme den bösartigen Klatsch ergänzt.

»Wartet hier auf mich und sprecht ein Gebet für den Erfolg unserer Reise«, wies Madame ihr Gefolge an, als sie alle gemeinsam aus der Vorhalle in das riesige Kirchenschiff traten. »Ich will den Frieden der teuren Toten nicht stören. Nur Dame Simona soll mich begleiten.«

Fragende Blicke folgten ihnen. Auch Marguerite blieb diese Entscheidung ein Rätsel. Simona war es unangenehm, aber Louise ließ ihr keine Wahl.

Sie schritten über einen Teppich, auf dem die Sonne bunt gesprenkelte Lichtflecken zeichnete, die durch zahllose Bogenfenster fielen. Die gläsernen Kirchenfenster fand Simona in ihrer Fülle und Schönheit überwältigend.

Die Grabfigur Claudes passte zu dem frommen Bild, das die Gräfin von ihr gezeichnet hatte. Mit bloßen Füßen, die Hände vor der Brust gefaltet, sah sie so schüchtern und bescheiden aus, dass sie eher einer armen Sünderin als einer Königin von Frankreich glich.

»Wisst Ihr eigentlich, dass Claude auch ein Grund für die

unversöhnliche Feindschaft zwischen meinem Sohn und dem Kaiser ist?«
Simona schüttelte stumm den Kopf, da sie den Eindruck hatte, dass Louise mehr zu sich selbst sprach. Sie wollte ihre gedankenschwere Versunkenheit nicht stören.
»Der achtzehn Monate alte Karl von Habsburg und die zweijährige Claude von Frankreich wurden vor achtundzwanzig Jahren miteinander verlobt. Fünf Jahre später forderte die Versammlung der Generalstände vom König, dass die Prinzessin nur einen Franzosen heiraten dürfe. Die Verlobung wurde gelöst.«
Der einzige Franzose, der zu diesem Zeitpunkt aufgrund seiner Abstammung für Claude in Betracht kam, war dann François gewesen, Louises Sohn. Die Heirat machte ihn zum Thronfolger von Frankreich. Die Königin hatte ihrem Mann nur zwei Töchter geboren, Claude und ihre jüngere Schwester Renée. Dies alles wusste Simona.
Auch, dass Margarete von Österreich schon im Alter von drei Jahren das erste Mal verheiratet worden war. Ihre Amme hatte sie auf dem Arm zum Altar getragen. Acht Jahre später wurde ihre Ehe mit dem französischen Thronfolger Charles wieder annulliert. Anstelle von Margarete heiratete Charles danach Anne de Bretagne, Claudes Mutter. Zweimal hatte somit Frankreich das Haus Habsburg in Heiratsangelegenheiten auf unverzeihliche Weise vor den Kopf gestoßen.
»Nehmt Ihr tatsächlich an, dass der Kaiser deswegen heute noch zürnt? Er war zu dieser Zeit ein Kleinkind. Er kann nicht einmal eine Erinnerung an die Ereignisse haben«, fragte Simona ungläubig.
»Es genügt, dass man es ihm erzählt hat und dass viele es

wissen. Einer von Karls hervorstechendsten Charakterzügen ist Unversöhnlichkeit. Kaum jemand verfolgt seine Feinde so zäh und beharrlich wie er. Was geschehen ist, beleidigt seinen empfindlichen Stolz. Egal, wie viele Jahre es zurückliegt und wie jung er damals war. Bedenkt auch, er würde heute die Krone Frankreichs tragen, wenn es zu einer Ehe mit Claude gekommen wäre.«

In Louises Arbeitskabinett hatte Simona viel über die kaiserlichen Winkelzüge erfahren.

»So war es eine glückliche Fügung für Frankreich, dass der Kaiser nicht zum Zug gekommen ist«, erwiderte sie. »Ich hoffe auch für Euch, dass Eure Enkelsöhne bald aus ihrer Gefangenschaft von ihm entlassen werden.«

»Ja, habt Dank für Eure Anteilnahme.«

Louise berührte leicht die steinerne Wange der lebensechten Grabfigur. Simona entdeckte Rührung und Trauer in ihren Zügen. Nur selten gestattete sie es sich, ihren Gefühlen so freien Lauf zu lassen.

»Was auch immer erzählt wird, François hat Claude ehrlich geliebt. Er hat geweint, als er von ihrem Tod erfuhr. Könnte ich sie um mein eigenes Leben zurückholen, ich schenkte es ihr frommen Herzens, waren seine Worte. Das Wohl ihrer Kinder muss uns auch im Gedenken an sie am Herzen liegen.«

Insgeheim fand Simona, die Worte des untröstlichen Königs verrieten vor allem sein schlechtes Gewissen. Warum auch immer er es haben mochte. Weil er tollkühn in den Krieg gezogen war, obwohl sie schwer krank war? Oder weil er ihr die eheliche Treue schuldig geblieben war.

»Man erzählt sich, dass Claude den König ebenfalls sehr geliebt hat.«

Louise schien wieder einmal Gedanken lesen zu können. »Ja, obwohl sie wusste, dass er nicht treu war. Sie nahm es geduldig hin. Mein Sohn ist ungestüm und leidenschaftlich. Sie konnte ihm nicht geben, was er brauchte, also schloss sie die Augen, wenn er es sich bei anderen Frauen holte. Dennoch war sie die ideale Frau für den König. Sie gab ihm die Ruhe und emotionale Sicherheit, die er in seiner Rastlosigkeit dringend braucht. Was glaubt Ihr, Simona, warum François Blois so liebt? Blois war Claudes Heimat. Hier wuchs sie auf, hier brachte sie ihre Kinder zur Welt. Blois ist Claude. Sie hat die Ziergärten des Schlosses angelegt, die Obstgärten mit ihren geliebten gelben Renekloden bepflanzt, in der Stadt Recht gesprochen und sich um die Armen gekümmert. Die Menschen von Blois haben in tiefer Trauer um sie geweint, als sie dort starb.«
»Ihr müsst sie sehr geschätzt haben.«
»Wahrhaftig. Es ginge Frankreich besser, stünde sie noch an François' Seite. Wir wissen, sie war keine schöne Frau, aber die Frau, die aus einem Prinzen einen König macht. Was wäre wichtiger für eine eheliche Verbindung als gegenseitige Teilhabe an Freud und Leid, Erfolg und Misserfolg, als gegenseitige Beförderung.«
Simona beschlich das Gefühl, Louise schweifte gezielt so weit aus.
Noch hatte Paul keine Gelegenheit gefunden, mit ihr zu sprechen. Sie hatte ihm versprochen, Geduld zu üben und ihm alles Weitere zu überlassen. Aber war nicht jetzt genau die Gelegenheit, der Heimlichtuerei ein Ende zu machen?
Louise beendete ihr stilles Gebet und beugte sich vor, um die kühle Steinfigur auf die Wange zu küssen, ehe sie Simonas Blick suchte.

»Hoffen wir, dass unsere Bemühungen in Cambrai erfolgreich sind, damit auch Claudes Söhne bald am Grab ihrer Mutter beten können. Doch da ist noch eine Sache, die ich mit Euch besprechen möchte, ehe wir zu den anderen zurückkehren. Ich warte wohl umsonst darauf, dass Ihr Euch überwindet, mir zu sagen, was Euch auf dem Herzen liegt.«

Sie weiß es.

»Schweigen hilft nicht weiter«, fügte sie bedeutungsvoll hinzu.

»Verzeiht bitte. Ich habe mein Wort gegeben zu schweigen.«

Simona war nun doch unbehaglich. Ja, sie hatte ihr Wort gegeben, aber der Augenblick war günstig.

Louise gab einen Laut von sich, der halb entrüstet, halb nachsichtig klang.

»Denkt Ihr, ich bin blind? Ihr seid ein offenes Buch für mich. Wenn Ihr aber meint, ich kann nicht lesen, muss eben ich Euch sagen, was Euch bewegt. Ihr liebt Paul von Andrieu, und er liebt Euch. Auch er kann mich nicht täuschen. Ihr habt ihn während seiner Krankheit bis zur glücklichen Genesung gepflegt, aber es ist nicht nur Dankbarkeit, die er für Euch empfindet. Ihr übt eine Anziehungskraft auf ihn aus, der Thérèse von Fleurbaix nichts entgegenzusetzen hat.«

»Ihr seid gar nicht erzürnt?«

Simona hatte mit allem gerechnet, nur nicht damit, dass Louise die Verbindung Pauls mit Thérèse mit keinem Wort anmahnte.

»So erleichtert ich bin, dass Ihr mir nicht grollt, so sehr steht unserer Sache Andrieus Wort entgegen. Die Verlobung mit Thérèse muss er in allen Ehren lösen. Zuvor möchte er jedoch Euer Einverständnis. Er will Thérèse nicht verletzen, aber genauso wenig Euch, die Ihr ihm so große Ehre erwiesen habt.«

»Welch guter Anwalt seiner Sache Ihr doch seid!«

Louise musste herzhaft lachen.

»Paul war mir in den vergangenen Jahren ein wichtiger und treuer Gefolgsmann, aber ich weiß, dass er bei Hof nicht glücklich ist. Es zieht ihn nach Andrieu, und Thérèse wäre dort an seiner Seite sicher nicht glücklich. Sie verschlingt außerdem Cornelis van Liewe mit den Augen. Ich würde den beiden ohne Zögern meinen Segen geben, aber ich muss Rücksicht auf Thérèses Vater nehmen. Fleurbaix ist reich, aber nicht von altem Adel. Er verspricht sich von der Heirat seiner Tochter mit Paul Ansehen für seine Familie. Er wird enttäuscht sein, wenn ich von meiner Fürsprache abrücke.«

»Er wird sicher nie und nimmer zustimmen, dass Cornelis um Thérèse wirbt«, schloss Simona niedergeschlagen. »Die van Liewes zählen zwar zu den ersten Familien von Antwerpen, aber er ist ein flämischer Patriziersohn, kein Mann des Hochadels.«

»Geduld, Simona, die Zeiten haben sich geändert.« Louise ergriff ihren Arm und stützte sich darauf. »Noch bin ich stark genug, etwas zu bewirken, wenn mir daran gelegen ist. Ich hätte diese Reise ohne Euch nicht antreten können und bin Euch zu Dank verpflichtet. Wir werden einen Weg finden, der Euch und Paul in eine gemeinsame Zukunft führt.«

Das Versprechen, im Einklang mit der mütterlichen Berührung, ging Simona nahe. Ihr fehlten die Worte, sich zu bedanken. Louise sah es ihr an.

»Eine Bitte jedoch habe auch ich«, fügte sie mit veränderter Stimme ernst hinzu. »Bleibt bei mir, bis mein Leben zu Ende ist. Eure Fürsorge und Euer gesunder Menschenverstand sind für mich wie Medizin. Sie erlauben es mir, mich ganz auf das zu konzentrieren, was noch getan werden muss. Die Ärzte am französischen Hof halten immer noch an den alten Methoden fest. In meinem Fall haben sie sich als völlig wirkungslos erwiesen.«

»Ich werde in Euren Diensten bleiben, wenn Ihr das wünscht«, versprach Simona, ohne nachzudenken.

Sie wagte es, die Hand auf die Louises zu legen.

»Wie gerne würde ich nach meinem Tod in dieser Kathedrale bestattet werden«, fuhr Louise in sich gekehrt fort. »Hier, bei Claude und meinem Sohn zu ruhen, wäre mein größter Wunsch.«

»Der König wird Euch diesen Wunsch sicher erfüllen.«

»Es geht nach Rang, Simona. Ich bin die Mutter des Königs. Zwar war ich viele Jahre Regentin Frankreichs, aber niemals gesalbte Königin. Auch wenn das Haus Savoyen mit der Königslinie Valois verwandt ist, kann ich hier nicht bestattet werden. Sosehr es mich schmerzt, es wird ein Traum bleiben.«

»Wenn Ihr dem Land den Frieden bringt, habt Ihr Euch einen Platz unter seinen Königinnen und Königen verdient«, entgegnete Simona überzeugt. »Das wird auch der König so sehen.«

»Ja, große Aufgaben warten. Lasst uns gehen, Simona, ehe Marguerite kommt, uns zu holen.«

* * *

Die folgenden Reisetage waren eine einzige Strapaze.
Am Rande des Weges offenbarten kärglich bewachsene Felder und brachliegende Äcker das bedrückende Elend der Bevölkerung. Krieg, Hungersnot und Seuchen hatten ganze Landstriche entvölkert. Viele, die all das überlebt hatten, blickten Louise und ihrem Tross in hoffnungsloser Verbitterung nach. An Frieden glaubten sie schon lange nicht mehr.
Während die meisten Männer zu Pferd waren, klagte Louises weibliche Begleitung immer lauter über die Unbequemlichkeiten der Reise in den rumpelnden Wagen. Nur wenige hatten wie sie die Möglichkeit, ab und zu in eine Sänfte zu wechseln.
Simona, Thérèse und ihre Kammerfrau wussten, wie sehr Louise die Reise trotzdem zusetzte. Die Unterkünfte in Schlössern, Burgen und Abteien ließen, obwohl die Gastgeber sich übertrumpften mit Banketten und Empfängen, kaum Zeit und Raum zur Erholung. Sie waren nie groß genug, das ganze Gefolge aufzunehmen. Es musste deshalb in zusätzlich aufgebauten Zelten untergebracht werden, was sich oft als äußerst unbequem erwies.
Bis endlich, am fünften Tag des Juli, Türme und Stadtmauern in der Ebene vor ihnen auftauchten, tat auch Simona jeder Knochen im Leibe weh.
Näherten sie sich ihrem Ziel?
Aufkommende Unruhe bestätigte die Vermutung. Befehle flogen von einem Reiter zum anderen. Die endlose Kolonne kam in einer Staubwolke vor den Toren der Stadt zum Stehen. Die Leibwache umringte das Gespann Louises. Die Gräfin von Vendôme und Simona saßen mit Louise und ihrer Tochter in der Kutsche.

Paul öffnete den Wagenschlag.
Er sah besser aus als je zuvor. Die Sonne hatte sein Gesicht gebräunt, seine Bewegungen verrieten Tatkraft, die Augen blitzten unternehmungslustig. Ein schneller Blick suchte Simona.
»Cambrai liegt vor uns, Madame, Königliche Hoheit«, wandte er sich an Louise.
»Gut. Zeigen wir Cambrai, dass die Mutter des Königs der Stadt die Ehre gibt. Beeilung, meine Damen.«
Der Reisezug verwandelte sich in einen Ameisenhaufen. Wohlorganisiert gingen die vierhundert Pagen, die allein zur Bedienung Louises und ihres Gefolges mitgekommen waren, ihrer jeweiligen Herrschaft zur Hand.
Thérèse eilte an Simonas Seite. Sie war ihr eine echte Hilfe. Ihre Unkompliziertheit und ihre Hilfsbereitschaft machten den Umgang mit ihr leicht. Nicht einmal war sie verärgert oder unmutig über die Stellung, die Simona mittlerweile einnahm. Im Gegenteil, sie brachte ihr die gleiche Zuneigung wie am ersten Tag entgegen. Simona bedrückte die Geheimnistuerei ihr gegenüber von Tag zu Tag mehr.
»Margarete von Österreich ist vor zwei Stunden in Cambrai eingetroffen«, hatte Paul inzwischen erkundet und brachte Louise die Nachricht.
»Sie reist in einer prächtig verzierten Sänfte. Vierundzwanzig Bogenschützen zu Pferd bilden ihre Leibwache. Bedeutende Männer des burgundischen und des spanischen Adels begleiten sie.«
»Sie hatte schon immer eine Schwäche für große Auftritte.«
Nur Simona vernahm Louises leise Bemerkung, während Paul weitersprach.

»Sie hat für die Zeit der Verhandlungen Quartier genommen in der Abtei des Heiligen Aubert. Das Hôtel von Saint-Paul, gleich gegenüber, ist für die Delegation des Königs von Frankreich vorbereitet. Man erwartet Eure Ankunft. Für die Wagen und Karren wurde unmittelbar vor der Stadt ein Gebiet eingezäunt, da es unmöglich ist, sie in Cambrai unterzubringen. Bei den Wagen ist auch Platz für die Pferde und die Zelte der Dienerschaft vorgesehen.«

»Habt Dank, Paul.«

Thérèse legte Louise einen juwelenbedeckten Überwurf um, an dem sie die Falten ordnete und die Bänder schloss.

»Machen wir uns auf den Weg.«

Louise nahm in einer Sänfte auf Kissen aus Goldbrokat Platz. Das Tragegestell, aufwendig geschnitzt und in Gold gefasst, zeigte auf beiden Seiten das Wappen des Königs von Frankreich. Zwei Maultiere trugen es in sanftem Passgang auf die Stadt zu. Auch die Tiere waren mit Überwürfen aus bestickten Stoffen, Juwelen am Geschirr und Federbüschen auf dem Kopf geschmückt.

Paul wandte sich besorgt an Simona.

»Wie geht es ihr?«

»Es beflügelt sie, dass sie endlich zur Tat schreiten kann«, antwortete Simona leise. »Ich hoffe nur, dass sich die offizielle Begrüßung nicht allzu lange hinzieht. In den vergangenen Nächten hat sie kaum Schlaf gefunden.«

Es dauerte mehr als zwei Stunden, bis der letzte der dreitausend Wagen, die Madames Tross bildeten, in der festlich geschmückten Stadt eintraf.

Die Verhandlungen von Cambrai konnten beginnen.

SIEBENUNDZWANZIGSTES KAPITEL

Wiedersehen

CAMBRAI, 5. JULI 1529

Es ist mein Wille«, sagte Louise energisch. »Ich kann es kaum erwarten, Margarete in meine Arme zu schließen.«

»Die Reise hat Euch erschöpft, Maman. Ihr seid nicht mehr die Jüngste. Ruht Euch aus, ehe Ihr die ersten Kontakte knüpft. Margarete kann nicht davon ausgehen, dass Ihr zu ihr eilt, noch ehe Ihr das eigene Quartier bezogen habt«, versuchte Marguerite ihre Mutter umzustimmen.

Obwohl sie nichts von ihrer Krankheit wusste, konnte sie die Zeichen der Müdigkeit erkennen und sorgte sich um sie. Dennoch gelang es auch ihr nicht, sie von dem Plan abzuhalten.

Sie wollte auf der Stelle über die Straße eilen und Margarete sehen.

»Dann legt wenigstens diesen Umhang ab«, schlug Marguerite praktisch vor. »Er ist viel zu schwer und zu unbequem.«

»Das ist ein vernünftiger Vorschlag«, gab Louise zu. Sie ließ sich helfen, während sie Marguerite noch einmal erklärte, warum sie es so eilig hatte.

»Margarete wird mit der gleichen Ungeduld auf mich warten wie ich auf sie. Also sollten wir nicht allzu lange trödeln.«

»Ihr wartet beide seit Jahren auf ein Wiedersehen. Kommt es da jetzt auf ein paar Stunden an? Achtet vor allem darauf, dass Ihr Euch nicht überfordert.«

Marguerites Fürsorglichkeit rührte Louise. Sie legte ihr liebevoll eine Hand auf die Wange.

»So, genug der Worte. Begleite mich mit Simona. Überzeug dich selbst, dass es ein wahres Lebenselixier ist, eine liebe alte Freundin wiederzusehen.«

»Maman, Ihr könnt nicht einfach in die Abtei spazieren und das Protokoll umwerfen. Wir wissen nicht einmal, ob Margarete schon empfangsbereit ist. Und wie ihre Wachmannschaft auf einen solchen Überfall reagiert. Wir können ernstlich in eine unangenehme Situation kommen.«

Simona hatte Marguerite im Verdacht, dass sie nur einen Vorwand suchte, sich selbst von den Strapazen der Reise zu erholen. Sie waren alle verschwitzt und staubig und sehnten sich nach einem kühlen Getränk, einem Bad und nach frischen Kleidern.

»Lieber Gott, Marguerite, hör auf damit. Ich will keinen Empfang, ich will Margarete endlich wiedersehen. Simona bittet Paul von Andrieu, uns mit zwei Wachen zu begleiten, damit du dir keine Sorgen um das Protokoll machen musst. Folgt mir jetzt.«

Gegen diesen Ton wagte auch die Tochter keinen Widerspruch mehr.

Unter Pauls wachsamer Führung überquerten sie die Straße und fanden die Seitenpforte der Abtei, bewacht von zwei Gardisten, einladend geöffnet. Bei ihrem Anblick nahmen sie Haltung an und führten sie ohne Zögern einen breiten Gang entlang vor eine große Doppeltür. Zu beiden Seiten nahmen sie respektvoll Aufstellung und stießen die Lanzen hallend auf den Steinboden. Im selben Augenblick wurden die Türflügel von innen aufgerissen. Das Licht zahlloser Kerzen fiel auf eine beeindruckende Erscheinung. In dunkelbraune, goldbestickte Seide gewandet, die füllige Gestalt hoch aufgerichtet, das dunkelblonde Haar zum großen Teil unter einer Witwenhaube verborgen, eilte Margarete von Österreich, Statthalterin der Niederen Lande, Madame Louise von Savoyen mit ausgebreiteten Armen entgegen.

»Louise!«

»Margarete!«

Sichtlich gerührt fielen sich beide Frauen in die Arme.

Paul trat zur Seite und bedeutete Marguerite und Simona einzutreten, dann schloss er hinter ihnen die Tür.

In der Umarmung Margaretes verschwand Louise beinahe. Zögernd lösten sie sich voneinander und fassten sich an den Händen.

»Wie lange ist es her, dass wir uns zum ersten Mal gesehen haben?«, fragte Margarete mit männlich tiefer Stimme.

»Fast ein ganzes Leben«, erwiderte Louise. »Du warst drei Jahre alt, als dich Madame de Bouzanton, deine Amme, nach Amboise brachte. Ich trug dich auf den Armen, bis dein Heimweh versiegte, und immer wenn du geweint hast, weil dir ein fremdes Gesicht vor Augen kam.«

Das dröhnende Lachen Margaretes brach die aufkommende Rührung.

»Du siehst selbst, dass das heute nicht mehr möglich wäre«, sagte sie trocken. »Ich bin von Herzen froh, dass

wir uns endlich wieder von Angesicht zu Angesicht gegenüberstehen. Ach, Louise, was hat das Leben aus den Kindern gemacht, die wir einmal waren?«
»Vernünftige Frauen, will ich doch meinen«, entgegnete Louise und erntete ein neuerliches Lachen.
»Du hast dir bis heute deine Fähigkeit bewahrt, die Dinge auf den Punkt zu bringen. Sag mir, wer sind die Damen in deiner Begleitung?«
»Erlaube, dass ich dir meine Tochter Marguerite vorstelle.«
»Ihr übertrefft jede Schilderung, die man mir von Euch gegeben hat, meine Liebe.«
Margarete hieß Marguerite wie eine eigene Verwandte willkommen. Sie begegnete ihr auf Augenhöhe, schließlich war sie die Tochter eines Kaisers und Witwe eines Königs und Herzogs. Marguerite neigte auf ihre unnachahmliche Weise stolz den Kopf.
Sie würden keine Freundinnen werden, dachte Simona auf Anhieb.
»Und dies ist?«
Durchdringend fiel der Blick Margaretes jetzt auf Simona, die sich respektvoll und tief verneigte.
»Simona Contarini, sie steht mir auf mein Bitten hin in allen persönlichen Dingen zur Seite. Sie war es, die mir deine auf Flämisch verfassten Briefe auf das peinlichste genau übersetzte und meine Antworten schrieb. Sie hat ihren Teil zu unserem Treffen beigetragen.«
»Contarini? Von den Brügger oder den Antwerpener Contarini?«
»Meine Familie lebt in Venedig, Königliche Hoheit«, erwiderte Simona.

»Ich verstehe. Die Serenissima versucht mit allen Mitteln, ihren Einfluss am französischen Hof zu festigen.«

»Lass uns die Politik auf morgen vertagen, Margarete. Setz dich zu mir.«

Louise nahm in einem der gepolsterten Lehnstühle Platz, die vor dem Kaminfeuer bereitstanden. Obwohl mitten im Sommer, war es in den dicken Mauern der Abtei überraschend kalt. Die Glut wärmte angenehm.

»Die wenigen Menschen, die es noch gibt, mit denen ich einige meiner Kindheitsjahre verbracht habe, sind mir lieb und teuer geworden, Margarete. Ich freue mich sehr, dass wir uns wiedersehen.«

»Aus deinen Briefen hat die Zuneigung gesprochen. Ich habe sie also richtig gelesen«, antwortete Margarete.

Simona verfolgte interessiert das Gespräch. Es fiel ihr schwer, in diesen Frauen die übermütigen kleinen Mädchen zu entdecken, die sie einmal gewesen sein mussten, wenn man ihren Erinnerungen folgte. Beide sahen sie sich als Kinder durch die Gärten und Galerien der königlichen Schlösser an der Loire toben. Mutterlos hatte man die eine wie die andere unter die Obhut von Anne de Beaujeu gegeben, der ältesten Schwester des Thronfolgers, mit dem Margarete verheiratet worden war.

Nur zwei Monate nach dieser Eheschließung starb damals der König von Frankreich. Sein dreizehnjähriger Sohn und dessen dreijährige Frau wurden damit unerwartet und viel zu früh König und Königin. Anne und Pierre de Beaujeu übernahmen sowohl die Vormundschaft über das Königspaar wie auch die Regentschaft für den minderjährigen Monarchen.

»Ich rechne es Anne von Beaujeu heute noch hoch an,

dass sie uns trotz aller politischen Wirren eine so unbeschwerte Kindheit ermöglicht hat«, sagte Margarete. »Gerne rufe ich sie mir in Krisenzeiten ins Gedächtnis.«

»Auch ich ehre das Andenken an Anne«, sagte Louise. »Dabei war ich ihr anfangs böse, dass sie mich mit Charles von Angoulême verheiratet hat. Er wusste wenig mit einer Elfjährigen anzufangen. Die ersten Jahre waren nicht einfach für mich.«

»Ich habe tagelang geweint, als wir wegen deiner Heirat getrennt wurden, Louise. Immerhin hast du das Glück, zwei Kinder zu haben, die dich lieben.«

»Es tut mir leid für dich, Margarete. Du wärest deinen Kindern eine gute Mutter gewesen. Aber du hast von deinen beiden Ehemännern, die dir angetraut wurden, mehr Liebe erfahren als ich von meinem unsteten Charles. Sowohl Juan von Spanien wie mein Bruder Philibert von Savoyen waren dir von Herzen zugetan.«

»Ein kurzes Glück.« Aus der Stimme Margaretes sprach Bitterkeit. »Meine Ehe mit Juan dauerte kaum sechs Monate, und nach seinem Tod verlor ich auch noch sein Kind. Und Philibert? Du weißt selbst, dass uns nur drei Jahre gegönnt waren. Bis heute quält mich, dass ich mich zunächst gegen ihn gesträubt und siebenundsechzig Tage unnötig auf der Reise zu ihm verschwendet habe. Ich hätte auch diese Tage gerne mit ihm verbracht. Heute würde ich Tag und Nacht im Sattel sitzen, um so schnell wie möglich bei ihm zu sein. Jeden Augenblick an seiner Seite vermisse ich. Ich stehe mit leeren Händen und allein da. Fortune. Infortune. Fort. Une. Danach muss ich leben.«

Glück oder Unglück. Stark nur allein, übersetzte Simona in Gedanken. Ein Lebensmotto, das zu Margarete passte.

Kein Wunder, dass der Kaiser seiner starken Tante diese Verhandlungen anvertraute.
»Du vergisst die Kinder deines Bruders in der Abrechnung mit dem Schicksal«, hielt ihr Louise vor. »Du hast für Philipp und die arme Johanna drei Mädchen aufgezogen und Karl, den einzigen Sohn. Du warst ihnen die liebevollste Mutter, die sie sich wünschen konnten. Ich bin sicher, dass sie dir diese Mühe bis heute mit Zuneigung danken.«
»Und doch sind meinem Einfluss auf sie Grenzen gesetzt«, entgegnete Margarete bedeutungsschwer. »Aber lass uns morgen über all das reden. Heute will ich mich nur der Wiedersehensfreude hingeben. Wie gefällt dir dein Quartier? Man hat sich Mühe gegeben, das Hôtel Saint-Paul mit aller Bequemlichkeit auszustatten.«
»Ich habe es noch nicht besichtigt«, gestand Louise mit einem Lächeln, dass Simona das Herz aufging. »Es war mir wichtiger, dich so schnell wie möglich zu umarmen.«
»Dann hast du ihn noch gar nicht entdeckt?«
Margarete sprang mit so viel Elan auf, dass man ihr die neunundvierzig Jahre nicht anmerkte. »Komm mit, ich zeig es dir selbst. Es erinnert mich so an unsere Kindheit, dass ich lachen muss.«
Gefolgt von Marguerite und Simona, ging Louise mit Margarete zu einer schmalen Pforte, die so passgenau in die holzgetäfelte Wand eingefügt war, dass man sie erst sah, als Margarete einen geschnitzten Rahmen berührte und die Tür aufschwang.
»Ein Geheimgang?«
»Ein Geheimgang«, bestätigte Margarete. »Er verbindet

die Abtei des Heiligen Aubert mit dem Hôtel von Saint-Paul. Auf der anderen Seite befinden sich deine Räume. Das heißt, wir können uns jederzeit besuchen, ohne dass jemand davon erfährt. Auf diese Weise umgehen wir das Hofzeremoniell und können ungehindert miteinander sprechen.«

»Großartig und höchst sinnvoll«, kommentierte Louise.

»Der Raum hier ist mein privates Arbeitskabinett. Wenn du mich hier nicht antreffen solltest, findest du zumindest eine Vertraute, die mich auf der Stelle benachrichtigt«, erklärte Margarete weiter. »Wenn du es auf deiner Seite genauso hältst, sind wir unabhängig und können die Zeit nutzen.«

Sie schloss die Tür wieder und trat an den Tisch in der Mitte des Raumes. Weinkaraffen, Glaspokale und Silberplatten mit Gebäck und Zuckerwerk standen bereit.

»Eine Kleinigkeit, Louise? Ich erinnere mich, dass du Süßem nie widerstehen konntest. Der Wein kommt aus Spanien, koste ihn ohne Vorurteil, er ist vortrefflich.«

Sorgenvoll sah Simona Louise den schweren Wein trinken und eines der honig- und fetttriefenden Gebäckstücke essen, die Margarete seit ihrer Zeit in Spanien so liebte. Beides würde sie büßen müssen.

»Erlaube mir noch einen Wunsch«, bat Louise. »Vor uns liegt eine schwere Aufgabe, die unsere ganze Kraft fordert. Es fällt mir schwer, große Empfänge, aufwendige Bankette und lange Unterhaltungen durchzustehen. Andererseits steht außer Frage, dass wir darauf nicht verzichten können. All die Menschen, die uns nach Cambrai begleitet haben, müssen beschäftigt und unterhalten werden. Erlaube, dass meine Tochter Marguerite an meiner

Stelle diese Verpflichtungen wahrnimmt. Sie hat Vergnügen daran und wird Frankreich auf das Würdigste vertreten.«

»Du tust gut daran, dich zu schonen«, antwortete Margarete. »Du bist blass. Es sind wohl die Strapazen der Reise, die dir zusetzen. Lass uns morgen weitersprechen und gönn dir die Ruhe, die du brauchst.«

Im Hin und Her der Abschiedsworte bemerkte Simona eine verstohlene Geste Louises. Sie legte die flache Hand auf den Magen, ehe sie sich aufrichten konnte. Glücklicherweise sprach Margarete zu diesem Zeitpunkt mit Marguerite.

Wie lange würde Louise ihren wahren Zustand vor den Augen dieser Frau verheimlichen können? Simona war beeindruckt von Margarete von Österreich. Sie hatte ein fast männliches Auftreten, gepaart mit einer warmherzigen Ausstrahlung.

Welch außergewöhnliche Frauen Anne de Beaujeu doch aufgezogen hatte.

* * *

»Dame Simona. Man hat mir gesagt, ich solle nach Euch Ausschau halten. Ihr könntet mir sagen, wo ich meine Tochter finde.«

Der vierschrötige Mann mit dem runden Kopf auf kastenbreiten Schultern war kleiner als sie und nahezu kahlköpfig. Aus einem rotwangigen Bauerngesicht sahen ihr arglos blaue Augen entgegen. Ein fehlender Schneidezahn erlaubte ihm lediglich ein Grinsen, um die Lücke nicht freizugeben. Sein Gewand war jedoch aus bestem

Tuch, und eine goldene Gliederkette hing auf dem runden Bauch.
Die Augen waren es schließlich, die Simona auf die richtige Spur brachten.
»Ihr sucht Thérèse? Seid Ihr Seigneur von Fleurbaix?«
»In der Tat.« Vergnügt schlug sich der kurze Dicke auf den Bauch und blinzelte sie an. »Wenn meine Kleine so nahe ist, muss ich sie sogleich sehen. Wisst Ihr, wo sie steckt? Bei der Mutter des Königs, nehme ich doch an. Als ihre Ehrendame wird sie bei ihr ihre Aufgaben haben.«
Sein unverkennbarer Stolz auf die schöne Tochter machte ihn sympathisch. Trotzdem zögerte sie, ihn in die große Halle zu bringen, wo sich der Hof traf, um mit Marguerite zum Festbankett in das Rathaus am *Grand Place* zu ziehen. Thérèse und Cornelis würden dort sein. Nicht zusammen, aber doch nahe genug, um sich nicht aus den Augen zu verlieren. War es unter solchen Umständen nicht besser, wenn erst Louise von diesem unverhofften Besuch erfuhr? Es würde sie zudem erinnern, dass sie helfen wollte, ein Problem für Simona zu lösen.
Kurzentschlossen traf sie eine Entscheidung.
»Eure Tochter ist beim Festbankett. Geduldet Euch bis morgen. Ihr werdet sie schwerlich in der Menge finden können. Dies ist unser erster Tag in Cambrai, und es geht alles noch ein wenig drunter und drüber. Habt Ihr schon ein Quartier?«
»Da macht Euch mal keine Sorgen. Der Wirt vom *Schwarzen Bären* ist ein Vetter des Müllers von Fleurbaix. Bei ihm kann ich mit meiner Familie immer unterkommen. Beim Festbankett ist meine Kleine, sagt Ihr? Dann könnte ich doch …«

»Der Magistrat von Cambrai tafelt mit der Statthalterin der Niederen Lande und der Königin von Navarra. Nur die Edlen aus ihrem Gefolge sind geladen. Ich fürchte, man würde Euch den Eintritt verwehren, Seigneur.«
Er knurrte etwas Unverständliches und fand sich offensichtlich schwer damit ab.
»Das wird sich alles ändern«, hörte sie ihn murmeln. »Wenn sie erst Gräfin von Andrieu ist.«
»Sicher«, antwortete Simona tonlos, während ihr das Blut in die Wangen schoss.
Als sie Louises Schlafgemach betrat, war sie noch immer irritiert. Mit einem wärmenden Umschlag um die Leibesmitte hatte sie Louise nach dem Gespräch bei Margarete zu Bett genötigt. Im Leuchter brannten Kerzen, die beruhigenden Lavendelduft verbreiteten. Ein frischer Umschlag aus Balsamöl und eine kleine Schale Möhrenbrei, der den gereizten Magen beruhigen sollte, lagen in einem flachen Henkelkorb bereit. Während Simona stumm den Umschlag erneuerte, ließ Louise sie nicht aus den Augen.
»Heraus mit der Sprache, ich sehe es Euch an. Etwas ist geschehen«, forderte sie Simona schließlich auf.
»Seigneur von Fleurbaix ist eingetroffen. Er sucht Thérèse. Es ist mir gelungen, ihn auf morgen zu vertrösten.«
Ihre Blicke trafen sich. Louise umfasste Simonas Handgelenk und hielt sie zurück, ehe sie sich abwenden konnte.
»Margaretes und meine Zuneigung zueinander ist ungebrochen. Cambrai wird ein Erfolg. Wir werden die Dinge in Ordnung bringen, Simona. Alle.«

ACHTUNDZWANZIGSTES KAPITEL

Erklärungen

CAMBRAI, 6. JULI 1529

Mit Sonnenaufgang erwachte die Stadt zum Leben. Hähne krähten, und an den Ziehbrunnen setzten sich die ersten Winden quietschend in Bewegung. Vor der Stadt warteten die Bauern mit ihren Waren darauf, dass die Tore geöffnet wurden. Kirchenglocken riefen zur Morgenmesse.

Louise stand am offenen Fenster und atmete tief durch. Das Klicken des Türschlosses und das Tappen von Hundepfoten veranlasste sie, sich umzuwenden.

Ein großer Windhund trabte herein. Sein braunes Fell glänzte, seine Rute bewegte sich in freudiger Erregung. Margarete folgte dem Tier. Sie trug einen Samtmantel über dem Morgenkleid, das dunkelblonde Haar zum Zopf geflochten, keine Haube. Kein graues Haar war zu sehen.

»Der frühe Vogel fängt den Wurm«, begrüßte Margarete sie lächelnd.

»Ja, und man muss um diese Zeit die wenigsten Störungen befürchten. Ich hoffe, du hattest eine angenehme Nacht. Wie war das Festmahl?«

»Üppig und köstlich. Du hättest daran teilnehmen sollen, du bist viel zu mager und blass.«
»Es reicht, wenn Habsburg schlingt«, entgegnete Louise in Anspielung auf den bekannt großen Appetit des Kaisers, den seine Feinde gefräßig nannten. Sie warf einen Blick auf den Windhund, der sich mit erkennbarer Zuneigung an Margaretes Bein drückte.
»Wie ich sehe, ist deine Liebe zu Tieren ungebrochen. Hast du meine Vögel bekommen?«
»Oh, ja, und ich habe mich, wie du dir denken kannst, sehr gefreut, dass du dich erinnert hast an meine Liebe zu den Vögeln. Du solltest mich in Mecheln besuchen. Dort halte ich nicht nur die wundervollsten Singvögel, sondern auch farbenprächtige Exemplare aus der Neuen Welt. Wusstest du, dass ich bis vor drei Jahren einen grünen Papagei besaß, der noch meiner Mutter gehört hat? Leider ist er inzwischen tot. Ich vermisse ihn oft. Er hat mich stets lebendig an meine Mutter erinnert.«
»Das kann ich verstehen.« Louise wollte Margaretes Arm berühren, aber ein ungnädiges Knurren des Windhunds ließ sie zurückzucken.
Margarete strich dem Tier über den Kopf und schalt es liebevoll.
»Ich hoffe, du hast keine Angst vor ihm. Wenn ich allein unterwegs bin, begleitet er mich. Er ist mein treuester Gefährte. Lannoy, der Vizekönig von Neapel, hat ihn mir vor einigen Jahren geschenkt.«
Die Erwähnung des Mannes, der ihren Sohn bei Pavia in Gefangenschaft genommen hatte, veränderte Louises Haltung. Die Blicke beider Frauen trafen sich und blieben unverwandt aufeinander gerichtet. Margarete setzte

sich schließlich und beendete die entstandene verlegene Stille.

»Meine Liebe, ich bin gekommen, um herauszufinden, ob uns die gleiche Denkweise verbindet. Dass unsere Interessen unterschiedlich sind, ist mir bewusst. Ich will ganz ehrlich zu dir sein, aber das geht nur unter vier Augen. Das Deutsche Reich, die Niederen Lande und Italien befinden sich in einem gewaltigen Umbruch. Unser Adel verarmt zusehends. Freie und Reichsstädte werden mächtiger. Vermögende Kaufleute, wie zum Beispiel die Fugger und Welser, nehmen Einfluss auf Politik und Kultur. In Italien sind es die Geschlechter der Medici und Sforza. Patrizier werden in den Adelsstand erhoben. Bürger schließen sich zu Gilden und Zünften zusammen, um ihre Interessen durchzusetzen. In den Niederen Landen ist die Hanse vorherrschend. Karl verliert immer mehr an Einfluss. Er hat nicht einmal alle Landesfürsten uneingeschränkt auf seiner Seite.«

Louise unterbrach sie.

»Und trotz dieses Wissens stellt Karl dermaßen hohe Forderungen an Frankreich? Ist das nicht widersinnig? Für mich hat Karl sich verrannt. Er hat den Blick für die Realität verloren. Er lebt seit Jahren in Spanien, während sein Deutsches Reich auseinanderfällt. Hinzu kommt, nicht nur Standesgrenzen werden allerorts abgebaut, auch die Einheit der christlichen Kirche ist durch Martin Luther gefährlich bedroht. Viele stehen auf seiner Seite. Die immer stärkere Verbreitung des Buchdrucks sorgt dafür, dass seine Bibelübersetzung und seine provokativen Thesen sich in Windeseile verbreiten. Die zunehmende Aufklärung aller Stände auf vielen Gebieten macht es

den Herrschenden in Kirche und Politik zunehmend schwerer, ihre Ziele durchzusetzen.«
»Das ist richtig, Louise, und trotzdem müssen wir ein gemeinsames Ziel verfolgen«, erwiderte Margarete ruhig. »Die größte Gefahr für das ganze christliche Abendland sind meines Erachtens die Osmanen. Schon jetzt haben die Türken im Mittelmeer eine Vormachtstellung. Sie verfügen über eine übermächtige Flotte. Dass ihnen auch noch Eroberungen auf dem Festland gelingen, ist eine tödliche Gefahr. Karl will deshalb dieses Problem zur Angelegenheit der gesamten Christenheit machen. Portugal kämpft bereits in Algier und Tunis, um seine Seewege zu sichern.«
Margarete machte eine Pause, um Louises Reaktion abzuwarten. Der Hund hatte sich vor ihre Füße gelegt. Nicht einen Moment ließ er seine Herrin aus den Augen.
»Die Fakten sind bekannt, Margarete«, räumte Louise ein. »Doch ich sage dir, es wird Karl nicht gelingen, alle Kräfte zu bündeln. Zu viele sind ihm übelgesinnt. Das Haus Habsburg ist nicht nur den Landesfürsten zu mächtig geworden. Karl hat auch Frankreich dermaßen geschwächt und gedemütigt, dass wir nicht einmal mehr in der Lage wären, ihn beim Kampf gegen die Türken zu unterstützen. Unsere Bevölkerung hungert, und die Staatskasse ist leer. Was wir brauchen, ist Frieden.«
»An uns sind große Erwartungen gestellt. Wie frei bist du in den Verhandlungen, wie groß ist dein Spielraum? Der König hat dir seinen Kanzler, seinen Konnetabel und seinen Parlamentspräsidenten zur Seite gestellt. Kannst du entscheiden, oder musst du Rücksprache halten?«
»Die Herren dienen mir als Berater. Du weißt, dass sie

mir schon in den Zeiten meiner Regentschaft zur Seite standen, als Karl meinen Sohn in Madrid gefangen hielt. Du musst dir um meine Kompetenzen keine Sorgen machen. Sag mir, wie es um deine Vollmachten steht?«

»Ich bin mit der kaiserlichen Erlaubnis ausgestattet, in seinem Namen Entscheidungen zu treffen und Verträge zu schließen. Ich nehme an, dein Sohn hat dir die gleichen Befugnisse übertragen.«

Louises Gesicht weckte Zweifel in Margarete.

»Oder?«, fügte sie beunruhigt hinzu.

»Die letzte Entscheidung hat er sich vorbehalten. Du wirst ihm seine Vorsicht nachsehen müssen. Seit seiner Gefangenschaft in Spanien misstraut er Karl zutiefst.«

»Und wie stellst du dir unsere Verhandlung unter diesen Umständen vor?« Man hörte die Verärgerung in Margaretes Stimme. »Müssen wir zu jedem Punkt Kuriere nach Blois schicken?«

»Nein, Margarete. Es gibt auch keinen Grund zur Aufregung, es ist alles so geregelt, dass wir zu Ergebnissen kommen können. François kommt nach Compiègne. Offiziell, um in den Hochwäldern an der Oise zu jagen. Ich kann ihn jederzeit erreichen. Wir werden ohne Verzögerung von ihm hören, sobald wir uns geeinigt haben. Welche Pläne hat Karl eigentlich? Ich habe gehört, er sei mit einer Armee auf dem Weg nach Italien.«

Margarete umklammerte die Armlehnen ihres Stuhls und verzog das Gesicht. Der Windhund, bislang entspannt, spürte ihre Beunruhigung und richtete sich sofort auf.

»Du bist gut informiert. Sicher weißt du auch, dass Isabella wieder ein Kind erwartet, nachdem sie ihm im vergangenen Jahr eine Tochter geschenkt hat. Karl ist ihr sehr zugetan und wollte ursprünglich die Geburt dieses Kindes abwarten. Nun hat er sich anders entschieden. Er will sich so schnell wie möglich auf den Weg nach Rom machen. Es drängt ihn, als Kaiser vom Papst gesalbt zu werden.«

Louise konnte keinen vernünftigen Grund finden für den Wunsch des Kaisers, schon gar nicht für die Dringlichkeit, mit der er die Sache verfolgte.

»Er ist vor neun Jahren in Aachen zum Kaiser des Heiligen Römischen Reiches Deutscher Nation gekrönt worden. Seine Macht ist unumstritten. Warum liegt ihm so viel daran, auch noch vom Papst gesalbt zu werden? Meines Erachtens täte er besser daran, sich mit den deutschen Fürsten zu einigen. Er spielt mit dem Feuer. Gibt es niemanden, der ihm rät? Kannst nicht du ihm raten?«

»Erinnere dich an den *sacco di Roma*, Louise. Es waren Karls Truppen, die gemordet und geplündert haben. Vor ihnen ist der Papst in die Engelsburg geflohen, und sie haben die Stadt fast dem Erdboden gleichgemacht. Egal, ob er den Befehl dazu gegeben hat oder nicht, die Verantwortung dafür trägt er. Er muss seinen Frieden mit dem Papst machen, um jeden Preis. Salbt ihn Seine Heiligkeit zum Kaiser, ist das das augenfälligste Zeichen für die italienischen Staaten und jeden aufrechten Christen, dass Kirche und Kaiser ihren Zwist beigelegt haben. Das würde Karls Herrschaft eindrucksvoll festigen. Nachdem im Juni, in der Kathedrale von Barcelona, die Einzelheiten des Vertrages verkündet wurden, den er mit Seiner Heiligkeit geschlossen hat, um einen Schlussstrich zu ziehen, kann er endlich aufbrechen.«

Margarete hatte sehr offen über Karl gesprochen, doch

Louise wartete schweigend noch ein paar Sekunden, ob Margarete auch ihre Frage beantworten würde. Sie tat es ausführlich.

»Aufrichtig gesagt: Karl ist nicht der Mann, der sich Rat bei seiner Tante holt, Louise.«

Sie zögerte, dachte nach und sprach schließlich langsam weiter. »Wie du weißt, verbindet mich mit meinen Nichten Eleonore, Isabella und Maria herzliche Zuneigung. Mein Verhältnis zu meinem Neffen Karl ist jedoch ein völlig anderes. Es ist ihm nicht gegeben, freundlich oder gar liebenswürdig zu sein. Schon von klein auf war er verschlossen, schwierig und in sich gekehrt, begegnete sogar seinen Schwestern kühl. Später ist er noch abweisender und undurchschaubarer geworden. Er leidet unter den körperlichen Einschränkungen, deren Ursache seine labile Gesundheit ist. Ich spreche nicht nur von seiner Fallsucht, deren Anfälle ihn von Zeit zu Zeit heimsuchen. Auch Gicht und Atemnot machten ihm schon in jungen Jahren zu schaffen. Durch seine ausgeprägte Unterlippe ist er weder in der Lage, seine Nahrung ausreichend zu zerkleinern, noch, wohlklingend zu sprechen. Dies ist zum Beispiel auch der Grund, warum er es vermeidet, öffentliche Reden zu halten.«

Louise neigte sich Margarete zu, um etwas zu sagen, aber sie bat sie mit einer Geste, zu warten.

»Das ist mir noch wichtig: Seine Erzieher und ich, wir haben unser Bestes gegeben, ihn zu einem frommen und verantwortungsbewussten Herrscher zu erziehen. Aber er trägt auch das Erbgut seiner Mutter Johanna in sich, deren Geist für immer verwirrt ist. Sie hat den Tod ihres geliebten Gemahls nie verwunden. Man hält sie zu ihrem

eigenen Schutz in einer Festung, im spanischen Tordesillas, gefangen.
Du musst das alles berücksichtigen, wenn wir von ihm sprechen, und du und dein Sohn, ihr dürft ihn auch nie unterschätzen. Er ist ehrgeizig, beharrlich, willensstark und arbeitsam. In der Verbindung mit Isabella von Portugal hat er außerdem persönliches Glück gefunden.
Schlussendlich zu deiner Frage. Dass all das zusammen den Zugang zu ihm schwer macht, kannst du dir sicher vorstellen. Es ist nicht leicht, ihn zu beraten und zu überzeugen, doch wir haben ein außerordentlich gutes Vertrauensverhältnis.«
»Kinder sind uns Freude und Sorge zugleich«, entgegnete Louise. »Karl und seine Schwestern sind dir wie eigene Kinder, ich weiß es. Es ist unsere Pflicht, sie für das Leben zu stählen, aber wir dürfen nicht blind für ihre Fehler und Schwächen sein. Ich danke dir für deine vertrauensvollen Erklärungen.«
Es fiel Louise nicht leicht, die richtigen Worte zu finden. Die beiden so verschiedenen Männer machten es schwer. Karl, der stets danach trachtete, bewundert zu werden. Der sich nicht artikulieren konnte und doch danach strebte, der mächtigste Herrscher des Abendlandes zu sein.
François, dem die Herzen zuflogen, ohne dass er etwas dazu tun musste, der sorglos lebte und immer das Vergnügen suchte, der mit Eloquenz und Charme überzeugte.
Sie mussten eine Brücke bauen, über die diese beiden Männer gehen konnten.
»Auch wenn ich meinen Sohn über alles liebe, bin ich nicht blind für seine Schwächen«, begann Louise zögernd.

»Da er seine Mitmenschen durch sein Wesen spielend für sich einnimmt, sieht er nur schwer ein, dass es Dinge gibt, um die er auch kämpfen muss. Er verabscheut jede Art von Beschwerlichkeit und Ernst. Seine Leidenschaften gelten dem sportlichen Kampf, der Jagd und den schönen Frauen. Mein Mutterherz leidet oft unter seiner mangelnden Ernsthaftigkeit, seiner Verschwendungssucht und seiner Genusssucht. Auf der anderen Seite fördert er die Kunst auf allen Gebieten, er ist belesen und immer bereit, Neues zu entdecken und anzunehmen. Seinen Freunden hält er die Treue, seinen Kindern ist er ein zärtlicher Vater. Ich habe die Hoffnung, dass der Adel und die Bürger ihn lieben und unterstützen werden, sobald Frankreich Frieden hat und genug zu essen.«

»Wie wir sie doch lieben, diese Söhne unseres Leibes und unseres Herzens«, seufzte Margarete nach langem Schweigen. »Aber wir müssen auch sehen, dass sie die Waffen schweigen lassen. Wie dringend das ist und wie sehr es von allen gewünscht wird, siehst du schon daran, dass Cambrai aus allen Nähten platzt. Von allen Höfen sind Beobachter und Gesandte in der Stadt. König Heinrich von England hat nicht nur den Bischof von London, sondern auch seinen persönlichen Freund Sir Thomas More auf das Festland geschickt.«

»Heinrich ist der unsicherste Patron von allen«, entgegnete Louise. »Er wechselt die Seiten, wie es ihm passt.«

»Aber erst unser Waffenstillstand mit ihm, im vergangenen Jahr, hat es mir ermöglicht, Karl die Friedensverhandlungen mit Frankreich nahezubringen, Louise.«

Margarete erhob sich. Sie sammelte sich einen Augenblick, sah Louise in die Augen.

»Du hast Karls Forderungen erhalten. Wie stellt sich Frankreich dazu? Willst du die Punkte mit mir durchgehen?«

»Am besten gehen wir die Liste durch, wenn du das nächste Mal kommst.«

Louise und Margarete trennten sich für diesen Tag.

Die eine völlig erschöpft, die andere nachdenklich.

NEUNUNDZWANZIGSTES KAPITEL

Verdächtigungen

CAMBRAI, 10. JULI 1529

Simona schlenderte mit Thérèse über den Markt von Cambrai. Sie benötigte dringend frische Kräuter für Louise. Die Friedensverhandlungen hatten die Stadt über Nacht zum Mittelpunkt Europas gemacht, und das unbeschreibliche Sprachen- und Menschengewirr setzte ihr zu.

»Nicht einmal zu Zeiten des Karnevals herrscht in Venedig solches Treiben«, stellte Simona etwas gereizt fest.

»Ich finde es wunderbar.«

Thérèse störte das Geschiebe nicht im Geringsten. Im Gegenteil, mit erwachender Lebenslust sah sie sich nach allen Seiten um.

»Schaut, Simona, dort drüben steht eine Bauersfrau mit einem Korb voller Kräuter«, rief sie, begeistert darüber, endlich das Gesuchte entdeckt zu haben. »Kommt, ich werde mit der Frau reden. Ihr versteht den Dialekt der hiesigen Bauern vermutlich gar nicht. Habe ich das richtig verstanden, dass Ihr krampflösende Mittel braucht?«

»Ja. Vor allem Dost.«

Zielstrebig kämpfte sich Thérèse den Weg zu der Bäuerin

frei. Den kurzen Wortwechsel musste sie Simona tatsächlich übersetzen.
»Bedaure, sie hat nur Liebstöckel und Katzenminze. Sie meint, beides würde ebenfalls gegen Krämpfe helfen.«
»Ich weiß, aber Dost ist besser.« Simona holte zwei Kupfermünzen aus ihrer Gürteltasche. »Gebt ihr die und sagt ihr, wenn sie morgen früh frischen Dost zum Kücheneingang des Hôtel Saint-Paul bringt, bekommt sie noch einmal den gleichen Betrag.«
Die Frau strahlte über das ganze Gesicht und nickte heftig mit dem Kopf.
»Sie wird kommen.«
Thérèse hatte es Spaß gemacht, endlich wieder ihren heimatlichen Dialekt sprechen zu können. Schon lange nicht mehr war sie so unbeschwert gewesen.
»Vorsicht. Aus dem Weg!«
Ein Lastenträger, tief gebückt unter einer Kiepe mit frisch gegerbten Häuten, hätte Simona fast überrannt. Hastig trat sie zur Seite und hielt sich die Nase gegen den stechenden Geruch zu. Thérèse lachte über ihre Empfindlichkeit.
»Kommt, wir gehen. Ich merke Euch an, dass Euch der Rummel zu viel wird. Seht nur, das ist Cambric. Ein Gewebe, ideal für feine Hemden und Schleier.«
Schon hatte sie wieder etwas Sehenswertes und Besonderes entdeckt.
Der Händler, dessen Stoffballen auf einem Schragentisch ausgebreitet lagen, witterte augenblicklich ein Geschäft. Wortreich präsentierte er seine Ware.
»Tretet näher, edle Damen. Nirgendwo findet Ihr feineren Cambric, so weiß wie frisch gefallener Schnee. Mein Vorfahr, der Leinenweber Jean Baptiste, hat den ersten Cam-

bric unserer Stadt gewebt. So zartes Tuch habt Ihr noch nie in Händen gehalten. Fasst ihn an. Geniert Euch nicht.«
Simona konnte die Hand durch den Stoff erkennen, so durchsichtig war er. Sie überlegte, eine Länge davon zu kaufen.
Ein erstaunter Ausruf Thérèses brachte sie wieder davon ab. »Vater? Was …«
Fleurbaix stand ebenso perplex vor seiner Tochter wie sie vor ihm. Eine Frau klammerte sich an seinen Arm. Klein, mollig, mit rosigen Wangen. Teuer, aber nicht sehr geschmackvoll gekleidet.
Simona grüßte das Paar höflich. Sie erkannte Fleurbaix auf den ersten Blick wieder.
»Malvina Laarne. Was tust du mit meinem Vater in Cambrai?« Die Art, wie Thérèse fragte, verriet ihren Unwillen.
Fleurbaix räusperte sich, um Zeit zu gewinnen. Aber Malvina kam ihm zuvor.
»Ich bin nicht mehr Malvina Laarne«, antwortete sie mit hochrotem Kopf. »Ich bin jetzt Malvina, die Herrin von Fleurbaix.«
Jede Spur von Farbe wich aus Thérèses Gesicht. Simona ergriff ihren Arm. Blitzschnell erfasste sie die Situation.
»Seigneur Fleurbaix, begleitet uns zurück ins Hôtel Saint-Paul, dort könnt Ihr in aller Ruhe mit Thérèse sprechen«, schlug sie vor.
Doch Thérèse wiederholte leise: »Die Herrin von Fleurbaix. Wieso weiß ich nichts davon, Vater?«
»Es ist nicht wichtig für dich. Du wirst in die Comté heiraten und nicht mehr nach Fleurbaix zurückkommen.«
Die väterliche Antwort trieb Thérèse wieder Farbe ins

Gesicht. Ehe sie etwas Falsches sagen konnte, mischte sich jedoch Simona ein.
»Gehen wir.« Sie schob die drei mehr oder weniger vor sich her.
Bis sie die Residenz erreichten, hatte Thérèse die Fassung zurückgefunden. Sie dankte Simona und führte ihren Vater und Malvina in die große Halle.
Erst Stunden später erfuhr Simona Einzelheiten von ihr. Thérèse hatte sehnsüchtig auf sie gewartet. Sie war die einzige Person, der sie sich anvertraute.
»Malvina hat sich ihm an den Hals geworfen«, platzte Thérèse gleich heraus. »Sie ist die uneheliche Tochter des Stiefbruders meines Vaters. Nach dem Tod meiner Mutter hat mein Vater dieses Ungeheuer in Fleurbaix aufgenommen. Er dachte, mir fehle weibliche Gesellschaft. Ich hasse sie. Von Anfang an war sie missgünstig. Sie hat mich geärgert und getriezt, wo sie nur konnte. Meinem Vater hat sie von Anfang an schöne Augen gemacht und mich bei ihm angeschwärzt. Unter ihrem üppigen Busen schlägt ein selbstsüchtiges Herz.« Thérèse ballte die Fäuste und versuchte gewaltsam ihre Wut zu beherrschen. »Mein Vater hat mir mit dieser Heirat mein Zuhause genommen. Wie konnte er mir das antun? Er kann mir gestohlen bleiben. Ich will ihn nie mehr sehen.«
»Nun mal langsam.« Simona nahm Thérèse in die Arme. »Auf mich macht Euer Vater einen gutmütigen Eindruck. Er wollte Euch mit seiner Hochzeit gewiss nicht kränken und Euch das Zuhause nehmen. Jeder Mann hat gerne eine junge Frau. Nützt es doch einfach geschickt, gönnt ihm sein Glück. Seine Heirat gibt Euch doch auch Freiheit für das eigene Leben.«

»Ich sehe nur, dass er mich längst vergessen hat. Dass ich keinen Vater mehr habe.«
»Ach was, Thérèse. Euer Vater hat ersichtlich unter seinem Stand geheiratet. Das heißt, dass er seine ehrgeizigen Ambitionen aufgeben muss. Mit einer Frau dieser Herkunft kann er auf keinen höheren Adelstitel hoffen. Das Versprechen, das Madame Louise ihm gegeben hat, als sie Euch mit Paul von Andrieu verlobte, ist somit hinfällig. Außerdem liegt Fleurbaix im Artois. Wer weiß, ob Euer Vater in Zukunft noch länger ein Lehnsmann des Königs von Frankreich sein wird. Der Friedensvertrag wird vieles verändern.«
»Was wollt Ihr damit andeuten? Wisst Ihr schon mehr über die Abmachungen?«
»Ich will sagen, dass Ihr Geduld haben solltet, Thérèse. Glaubt mir, ich weiß, wie schwer das ist. Aber vertraut Madame Louise und Eurem Schicksal.«
Thérèse sah sie schweigend an, ehe sie langsam nickte.

* * *

»Was rührt Ihr da eigentlich Geheimnisvolles zusammen?« Die Stimme Marguerites tönte so vorwurfsvoll, dass Simona vor Schreck ein wenig von dem Wein verschüttete, den sie eben über eine Handvoll lilafarbener Blütensprossen goss. Sie hatte den Dost in einen Krug gegeben und füllte ihn gerade mit Rotwein auf.
Marguerite trat in ihre Kammer und sah sich neugierig um. Ihre Augen blieben am Tisch hängen, wo Simona die Beutel mit den getrockneten Kräutern ausgebreitet hatte. Neben den kahlen Doststengeln lag das Buch, das Paul ihr geschenkt hatte.

»Ich setze Blütenspitzen von Dost, den man auch wilden Majoran nennt, mit Wein aus dem Burgund an, Königliche Hoheit«, beantwortete sie bereitwillig ihre Frage. »Der Stärkungstrank ist für Eure Mutter gedacht.«

»Ich bezweifle, dass derartige Stärkungsmittelchen meiner Mutter helfen«, entgegnete Marguerite. »Im Gegenteil, ich habe den Eindruck, dass es ihr immer schlechter geht. Sie ist blass und isst kaum etwas. Also bitte, was ist genau in dem Krug?«

»Nur Kräuter, Wein und Gewürze. Ihr glaubt doch nicht etwa, ich würde Eurer Mutter schaden wollen?«

Marguerite schlug ein paar Blätter des Kräuterbuches um. Sie verstand genügend von Büchern, um den Wert dieses Exemplars einschätzen zu können.

»Wem gehört das Buch?«

»Es gehört mir, Königliche Hoheit.«

Simona stand aufrecht, das Kinn auf eine Weise angehoben, die besagte, dass sie sich zu verteidigen wusste.

»Ich wünsche nicht, dass Ihr meine Mutter weiterhin mit diesen Mixturen und Aufgüssen plagt«, forderte Marguerite in einem Ton, den Simona vom Umgang mit ihren Kammermägden kannte. »Wenn meiner Mutter etwas fehlen sollte, muss unverzüglich ihr Leibarzt hinzugezogen werden. Habt Ihr das verstanden?«

»Anordnungen, die Madame Louise und ihr persönliches Wohlergehen betreffen, erteilt sie mir selbst«, entgegnete Simona fest.

Marguerite warf ihr einen scharfen Blick zu.

»Eines sage ich Euch, Simona Contarini: Sollte sich der Zustand meiner Mutter verschlechtern, werde ich Euch zur Rechenschaft ziehen. Wenn es sein muss, werde ich nicht zögern, Euch im schlimmsten Falle sogar der hochnotpeinlichen Befragung zu unterwerfen.«

»Wessen verdächtigt Ihr mich eigentlich? Haltet Ihr Eure Mutter wirklich für so unbedacht, dass sie sich einer Giftmischerin anvertraut?«

»Was erlaubt Ihr Euch, in diesem Ton mit mir zu reden?«, stieß Marguerite aufgebracht hervor. Ihre Augen funkelten vor Zorn. »Seit Wochen frage ich mich, wie es Euch gelungen ist, dieses außerordentliche Vertrauen meiner Mutter zu erschleichen? Vielleicht seid Ihr ja eine Spionin Venedigs? Ich habe dem Dogen und seinen Handlangern noch nie getraut.«

»Verzeiht, Königliche Hoheit, ich bin Euch stets mit Respekt begegnet. Ich habe mir nichts erschlichen. Warum, glaubt Ihr, hat Eure Mutter ausgerechnet Paul von Andrieu und mich zu ihren engsten Vertrauten in dieser heiklen Mission gewählt? Weder er noch ich ziehen Vorteile aus unseren Diensten. Wir haben aufgrund unserer Herkunft gegenüber Frankreich keine Verpflichtungen. Ihr kennt meine Familie. Ich kann mich umgehend in den Schutz von Margarete von Österreich begeben und meine Dienste bei Eurer Mutter aufkündigen. Wollt Ihr Eurer Mutter diese Nachricht überbringen? Euer Misstrauen lastet zu schwer auf meinen Schultern.«

Simonas Bestimmtheit überraschte Marguerite. Sprachlos setzte sie sich langsam auf einen Stuhl. Sie hatte das seltene Gefühl, zu weit gegangen zu sein.

»Dann erklärt mir doch bitte, warum Ihr meiner Mutter diese Dienste erweist«, sagte sie schließlich wesentlich ruhiger. »Es muss dafür ja einen Grund geben.«

»Das ist schnell gesagt. Weil sie mich darum gebeten hat.

Und ich bin länger in ihren Diensten geblieben, als ich je vorhatte, weil sie mir eine große Lehrmeisterin ist. Ich bewundere Eure Mutter. Mir ist nie eine so starke Frau begegnet. In den letzten Wochen habe ich mehr gelernt als in meinem ganzen Leben. Über ihre Gesundheit müsst Ihr allerdings selbst mit ihr sprechen. Ich bin zu absoluter Verschwiegenheit verpflichtet. Wenn ich meine Aufgaben weiterhin erfüllen soll, bitte ich jedoch um eine offizielle Nachricht im Beisein Eurer Mutter.«

»Woher habt Ihr Kenntnisse in der Heilkunst?«, lenkte Marguerite ein. »Bisher wusste ich nur von Euch, dass Ihr mehrere Sprachen sprecht und etwas von Kunst und Malerei versteht.«

»Mein Vater beschäftigte in unserem Palazzo einen Arzt, der bei Theophrastus von Hohenheim, der auch Paracelsus genannt wird, in Basel gelernt hat. Paracelsus geht neue Wege in der Medizin. Vom klassischen Aderlass hat er Abstand genommen. Er feiert große Erfolge, auch wenn einige Fürsten gegen ihn sind.«

»Ich habe von ihm gehört. In Frankreich werden seine Erkenntnisse nicht angewandt, aber ich würde gerne mehr darüber wissen. Macht bitte Eure Arbeit wie bisher. Ich werde mit meiner Mutter reden.«

Marguerite stand auf und verschwand so schnell und unerwartet, wie sie gekommen war.

Befremdet rief sich Simona das Gespräch noch einmal ins Gedächtnis. Die abschließende Bemerkung Marguerites war vermutlich alles gewesen, was sie an Entschuldigung von einer Königin erwarten konnte.

DREISSIGSTES KAPITEL

Liebesehen

Cambrai, 18. Juli 1529

Die Festwiese lag vor den Stadtmauern. Ein Meer von Fahnen, Standarten und farbenfrohen Bändern wehte im Sommerwind. Alle Bürger von Cambrai hatten sich versammelt. Eine leichte Brise brachte das rot-weiß gestreifte Sonnendach zum Flattern, das die Tribüne beschattete. Margarete von Österreich und Louise von Savoyen hatten darunter Platz genommen und mit ihnen der engste Hofstaat, die Ehrengäste und der Magistrat. Nach dem Hochamt in der Kathedrale von *Notre-Dame* war man gemeinsam vor die Stadt gezogen, um den Sonntag zu Ehren der hohen Besucher mit Wettkämpfen und Turnierspielen zu feiern.

Louise beobachtete Margarete, die dem Sieger des Lanzenstechens den Preis überreichte. Den Siegerkuss überließ sie mit ein paar launigen Worten einer ihrer Hofdamen. Unter allgemeinem Beifall küsste das Mädchen den Ritter, der sichtlich Gefallen daran fand. Margarete lächelte zufrieden. Kein Zweifel, die Hofdame war nicht zufällig ausgewählt.

Margarete stand im Ruf, für ihre Hofdamen gut zu sorgen. Wenn sie ihren Ansprüchen genügten, wurden sie

reich belohnt. Sie stockte ihre Mitgift aus der eigenen Schatulle auf und vermittelte ihnen angesehene Ehemänner. Ein Platz unter ihren Damen war begehrt.
Seit ein paar Tagen brannte es Louise unter den Nägeln, endlich die Verlobung zwischen Thérèse und Andrieu aufzuheben. Sie wusste, dass alle darauf warteten, und das Erscheinen von Fleurbaix hatte die Angelegenheit noch dringlicher gemacht. Louise war sicher, dass sie bei Margarete Unterstützung finden würde.
Fleurbaix saß mit seiner jungen Frau auf der unteren Tribüne. Es war ein guter Moment, Margarete das Anliegen vorzutragen.
»Dort unten sitzt Fleurbaix, kennst du ihn? Seine ausgedehnten Ländereien liegen an der Grenze des Artois zu Flandern.«
Margarete schaute sie verdutzt an.
»Um was geht es, Louise? Kann ich irgendetwas für dich tun? Natürlich kenne ich ihn. Der Mann ist reich wie König Midas und hat nur eine Tochter. Wenn ihm seine zweite Frau jedoch einen Sohn schenken würde …«
»Die Tochter, die er hat, ist eine meiner Hofdamen. Verlobt mit Paul von Andrieu. Beide wünschen diese Verbindung zu lösen. Ich möchte nicht gern den Zorn des Vaters auf mich ziehen, wenn ich der Bitte zustimme.«
»Andrieu? Der dunkelhaarige Kommandant deiner Leibwache? Ist er bei dir in Ungnade gefallen?«
»Ganz im Gegenteil. Es gibt nur wenige, denen ich mehr vertraue. Ich habe eine andere für ihn im Sinn.«
»Und was spiele ich dabei für eine Rolle? Brauchst du einen Mann für die Kleine, der auch in Flandern angesehen ist?«

Während auf dem Festplatz die Teilnehmer des Bogenschützen-Wettbewerbs Aufstellung nahmen, erklärte Louise, um was es ging. Margarete hörte sich alles konzentriert an, obwohl sie den Männern huldvoll zuwinkte.
»Nein, Margarete, darum musst du dich nicht kümmern, es gibt bereits einen. Cornelis van Liewe. Er zählt zu deinen Landeskindern, kommt aus Antwerpen und ist Patrizier, achtbar, tüchtig und bis über beide Ohren in das Mädchen verliebt. Ich will einer Verbindung Thérèses mit ihm meinen Segen nicht verweigern. Der Vater wird jedoch nicht einverstanden sein. Er erhofft sich von seinem künftigen Schwiegersohn den Aufstieg in höchste Adelskreise.«
Margarete brach in lautes Gelächter aus.
»Du willst, dass ich etwas für einen van Liewe tue? Willst du nicht eher die van Liewes und Contarini fragen, was sie für mich tun können? Sie sind in Flandern so mächtig und einflussreich wie in Frankreich Grafen und Barone, nur dass sie wohlhabender sind. Sie beschränken sich auf das, was sie können: Handel und Bankgeschäfte. Fleurbaix wäre ein Dummkopf, wenn er diese Verbindung ablehnen würde. Ich werde ihm nach dem Friedensschluss dazu gratulieren.«
In Anbetracht der Tatsache, dass das Artois die längste Zeit französisch gewesen war, besaß Margaretes Versprechen Gewicht. Fleurbaix lag auf habsburgischem Gebiet.
»Der junge van Liewe wird es dir danken. Ich bin sicher, dass du in ihm künftig einen vertrauenswürdigen Agenten in Antwerpen hast«, antwortete Louise zufrieden und fächelte sich Kühle zu.
Von Margarete von Österreich war bekannt, dass sie Kunst sammelte und in Mecheln Schätze beherbergte, die

denen des Kaisers an Wert und Schönheit ebenbürtig waren, wenn sie sie nicht gar übertrafen. Van Liewe wäre ihr bei der Beschaffung ein hilfreicher Mittler, wollte Louise mit ihrer Bemerkung andeuten.

»Warten wir es ab. Ich vermittle vor allem gerne Ehen, die aus Liebe geschlossen werden. In unseren Kreisen spielt immer nur die Politik eine Rolle. Denk an deinen François und meine Nichte Eleonore. Wird dein Sohn ihr ein guter Ehemann sein?«

Louise antwortete ihr mit einer Gegenfrage: »Wird sie ihm denn eine gute Frau sein?«

Auf dem Festplatz brandete Beifall für die Bogenschützen auf. Fanfarenklänge riefen zum letzten Durchgang, aber Margarete nahm keinen Anteil mehr.

»Keine meiner Nichten ist so sanftmütig und fromm wie Eleonore. Sie hat ein weiches Herz und vielfältige Begabungen. Sie ist eine ganz besondere junge Frau. Sie ist sich ihrer Verantwortung bewusst und hat die Torheiten der Jugend weit hinter sich gelassen.«

Louise wusste, ohne dass sie es aussprach, dass Margarete auf die Affäre anspielte, die Eleonore im Alter von siebzehn mit dem Pfalzgrafen Friedrich von Heidelberg hatte, der damals zu den Erziehern ihres Bruders gehörte. Sie hatte unglücklich geendet. Friedrich verlor seinen Posten und wurde vom Hof verbannt. Eleonore mit dem verwitweten König Manuel von Portugal verheiratet.

»Sie ist künstlerisch begabt, wie ich höre. Das wird sie mit François verbinden. Ähnelt sie ihrem Bruder?«

»Aber nein. Sie ist zierlich, hat wunderschönes, blondes, üppiges Haar. Strahlend hellblaue Augen und ein ebenmäßiges Antlitz. Sie war schon als Kind die schönste der

Schwestern. Karl liebt sie ganz besonders, sich von ihr zu trennen fällt ihm schwer. Kaum jemandem vertraut er wie Eleonore. Dass er ausgerechnet sie nach Frankreich ziehen lässt, ist der größte Beweis für seinen Friedenswillen.«

»Eine Schönheit ist sie nicht gerade, ich habe sie gesehen. Hängende Unterlippe und kein anmutiger Körper«, erinnerte Louise sich an ein Gespräch mit ihrer Tochter Marguerite. Mal sehen, dachte sie nur. Sie wollte im Augenblick nicht so genau wissen, wer recht hatte. Vor allen Dingen wollte sie Margarete mit keiner sie etwa in Frage stellenden Äußerung verärgern.

»François hat nur Gutes von ihr erzählt«, sagte sie stattdessen. »Vor allen Dingen wird er wie ich glücklich sein, seine beiden Jungen wieder in die Arme schließen zu können.«

»Das denke ich mir. Wenn François alle Punkte akzeptiert, kann der Frieden schon morgen verkündet werden.«

Louise lag eine bissige Bemerkung auf der Zunge. So viel Eile sollte wohl dazu verführen, manches zu übersehen.

»Man erwartet Euch zur Siegerehrung, Madame!«

Die Gräfin Vendôme kam genau im richtigen Augenblick. Louise erhob sich abrupt, nicht ohne ihre Kindheitsfreundin vor dem Gehen noch mit einer kleinen despektierlichen Bemerkung zu bedenken.

»Sei vorsichtig mit dem Naschzeug, liebe Margarete. Es bleibt einem leicht im Hals stecken, wenn man allzu nimmersatt ist.«

Margarete hatte während ihres Gespräches in einem fort Zuckerwerk und Kuchen gegessen.

* * *

»Allein das Stammland des Herzogtums Burgund, das alte *Dukat Bourgogne*, bleibt völlig unangetastet. Alles andere ist verloren. Trotzdem können wir von Glück sagen, denn dieser Teil des Herzogtums, das unter Karl dem Kühnen seine größte Ausdehnung erreicht hat, ist unverzichtbar für das Königreich Frankreich. Eine Stadt wie Dijon zu verlieren hätte uns ins Mark getroffen. Die östliche Grenze des Herzogtums Burgund ist künftig die neutrale Franche-Comté. Dies kommt einer Friedensgarantie gleich. Die Handelswege nach Süden, die Burgund durchqueren, sind damit sicherer denn je. Um die Form zu wahren, bringt unsere künftige Königin Eleonore das Herzogtum Burgund als Mitgift in ihre Ehe mit dem König von Frankreich ein.«

Louise musterte das Triumvirat ihrer Ratgeber. Als kein Widerspruch kam, setzte sie ihre Ausführungen fort.

»Jedwede Ansprüche auf das Artois und Flandern, auf Lille, Douai, Hesdin, Tournai, Saint-Amand und Mortagne sind ab sofort Vergangenheit. Mailand, Genua und Neapel werden ebenfalls für immer aufgegeben. Der König von Frankreich gibt sein Wort, dass er die habsburgischen Vasallen, die gegen Kaiser Karl rebellieren, künftig weder militärisch noch finanziell unterstützt. Das Lösegeld für die Freilassung der Kinder ist fast beisammen. Die Details der königlichen Hochzeit mit Eleonore sind bereits abgesprochen.«

»Was ist mit den englischen Schulden des Kaisers?«

De Selve blickte von seinen Notizen auf.

»Die Schulden werden wir übernehmen müssen.«

»Wir geben alles und bekommen so gut wie nichts«, missbilligte Duprat die Ergebnisse übellaunig. »Bei aller Not-

wendigkeit eines Friedensschlusses, ich hätte mir mehr Entgegenkommen erhofft. Was sagt der König dazu?«
Louise ging auf den Einwand nicht ein.
»Der König hat Quartier in der Abtei von *Mont Saint-Martin* genommen. Das Kloster liegt an der Pilgerstraße im Wald von *Arrouaise*, zwischen Cambrai und St. Quentin. Sobald wir den Vertrag zu Papier gebracht haben, kann er innerhalb weniger Stunden hier sein. Ich beabsichtige, den Abschluss der Verhandlungen danach gebührend zu feiern.«
»Wenn es denn etwas zu feiern gibt«, gab Montmorency zu bedenken. »Margarete von Österreich ist Karls bester Feldherr.«

* * *

Louise musste unwillkürlich an Montmorencys Bemerkung denken, als Margarete am nächsten Tag in ihr Arbeitskabinett kam. Sogar für diesen inoffiziellen Besuch erschien sie in großer Garderobe. Das handgroße Kreuz auf ihrem Busen war mit Rubinen besetzt, und an ihren Händen und Handgelenken funkelten die Juwelen. Eine Schleppe aus steifem Brokatstoff verlieh ihrem Auftritt majestätische Würde. Der unvermeidliche Windhund tappte neben ihr her und schnüffelte neugierig über den Boden. Margarete schien aus der Gegenwart des Tieres Stärke zu ziehen.
»Ich hatte gehofft, dich alleine anzutreffen, Louise«, sagte sie.
Simona stand im Hintergrund des Raumes, neben dem Fenster, am Schreibpult. Sie suchte Louises Blick. Eine

Handbewegung gab ihr zu verstehen, dass sie bleiben solle.
Margarete gab den Hund frei, den sie bislang an einem juwelenbesetzten Halsband gehalten hatte. Schwanzwedelnd trabte er auf Louise zu.
Ohne nachzudenken, trat Simona vor, packte den Hund am Halsband und befahl ihm, Platz zu nehmen. Unter ihrem Zugriff gehorchte das Tier sofort.
»Beeindruckend. Ihr beherrscht den Umgang mit Hunden gut.«
Margarete nahm etwas schwerfällig auf dem angebotenen Lehnstuhl Platz. Durch die zahllosen Festmahle war sie noch fülliger geworden, was ihr Selbstbewusstsein eher zu stärken schien.
»Kommen wir zur Sache.«
Simona stellte fest, dass das Verhältnis der Freundinnen merkbar abgekühlt war. Es wurde kein überflüssiges Wort gewechselt zwischen beiden.
»Akzeptiert ihr nun die Forderung Karls, seine Kriegsschulden beim englischen König zu übernehmen? Und was wir noch nicht besprochen haben, ist der Wunsch Karls, die Ehre des Herzogs von Bourbon wiederherzustellen. Mir ist klar, dass er in deinen Augen ein Landesverräter ist, Louise, aber für Karl hat er entscheidende Schlachten geschlagen. In seinen Diensten ist er gestorben.«
»Bourbon interessiert uns nicht. Der Verräter ist tot, daran soll es nicht scheitern. Aber wer hat Karl das Märchen aufgetischt, Frankreich sei reich genug, die Kriegsschulden Karls an England zu übernehmen?«, fragte Louise bitter. »Dennoch, auch wenn es dich überrascht – wir

werden es tun, obwohl es bei weitem unsere derzeitigen Möglichkeiten überschreitet.«
Sie verblüffte Margarete, die sich auf eine längere Debatte eingerichtet hatte.
»Ich habe dir gesagt, dass ich um meiner Enkel willen auf Eile dränge. Aber sei gewiss, dass es ein Zeichen der Liebe und Sorge und keines der Schwäche ist. Damit sind jetzt alle Punkte besprochen. Die Urkunde kann geschrieben und der Öffentlichkeit verkündet werden.«
»Du hast das Einverständnis des Königs für diese Abmachungen?«
»Ich habe es.«
Margarete sah sich um und entdeckte eine Silberkanne und Becher auf einem Tisch am Fenster.
»Ist das Wein?«
Ohne auf Louises Antwort zu warten, goss sie zwei Becher voll ein und reichte ihr einen davon.
»Dann lass uns anstoßen, Louise. Auf den Frieden. Auf die Liebe und die Freundschaft.«
Mit einem Laut des Abscheus spuckte sie den kräftigen Schluck, den sie nehmen wollte, in den Kamin.
»Was zum Donner ist das? Gift?«
Mit einem Knurren richtete sich der Hund auf. Simona griff nach seinem Halsband.
Louise nippte an ihrem Becher und trank einen winzigen Schluck. »Denkst du, ich hätte einen Grund, dich zu vergiften, Margarete? Das ist Dost, wilder Majoran, angesetzt in Rotwein. Ein Labsal für Nerven und Magen. Man trinkt ihn in kleinen Schlucken, wie eine Medizin.«
Margarete sah Louise zunächst ungläubig an, fasste sich aber in Sekundenschnelle und lachte.

»Lass Burgunder bringen und uns nicht länger so streng miteinander sein. Ich führe diese Verhandlungen als Karls Statthalterin, nicht als deine Freundin. Wir sind beide jeweils Gefangene in der Pflicht eines anderen.«

Louise kam der Bitte nach. Der Wein wurde gebracht, aber sowohl Margarete wie Simona spürten, dass Louises Zurückhaltung nicht wich.

Der Hund war wieder zur Ruhe gekommen, weiterhin war sein Blick auf Simona gerichtet.

Beide Frauen tranken einen winzigen Schluck.

Margarete wandte sich zum Gehen, bevor der Becher geleert war. An der Tür blieb sie stehen, wartete und sah sich nach ihrem Hund um, der unter Simonas Aufsicht liegen geblieben war.

»Werdet Ihr ihm erlauben, mich zu begleiten, Simona Contarini«, fragte sie spitz. »Mir scheint, er hat sich eine neue Herrin gesucht. Bis heute dachte ich, seine Liebe gehöre mir.«

»Mit der Liebe ist es so eine Sache, Madame. Sie bedarf der Aufmerksamkeit und Hinwendung zueinander und des Respekts voreinander. Wenn einer das vernachlässigt«, erwiderte Simona so offen, dass Margaretes Augen sich schockiert weiteten, »muss er wissen, dass er den anderen verlieren kann. Tiere sind da ganz ähnlich. Doch Ihr habt die Gunst Eures Hundes sicher noch nicht verloren. Geh! Deine Herrin wartet auf dich.«

Simona unterstrich die Aufforderung an den Hund mit einem Klaps auf die Flanke, ehe sie sich wieder aufrichtete. Margaretes Blick hielt sie stand, ohne ein Zucken.

Kaum verhehlt hatte Simona ausgesprochen, wie sie die

Verhandlungsführung Margaretes beurteilte, was Louise ihr sofort dankte.

»Simona sagt unbeirrt, was sie denkt, Margarete. Ich habe dir schon beim ersten Zusammentreffen zu verstehen gegeben, dass mir die Anwesenheit des Hundes missfällt. Vielleicht spürt er ja, dass du ihn benützt, mich zu verunsichern.«

»Er ist mein treuester Gefährte. Er hat mich noch nie enttäuscht, aber er ist ein Tier, Louise. Er kann weder denken noch vernunftgesteuert handeln oder gar die Motive meines Handelns erahnen.«

Mit einem unmerklichen Heben ihrer Brauen widersprach Louise.

»Aber Tiere haben Instinkt, Gespür, mehr habe ich nicht gesagt, meine Liebe.«

Margarete verschwand ohne ein weiteres Wort im Geheimgang. Ihr Schweigen war beredt.

Louise schloss die Augen, das Gespräch hatte sie viel Kraft gekostet.

»Haben wir nun Frieden?«, fragte Simona leise.

Sie erhielt keine Antwort.

EINUNDDREISSIGSTES KAPITEL

Weigerung

Cambrai, 24. Juli 1529

Die Halle des Hôtel Saint-Paul vermochte die vielen Menschen kaum zu fassen. Der Aufbruch zur Kathedrale stand bevor. Ungeduldig wartete Louises Hof auf sie und ihre Tochter.

Im Beisein des Erzbischofs von Cambrai wollten die Abordnungen Frankreichs und Habsburgs im Hause Gottes den Frieden zwischen ihren Ländern verkünden.

Cornelis entdeckte Simona in der Menge und drängelte sich zu ihr durch. Nur selten fand er in diesen Tagen eine Gelegenheit, ungestört mit ihr zu sprechen.

Erleichtert begrüßte auch sie ihn. »Gut, dass du kommst. Ich habe dich bereits überall gesucht. Madame Louise wünscht dich zu sehen, ehe wir zur Kathedrale aufbrechen.« Sie eilte voraus und ging auf keine seiner Fragen ein.

Cornelis war überrascht, nicht nur Louise und die Gräfin Vendôme, sondern auch Thérèse vorzufinden. Thérèse strahlte über das ganze Gesicht.

»Ah, van Liewe. Herein mit Euch.«

Louise winkte Cornelis ungeduldig näher. »Mir bleibt nicht viel Zeit, Euch für Eure Gefolgschaft zu danken.«

Cornelis verbeugte sich.
»Es war mir eine Ehre, Madame.«
»Das freut mich. Ich möchte mich revanchieren und, wenn Ihr es erlaubt, Monsieur van Liewe, nach der Verkündung des Friedens Eure Verlobung mit Thérèse von Fleurbaix öffentlich bekanntmachen. Ich entlasse Euch beide nur ungern, aber ich hoffe, dass Ihr auch unter Habsburg nicht vergessen werdet, dass es Frankreich war, das Euer Glück besiegelt hat.«
Während sie sprach, führte sie Thérèse zu Cornelis und legte ihre Hand in die seine. Fassungslos war er zu keiner Reaktion fähig.
Thérèse glaubte zu wissen, weshalb er stumm blieb. Eilig versuchte sie seine Bedenken zu zerstreuen.
»Meine Hand ist frei, Cornelis. Madame hat meine Verbindung mit Paul von Andrieu gelöst. Die Statthalterin verbürgt sich dafür, dass uns auch mein Vater seinen Segen erteilen wird.«
»Wie ist das möglich?«
»Willst du es nicht?«, fragte Thérèse verunsichert.
»Mehr als alles andere auf der Welt.« Seine Stimme zitterte, und er zog sie an sich. »Aber ich frage mich, wie …«
»Simona hat sich beredt für Euch verwendet«, erklärte Louise knapp.
»Und Andrieu? Wird er mir nicht zürnen?«
»Es ist alles geregelt. Macht Euch keine Sorgen. Thérèse wird Euch später in Ruhe die Einzelheiten erklären. Jetzt drängt die Zeit.«
Louise klatschte befehlend in die Hände.
»Machen wir uns auf den Weg. Die Verbindung eines

Flamen aus einflussreicher Familie mit einer Dame des französischen Hofs ist ein fabelhafter Beweis für das neue, friedliche Miteinander unserer Völker. Es wird die Menschen von unseren guten Absichten überzeugen.«

Cornelis konnte es immer noch nicht fassen. Wie in Trance verließ er den Raum.

Eigentlich hatte Louise dem Paar schon am Abend zuvor sein Glück eröffnen wollen, aber eine neuerliche Attacke schwerer Magenkoliken hatte ihre Pläne durcheinandergebracht. Auch heute litt sie noch unter starken Schmerzen. Simonas Kräutertrank hatte ihr nicht so gut wie sonst geholfen.

Unter dem Jubel der Bevölkerung von Cambrai trat Louise dennoch mit Marguerite aus dem Haus und schritt im Kreis ihres Gefolges würdevoll auf *Notre-Dame* zu. Obwohl die Uhr am Glockenturm erst die neunte Stunde des Tages verkündete, lag schwüle Hitze über der Stadt. Bleiern spannte sich der Himmel, kein Windhauch war zu spüren.

Schweißnass klebte auch Simona das Haar im Nacken. Ihr Festkleid drückte wie ein Kettenpanzer die Schultern nach unten. Erst der Schatten des Kirchenschiffes und die Kühle des Gemäuers verschafften ihr eine Spur von Erleichterung. Wie musste sich erst Madame Louise fühlen, dachte sie mitfühlend.

Orgelbrausen und Fanfarenklang begleiteten Louises Ankunft. Gemessenen Schrittes trat sie an die Seite Margaretes, die sie vor dem Altar mit dem Erzbischof und ihren Würdenträgern erwartete.

Im Angesicht des Erzbischofs wurden die Urkunden getauscht. Danach verlas ein Herold mit hallender Stimme

die einzelnen Punkte, auf die sich beide Frauen in langen Verhandlungstagen geeinigt hatten.
Simona kannte inzwischen auswendig, was der Mann kundtat. Ihre Gedanken suchten Paul. Obwohl sie beide von der Entscheidung Madames wussten, hatten sie bisher keine Zeit gefunden, sich gemeinsam zu freuen. Sie beneidete Thérèse und Cornelis, die Hand in Hand eng beieinanderstanden. Wann würden sie und Paul sich wieder in die Arme schließen?
Mit Gewalt riss sie sich aus ihren Tagträumen und zwang sich, dem Herold wieder zuzuhören.
Was war das? Die Worte, die sie soeben vernahm, hörte sie zum ersten Mal. Was hatten sie mit dem Friedensvertrag zu tun?
»… eine goldene Lilie, reich mit Juwelen geschmückt. In ihrem Inneren birgt sie ein Stück Holz des wahren Kreuzes von Jerusalem, an dem unser Herr und Heiland für die Erlösung der Menschen sein Leben gab. Es ist ein Schmuckstück von hohem Wert und großer Heiligkeit. Der Vater des Kaisers, der vierte Philipp, überließ es dem englischen König Heinrich im Jahre fünfzehnhundertundsechs zum Pfand. Der König von Frankreich wird es für fünfzigtausend Goldstücke von England zurückkaufen. Er wird es dem Sohn Philipps, Kaiser Karl, als Freundschaftsgabe …«
Louise riss dem Herold das Blatt aus der Hand. Der Mann wusste nicht, wie ihm geschah.
Schlagartig wurde es lähmend still in der Kathedrale.
Simona sah Louise schwanken. Das Papier knisterte in ihrer Hand. Dann gewann sie die Fassung zurück. Sie hob den Kopf und sah Margarete mit zornesfunkelnden Augen an.

»Nicht hier. Nicht in aller Öffentlichkeit. Folge mir in die Sakristei. Auf der Stelle«, stieß sie unter größter Anstrengung hervor.
Ihre Tochter, Margarete und der Erzbischof schlossen sich ihr an. Louise war kreidebleich und zitterte am ganzen Körper.
Simona folgte ihnen, obwohl sie nicht dazu aufgefordert wurde. Ihr Herz schlug bis zum Hals. Konnte Louise diese Aufregung ohne Zusammenbruch überstehen? Woher würde sie die Kraft nehmen?
»Was soll die List? Von dieser goldenen Lilie war nie die Rede!«
Louises Stimme bebte vor Wut. Margarete wich vor ihr zurück, als sie mit ausgestrecktem Finger auf sie losging.
»Der Schmuck ist ein Pfand für Kriegsschulden des Kaisers bei England«, entgegnete Margarete, sichtlich überrascht von Louises Ausbruch. »Frankreich hat sich ausdrücklich bereit erklärt, diese Schulden für Karl zu begleichen.«
»Was hat Karl im Sinn? Frankreich zu erniedrigen? Es zu demütigen, in den Staub zu zwingen? Wir sind bereit, alles für den Frieden zu tun. Alle Stände haben das Lösegeld für die Prinzen aufgebracht, sogar der Klerus hat seinen Teil dazu beigetragen. Aber ein Schmuckstück auszulösen, das ist Hohn. Ich lasse nicht zu, dass Frankreichs Stolz auf solche Weise mit Füßen getreten wird.«
»Immerhin handelt es sich um eine Reliquie von hohem Wert.«
Margarete mochte es nahegehen, Louise gekränkt zu haben. Dennoch wusste sie nicht, wie sie das Dilemma lösen

sollte. Ihr Neffe legte großen Wert auf die Erfüllung dieser Forderung.

Louise war am Ende ihrer Geduld.

»Ich erkenne deine Handschrift«, warf sie Margarete wütend vor. »Was treibt dich an? Deine Besessenheit von Kunst und Kunstgegenständen? Dein Wunsch, Karl alles recht zu machen? Von Frankreich wird er die Reliquie nicht bekommen, das schwöre ich. Wir werden nicht auch noch für die Schulden seines Vaters aufkommen. Wir werden unseren Stolz nicht auf Karls Altar opfern.«

Der Erzbischof von Cambrai machte einen Versuch der Beschwichtigung, doch Louise unterbrach ihn mit eisiger Würde.

»Ich ziehe Frankreichs Zustimmung zu diesem Vertrag zurück.«

»Das kannst du nicht tun.« Margarete, die sich nach dem ersten Schock wieder gefangen hatte, klang gefasst. »Wir waren uns einig, in allen Punkten.«

»Nicht in diesem. Dachtest du, ich würde nicht wagen, dir vor aller Welt, in einer Kirche, zu widersprechen? Du hast dich getäuscht.«

Louise ergriff den Vertrag, zerriss ihn mit beträchtlichem Kraftaufwand und warf ihn der entsetzten Margarete vor die Füße.

»Das halte ich von diesem Vertrag, Margarete von Österreich. Nichts.«

Im Durcheinander der Beschwichtigungen, Ratschläge und Ausrufe setzte sich Margaretes kräftige Stimme über alle anderen hinweg.

»Lass uns noch einmal verhandeln.«

»Nein.«

Louise ging hinaus und ließ Fassungslosigkeit zurück. Niemand konnte glauben, was sich gerade abgespielt hatte.

Simona sah noch, wie Margarete von Österreich die Hände vor das Gesicht schlug, ehe sie sich umwandte und Louise nachlief. Als Simona aus der Kirche kam, war sie bereits außer Sichtweite. Krachend entlud sich der erste Donnerschlag. Regentropfen klatschten zu Boden. In wilder Flucht vor dem Gewitter und den Ereignissen strömten die Menschen davon.

Sie entdeckte Thérèse, die von Cornelis geführt wurde.

»Was ist passiert?«, fragten beide wie aus einem Mund. Die Sorge um den Friedensvertrag stand ihnen ins Gesicht geschrieben. »Madame Louise ließ sich grimmig von den Männern ihrer Leibwache fortgeleiten, ohne einmal innezuhalten«, berichtete Cornelis.

Simona konnte die Frage nicht beantworten. Sie hob nur die Schultern zum Zeichen ihrer Ratlosigkeit.

»Heißt das, es gibt auch keine Verlobung?«

»Ich kann es dir nicht sagen.«

* * *

»Madame ruht. Sie will nicht gestört werden.«

Louise hatte sich in ihr Schlafgemach zurückgezogen. Sie wollte weder den Kanzler noch den Konnetabel oder den Pariser Parlamentspräsidenten sehen. Sogar Marguerite musste Simona zurückweisen.

»Ich will mich selbst davon überzeugen, dass es meiner Mutter gutgeht«, bestand sie gebieterisch auf ihrem Recht, einzutreten.

»Der Befehl war unmissverständlich, Königliche Hoheit. Ich muss ihn befolgen.«

»Ihr wollt mich daran hindern, meine Mutter zu sprechen? Habt Ihr den Verstand verloren?«

Louise hatte die Auseinandersetzung durch die Tür mithören können und öffnete. Sie wirkte immer noch sehr blass, aber die Ruhe schien ihr gutgetan zu haben.

»Meine Anordnung war eindeutig, Marguerite. Komm herein und mäßige deinen Ton. Simona, ich möchte etwas essen, bitte«, sprach sie weiter. »Ich muss sehen, für die nächsten Tage bei Kräften zu bleiben.«

Als Simona mit einem Tablett zurückkam, saßen Mutter und Tochter sich gegenüber. Zu Simonas Erstaunen bedankte Marguerite sich.

»Sollte Margarete mich aufsuchen, Simona, bin ich nicht für sie zu sprechen. Bleibt bitte im Arbeitskabinett. Ich bin sicher, es kann nicht mehr lange dauern, bis sie auftaucht.«

»Ihr seid hart mit Margarete, Maman.«

Obwohl Marguerite Erfahrung darin hatte, Louises Zorn zu besänftigen, gelang es ihr dieses Mal nicht. Enttäuschung und Schmerz wogen zu schwer.

»Sie hat es verdient. Wie konnte sie Karl eine derartig unsinnige Forderung durchgehen lassen? Sie wusste, wie es uns kränken würde, und hat deswegen die Forderung hinter der Kriegsschuld versteckt in den Vertrag gemogelt.«

»Verzeiht, Maman, aber ist es in Anbetracht der Lösegeldsumme nicht übertrieben, die Verhandlungen an fünfzigtausend Goldstücken und einer einzigen Reliquie scheitern zu lassen? Ihr sagt doch selbst, dass wir den Frieden bitter nötig haben.«

»Es geht nicht um die Summe, es geht um das Prinzip. Wenn Frankreich aus dem Elend herauskommen will, muss es seine Ehre bewahren. Kriege, Land und Gold darf man verlieren, aber nie die Ehre.«
Was war Frankreich wichtiger? Seine Ehre oder der Frieden, fragte Simona sich, ehe sie die Tür hinter sich schloss.

* * *

Margarete riss ohne ein Klopfzeichen die Tür des Arbeitskabinetts auf. Simona sprang erschrocken auf.
»Madame Louise ist nicht hier. Sie hat sich zur Ruhe begeben«, sagte sie schnell, ohne eine Frage abzuwarten.
»Und wie lange wird sie ruhen?«
»Das ist schwer zu sagen.«
Margarete trat an den Tisch und rückte das Tintenfass hin und her. Simona beobachtete sie. Wollte sie Madame Louise einen Brief schreiben?
»Wird sie die Verhandlungen wieder aufnehmen?«
»Kennt Ihr sie nicht besser?«
Ihr kräftiges Kinn zwischen Daumen und Zeigefinger reibend, verzog Margarete den Mund und ließ das Tintenfass Tintenfass sein.
»Was kann ich tun, ihren Zorn zu besänftigen?«
»Sicher erwartet Ihr nicht ausgerechnet von mir einen Rat.«
»Und wenn doch?«
Obwohl sie den Eindruck hatte, dass Margarete sich einen Scherz mit ihr erlaubte, sprach sie aus, was sie dachte.
»Ich kann nur mit gesundem Menschenverstand dienen. Aus den Worten Madame Louises ist zu schließen, dass

Ihr den Bogen überspannt habt. Aber ich denke, er ist nicht gebrochen.«

Margarete nickte nachdenklich.

»Könnt Ihr Euch vorstellen, in Flandern heimisch zu werden? In meinem Haushalt wäre Platz für eine Frau wie Euch.«

»Mein Platz ist an Madame Louises Seite, solange sie meine Dienste benötigt, Königliche Hoheit.«

»Respekt.« Margarete öffnete die Tür des Geheimganges. »Überbringt Louise meine Grüße. Sagt ihr bitte, ich würde gerne die Scherben kitten, die wir heute hinterlassen haben. Dafür will ich alles tun, was in meiner Macht steht.«

Als Simona die Botschaft überbrachte, saß Marguerite noch bei ihr. Louise blickte regungslos aus dem Fenster. Mit keiner Bewegung gab sie zu verstehen, was sie dachte.

»Werdet Ihr Euch auf neue Verhandlungen einlassen, Maman?«

»Solange ich keinen konkreten Vorschlag von ihr bekomme: Nein.«

»Ihr macht mir Angst, Maman.«

ZWEIUNDDREISSIGSTES KAPITEL

Einsicht

Cambrai, 27. Juli 1529

Simona verbrachte so viele Stunden im Arbeitskabinett, dass sie sich schon fast heimisch fühlte in dem Raum. Die Geheimtür hatte sich seit Tagen nicht mehr geöffnet. Niemand störte sie, wenn sie ihren Gedanken nachhing oder in einem der Bücher las, die ihr Louise für die Wartezeiten großzügig überließ.

Da sie die *Divina Commedia* ihres Landsmannes Dante Alighieri schon aus Venedig kannte, fesselten sie die Verse heute nur bedingt. Das Buch locker in den Händen, träumte sie vor sich hin. Thérèse platzte so stürmisch herein, dass es ihr vor Schreck aus den Fingern rutschte und zu Boden glitt.

»Meine Güte, was ist geschehen?«

Hastig bückte sie sich.

»Nichts. Gar nichts«, entgegnete Thérèse. »Das ist ja das Schlimme. Alle sind in Trübsinn verfallen. Niemand wagt zu lachen oder zu singen. Sogar die Gräfin Vendôme schweigt vor sich hin, und die Königin von Navarra drangsaliert wie gewohnt ihre Kammermägde. Ich wünschte, Madame Louise würde endlich wieder das

Heft in die Hand nehmen und uns mitteilen, wie es weitergehen soll. Will sie ewig in ihren Gemächern schmollen?«

Simona verstand Thérèses mühsam im Zaum gehaltene Enttäuschung. Sie hatte sich am Ziel ihrer Sehnsüchte gesehen. Jetzt wusste sie nicht einmal, ob sie mit leeren Händen dastand oder noch hoffen durfte.

»Wir müssen Madame Louises Wunsch, nicht gestört zu werden, respektieren. Im Augenblick möchte sie niemanden sehen. Nicht einmal den Kanzler und ihre anderen Ratgeber.«

Seit Louise bei ihrem eindrucksvollen Auftritt den Friedensvertrag zerrissen hatte, hatte sie sich zurückgezogen. Ihrer Gesundheit tat die erzwungene Ruhe gut, dem Hofstaat setzte sie zu. Das Geschwätz blühte. Gerüchte und Vermutungen machten die Runde. Simona verweigerte sich diesem Klatsch. Sie entschied sich, auch jetzt zu schweigen.

»Hat sie denn vergessen, dass sie Cornelis und mich zusammengegeben hat?«

Da sie vergeblich auf Antwort wartete, versuchte Thérèse Simona auf andere Weise eine Reaktion zu entlocken.

»Malvina bedrängt meinen Vater immer heftiger, die Hochzeit anzusetzen. Sie gehen beide davon aus, dass ich Andrieu heirate. Zum Glück ist es meinem Vater noch nicht gelungen, Paul darauf anzusprechen.«

Ihm oblag die Organisation des Kurierdienstes zwischen Louise und ihrem Sohn. Nicht einmal Simona konnte sagen, wo er sich im Augenblick aufhielt. Er war ständig zwischen Cambrai und Saint-Martin unterwegs. Sie sah ihn nur alle paar Tage zwischen Tür und Angel.

»Madame Louise vergisst nie etwas.«
»Warum sagt sie dann kein Wort der Erklärung? Habe ich nicht ein Recht darauf, zu erfahren, wie mein Leben nach Cambrai aussehen soll?«
»Madame bedrücken gegenwärtig schwerwiegendere Sorgen, Thérèse. Sie muss Dinge von weitreichender Bedeutung bedenken. Von ihrer Entscheidung hängt das Wohlergehen ganzer Völker ab. Ihr müsst Geduld haben, bis sie sich wieder persönlichen Dingen zuwenden kann.«
Die Wendung des Gespräches gefiel Thérèse gar nicht.
»Ich weiß, das Schicksal Einzelner kümmert sie nicht. Es ist meine Schuld, dass ich ihr vertraut habe.«
»Ihr tut Madame Louise unrecht. Auch ich habe es einmal so gesehen wie Ihr, aber es ist falsch. Würde sie sich von persönlicher Anteilnahme leiten lassen, verlöre sie den Blick für das große Ganze. Es ist ihr klar, dass sie es niemals allen recht machen kann. Sie muss das in Kauf nehmen, auch wenn es mit Missverständnissen verbunden ist und Kritik herausfordert.«
Die Erklärung fachte Thérèses Ärger an, statt ihn zu besänftigen. Dass sich Simona so bedingungslos auf Louises Seite schlug, enttäuschte sie zusätzlich. Von einer Freundin hatte sie sich mehr Unterstützung erwartet.
»Ihr könnt Madame Louise leicht schöntun. Es geht ja nicht um Euer Glück und Eure Zukunft. Ihr müsst nicht Tag um Tag eine Malvina ertragen. Hinter ihrem Rücken lachen sie bereits über ihre geschmacklosen Kleider und ihre fehlenden Manieren.«
»Das sind doch alles nur Äußerlichkeiten, Thérèse. Seit wann seid Ihr so kleinlich? Als ich nach Fontainebleau kam, habe ich Euch anders kennengelernt.«

Der Vorwurf kränkte Thérèse.
»Nennt Ihr es auch eine Äußerlichkeit, dass sie sich als meine Mutter aufspielt? Sie hindert mich sogar daran, allein mit meinem Vater zu sprechen. Immer bleibt sie an seiner Seite.«
Simonas Gespräch mit Thérèse wurde durch ein Klopfen an der Geheimtür beendet.
»Ich bin Thomas More, Lordkanzler Seiner Majestät von England«, stellte sich der Besucher mit sonorer Stimme in bestem Französisch vor.
»Simona Contarini. In Diensten von Madame Louise.«
»Die Venezianerin. Die Frau, die stets einen Dolch am Gürtel trägt. Man hat mir von Euch berichtet. Wollt Ihr Madame Louise bitte mitteilen, dass ich gekommen bin, ihr ein Angebot der englischen Krone zu unterbreiten?«
Simona bat Thérèse, sie mit dem Besucher alleine zu lassen.
»Madame Louise zählt darauf, dass Ihr nichts gesehen und gehört habt«, gab sie ihr mit auf den Weg.
Thérèse gehorchte nur zögernd. Sie platzte fast vor Neugier. Beschwörend, fast schon drohend suchte Simona noch einmal ihren Blick.
Als die Tür hinter ihr ins Schloss fiel, wandte sie sich dem Fremden zu. »Ich werde Madame Louise umgehend Bescheid geben, Seigneur. Entschuldigt mich.«
Louise wurde schlagartig hellwach, als Simona berichtete, wer um eine Audienz bat. Zum ersten Mal ließ sie erkennen, dass auch ihr die Zeit der Unsicherheit lang wurde.
»Sir Thomas?«, fragte sie fast ungläubig. »Er ist ein außergewöhnlicher Gelehrter und im ganzen Abendland bekannt. Niemand in England genießt ein höheres An-

sehen. Sein *Utopia* hat große Anerkennung gefunden. Ich denke, er zählt zum Kreis von Margaretes gelehrten Freunden. Wie raffiniert von ihr, ausgerechnet ihn zu schicken. Sie kann sich denken, dass ich ihn niemals abweisen würde.«

Beflügelt von neuem Elan, begab sich Louise mit solcher Geschwindigkeit in das Kabinett, dass Simona ihr im Laufschritt folgen musste.

»Ihr bringt Nachrichten von der Statthalterin, Sir Thomas?«, fragte sie ohne Umschweife nach einer kurzen Begrüßung.

»Ihr verdanke ich die Möglichkeit, Euch fern des Protokolls und fremder Ohren zu sprechen, Madame. Das Anliegen, das mich zu Euch führt, ist jedoch das des Königs von England. Die Statthalterin hat nur bedingt damit zu tun.«

»Setzt Euch doch bitte.« Scheinbar gelassen nahm Louise ihrerseits Platz. »Seit König Heinrich und Kaiser Karl ihren Frieden miteinander gemacht haben, gab es keine Aufmerksamkeit Seiner Majestät mehr gegenüber Frankreich. England hat sich andere Freunde gesucht, Sir Thomas.«

Er betrachtete sie mit einem leichten Lächeln um die Mundwinkel. Aus seinen grauen Augen sprachen Ehrlichkeit und Offenheit.

»Wie Ihr wisst, Madame, ist mir das friedliche und humane Miteinander aller Menschen des christlichen Abendlandes ein Anliegen. Der Frieden zwischen Frankreich und Habsburg ist immens wichtig für das politische Gleichgewicht. England möchte seinen Anteil dazu beitragen.«

»Und was will England beitragen?«, fragte Louise nüchtern. Sie wollte sich nicht von seiner Souveränität überrumpeln lassen. Selbst ihr fiel es schwer, seiner Ausstrahlung zu widerstehen. »Wie wollt Ihr die Demütigungen, die der Kaiser uns auferlegt, aus der Welt schaffen, Sir Thomas?«, fuhr sie sachlich fort. »Karl möchte Frankreich in den Staub zwingen. Sein Machthunger ist unersättlich.«

»England ist nicht daran interessiert, Frankreich zugunsten des Habsburgers zu schwächen, Madame. Das erwünschte Gleichgewicht verlangt ein starkes Frankreich. Obwohl die Schulden des Kaisers bei der englischen Krone eine beträchtliche Höhe erreicht haben, will der englische König nicht den Frieden daran scheitern lassen. England verzichtet auf die Begleichung der Kriegsschulden.«

»Erklärt Euch ausführlicher, Sir Thomas.« Louise wurde zunehmend nachdenklicher. »Gerne wüsste ich mehr darüber, was England dazu treibt, so unerwartet den Friedensstifter für uns zu spielen.«

»England ist eine Insel und somit auf den freien Handel auf allen Weltmeeren angewiesen. Seit jedoch im Mittelmeerraum die türkischen Piraten ihr Unwesen treiben, ist dieser Handel in höchster Gefahr. Schifffahrtswege werden bedroht, Kauffahrer gekapert und christliche Seeleute in die Sklaverei verkauft. Gemeinsames Ziel des Abendlandes muss sein, diesem Wahnsinn ein Ende zu bereiten. Nur vereint ist es uns möglich, die osmanische Gefahr zu bannen und die Seeräuber ins Schwarze Meer zurückzudrängen. Spanien und Portugal haben den Kampf gegen diese Berber, wie man die Piraten auch nennt, bereits aufgenommen, aber allein stehen auch sie auf verlorenem

Posten. Die christliche Seefahrt muss all ihre Kräfte bündeln, um den Sieg zu erringen. Wir haben keine Zeit mehr, uns in alten Feindschaften zu zerfleischen. Die Vernunft muss endlich Oberhand gewinnen.«

Die flammende Rede beeindruckte Simona. Louise hingegen lauschte ungerührt. Keine Bewegung, kein Zwinkern verriet ihre Gefühle.

»Nehmt die Verhandlungen mit Margarete von Österreich wieder auf. Unterzeichnet den Friedensvertrag.«

»Hm …«

Die eine Silbe genügte Sir Thomas nicht. Besorgt richtete er sich auf. »Misstraut Ihr meinen Worten?«

»Nein, Sir Thomas. Euer aufrichtiges Bemühen, verfahrene Streitfälle zu lösen, verbietet das Misstrauen. Ich akzeptiere, dass Ihr für den Kampf gegen die Osmanen Unterstützung sucht, wenngleich Frankreich über keine Flotte verfügt. Aber das allein überzeugt mich nicht. Was bewegt König Heinrich von England wirklich, uns zu helfen? Indirekt bezahlt Ihr uns. Für welches Geschäft, für welche Ware?«

Die Worte durchschnitten die Stille des Kabinetts wie ein Messer. Thomas More schaute sie nachdenklich an. In seinem Blick war Bewunderung zu erkennen.

»Ihr wisst bestimmt um die Schwierigkeiten, die König Heinrich das Leben vergällen.«

»Er sucht nach einer Lösung seines ehelichen Dilemmas und scheint sie im Buch Mose gefunden zu haben. *Wenn jemand die Frau seines Bruders nimmt, so ist dies eine schändliche Tat. Sie sollen ohne Kinder sein, darum, dass er seines Bruders Blöße aufgedeckt hat.* Ich hoffe, ich habe richtig zitiert.«

Louise wusste wie jeder andere, dass der König seine Ehe mit Katharina von Aragón vom Heiligen Vater annullieren lassen wollte. Keiner der Knaben, die sie ihm geboren hatte, war am Leben geblieben. England brauchte einen Erben. Zum anderen liebte er inzwischen Anne Boleyn. Sie wollte sich dem König nur hingeben, wenn er sie in allen Ehren zur Frau nahm.

Louise war gleichwohl nicht klar, was das mit dem Erlass der Kriegsschulden zu tun haben sollte.

»Die Entscheidung für oder gegen den Wunsch Heinrichs liegt allein in den Händen des Heiligen Vaters«, warf sie ein.

Sir Thomas nickte bedächtig.

»Ich stimme Euch zu. Aber König Heinrich sieht das anders. Er hat den Papst dermaßen provoziert, dass er ihm sogar mit Exkommunizierung droht. Im Moment ist Heinrich dabei, ganz England auf den Kopf zu stellen. Das geht so weit, dass er den Papst nicht mehr als weltlichen Stellvertreter Christi anerkennen will. Er hat sich eigenmächtig zum Oberhaupt der Kirche Englands ernannt.«

»Nimmt der Klerus das hin?«, fragte Louise kopfschüttelnd.

»Natürlich nicht, zumal Heinrich alle Zahlungen an den Klerus eingestellt hat. Auch an die Kirche Roms. Die Einkünfte der Kirche waren zweieinhalbmal so hoch wie die der Krone. Als Kirchenoberhaupt glaubt er nun, seine Ehe selbst annullieren zu können. Er treibt unser Land in eine Zerreißprobe. Ich muss dies mit allen Kräften verhindern. Er mag auf diese Weise seine Taschen mit Geld gefüllt haben, aber er wird England in die Isolation führen und in neue Kriege verwickeln.«

»Was kann Frankreich tun, um das zu verhindern?«
»Frankreich hat gute Beziehungen zum Heiligen Stuhl. Es ist mein Wunsch, dass Ihr versucht, Papst Clemens zum Einlenken zu bewegen. Ich werde, was mich betrifft, alles tun, was in meiner Macht steht, um auch Heinrich zur Vernunft zu bringen.«
Simona senkte den Kopf, um ihre Überraschung zu verbergen. England hoffte darauf, dass Frankreich sich im Gegenzug für die erlassenen Kriegsschulden beim Papst für die Annullierung von Heinrichs Ehe verwendete.
»Der Heilige Vater ist uns stets gewogen«, bestätigte Louise. »Wir bekämpfen alles Sektierertum und die ketzerischen Thesen Martin Luthers. In diesem Kampf stehen wir auf seiner Seite.«
»Werdet Ihr weiterverhandeln?«
»Ich bewundere Euren Scharfsinn und Weitblick. Mir scheint es das einzig Sinnvolle zu sein. Der tiefempfundene Wunsch nach Frieden für unsere Länder leitet mich ebenso wie die Statthalterin. Ich will sehen, dass wir uns morgen, nach dem gemeinsamen Kirchgang, erneut treffen.«
Louise erhob sich und winkte Simona an ihre Seite, ehe sie hinzufügte: »Die Politik des friedlichen Ausgleichs, die Ihr für England anstrebt, findet meine volle Zustimmung, Sir Thomas. Ich werde der Statthalterin vorschlagen, England in unseren Friedensbund aufzunehmen. Mit vereinten Kräften können wir der Gefahr aus dem Osten begegnen.«
»Ich neige mein Haupt vor der Klugheit Eurer Entscheidung. Ich will meinen König davon in Kenntnis setzen.«
Sir Thomas stand ebenfalls auf, um den Raum zu verlas-

sen. Simona konnte sich nicht zurückhalten, nachdem sich die Tür hinter ihm geschlossen hatte.

»Ein wahrhaft bewundernswerter Mann. Vertraut Ihr ihm?«

»Ihm schon. Mit Heinrich ist es etwas anderes. Vor neun Jahren hat er schon einmal, kaum war die Tinte unter den Verträgen getrocknet, die Abmachungen mit Frankreich gebrochen. Dass der König allerdings einen Mann wie Thomas More zu seinem Lordkanzler ernannt hat, gibt mir Zuversicht.«

* * *

Die Perlen des Rosenkranzes glitten durch Thérèses Finger. Ihre Blicke schweiften durch die Kathedrale. Neben ihr, auf der anderen Seite des Ganges, stand ein Beichtstuhl. Sie konnte den Saum einer Mönchskutte und bloße Männerfüße in Sandalen erkennen. Hinter einem Vorhang verborgen, erwartete der Priester reuige Sünder.

Schon lange hatte sie nicht mehr gebeichtet.

Seit sie Cornelis ihr Herz geschenkt hatte.

Lügen, verbotene Küsse und sündige Wünsche summierten sich zu einer beträchtlichen Last auf ihrem Gewissen. Dass eine Beichte etwas daran ändern würde, bezweifelte sie.

Sie haderte ernstlich mit ihrem Glauben und ihrem Schicksal. Stets hatte sie sich bemüht, eine gehorsame Tochter und eine vorbildliche Hofdame zu sein. Was hatte es ihr eingetragen?

Tränen.

Verstohlen schaute Thérèse um sich. Draußen fiel die

Dämmerung herab, im Kirchenschiff sah man inzwischen kaum die Hand vor Augen. Das Licht der Altarkerzen reichte nur wenige Schritte weit. Hatte der Pferdeknecht Cornelis erreicht und ihre Botschaft überbracht?
Wo blieb er? Ihre Unruhe wuchs zusehends. Sie wurde nur noch von einem Gedanken beherrscht: Cornelis und sie mussten fliehen.
Er schien ihr der einzig mögliche Ausweg. Auf Simona war kein Verlass, Madame Louise hielt nicht Wort, ihr Vater entfremdete sich ihr zunehmend. Ihr Herz klopfte bis zum Hals, je mehr Zeit verstrich. Würde Cornelis mit ihr fliehen? Oder würde er wie Simona Vernunftgründe aufzählen und sie im Stich lassen?
Plötzlich stand Malvina vor ihr.
»Malvina!«, schreckte Thérèse auf. »Was tust du hier?«
»Beten. Beichten.«
»Du lügst, du bist mir gefolgt. Du spionierst mir nach.«
»Warum sollte ich das tun?«
Panik stieg in Thérèse auf. Hoffentlich kam Cornelis nicht ausgerechnet jetzt. Sie zwang sich zur Ruhe. Sie konnten hier keinen Streit austragen. Schon spähte der Priester hinter dem Vorhang hervor.
Malvina musste in Rosenwasser gebadet haben. Sie verströmte einen so aufdringlichen Duft, dass Thérèse den Kopf abwandte. Als sie neben ihr auf die Knie sank, wurden die Rosenwolken unerträglich. Sie neigte sich zu ihr, damit keines ihrer geflüsterten Worte den Priester störte.
»Ist deine Abneigung gegen mich so groß, dass du dich sogar in der Kirche vor mir abwendest? Du hast mich eh und je verachtet. Ich war für dich wie Ungeziefer. Badet sie, hast du befohlen, als wir uns das erste Mal sahen. Man

sieht ja nicht einmal, ob es ein Mädchen oder ein Junge ist.«

»Kannst du leugnen, dass du ein dürres, schmutziges Kind warst? Es stimmt, ich habe dich verabscheut.«

Wütend blitzte Thérèse ihre gleichaltrige Stiefmutter an. Malvina tat einen schweren Seufzer, faltete die pummeligen Hände.

»Du hast dich nicht geändert. Noch immer bist du boshaft und eigensüchtig. Das verwöhnte Herzblatt, dem der Vater jeden Wunsch von den Augen abgelesen hat. Ich war ein Spielzeug, das er dir geschenkt hat. Du konntest mich nach Herzenslust quälen und demütigen. Hast du dir jemals Gedanken darüber gemacht, wie ich darunter gelitten habe?«

Ihre Vorwürfe verengten Thérèse die Kehle. Erschrocken sah sie Malvina an.

»Ich habe dich nicht gequält«, verteidigte sie sich.

»Nicht handgreiflich, aber alle deine Worte waren verletzend. Noch heute gibst du mich der Lächerlichkeit preis. Die dicke Dame von Fleurbaix. Denkst du, ich höre nicht, was man über mich sagt? Hast du je gehungert, Thérèse? Weißt du, wie es ist, auf bloßem Boden zu schlafen und mit den Jagdhunden des Burgherrn um ein Stück Brot zu kämpfen?«

»Red keinen Unsinn. Du bist das einzige Kind von Vaters Stiefbruder. Zwar nicht ehelich geboren, aber doch kein vernachlässigter Bankert, um den sich niemand gekümmert hat.«

»Wer hat sich denn um mich gekümmert? Meine Mutter war eine ehrenwerte Frau. Die Tochter des Dorfvorstehers. Sie hat sich erhängt, weil sie die Schande nicht ertragen hat. Mein Großvater hat mich in die Burg gebracht, weil er nichts mit mir zu schaffen haben wollte. Ich wuchs als Gesindekind auf, von Hunger, Schlägen und der Angst verfolgt, rausgeworfen zu werden. Es war das größte Wunder meines Lebens, als nach dem Tod meines Vaters in der Schlacht von Pavia dein Vater bei uns erschien, um die Burg zu übernehmen.«

Das bleiche, runde Gesicht erinnerte Thérèse an einen Vollmond. Die Augen waren dunkel, voll trüber Erinnerungen. Bei der Erwähnung ihres Vaters ging ein Lächeln über ihr Gesicht.

»Du weißt das ja im Grunde alles ganz genau«, fuhr sie fort. »Dein Vater war der Erste, der gut zu mir war. Nie hat er mich geschlagen, verächtlich behandelt oder gekränkt. Du weißt gar nicht, was für einen wundervollen Vater du hast. Wie soll ich ihn nicht bewundern und lieben? Er ist der beste Mann, den ich kenne.«

Auch Thérèse liebte ihn auf ihre Weise. Sie hatte es vor allem immer gut verstanden, seine Gutmütigkeit für sich zu nutzen. Bewundert hatte sie ihn nie.

»Du liebst ihn tatsächlich«, murmelte sie.

»Hast du daran gezweifelt? Er hat mir ein Zuhause gegeben, eine Familie, Wärme. Ich musste nie mehr hungern. Aber das alleine ist es nicht. Er liebt mich, wie ich ihn. Das weiß ich. Und das ist ein Geschenk, für das ich ihm ein Leben lang mit meiner Gegenliebe danken werde.«

Thérèse rief sich das magere Kind vor Augen, das nach Fleurbaix gekommen war. Sie hatte sich tatsächlich über Malvina Laarne lustig gemacht. Die Nase darüber gerümpft, dass sie anfangs das Essen mit beiden Händen in

sich hineinstopfte, dass sie wie ein Bauernkind sprach und keine Ahnung von gutem Benehmen hatte.
Erst in Paris war sie selbst zum ersten Mal von echtem Elend berührt worden. Die Begegnung mit Sanceline, während des Osterfestes, war ein Schock für sie gewesen. Malvina war ihr dabei gar nicht eingefallen.
Oder doch?
Tief in ihrem Inneren wusste sie, dass sie allen Grund hatte, Buße für ihre Herzlosigkeit zu tun. Sie wollte auf der Stelle damit beginnen.
»Es tut mir leid, Malvina. Ich war oft grausam.«
Sie erhielt keine Antwort. Malvinas Mund stand offen vor Sprachlosigkeit.
Thérèse musste an ihren Vater denken. Zeit ihres Lebens hatte er mit fester Hand über Fleurbaix geherrscht, seine Ländereien gut verwaltet und seinen Reichtum gemehrt. Er war ja ein kluger Mann. Malvina musste ihm schon mehr geben als einen üppigen Busen, wenn er für sie seinen Traum aufgab, in den Adel erhoben zu werden.
»Ich wünschte, ich könnte deine Gedanken lesen«, meldete Malvina sich schließlich wieder zurück. »War das etwa eine Entschuldigung?«
»Ja«, erwiderte Thérèse ohne Zögern. »Und sie kommt von Herzen, verbunden mit der Bitte um Vergebung.«
»Thérèse. Ich kann es kaum glauben. Ich vergebe dir gerne. Immer habe ich mir gewünscht, wir könnten uns vertragen und uns geschwisterlich nahe sein. Lass mich dir dann auch sagen, warum ich dir gefolgt bin. Ich wollte dich bitten, deinen Vater nicht zu bekümmern. Er liebt dich und will, dass nichts zwischen dir und ihm steht. Verstehst du, was er meint?«

»Du hältst mich wohl für eine Ignorantin?«
»Nein, ich weiß, die Ignorantin bin doch ich.«
Der trockene Humor Malvinas kam unerwartet und löste ein Lachen bei Thérèse aus, das den Geistlichen im Beichtstuhl vollends aus der Ruhe brachte. »Ich bitte um die respektvolle Ruhe, die sich geziemt in einem Gotteshaus«, tönte es harsch aus dem Beichtstuhl, dessen Vorhang nun voll zurückgeschlagen war. Thérèse dämpfte die Stimme.
»Ich werde versuchen, weder dir noch Vater in Zukunft Kummer zu bereiten. Du hast mich beschämt, ich sehe ein, dass ich überheblich und lieblos war. Lass uns in Zukunft wie gute Freundinnen miteinander umgehen.«
Bis Malvina ihre ausgestreckte Hand ergriff, verging viel Zeit. Es hatte einfach zu lange gedauert, bis es zu dieser Aussprache kam.
Thérèse konnte es ihr nicht verübeln. Sie wusste, sie würde ihre Versprechungen erst unter Beweis stellen müssen.
»Thérèse? Meine Güte, ist das finster hier. Warum bestellst du mich auf so mysteriöse Weise zu diesem Treffen?«
»Cornelis. Endlich. Spät und doch zu früh.«
Da ist nichts mehr zu verheimlichen, war Thérèse sofort klar.
»Ein Stelldichein?«
Malvina hatte die Situation auf Anhieb erfasst. Sie beugte sich vor, um an Thérèse vorbeisehen zu können. »Cornelis« hatte Thérèse ihn genannt. Es war also nicht Andrieu.
Thérèse kämpfte mit sich. Wie sollte sie Malvinas gefährliche Neugier am besten befriedigen?

Während sie noch darüber nachdachte, stand Malvina jedoch völlig unerwartet auf, um zu gehen. Sie bekreuzigte sich kurz und bat nur noch leise: »Sag deinem Vater bitte nichts von unserem Gespräch. Er wusste nicht so genau, wie schlecht wir bisher zueinander standen. Es würde ihn nur betrüben.«

»Sag am besten auch du nichts, Malvina. Auf mich kannst du dich verlassen.«

Sie nickten einander wortlos zu.

»Was war das denn?« Cornelis sah Malvina verdutzt nach. »Du triffst dich heimlich mit der Frau deines Vaters?«

»Ein Zufall und eine lange Geschichte«, wehrte Thérèse alle weiteren Fragen ab. »Wir haben uns ausgesprochen. Es wird künftig keinen Unfrieden mehr zwischen uns geben. Lass uns auch gehen.«

»Du bist verwirrt«, stellte Cornelis fest. »Was ist geschehen? Warum müssen wir uns auf so verstohlene Weise treffen?«

»Ich habe dich seit Tagen nicht gesehen.«

Das Gespräch mit Malvina hatte alles verändert.

Thérèse erkannte, dass sie endlich erwachsen werden musste. Nur ein verwöhntes und dummes Kind wollte mit dem Kopf durch die Wand. Ihr Plan war unüberlegt, eigensüchtig und rücksichtslos. Er brachte Cornelis in Gefahr. Eine gemeinsame Zukunft ließ sich so nicht aufbauen.

»Es war dumm von mir, dich nur aus Sehnsucht zu einem so merkwürdigen Stelldichein zu bitten. Ich weiß. Verzeih mir, bitte.«

Was ging in ihr vor? Warum verbarg sie ihre Gedanken vor ihm? Während Cornelis grübelte, ging seine Verwunderung darüber in Unsicherheit über. Kein Zweifel, Thérèse verbarg etwas vor ihm. Was?

»Bitte begleite mich ins Hôtel Saint-Paul zurück. Ich bin müde«, sagte sie.

»Willst du das wirklich?«

Sie nickte.

DREIUNDDREISSIGSTES KAPITEL

Hoffnung

Cambrai, 31. Juli 1529

Die Wiederaufnahme der Verhandlungen, anfangs mit großer Erleichterung begrüßt, gab in der Zwischenzeit abermals zu Sorge und Fragen Anlass. Welche Zwistigkeiten hinderten die Damen daran, zum Ende zu kommen? Waren die Ziele zu hoch gesteckt? Konnten sich Habsburg und Frankreich doch nicht einigen?

Längst waren die Stadttore von Cambrai an diesem Tag geschlossen worden für die Nacht. Wolken verbargen immer wieder die Mondsichel. Aus Schänken, Herbergen und Bürgerhäusern drang weniger Lärm als sonst. Die bange Frage, ob dieser 31. Juli 1529 Frieden oder Krieg bringen würde, erstickte die Lebensfreude. Obwohl es keine offizielle Verlautbarung darüber gab, ahnte man, dass heute die Entscheidung fallen würde.

Die Glocken von *Notre-Dame* verkündeten die zehnte Abendstunde. Es war noch immer schwül und drückend, was die Verhandlungen nicht leichter machte.

Simona starrte aus dem Saalfenster. Was heckten sie aus? Schweiß stand ihr auf der Stirn.

Die neuen Verhandlungen fanden nicht mehr unter vier

Augen statt. Man traf sich wechselnd in der Abtei oder in Louises Räumen. Unter großem Gepränge zogen die jeweiligen Parteien von einem Haus zum anderen, belauert von zahllosen Gesandten und Botschaftern. Bislang war nur nach außen gedrungen, dass man um zusätzliche Garantien zur Sicherung des Friedens ringe.

»Du siehst müde aus.«

Die Stimme erregte Simona wie eine Umarmung. Sie wagte nicht, sich umzuwenden. Ihr Gesicht hätte sie verraten. Hofdamen standen so nahe, dass sie auch kaum zu flüstern wagte. Wann würden diese Heimlichkeiten endlich ein Ende haben?

»Ich verbringe mein Leben mit Warten, das macht müde«, antwortete sie schließlich.

Sie entdeckte auch an ihm Zeichen der Anspannung. Er hatte sich vom Staub befreit, aber seine Stiefel waren grau. Er kam vom König.

»Was gibt es Neues?«

Paul vermied jede Anrede. Die Hände auf dem Rücken verschlungen, damit er Simona nicht versehentlich an sich zog, musterte er sie eindringlich. Feine Röte stieg ihr in die Wangen.

»Einmal mehr sollen Kinder als zusätzliches Friedenspfand dienen«, berichtete er leise. »Philipp und Maria, die beiden ältesten Kinder des Kaisers, sollen mit dem französischen Königshaus verheiratet werden. Philipp ist kaum zwei und Maria erst ein Jahr alt.«

Pauls Tonfall machte unzweifelhaft klar, wie lächerlich er diese Verbindungen fand. »Wer weiß, was alles geschieht, bis diese Würmchen einen vernünftigen Satz von sich geben können. Aber das scheint niemanden zu rühren. Für

Margarete und Louise ist das normal, Kinder zu verheiraten. Ihnen ist es ja genauso ergangen. Dem Frieden hat es nicht gedient. Die Kinder tun mir leid. Wie auf einem Schachbrett werden sie hin- und hergeschoben, als gäbe es keine vernünftigeren Garantien für den Frieden.«
Beide merkten nicht, dass sich hinter ihnen die Türflügel endlich öffneten. Höflinge drängten. Erste Rufe wurden laut.
»Die Damen haben sich geeinigt.«
»Der Vertrag ist unterschrieben.«
»Ein Hoch auf den Damenfrieden!«
»Dem Himmel sei Dank.«
»Der Krieg ist vorbei.«
Jubel ging durch den Saal.
Die Frauen fielen sich in die Arme. Die Männer klopften sich gegenseitig auf die Schultern. Kirchliche Würdenträger sprachen laute Dankgebete. Die ersten Kirchenglocken ertönten, andere schlossen sich an.
Die Hand eines Pagen zupfte Simona am Ärmel. Sie konnte kaum hören, was der Junge von ihr wollte. Madame Louise erwartete sie.
Paul nickte ihr aufmunternd zu.
»Sie muss am Ende ihrer Kräfte sein, nach diesen langen Stunden. Es ist ohnehin ein Wunder, dass sie diese Strapazen durchgestanden hat.«
»Sie hat einen eisernen Willen. Du kennst sie ja.«
»Es besteht die Gefahr, dass sie zusammenbricht.«
Simona teilte seine Befürchtungen. Sie machte sich auf den Weg.

* * *

Louise fand keinen Schlaf in dieser Nacht. Cambrai feierte den Frieden, sie kämpfte mit ihren Schmerzen. Obwohl Simona alles tat, konnte sie ihr nur wenig Erleichterung verschaffen. Die Grenzen des Machbaren waren für sie erreicht.

»Jetzt, wo der Frieden endlich beschlossen und besiegelt ist, müsst Ihr doch kein Geheimnis mehr aus Eurem Leiden machen. Ich bin sicher, dass es in Straßburg oder Basel, wo Paracelsus gelehrt hat, Ärzte gibt, die Euch mehr Linderung verschaffen können.«

»Wenn es mir in Paris schlechter gehen sollte, werde ich es in Betracht ziehen. Aber ich habe die Hoffnung, dass meine Gesundheit sich stabilisiert, wenn die Anspannung jetzt nachlässt. Schon die Ruhepause zwischen den Verhandlungen hatte diese Wirkung, das macht mir Hoffnung«, winkte Louise ab. »Wir müssen erst einmal alles tun, um den Menschen ein Gefühl der Sicherheit zu geben. Dazu gehört auch, dass wieder alle satt werden. Noch ist Friede für sie nur ein Wort. Ich bete zu Gott, dass uns in diesem Jahr eine halbwegs gute Ernte gegönnt ist. Wenn sich die Weizenpreise erneut verdreifachen wie im Vorjahr, steht uns die nächste Hungersnot bevor.«

»Wäre es nicht sinnvoll, schon jetzt Vorsorge zu treffen?«, wagte Simona einen Vorschlag. »Zurzeit befinden sich in Cambrai auch Handelsleute aus Flandern. Sie haben Erfahrung im Getreideeinkauf, weil der Getreideanbau in Flandern die Menschen dort schon lange nicht mehr ernährt.«

»Die flandrischen Städte schwimmen im Gold, Simona. Sie können sich den Getreidezukauf leisten. Nicht so Frankreich. Und davon einmal abgesehen, wäre es sicher unklug, jetzt mit Vorratskäufen Ängste auszulösen.«

Da Louise erneut die Hände auf den Leib presste, behielt Simona ihren Einwand für sich, dass es genauso unklug sei, die Gefahr zu sehen und keine Vorsorge zu treffen.
Es dauerte geraume Zeit, bis Louise weitersprach.
»In wenigen Tagen ist die endgültige und feierliche Beeidigung des Vertrages angesetzt. Wir warten nur noch auf die Ankunft einer englischen Delegation.«
»Sir Thomas ist doch schon hier.«
»Heinrich hat Sir Thomas zu den Verhandlungen nach Cambrai geschickt, weil er weiß, wie sehr Margarete ihn bewundert«, erklärte Louise. »Für den geplanten Staatsakt wünscht er einen glanzvollen Auftritt für England. England nur durch eine Person vertreten zu sehen ist ihm unvorstellbar. Sir Thomas ist noch dazu ein bescheidener und zurückhaltender Mann. Er scheut große Feste und öffentliche Reden. Es werden sicher einige von Heinrichs Günstlingen anreisen, die mit viel Pomp das große Wort schwingen.«
»Was ist König Heinrich für ein Mensch?«
»Er fühlt sich nicht nur als König von Gottes Gnaden, sondern geradezu gottgleich.«
Louise lachte trocken auf. Wie meistens lenkten sie die Gespräche mit Simona erfolgreich von ihren Schmerzen ab.
»Unter uns gesagt, ich denke, der englische König ist mindestens so schwierig wie Kaiser Karl. Als Zweitgeborener wurde er ursprünglich für den Dienst in der Kirche erzogen. Nach dem Tod seines älteren Bruders rückte er zum Thronfolger auf. Heute kann man ohne Übertreibung behaupten, dass er seinen königlichen Status genießt. Seine exzentrischen Feste dauern Tage. Völlerei

und wüste Ausschweifungen sind dabei an der Tagesordnung.«

»Dann sollte Königin Katharina doch eine Trennung nicht schmerzen«, entgegnete Simona ebenso freimütig. »Wie man hört, ist sie eine sehr fromme Frau, die eher das Leben einer Nonne als das einer Königin führt.«

»Bedenkt, Simona, auch sie ist, wie Margarete, eine Tante Kaiser Karls, nur aus der spanischen Linie. Sie wird bis zum Letzten kämpfen. Lange Jahre haben die beiden eine harmonische Ehe geführt. Katharina wird vom Volk verehrt und geliebt. Der Heilige Vater wird diese Ehe mit Sicherheit nicht annullieren.«

Simona verkniff sich eine kritische Bemerkung. Sie spürte, dass Louise eigentlich mehr zu sich selbst sprach und diesen offenen Gedankenaustausch mit ihr womöglich nicht führen würde, wäre sie nicht so geschwächt.

Louise wechselte das Thema.

»Ich gedenke, Cambrai ein Fest zu geben, wie es noch nie gefeiert wurde. Der Wein soll in Strömen fließen, auf den Straßen und Plätzen sollen Speisen verteilt werden. Gleich morgen in aller Frühe soll mit den Vorbereitungen begonnen werden. Wenn Schlachtvieh, Mehl und alles andere in Cambrai nicht mehr ausreichen, kann sicher Cornelis van Liewe vermitteln. Ihr habt selbst gesagt, Simona, dass sich in Cambrai einige flämische Händler aufhalten.«

»Ich bin sicher, dass er Euch gern zur Seite stehen wird«, erwiderte Simona.

Der Gedanke an ein rauschendes Fest, wie es Louise vorschwebte, bereitete Simona Unbehagen. Ein Gelage für jedermann war ein Strohfeuer. Was half den Armen ein einziger Tag des Überflusses, wenn sie danach wieder in ihr gewohntes Elend fielen?

Louise ahnte, was in Simona vorging.

»Wir müssen den Menschen Hoffnung geben. Hoffnung, dass die Zeiten besser werden. Ein ausgelassenes Fest schweißt sie zusammen, gibt ihnen Zuversicht, soll ihnen zeigen, dass auch der König Vertrauen in die Zukunft hat, die sie tatkräftig wieder in die Hand nehmen müssen. Weite Teile der Bevölkerung haben resigniert. Ohne ihre Bereitschaft kann es mit Frankreich nicht bergauf gehen. Ich habe die Voraussetzung für einen Neuanfang geschaffen, den Rest muss das Volk tun.«

»Wird Seine Majestät ebenfalls zu diesem Fest kommen?«, fragte Simona, ohne auf ihre Erklärung einzugehen.

»Wir werden sehen«, seufzte Louise. »Nun, da die Tatsachen auf dem Tisch liegen, ist auch ihm klar, dass der Traum von einem großen Königreich Frankreich-Italien ausgeträumt ist. Er muss erst seine Enttäuschung überwinden. Ich kann gut nachvollziehen, was in ihm vorgeht. Binnen sechs Wochen muss er die letzten Truppen aus Italien abziehen. Venedig muss die Gebiete zurückgeben, die es unter seinem Befehl im Königreich Neapel erobert hat. Der venezianische Gesandte ist bereits abgereist, um dem Dogen die Hiobsbotschaft zu überbringen. Es ist ein enormer Prestigeverlust für meinen Sohn.«

Schmerzlich wurde Simona an Venedig erinnert. Was würde ihr Vater sagen? Das Ergebnis der Friedensverhandlung von Cambrai würde ihm zweifellos missfallen, und der Gesandte würde sicherlich erwähnen, dass sie in den Diensten Louises stand. Eine Contarini, vertraulich einbezogen in einen Handel über die Köpfe Venedigs hinweg. Ein Skandal. Wie sollte sie das erklären? Würde ihr Vater unter solchen Umständen einer Verbindung mit Paul zustimmen?

Schon geraume Zeit lag ihr ein Brief an ihn auf der Seele. Immer wieder hatte sie Gründe gefunden, ihn nicht zu schreiben. Wann war sie feige geworden? Seit sie etwas zu verlieren hatte?

Angst beschlich sie.

»Was besorgt Euch?«

Louise überraschte sie mit der persönlichen Frage. Simona suchte vorsichtig nach den richtigen Worten.

»Die Reaktion meiner Familie. Man wird es nicht verstehen, dass ich bei Euch bleibe. Eigentlich müsste ich Frankreich sofort verlassen. Außerdem befürchte ich, dass mein Vater unter den gegebenen Umständen einer Ehe mit einem Franzosen nicht zustimmen wird. Dieser Frieden bringt mich in eine missliche Situation. Er zwingt mich vielleicht zu einem Abschied von Euch. Was soll ich nur tun?«

Louise ergriff Simonas Hand.

»Schaut mich an, Simona. Ich kann Euch die Entscheidung nicht abnehmen. Ihr müsst mich verstehen. Ich darf nur an Frankreich denken. Es ist wichtig, dass ich bis zur Unterzeichnung des Friedensvertrages noch Stärke zeige. Der König braucht meinen Beistand, um die Sache zum Wohle Frankreichs erfolgreich zu Ende zu bringen.«

Beide schwiegen. Jede in eigene Gedanken vertieft. Simona war klar, dass jede Entscheidung, die sie traf, für sie schwerwiegende Folgen haben würde.

Louise beobachtete ihren inneren Kampf. Sie versuchte ihr zu helfen.

»Simona, vielleicht solltet Ihr bei Euren Überlegungen Folgendes berücksichtigen: Andrieu wird kein Franzose mehr sein und auch nicht am französischen Hof bleiben. Er wird sich ganz aus Frankreich zurückziehen und in der Freigrafschaft Burgund leben. Dagegen kann Euer Vater keinen Einwand haben. Zum Glück ist auch noch Cornelis van Liewe hier. Ich werde mit ihm sprechen. Er kann Eurer Familie die Situation erklären. Er ist Euch sehr verbunden und wird auch mir dankbar sein. Er soll Euren längeren Aufenthalt bei mir auf seine Schultern nehmen. Ich habe eine hohe Meinung von ihm. Er wird es sicher tun.«

Sie gab Simona das Stichwort.

»Ist es Euch denn auch möglich, dass Ihr seine Verlobung mit Thérèse so schnell wie möglich öffentlich bekanntgebt, Madame? Das würde seinen guten Willen sicher beflügeln. Und bevor ich meine Entscheidungen treffe, muss ich auch wissen, wie Cornelis und Paul meine Lage sehen. Ich hoffe, Ihr versteht das. Meine Familie ist mir wichtig, und ich liebe meine Eltern.«

Louises Körper durchfuhr ein heftiger Schmerz. Sie presste, wie so oft in letzter Zeit, beide Hände auf den Leib und schloss die Augen.

»Ja, natürlich verstehe ich das«, stöhnte sie. »Manchmal macht sie auch blind, die Liebe«, schickte sie murmelnd, ein wenig geistesabwesend, nach.

»Ich werde Euch einen frischen Kräutertrank machen, Madame«, bot Simona besorgt an und verließ sie eilig.

VIERUNDDREISSIGSTES KAPITEL

Umarmungen

CAMBRAI, 3. AUGUST 1529

Orgelbrausen und Weihrauchnebel erfüllten die Kathedrale von Cambrai. Der Erzbischof zelebrierte das Hochamt zur Feier des Friedensschlusses mit all der kirchlichen Prachtentfaltung, die die Reformer so heftig kritisierten. Drei Kissen lagen auf den Stufen des Hochaltars, für Louise, Margarete und Sir Charles Brandon, den König Heinrich an seiner Stelle nach Cambrai entsandt hatte.

Gemessenen Schrittes näherten sich die beiden Frauen und der englische Gesandte Heinrichs dem Altar. Die Orgel verstummte, während sie auf die Knie sanken. Im Namen Gottes, des Allmächtigen, schworen Frankreich, das Habsburgische Reich und England, den Friedensvertrag von Cambrai in allen seinen Abmachungen getreulich zu befolgen.

Louise berührte, gleich den anderen, beim Schwur die Heilige Schrift und einen Splitter des wahren Kreuzes von Jerusalem, an dem Jesu Christi sein Leben gelassen hatte. Simona sah ihre Hand dabei zittern. Aus Ehrfurcht vor der Reliquie oder aus Schwäche?

Am Morgen dieses wichtigen Tages hatte sie kaum die Kraft aufgebracht, ihr Bett zu verlassen. Das Hin und Her der Verhandlungen hatte einen neuerlichen Krankheitsschub zur Folge gehabt. Hätte ihr nicht Marguerite mit geschickter Hand ein wenig Farbe auf Wangen und Lippen aufgetragen, ihre durchsichtige Blässe hätte bestimmt zu Fragen Anlass gegeben.
Mittlerweile belebten sie jedoch offensichtlich der festliche Akt und die Freude, die an diesem bedeutenden Tag die ganze Stadt erfüllte. Das jubelnde *Te Deum* der Gläubigen klang bis auf den großen Platz vor der Kathedrale hinaus. Die Bürger von Cambrai hatten ihre Häuser mit Blüten und grünen Girlanden geschmückt, Fahnen und Wandteppiche hingen über Fensterbrüstungen und Balustraden. Beim Festzug zum Hôtel Saint-Paul schritten die Verhandlungsdelegationen über einen duftenden Teppich aus frischen Kräutern und Blumen.
Cornelis und zahllose Helfer hatten Tag und Nacht schwer gearbeitet, um das Fest vorzubereiten. Nun floss tatsächlich Wein aus vielen Brunnen. Lange Schragentische bogen sich unter dem Überfluss der Speisen. Musikanten und Gaukler spielten in den Straßen. Auf den Plätzen zeigten Komödianten und Artisten ihre Kunststücke. Zu Tausenden drängten sich die Menschen durch das verschwenderische Paradies und rühmten mit vollen Bäuchen den Beginn einer neuen, besseren Zeit.
Im Hôtel Saint-Paul tafelte Louise mit ihren Ehrengästen. Gericht folgte auf Gericht. Die Speisen wurden auf silbernen Tellern serviert. Das Licht brach sich in kunstvoll geschliffenen Glaspokalen aus Venedig. Das Königreich Frankreich unterstrich seinen Ruf, es verstehe zu feiern.

In ein launiges Gespräch mit dem Erzbischof und dem englischen Botschafter vertieft, ließ sich Louise zwar immer wieder Delikatessen auftun, in Wirklichkeit nahm sie freilich kaum etwas zu sich. Simona hatte dafür gesorgt, dass ein geschickter Page ihren Silberteller regelmäßig abtrug, so dass niemand sich über ihre Appetitlosigkeit wundern konnte. Schon lange hatte sie Madame nicht mehr so wohlgelaunt erlebt.

Thérèse saß zwischen Simona und ihrem Vater und war ungewohnt ruhig. Sie berührte kaum die Speisen. Malvina hingegen, die neben Fleurbaix saß, ergab sich wie Margarete bedingungslos der Völlerei.

»Es ist schon eigenartig, dass der König von Frankreich bei diesem Fest fehlt«, verwunderte sich Fleurbaix. »Wie man hört, befindet er sich ganz in der Nähe. Doch man kann ihn auch verstehen. Er musste harte Bedingungen akzeptieren. Er büßt alles ein, was er in den Jahren zuvor erobert hat. Wenn ich nur daran denke, wie glanzvoll seine ersten Siege in Italien waren. Hat man ihn nicht den Bezwinger der Helvetier genannt?«

»Er hatte keine andere Wahl«, entgegnete Simona, weil Thérèse mit ihren Gedanken weit fort zu sein schien. »Hoffen wir, dass uns dieser Frieden lange erhalten bleibt. Das ganze Abendland hat ihn bitter nötig.«

Fleurbaix stimmte ihr zu.

»Aber ich muss gestehen, dass es mir schwerfällt, mich mit der Herrschaft Habsburgs abzufinden. Ich bin für Frankreich in den Krieg gezogen. Frankreich gehörte zeit meines Lebens meine Treue. In meinem Herzen werde ich wohl auch künftig Franzose bleiben, selbst wenn das dem Kaiser missfällt.«

»Es wird ihn nicht kümmern«, meldete sich Malvina überraschend zu Wort. »Solange er auf Margarete von Österreich vertraut, können wir zufrieden sein. Sie ist eine Frau von Vernunft und Weitblick.«
Simona war erstaunt. Malvina bewies Scharfsinn. Was immer sie dazu bewegt haben mochte, einen Mann zu heiraten, der so viel älter war als sie, Fleurbaix konnte man verstehen.
Thérèse beteiligte sich nicht an dem Gespräch. Wo war Thérèse, die fröhliche Plaudertasche, geblieben? Simona wollte sie gerade darauf ansprechen, als ein Page Fleurbaix den Wunsch Margaretes überbrachte, er möge mit seiner Gattin und seiner Tochter zu ihr kommen. Sie wünsche mit ihnen zu sprechen.
Malvina erblasste. Fleurbaix runzelte die Stirn. Thérèse schaute fragend zu Simona, die stumm die Schultern hob. Sie wusste nicht, was hinter dieser Aufforderung steckte. Wenn überhaupt, hätte sie eher eine solche Einladung von Louise erhofft.
Fleurbaix erhob sich schwerfällig als Erster.
»Begleitet mich. Wir werden sehen, was uns erwartet«, forderte er Frau und Tochter auf.
Thérèse wollte Simona mitnehmen.
»Das geht nicht«, protestierte sie.
»Das ist mir egal.« Thérèse beharrte eigensinnig auf ihrer Begleitung.
»Ich habe Angst, Simona. Ich bin eine gute Partie für Günstlinge, und ich habe das unbehagliche Gefühl, dass man mich verheiraten will. Wir sind seit heute offiziell dem Kaiser untertan.«
»Zügelt Euer Misstrauen, Thérèse. Madame Louise sitzt

mit Margarete von Österreich an einer Tafel. Sie hält ihre Versprechen. Ihr werdet mit Cornelis verlobt und mit keinem anderen.«

Das Getuschel erregte den Unwillen Fleurbaix', aber verstehen konnte er glücklicherweise nichts. Er bemerkte nur die hilfesuchenden Blicke seiner Tochter. Der Weg zu Margaretes Tafel war jedoch zu kurz, um viele Fragen zu stellen.

Ohne Vorreden ergriff Margarete nach kurzer Begrüßung das Wort, und Thérèse hielt den Atem an, traute ihren Ohren nicht, als sie sich für alle vernehmbar an die Festgesellschaft wandte.

»Wir wissen, dass es seine Zeit braucht, bis die neuen Grenzen Gewohnheit werden, die Menschen zueinander finden. Auch wenn Hass und Blutvergießen der Vergangenheit angehören, wird es nicht leicht werden, einander zu vertrauen und sich mit Wertschätzung zu begegnen. Ich will hier und heute hierfür ein Zeichen setzen.«

Sie schenkte Thérèse ein Lächeln.

»Thérèse Fleurbaix, an diesem besonderen Tag möchte ich auf Wunsch der Mutter des Königs von Frankreich Eure Verlobung mit Cornelis van Liewe bekanntgeben. Dass unser Eingreifen Eure Pläne stört, Monsieur de Fleurbaix, weiß ich, dennoch bitte ich Euch, mir Eure väterliche Gewalt zu übertragen. Erlaubt mir, Eure Tochter mit einem Flamen zu verheiraten.«

Fleurbaix bekam einen hochroten Kopf. Ob vor Entrüstung oder weil ihn die unerwartete Ehre überwältigte, konnte man nicht erkennen. Thérèse zitterte am ganzen Körper.

»Tretet vor, mein Lieber.«

Margarete winkte mit großer Geste Cornelis heran und wandte sich wieder an Fleurbaix.
»Seigneur, meine Damen, erlaubt, dass ich Euch Cornelis van Liewe vorstelle. Er ist der älteste Sohn der Handelsdynastie van Liewe aus Antwerpen, verwandt auch mit dem Haus Cornelis-Contarini, dessen Verbindungen bis nach Venedig reichen. Ein höchst vielversprechender junger Mann, aus angesehener Familie. Die Kunde von seinen Fähigkeiten ist ebenso an mein Ohr gedrungen wie die Behauptung, er sei Eurer Tochter in aufrichtiger Liebe zugetan.«
Cornelis hatte die Federkappe längst respektvoll abgenommen. Sein blondes Haar glänzte wie Gold. Seine Augen sahen nur Thérèse. Unfähig, ihr Glück zu begreifen, stand sie völlig erstarrt neben ihrem Vater. Erst als Cornelis ihre Hand nahm, kehrte das Leben in sie zurück. Ihr Gesicht begann zu leuchten.
»Ich wünsche Euch von ganzem Herzen Glück.« Rührung schwang in Margaretes befehlsgewohnter Stimme. »Eure Verbindung soll ein Beweis dafür sein, dass uns der Frieden zwischen Frankreich und Flandern ernst ist. Gott beschütze Euch.«
Beifall und Hochrufe zwangen Fleurbaix, gute Miene zum unerwarteten Spiel zu machen. Er dankte Margarete für ihre Güte, schloss Cornelis in seine Arme und küsste seine Tochter.
Malvina versuchte seine letzten Zweifel zu zerstreuen.
»Die beiden sind ein schönes Paar. Außerdem wird es dir gefallen, dass Antwerpen wesentlich näher an Fleurbaix liegt als dieses ferne Andrieu. Ich glaube, der junge Mann wird ihr die Welt zu Füßen legen.«

»Alles kommt so überraschend«, murrte Fleurbaix dennoch ein bisschen.
»Du willst doch nur ihr Bestes«, erinnerte Malvina ihn.
»Schau sie an. Hat sie je mehr gestrahlt?«
Thérèse löste sich von ihrem Vater und umarmte Malvina.
»Ich freue mich, dass du mein Glück mit mir teilst.«

* * *

Paul schlief sitzend an eine Wand gelehnt in Simonas Kammer, die Beine lang ausgestreckt, die Füße über Kreuz. Regelmäßige, tiefe Atemzüge bewegten seine Brust. Simona brachte es nicht übers Herz, ihn zu wecken. Er musste völlig erschöpft sein.
Der König war endlich nach Cambrai gekommen und hatte dem Hin und Her zwischen der Abtei und dem Hôtel Saint-Paul ein Ende gemacht. Das Fest, das Margarete für ihn ausgerichtet hatte, dauerte noch an. Louise hatte sich, von Simona begleitet, frühzeitig zurückgezogen. Nachdenklich rief Letztere sich den königlichen Auftritt ins Gedächtnis.
In strahlender Laune hatte François die Feierlichkeiten genossen, hatte alle bezaubert mit seinem Charme, sich nichts davon anmerken lassen, dass Frankreich bei diesem Friedensvertrag kräftig Federn gelassen hatte. Selbst Margarete war von ihm angetan. Simona konnte es kaum fassen, wie schnell er sich in jede Situation fügte. Dass seine Mutter die schweren Verhandlungen so erfolgreich für ihn geführt hatte, hatte er ihr nicht gedankt. Wie sehr musste Louise ihn lieben, um das hinzunehmen.

Sie saß Paul, in Gedanken vertieft, gegenüber auf einem Hocker und betrachtete ihn liebevoll. Seine stumme, schlafende Gegenwart bedeutete ihr mehr als das prächtige Fest, das hinter ihr lag.

»Willst du die Nacht damit verbringen, mich anzusehen?«

Seine Frage riss sie aus ihrer träumerischen Betrachtung.

»Du bist wach.«

»Ich wäre ein schöner Leibwächter, würde ich nicht hören, wenn jemand den Raum betritt. Du warst beim Fest? Wie hat sich Margarete mit François vertragen?«

Er stand auf und nahm Simona in die Arme. Das Gesicht an seiner Schulter, beantwortete sie seine Fragen.

»Sie übertrumpfen sich mit Lobhudeleien. Margarete hat er richtig eingewickelt. Lediglich Marguerite gibt sich ungnädig und stichelt. Margarete nimmt sie nicht ernst. Sie zeigt sich wenig beeindruckt von ihr. Und Nichtbeachtung verträgt Marguerite ja schlecht, wie wir wissen.«

»Das wird sich sicher nie ändern.«

Paul streifte Simonas Kopfputz ab und löste ihr die Haare.

»Du hast mir gefehlt. Ich liebe dich.«

Simona küsste ihn. »Kannst du heute Nacht bleiben?«

»Ich hoffe, ich darf. Das Haus ist bis unter die Dachsparren belegt. Du bist meine letzte Hoffnung.«

»Und warum schläfst du dann auf dem Stuhl?«

Paul sah ihr in die Augen. »Ich habe nicht geschlafen, aber ich würde mich auch ohne Einladung nicht in fremde Betten legen.«

So kurz vor Mitternacht hielt Simona ritterliche Höflichkeit für reine Zeitverschwendung. Sie lachte ihn an und

drängte ihn ohne Umstände in die Richtung, die ihr vorschwebte.
»Mein Herr, wenn Euch mein Bett fremd ist, müssen wir etwas dagegen tun.«
»Warte …«
Paul schob den Türriegel vor.
Als er sich wieder umwandte, streifte Simona eben das Gewand ab. Ungezähmt fielen ihre Locken über Schultern und Brüste. Im Licht der Kerzen schimmerte ihre Haut.
»Komm!«
Mit ausgestreckten Armen forderte sie ihn auf, und weil er keinen Blick von ihr ließ, fiel jedes einzelne Teil, von dem er sich frei machte, einfach irgendwo zu Boden.
Simona ersehnte seine Umarmung voller Ungeduld. Dass er sorgsam die Lichter löschen wollte, entlockte ihr ein Stöhnen.
»So lass doch die Kerzen.«
»Du hast recht, Simona mia. Dein Feuer strahlt ohnehin heller.«
Sie lachte und drängte sich ungezügelt an ihn, als die Matratze unter seinem Gewicht in die Seilspannung gedrückt wurde.
»Ich will dich von Kopf bis Fuß spüren. Ich will in deiner Zärtlichkeit baden und deine Wärme in mir fühlen. Ich will nicht mehr wissen, wo Simona aufhört und wo Paul anfängt«, murmelte sie mit heiserer Stimme. »Nie zuvor hat mir ein anderer Mensch so viel bedeutet. Ich gehöre zu dir. Dich habe ich gesucht.«
Er hatte ihre Brüste mit Lippen und Fingern liebkost. Nun hob er den Kopf und drängte sich gleichzeitig in ihren Schoß.

»Du bist meine Frau, Simona. Ich erkläre uns hiermit zu Mann und Frau.«
Simona nahm ihn in sich auf.

* * *

Im Innenhof der Abtei von St. Aubert herrschte ein Gedränge, schlimmer als auf der Mole von San Marco. Simona behauptete mit Mühe ihren Platz neben Louise, die sich gerade mit einer innigen Umarmung von Margarete verabschiedete.
Auch Simona fühlte Abschiedsschmerz.
Thérèse und Cornelis würden mit Margarete gehen. Begleitet von Fleurbaix und Malvina, wollten sie erst Richtung Mecheln und dann nach Antwerpen weiterreisen. Ausgerechnet jetzt, da alle Missverständnisse zwischen ihnen ausgeräumt waren und sie einem freundschaftlichen Verhältnis näher waren denn je, mussten sie sich trennen.
Thérèses Vater hatte sich mit dem unerwarteten Schwiegersohn schnell angefreundet. Er bestand aber trotzdem darauf, seine Tochter persönlich zu ihrer neuen Familie zu geleiten.
»Ich weiß nicht, was er sich vorstellt«, hatte Thérèse diesen Entschluss Simona gegenüber kommentiert. »Er meint es ja gut, aber es wird ihnen nicht gefallen, dass er sich persönlich davon überzeugen will, ob ich künftig in angemessenen Umständen lebe.«
»Es ist das Letzte, was er für dich tun kann, ehe er dich endgültig aus dem Haus gibt. Liebe und Sorge bestimmen ihn. Er braucht diese Bestätigung, um sich die Trennung von seiner einzigen Tochter zu erleichtern.«

»Das sagt auch Malvina.«
»Sie hat recht.«
»Ach, Simona.« Von Rührung überwältigt, hatte sich Plappermaul ihr an die Brust geworfen. »Ich bin so glücklich, und gleichzeitig könnte ich Ströme von Tränen vergießen, weil wir uns trennen müssen. Warum kommst du nicht mit nach Antwerpen?«
»Du weißt es. Weil Madame Louise mich braucht.«
»Sie kann nicht dein ganzes Leben bestimmen. Du bist Witwe, aber doch jung genug, um noch einmal einen Mann zu finden. Ich wünsche es dir so sehr.«
Simona fragte sich, weshalb sie Thérèse abermals nichts von sich und Paul gestand. Weil sie das wunderbare, erschreckende Geheimnis für sich behalten wollte? Weil sie noch immer Angst davor hatte, diese Liebe wieder zu verlieren?
Paul stand in Louises Nähe. Er hatte wieder sein offizielles Gesicht, den scharfen Blick, dem keine Kleinigkeit entging. Ganz kurz kreuzte er sich mit ihrem und ließ sie erröten in Gedanken an die vergangene Nacht. Verräterische Schwäche stieg in ihr auf. Ein Lächeln zuckte um Pauls Mundwinkel. Er las ihre Gedanken.
»Oh!«
Der leise Ausruf kam von Thérèses Lippen. Sie war für eine allerletzte Umarmung zu Simona gekommen und sah sie nun aus groß aufgerissenen Augen an.
»Paul? Paul von Andrieu? Jetzt begreife ich, warum du Madame Louise nicht von der Seite weichen willst. Du bist eine Geheimniskrämerin, Simona Contarini. Warum hast du mir nichts gesagt?«
»Na so etwas!«

Da Cornelis nie von Thérèses Seite wich, war nun auch er eingeweiht.
»Ich glaube, da werde ich in Antwerpen und Venedig ein gutes Wort für euch einlegen müssen, wenn das ernst ist?«
»Ich glaube auch, dass das nützlich wäre, Cornelis. Ich weiß nicht, wie ich meinem Vater sagen soll, dass ich, politische Lage hin oder her, ausgerechnet einen Franzosen liebe.«
»Lassen wir doch die Politik aus dem Spiel, wenn es um die Dinge des Herzens geht, Simona.« Cornelis umarmte sie brüderlich. »Ich werde alles tun, was ich tun kann, damit du glücklich wirst.«
»Ich danke dir, Cornelis, für alles. Ich muss dir seit Narbonne eine arge Plage gewesen sein.«
»Durch dich haben Thérèse und ich zusammengefunden, Simona. Das alleine entschuldigt alles.«
Die Tage in Cambrai waren zu Ende. Der Damenfriede war geschlossen. Sein Bestand musste sich zeigen.
Simona blinzelte und sah zu Paul.

Viertes Buch

Paul von Andrieu

FÜNFUNDDREISSIGSTES KAPITEL

Lösegeld

Paris, 3. März 1530

Seit Cambrai tauschten Louise und Margarete regelmäßig Briefe. Simona las sie vor, übersetzte und schrieb sie. Sie empfand die Arbeit als anregend, auch fiel sie ihr zunehmend leichter, nachdem ihr Margaretes Schrift immer vertrauter geworden war. Manche Briefe waren ganz privat, sie berichteten über ihre Neffen und Nichten und deren Kinder, andere befassten sich mit der politischen Lage. Allen gemeinsam waren Ausführlichkeit und scharfsinnige Analyse.

Louise wurde zusehends hinfälliger. Trotz der warmen Frühlingssonne saß sie auch heute, in warme Schals gehüllt, neben einem Glutbecken, das eine enorme Hitze abstrahlte. Simona rann der Schweiß von der Stirn, aber sie las langsam und ruhig weiter.

»Mit dem Schwert wird er die Kirche und das Reich gegen Feinde und Heiden verteidigen. Mit dem Zepter seine Völker beherrschen. Der Reichsapfel ist das Symbol für Gleichmaß und Frömmigkeit.«

Simona musste schmunzeln über so viel Pathos und machte eine kurze Pause.

»Gleichmaß und Frömmigkeit«, wiederholte Louise. »Große Worte. Wie will er das erreichen? Die Anhänger Luthers werden immer zahlreicher, sie verbreiten sich wie eine Heuschreckenplage. Sie bezeichnen sich selbst als Protestanten und haben der katholischen Kirche den Kampf angesagt. Lest, Simona. Ich will wissen, wie es in Bologna weitergegangen ist.«

»Wie es Sitte ist, hielt Karl nach der Salbung zum Kaiser des Heiligen Römischen Reiches Deutscher Nation die Steigbügel Seiner Heiligkeit. Danach ritten beide unter einem prächtigen goldenen Baldachin durch die geschmückten Straßen von Bologna. Die Menschen am Straßenrand jubelten ihnen zu. Eigens geprägte Goldmünzen, mit der Aufschrift CAROLO QUINTO IMPERATOR, wurden mit vollen Händen unter das Volk geworfen.«

Louise gab einen missbilligenden Laut von sich.

»Margarete übt zwar keine Kritik, aber nach ihrer inneren Überzeugung muss ihr das alles doch als unsinnige Verschwendung missfallen. Sagt sie etwas zu Karls künftigen Plänen? Wie soll es nach den Feiern weitergehen?«

Gewöhnt daran, dass Louise die Lektüre mit Fragen und Anmerkungen unterbrach, fuhr Simona fort: »… und hoffe ich, dass der Kaiser sich bald um die Politik in Deutschland kümmert. Die Probleme mit den Osmanen sind beileibe nicht ausgestanden … Aber die Türken wurden doch im vergangenen Herbst vor Wien besiegt«, stellte Simona aufsehend fest.

»Das sehen die Türken anders. Zwar hat der Sultan mehr als zwanzigtausend Mann vor Wien verloren, aber von einer Niederlage will er nichts wissen. Der Rückzug wurde angeblich wegen des hereinbrechenden Winters veranlasst. Der Kaiser muss jederzeit gegen neue osmanische Angriffe gerüstet sein.«

Louise zog die Schals enger, und ihre Stimme klang bekümmert. »Schreibt sie nichts über Spanien? Über meine Enkel? Monate sind nun seit Cambrai ins Land gegangen. Sie weiß doch, wie dringend ich auf jede Neuigkeit über sie und den Fortgang der Dinge warte.«

Simona überflog die letzten Zeilen und schüttelte stumm den Kopf.

»Nein. Sie schreibt dazu nichts. Ihr habt mit Eurer Ungeduld recht, es ist unglaublich, wie viel Zeit vergehen muss, bis endlich diese Lösegeldgeschichte abgewickelt ist.«

Louise schlug verärgert mit den Händen auf die Stuhllehnen.

Der König hatte zuletzt seinen engsten Vertrauten, Konnetabel Montmorency, mit der Aufgabe betraut. Aber die Transporte mit den Goldkisten, aus allen Himmelsrichtungen, quer durch Frankreich, nach Bayonne, waren ständig in Gefahr. Wegelagerer und marodierende Söldner blieben ihnen stets auf den Fersen.

Montmorency teilte sich die Verantwortung mit Paul. Louises Krankheit hatte ein ruhigeres Leben erfordert, so war er in *Les Tournelles* abkömmlich und war dem Ruf des Konnetabels bereitwillig gefolgt, zumal er auch die Hände nicht gern in den Schoß legte.

Erst wenn das Lösegeld geflossen war, wären die Prinzen frei, und die Hochzeit mit Eleonore könnte stattfinden. Dass sich alles so endlos hinziehen würde, hatte niemand voraussehen können. Simona konnte Madame Louises Ärger über all die Verzögerungen nachvollziehen.

»Was ist?« Louise unterbrach ihre Gedanken. »Wollt Ihr nicht weiterlesen?«

»Entschuldigt.« Simona nahm den Brief wieder auf. »Das vergangene Jahr darf ich, dank Cambrai und anderen Erfolgen, ein gutes nennen. Ich denke daran, mich aus dem politischen Geschehen zurückzuziehen, da ich nicht mehr die Jüngste bin. Meine Vorstellungen gehen dahin, mich in einen Konvent zurückzuziehen. Ich hätte so endlich einmal die Muße, mich um mein eigenes Seelenheil zu kümmern.«

Die üblichen Abschiedsgrüße folgten. Simona faltete das Schreiben wieder.

Die energische, tatkräftige Margarete wollte ihre Tage betend in einem Konvent verbringen? Simona schien es unvorstellbar. Zu gerne hätte sie gewusst, was Madame Louise davon hielt, und sie erfuhr es auch.

»Ich verstehe sehr gut, was sie bewegt. Sie steht auf dem Höhepunkt ihrer Macht und ihres Ansehens. Von einem solchem Gipfel gibt es nur noch den Abstieg. Es spricht für ihre Klugheit, sich zurückzuziehen, wenn die äußeren Umstände es zulassen. Das Schicksal wendet sich schnell.«

»Trotz allem. Muss es denn unbedingt ein Ruhesitz hinter Mauern sein«, fragte Simona freimütig. »Schon die Enge einer Stadt bedrückt mich auf Dauer, die Mauern eines Klosters würden mich in die völlige Verzweiflung treiben. Mein Vater hat mir mit einem Kloster gedroht, als ich mich in Venedig weigerte, wieder zu heiraten. Mich schaudert allein bei dem Gedanken.«

Es klopfte, und gleichzeitig traten Marguerite und ihre kleine Tochter Jeanne ein. Sie statteten ihrer Mutter und Großmutter regelmäßige Besuche in *Les Tournelles* ab.

Jeanne, mittlerweile zwei Jahre alt, lief auf ihre Großmutter zu und begrüßte sie mit einem wackligen Knicks. Sie war ein lustiges, aufgeschlossenes, kleines Mädchen. Louise begrüßte sie herzlich mit einem Lächeln in den Augen. Danach durfte sie auf ihren Schoß klettern. Louise strich ihr liebevoll über den Kopf und küsste ihr den Scheitel.
Marguerite nickte Simona zu. Sie nahm ihre Anwesenheit längst als selbstverständlich hin. Dass Louise schwerkrank war, war schon seit Monaten kein Geheimnis mehr. Inzwischen hatten die fähigsten Ärzte des Königreiches sie untersucht und ratlos den Kopf geschüttelt. Zahllose Behandlungsvorschläge und Gesundheitstränke hatten ihr nicht helfen können.
»Habt Ihr schon von Montmorencys Schwierigkeiten in Bayonne gehört, Maman?«
Marguerite brachte wie üblich die neuesten Nachrichten vom Hof des Königs. François vertraute seiner Schwester uneingeschränkt, so dass sie in manchen Dingen besser als seine Minister Bescheid wusste.
Louise runzelte fragend die Stirn. »Ich habe den Eindruck, die Spanier verzögern die Übergabe der Kinder absichtlich. Was stimmt nun schon wieder nicht?«
In Bayonne, nahe der spanischen Grenze, wurde jede Goldkiste von Abgesandten Karls geöffnet, gewogen, und man zählte die Goldmünzen.
»Was die Anzahl der Münzen betrifft, stimmt die Summe, Maman. Aber die Goldstücke, die zuletzt geprüft wurden, waren nicht in Ordnung. Die Abgesandten Karls haben festgestellt, dass die Münzen geschabt wurden. Ihr Goldgehalt stimmt nicht mit dem vereinbarten Wert überein. Es wurde viel zu viel Kupfer beigemischt. Die

Spanier sind entrüstet. Sie sprechen unverhohlen von geplantem Betrug. Alles ist zum Stillstand gekommen.«

Louise war erblasst.

»Bist du sicher, dass das stimmt?«

»Die Nachricht hat François heute per Eilkurier erreicht. Er hat mir die Manipulation gestanden. Er wollte sich einen Vorteil verschaffen.«

»Aber er setzt damit das Wohl seiner Söhne aufs Spiel, Marguerite. Er weint um sie, bringt sie aber gleichzeitig in höchste Gefahr!«

Münzmanipulation und Fälschung waren Verbrechen, die im Königreich Frankreich mit dem Tod bestraft wurden. Galt das auch für den König? Simona war gespannt.

»Hat er sich denn nicht zuvor mit Euch abgesprochen, Maman?«

»Nein, Marguerite. Ich hätte ihm dringend davon abgeraten. Wie kann er so naiv sein und glauben, dass sich Karl so einfach übers Ohr hauen lässt. Niemand ist so misstrauisch wie er.«

Louise gab Jeanne frei, die ungeduldig auf ihrem Schoß zappelte.

»Schon wieder eine Verzögerung«, schnaubte sie. »Dabei dachte ich im vergangenen Sommer, ich könne meine Enkelsöhne im Herbst in die Arme schließen. Jetzt müssen sie womöglich noch einen Winter unter schrecklichsten Umständen in der Gefangenschaft verbringen. Karl wird vor Wut toben. Manchmal verstehe ich meinen eigenen Sohn nicht. Warum gefährdet er die Abmachungen durch solchen Irrsinn? Was nützten seine feierlichen Friedensschwüre, wenn er sie bricht? Er sät nur Streit. Wer rät ihm zu solchem Betrug?«

»Ihr kennt François, Maman. Derlei fällt ihm ganz von alleine ein. Er ist ein erfindungsreicher Kopf, und wenn ihm der Streich gelungen wäre, hätten ihm alle gratuliert.«
»Es besorgt mich, dass er mir kein Wort davon gesagt hat. Er neigt immer wieder zu unbesonnenen Handlungen und zur Selbstüberschätzung. Wir laufen Gefahr, dass Karl sich nicht an das Friedensabkommen hält. François muss die Sache in Ordnung bringen.«
»Das wird er tun, Maman, regt Euch nicht auf. Man wird die Schuldigen in der königlichen Münze suchen und vor Gericht stellen. Damit wird Karl Genugtuung verschafft, und François kann in aller Öffentlichkeit seine Hände in Unschuld waschen.«
Simona zuckte zusammen. Niemals würde sie sich an die Rücksichtslosigkeit gewöhnen, mit der Marguerite und ihr Bruder mit dem Leben ihrer Untertanen spielten. Beide waren so stolz auf ihre Kultur, ihre Bildung und ihr Kunstverständnis, aber sie scheuten sich nicht, wie Barbaren zu handeln, wenn es um die Erhaltung ihrer Macht ging. Erneut würden Unschuldige für den König ihr Leben lassen müssen. Simona lief es eiskalt über den Rücken. Marguerites Skrupellosigkeit wurde nur von der Unverfrorenheit ihres Bruders übertroffen. Beide waren sie Kinder Louises. In Augenblicken wie diesem zweifelte sie daran, dass es richtig war, ihr zu dienen.
»Ich will meine Enkel auf französischem Boden sehen und sie wie Jeanne in meine Arme nehmen können«, sagte Louise jetzt gebieterisch. »Ich muss meinen Sohn sprechen. Wenn er nicht kommt, werde ich mich zu ihm begeben.«

* * *

Wenige Wochen später brach der König mit Mutter und Schwester nach Bordeaux auf. Dort wollte er auf die Auslieferung seiner Söhne warten und Eleonore empfangen. Ursprünglich hatte François bis an den Grenzfluss Bidassoa reisen wollen, aber Karl hatte das strikt abgelehnt. Er wollte ihn nicht mit großem Gefolge an seiner Grenze sehen.
Bordeaux bereitete ihnen einen großen Empfang. Bankette und Bälle wechselten einander ab, und der König und sein Hof amüsierten sich in gewohnter Weise. Madame Louise und ihre Begleitung nahmen an diesen Festen nur selten teil. Untergebracht im *Château Trompette* – das als Festung sowohl gegen Feinde von außen wie auch gegen rebellische Bordelaiser von innen diente –, erholte sich Louise nur langsam von den Reisestrapazen.
Simona genoss in jeder freien Stunde auf den Wällen der Festung den unbegrenzten Blick über das Meer. Der Atlantik war ein Erlebnis für sie. Wieder und wieder war sie begeistert von den hohen, schaumgekrönten Wellen, die mit lautem Getöse gegen die Mauern brandeten. Auch heute türmten sich die gewaltigen Wassermassen haushoch auf. Dagegen war das Mittelmeer ein langweiliges Gewässer, das außerdem den spektakulären Wechsel von Ebbe und Flut nicht kannte, bei dem Strandstücke und Felsformationen freigelegt wurden, die zuvor noch eine Unterwasserlandschaft gewesen waren. Das Naturschauspiel sprach alle ihre Sinne an. Wie gern hätte sie ihre Begeisterung mit Paul geteilt. Sie vermisste ihn von Tag zu Tag mehr.
Fast ein Jahr war nun seit Cambrai vergangen. Seit Monaten waren sie getrennt, aber ihre Gefühle für ihn blieben

unverändert. Ob er wohl mit der gleichen Sehnsucht an sie dachte?
Sie unterdrückte die aufkommenden Zweifel. Paul war aufrecht und treu. Er war nicht so ausschweifend leichtlebig wie der König. Was würde Eleonore sagen, wenn sie herausfand, dass sie ihren Mann mit einer Geliebten teilen musste? Ohne sie zu kennen, empfand Simona Mitleid mit ihr. Sie wusste, wie demütigend es war, betrogen zu werden.
Schon lange hatte sie nicht mehr an Zanino gedacht. Erstaunt erkannte sie, dass die Erinnerung nicht länger schmerzte. Sie hatte Venedig und ihr Leben als Simona Bragadin hinter sich gelassen.

Louise trat ihr so strahlend entgegen, als sie zu ihr zurückkehrte, dass ihr der Schritt stockte. Nie zuvor hatte Simona sie derart glücklich erlebt.
»Das Lösegeld ist im richtigen Goldwert erbracht. Bayonne dürfte in diesem Augenblick die reichste Stadt des Abendlandes sein. Es beherbergt tonnenweise Gold in seinen Mauern. Montmorency wartet darauf, dass die Spanier uns einen Termin für den Austausch nennen. Ist das nicht wundervoll? Wir werden den Kindern entgegenreisen, mein Sohn will unverzüglich aufbrechen.«
Simona schloss die Augen, um die eigenen Gefühle zu verbergen.
Paul! Ich werde Paul wiedersehen!
Endlich!

SECHSUNDDREISSIGSTES KAPITEL

Hochzeit

SAINT-LAURENT-DE-DEYRIE, 6. JULI 1530

Der Aufbruch verzögerte sich schon seit Wochen. Der König wurde zusehends gereizter. Das Misstrauen der Spanier schien unüberwindbar, bis endlich ein Kurier die erlösende Meldung nach Bordeaux brachte.

»Montmorency hat die Spanier überlistet«, berichtete er dem versammelten Hof. »Er hat die Maultierkarawane mit den Goldkisten ohne vorherige Absprache am Morgen des ersten Julitages ans Ufer des Bidassoa geführt und sie damit völlig überrascht. Ihnen blieben nur zwei Möglichkeiten: entweder umgehend den Austausch zu vollziehen oder die Annahme des Lösegeldes zu verweigern. Das Gold vor Augen gab den Ausschlag, sie konnten der Verlockung nicht widerstehen.«

Der Kurier schilderte die Übergabe in allen Einzelheiten. Simona sah die Szene bildhaft vor Augen.

Den morgendlichen Fluss, dessen Wasser aufgrund eines nächtlichen Gewitters höher stand als sonst. Die schmale, unbewohnte Insel in seiner Mitte, die die Spanier *Isla de los Faisaones* nannten und die Franzosen *Île de l'Hôpital*.

Mitten auf dem Eiland verlief die Grenze zwischen Spanien und Frankreich.
»Zeitgleich stießen von beiden Ufern Fähren ab. Wie gefordert, war jede mit derselben Zahl von Ruderern und Edelmännern besetzt. Frankreich hatte die Kisten mit vier Tonnen Gold geladen. Spanien führte die Prinzen mit sich. Frankreich musste zuerst das Gold übergeben, danach schritt auch Eleonore über die Grenze. Die Prinzen sehen gesund aus und wurden von den Abgesandten Frankreichs gebührend empfangen. Es sind große Knaben geworden. Mit ihrer Begleitung haben sie sich umgehend auf den Weg nach Norden begeben.«
Der König hatte ohne Rückfragen den Bericht vortragen lassen und seine Entscheidung verkündet.
»Wir reisen ihnen sofort entgegen und erwarten sie in der Abtei von Saint-Laurent-de-Deyrie, nahe der Stadt Mont-de-Marsan.«
Louise brach in Freudentränen aus. Obwohl ihr das Reisen schwerfiel, bestand sie darauf, mitzukommen.
»Der Weg führt durch eine unwirtliche Sumpflandschaft, in der die Schafherden von ihren Hirten auf Stelzen gehütet werden müssen«, warnte Marguerite ihre Mutter. »Und das übrige Gebiet der *Landes* besteht zum größten Teil aus undurchdringlichen Kiefernwäldern.«
»Das ist mir egal«, entgegnete ihre Mutter.

* * *

Simona wurde Zeugin des Wiedersehens.
Die Begrüßung verlief anders, als sich das Vater und Großmutter vorgestellt hatten.

Die beiden Prinzen traten ihnen mit Eleonore vor der Abtei von Saint-Laurent-de-Deyrie entgegen. Der König schwang sich vom Pferd und eilte auf seine Kinder zu, aber die Knaben hielten hartnäckig die Köpfe gesenkt. Sie zeigten keine Reaktion, würdigten ihren Vater keines Blickes. Er war ein Fremder für sie.

Dennoch hieß er sie herzlich willkommen, drückte seine Freude über das Wiedersehen aus und ließ sich seine Enttäuschung nicht anmerken.

Erst danach wandte er sich strahlend an Eleonore. Überschwenglich machte er ihr Komplimente, berührte sie zärtlich, küsste ihr Stirn, Wangen und Hände. Die kleine, zarte Person wusste nicht, wie ihr geschah. Mit diesem Überschwang hatte sie nicht gerechnet. Und schon gar nicht mit der Offenbarung des Königs, sie umgehend hier heiraten zu wollen, ohne allen Pomp – in einer Abtei am Wegrand.

Sie war keine blonde Schönheit, wie Margarete sie geschildert hatte, aber sie strahlte Würde und Freundlichkeit aus. Sie widersprach mit keiner Silbe, sondern lächelte François an. Es war bemerkenswert, wie sie sich der Situation und seinen unerwarteten Forderungen anpasste. Wahrscheinlich, weil sie bisher kein leichtes Leben gehabt hatte.

Als junges Mädchen war sie mit dem fünfzigjährigen kranken König Manuel von Portugal verheiratet worden. Zwar hatte er sie sehr geliebt und verwöhnt, aber trotzdem war die Ehe nicht einfach gewesen. Nach Manuels Tod hatte Karl sie nach Madrid zurückbeordert, und nun musste sie für ihn als Garant für einen Friedensvertrag herhalten. Ihre einzige Tochter hatte sie in Portugal zurücklassen müssen.

Louise war in ihrer Sänfte sitzen geblieben und betrachtete das Schauspiel. Sie sagte kein Wort, aber ihre Miene wirkte wie versteinert.

Simona hielt unterdessen heimlich nach Paul Ausschau. Er musste in Begleitung Eleonores und der Prinzen eingetroffen sein. In der Menge vor der Abtei konnte sie ihn nicht ausmachen, doch in diesem Augenblick legte ihr jemand die Hand von hinten auf die Schulter. Ohne sich umzudrehen, wusste sie, dass es Paul war. Ihr Herz raste, obwohl sie sich bemühte, jede Regung in der Öffentlichkeit zu verbergen.

»Schön, dich wiederzusehen, Simona mia. Wo finde ich dich nach der Zeremonie?«, vernahm sie seine vibrierende Stimme dicht an ihrem Ohr.

Am liebsten hätte sie nicht an der Hochzeit teilgenommen, aber das wollte sie Louise nicht antun. Geschickt zog sie sich aus der Menge zurück. Paul folgte ihr, bis sie hinter einem Mauervorsprung unbeobachtet endlich miteinander sprechen konnten. Simona blieb nicht viel Zeit für Erklärungen.

»Wir sind im Gästehaus der Nonnen untergebracht, und ich teile meine Kammer mit drei anderen Hofdamen. Das Kloster hat kaum Platz für uns alle. Ich fürchte, das Brautpaar und Madame Louise sind die Einzigen, die heute ein Bett für sich alleine haben. Gleich morgen will der König nach Bordeaux aufbrechen. Er plant, den Weg dorthin auf dem Wasser zurückzulegen, um sowohl seiner Mutter wie seiner Frau die Beschwerlichkeiten der Landstraßen zu ersparen. In Langon, am Ufer der Garonne, warten die Schiffe, und in Bordeaux soll Eleonore dann der Empfang bereitet werden, der ihr zukommt.«

Ein Fanfarensignal übertönte Pauls Ausruf der Enttäuschung. Als dann die Glocken die zweite Stunde einläuteten, zog er sie schnell an sich und küsste sie stürmisch. Nach einer Ewigkeit, die dennoch viel zu kurz war, löste sich Simona schweren Herzens aus der Umarmung. Sie hatte Pflichten.

»Hoffentlich werden wir in Bordeaux Zeit füreinander haben, Paul.«

Mit Tränen in den Augen eilte sie in die Kirche.

War je eine Königin von Frankreich unter solchen Umständen und in solchem Rahmen getraut worden?

* * *

Die Ankunft in Bordeaux wurde von der Stadt mit einer Prachtentfaltung erwartet, die alles übertraf, was Simona je erlebt hatte.

Bahnen aus edelsten Stoffen überspannten, von Haus zu Haus gespannt, die Straßen der Stadt und schützten die königlichen Hoheiten vor der grellen Sonne. Die goldbestickten Schabracken der Maultiere, die ihre Sänfte trugen, schleiften wie eine Schleppe durch Straßenstaub und Rosenblätter. Die Bordelaiser jubelten. Nicht nur, weil Eleonore ein Garant für den Frieden war, sondern auch, weil es schon lange Zeit keinen Grund mehr zum Jubeln gegeben hatte.

Kanzler Duprat, die Prälaten, die Gesandten aller befreundeten Mächte und der Magistrat der Stadt erwarteten das königliche Paar in der Kathedrale zum festlichen Hochamt.

Louise hatte die Bootsfahrt genutzt, sich mit Eleonore zu unterhalten. Auch mit ihren Enkelkindern hatte sie versucht ins Gespräch zu kommen. Außer einer förmlichen Begrüßung sprachen die Knaben jedoch kein Wort. Stumm, sich stets eng aneinanderhaltend, blieben die beiden Brüder fremd in der eigenen Familie.

Die Weiterreise des Königspaares über Angoulême, Loches bis nach Amboise, ins Tal der Loire, glich einem Triumphzug. Der Trubel der Vergnügungen und Geselligkeiten ließ manche Probleme weniger wichtig erscheinen. Simona wusste jedoch, dass Madame Louises Gesundheit angeschlagen war und dass sie sich nach wie vor Sorgen um ihre Enkelkinder machte, die unverändert ein abweisendes Verhalten an den Tag legten.

Das weiße Schloss von Amboise, im italienischen Stil erbaut, Hauptresidenz des verstorbenen Königs Ludwig, des Vaters der verstorbenen Königin Claude, beherrschte die Stadt. Es stand auf den Überresten einer Festungsanlage, und seine Gärten wurden allseits gerühmt. François hatte zahllose italienische Künstler nach Amboise geholt, um es weiter auszubauen und zu verschönern, unter anderen auch Leonardo da Vinci. Drei Jahre hatte der Maler, Architekt und Ingenieur in Amboise gelebt und seine Spuren hinterlassen. Simona war tief beeindruckt von dem prächtigen Bau.

Endlich fanden sie und Paul füreinander Zeit. Unterwegs hatten sie sich kaum gesehen. Paul war im Gefolge der Prinzen geritten. Er war der Einzige, zu dem sie etwas Zutrauen gefasst hatten.

Seite an Seite schlenderten sie durch die Gärten des königlichen Schlosses und genossen den Blick über den mächtigen Fluss, in dem sich die Sonne und die dahinfliegenden Wolken spiegelten.

»François, der Ältere, gleicht seinem Vater. Er taut langsam auf«, erzählte Paul von den Prinzen. »Ich habe manchen Spaß mit ihm. Er hat eine schnelle Auffassungsgabe, ist schlagfertig und ausgesprochen sportlich. Die unliebsamen Erinnerungen an seine Gefangenschaft wird er sicher bald verdrängen. Schon hört man ihn lachen, und es gefällt ihm – wie seinem Vater –, wenn die Hofdamen ihn umschwärmen. Er ist ein ungeschliffener Diamant. Es wird seine Zeit brauchen, aus ihm einen richtigen Mann zu machen und ihn zum künftigen König zu erziehen, aber es wird gelingen.«

Er schien sich sehr um die beiden Knaben zu kümmern und sich ernsthaft Gedanken zu machen. Erstaunlich, dachte Simona. Bei jedem Treffen entdeckte sie neue Facetten an ihm.

»Und Prinz Henri, der Jüngere?«

Paul ließ sich Zeit mit seiner Antwort.

»Henri ist ein ganz anderer Mensch. Er ist ausgesprochen scheu und verschlossen. Außer mit seinem Bruder spricht er mit niemandem. Ich glaube, dass die Gefangenschaft großen Schaden bei ihm angerichtet hat. Es wird lange dauern, bis Henri wieder Vertrauen zu anderen Menschen fassen kann. Er hasst alles Spanische so sehr, dass er nicht einmal mit Eleonore sprechen will, obwohl sie sich in Madrid doch so mütterlich um die Knaben gekümmert hat. Ich fürchte, er hat einen Schuldigen ausgemacht, den er für seine Verbannung nach Spanien von ganzem Herzen hassen kann.«

»Karl vermutlich.«

Paul schüttelte den Kopf.

»Wäre er so einfach und gradlinig, mir wäre wohler. Nein,

Henri hasst seinen Vater. Er ist fest davon überzeugt, dass er sich auf Kosten seiner Söhne die Freiheit erkauft hat. Der Junge wird nicht so leicht die Zusammenhänge erfassen und richtig einordnen. Ich fürchte, er wird seinem königlichen Vater noch viel Ärger bereiten.«

»Vielleicht gelingt es Eleonore gemeinsam mit Madame Louise, sein Vertrauen zu gewinnen. An der Liebe seiner Großmutter kann er nicht zweifeln.«

»Um ihre Liebe zu erkennen, müsste er Liebe schon einmal erfahren haben. Gegen Madame Louise hegt er ein tiefes Misstrauen, und in Eleonore, seiner neuen Stiefmutter, sieht er sogar eine Feindin. Sie verkörpert für ihn Spanien. Er wendet sich ab, sobald er in ihre Nähe kommt.«

»Das ist schrecklich. Dabei übt Eleonore einen so positiven Einfluss auf seinen Vater aus. Madame Louise ist überglücklich, dass der König sich von den wilden Gefährten seiner Jugendzeit zurückzieht. Er umgibt sich jetzt mit anderen Ratgebern. Nicht allein Architekten und Künstlern leiht er sein Ohr, sondern auch Rechtsgelehrten, Philosophen und Finanzmännern. Seine Pläne sind zukunftsweisend und kühn. In Lyon entstehen auf seinen Wunsch große Druckereien, er macht die Stadt zum Zentrum des Papierhandels. Auf seine Anregung werden die Universitäten reformiert, und in Fontainebleau soll die größte Bibliothek des Königreiches entstehen.«

Simona brach ab, weil Paul sie erstaunt ansah.

»Ist es denn nicht so? Eleonore mag manchmal einen Hang zur Melancholie haben, doch sie ist sanft, fromm und gelehrt und bringt den König dazu, seine guten Seiten zu zeigen. Er hat sich geändert.«

»Es wäre schön, wenn es so wäre, Simona. Mein Bruder pflegte zu sagen, so wie der Bär nicht sein Fell abwirft, so ändert sich auch nicht der König. Es ist Sommer. Es ist Frieden. Er reist, er amüsiert sich, und es gefällt ihm, dass Eleonore ihn bewundert. Ein wenig erinnert sie ihn an Claude. Beide Frauen sind sich ähnlich in ihrer Hingabe. Lange wird die Idylle aber sicher nicht andauern. Bald werden ihn wohl seine Vergnügungssucht und seine Abenteuerlust wieder feiern und auf die Jagd gehen lassen. Seine Mutter redet sich diesen Sommer schön. Es sei ihr gegönnt. Der Herbst wird früh genug kommen.«
Unwirsch stieß Simona ein paar Kieselsteine mit der Fußspitze über den Weg. Doch sie musste sich eingestehen, dass Paul wahrscheinlich recht hatte.
»Immerhin ist der Einfluss seiner Geliebten auf ihn geringer geworden«, gab sie zu bedenken. »Anne spielt sich nie mehr in den Vordergrund. Manchmal sieht es fast so aus, als suche sie Eleonores Freundschaft.«
»Wenn es je eine Giftschlange an diesem Hof gegeben hat, dann ist es Anne«, stellte Paul knapp fest. »Sie ist intrigant, hochmütig und durch und durch ehrgeizig. Sie hat überall ihre Günstlinge. Eleonores Freundschaft sucht sie nur, um ihre Schwachstellen zu entdecken. Sie hat ihren Platz als Favoritin nicht geräumt. Es würde mich nicht wundern, wenn es ihr zu verdanken ist, dass die Krönung der Königin verschoben wurde.«
»Das glaube ich nicht. Die Krönung wurde verschoben, weil die Ernte nicht gut ausfallen wird. Das Wetter im Frühjahr war zu schlecht, und jetzt ist es zu trocken. Ich denke, es wäre unter diesen Umständen unklug, ein großes Fest zu feiern.«

»Ich bezweifle, dass das für den König der Grund ist.«
Simona dachte nach. Erst jetzt kam ihr zu Bewusstsein, dass sie sich lange nicht mehr über solche Fragen unterhalten hatte. Madame Louise hatte sich in den letzten Monaten mehr und mehr aus der Politik zurückgezogen. Sie unterhielt sich inzwischen mit Marguerite mehr über Fragen der Religion oder über die Anlage von Gärten.
»Schau nicht so entsetzt.«
Paul zog sie hinter eine mannshohe Buchsbaumhecke, die sie vor neugierigen Blicken schützte, nahm sie in die Arme und legte sein Kinn auf ihren Kopf. Etwas an dieser Zärtlichkeit irritierte Simona, und seine nächsten Worte bestätigten ihre Ahnungen.
»Es fällt mir nicht leicht, aber ich muss mich noch einmal von dir trennen«, sagte er.
»Nicht schon wieder!«, rief sie aus. »Nimmt das denn überhaupt kein Ende? Du hast genug für Madame Louise getan. Was verlangt sie nun wieder?«
»Nichts. Es geht nicht um Madame Louise, sondern um uns. Ich muss nach Andrieu, Simona.«
»Warum nimmst du mich nicht mit?«
»Nichts, was ich lieber täte, glaub mir. Aber alles spricht dagegen. Ich war so lange nicht mehr zu Hause. Ich weiß nicht, in welchem Zustand sich das Wohnhaus der Burg befindet. Seit dem Tod meiner Eltern steht es leer. Vogt und Gesinde bewohnen das Torhaus. Es wäre unverantwortlich von mir, dich einfach unvorbereitet mitzunehmen. Ich bin es dir und deinen Eltern schuldig, dir ein angemessenes Zuhause zu geben. Du weißt selbst, wie besorgt dein Vater ist. Obwohl Cornelis alles versucht hat, mich in einem guten Licht erscheinen zu lassen, bittet

er dich in seinen Briefen immer wieder, von einer Hochzeit Abstand zu nehmen.«
Simona widersprach nicht. Den venezianischen Nobile beeindruckte sein Adelstitel wenig. Piero Contarini war Kaufmann und konnte schwer aus seiner Haut. Er hätte Simona lieber an der Seite eines erfolgreichen Handelsmannes gesehen. Auch Paul wusste das inzwischen.
»Thérèse hat es in Antwerpen wunderbar angetroffen«, sagte er, als habe er ihre Gedanken gelesen. »Sie ist herzlich empfangen worden und führt ein luxuriöses Leben. Gleiches will dein Vater auch für dich. Dass ich es dir nicht bieten kann, stößt ihm sauer auf. Aber wenn die Burg in gutem Zustand ist, wie zu Lebzeiten meiner Eltern, und das Lehen gut geführt wird, können wir dort glücklich sein. Tatsachen werden deinen Vater mehr überzeugen als Versprechen. Denkst du nicht auch?«
»Ja, du hast ja sicher recht, aber ich möchte mich trotzdem nicht schon wieder von dir trennen müssen«, sagte Simona verstockt. Die Vernunft ließ sie ausnahmsweise im Stich, es regierte nur noch ihr leidenschaftliches Gefühl.
»Du kannst gewiss sein, dass ich keine Zeit verschwende. Auch braucht dich Madame Louise noch. Wir heiraten so schnell wie möglich, und du kommst nach Andrieu. Ich verspreche es.«

SIEBENUNDDREISSIGSTES KAPITEL

Trauer

PARIS, 2. DEZEMBER 1530

Louise wurde zusehends hinfälliger. Schlecht gelaunt und gereizt versuchte sie sich zwar zu beherrschen, aber an besonders schlimmen Tagen tyrannisierte sie ihren Haushalt.

Trotz allem Verständnis für ihr Leiden hielt es selbst Simona oft nicht mehr aus. Dann verließ sie *Les Tournelles* und machte Besorgungen.

Mit Pauls Apotheker, der bereitwillig sein Wissen mit ihr teilte, plauderte sie besonders gerne. Bei ihm kaufte sie Kräuter ein. Diesmal waren es Zimtrinde und getrocknete Wurmfarnwurzeln.

Angeblich linderte ein Absud dieser Wurzeln Gichtbeschwerden, die Louise bei der feuchtkalten Witterung besonders plagten.

Simona bedauerte es sehr, dass sie Amboise verlassen hatten. Dort hatte sie nach Pauls Abreise ausgedehnte Spaziergänge entlang der Loire gemacht oder war mit dem Pferd durch die Flussauen geritten. Auch das Schloss war um ein Vielfaches angenehmer gewesen als *Les Tournelles*. Doch Madame Louise wollte unbedingt in der

Nähe ihrer Schwiegertochter, ihres Sohnes und ihrer Enkelkinder sein.

Die beiden Jungen waren mittlerweile einer strengen Erziehung unterworfen. Sie hatten viel nachzuholen, sowohl an Bildung wie auch an ritterlichen Kampfesübungen. Für ihre schulische Bildung hatte der König extra Lehrer aus Italien kommen lassen.

Simona hatte noch versucht, Madame Louise von neuerlichen Reisestrapazen abzubringen, aber sie war nicht darauf eingegangen.

»Ich will vor allem Eleonores Krönung und Salbung in Saint-Denis miterleben. Erst danach kann ich mich zurücklehnen«, blieb ihr letztes Wort.

Bisher warteten sie jedoch vergeblich auf die Krönung. Genau wie Paul vorausgesagt hatte, hatte der König nach dem Sommer sein altes Leben wieder aufgenommen. Auf Festen, Bällen und Banketten hatte er nur noch Augen für Anne. Am Hofe schien das niemanden zu stören. Zumal Eleonore sich keiner großen Beliebtheit erfreute. Für alle war sie eine Habsburgerin. Die Schwester des Feindes.

Nach einem glücklichen Sommer mit François war sie nun die ungeliebte Fremde. Marguerite wäre die Einzige gewesen, die ihren Bruder hätte zur Ordnung rufen können, aber sie tat es nicht. Zwar hatte Louise sie gebeten, Eleonore helfend zur Seite zu stehen, aber Marguerite hatte daran kein Interesse. Im Gegenteil, wenn Eleonore keinerlei Einfluss auf den König hatte, stärkte das ihre eigene Position. Es gefiel ihr.

Simona nickte den Wachen am Tor von *Les Tournelles* zu und ging zum Seiteneingang, um ungesehen in ihr Gemach zu verschwinden.

Stimmengewirr aus der großen Halle fesselte im Vorbeigehen ihre Aufmerksamkeit. Sie hörte Marguerite mit königlichem Gefolge. Das war ungewöhnlich. Irgendetwas musste geschehen sein.

Die Gräfin Vendôme hatte Simona gesehen und eilte herbei.

»Was ist passiert? Warum ist die Königin von Navarra in so großer Begleitung hier?«

»Ich kann es Euch nicht sagen, Simona. Aber ich habe ein ungutes Gefühl. Marguerite hat alle Bediensteten und Hofdamen Madame Louises hinausgeschickt, das ist merkwürdig. Vielleicht braucht Madame Louise Euren Beistand. Ich bitte Euch, zögert nicht länger, nach ihr zu sehen.«

Noch nie hatte die Gräfin Simona um etwas gebeten. Sie begegnete ihr stets distanziert und höflich. Schließlich war sie von ältestem Adel, und Simona war in ihren Augen nur eine Bürgerliche. Dass sie jetzt die Schranken durchbrach, beunruhigte Simona mehr als alles andere. Sie legte ihren Umhang ab und gab ihn der Gräfin.

»Lasst ihn bitte in mein Gemach bringen. Ich will sehen, was ich tun kann.«

Louise bemerkte Simona zunächst gar nicht, als sie sich zu ihr und Marguerite gesellte. Im Raum herrschte Totenstille.

Louise war in einem nie gesehenen Zustand der Verzweiflung. Ihre Hände zitterten, über die Wangen rannen ihr Tränen. Geistesabwesend starrte sie vor sich hin.

Simona blieb reglos stehen, wagte keine Frage zu stellen. Nach einer ganzen Weile bemerkte Marguerite sie und klärte sie auf.

»Margarete von Österreich wird sterben. Ein Kurier aus Mecheln brachte den Brief mit der schlimmen Nachricht. Ein häuslicher Unfall mit entsetzlichen Folgen wird ihr sicherer Tod sein.«

»Ein Sturz?«

»Nein, es ist einfach unglaublich. Es geschah bereits im November. Margarete lag morgens noch im Bett. Als sie Durst verspürte, bat sie um einen Schluck Wasser. Nachdem sie getrunken hatte, ließ die Hofdame das leere Glas fallen und übersah beim Beseitigen der Scherben einen Splitter, der unglücklicherweise in einen Hauspantoffel Margaretes gefallen war. Sie hat sich an diesem Splitter verletzt und der Wunde auch dann keine Beachtung geschenkt, als die Schmerzen mit jedem Tag schlimmer wurden. Kräuterumschläge und Fußbäder zeigten schließlich keinerlei Wirkung mehr, die Wunde hatte sich entzündet.«

»Wie schrecklich«, flüsterte Simona nur.

Marguerite setzte ihren Bericht fort, ohne darauf einzugehen.

»Der Fuß verfärbte sich. Sie bekam hohes Fieber. Die Ärzte rieten ihr zu einer Amputation, aber Margarete zögerte die Operation hinaus.«

»Wahrscheinlich hat sie gehofft, sie könnte sich die grauenvolle Tortur ersparen. Sie hat doch sicher die besten Ärzte an den Hof kommen lassen«, vermutete Simona.

»Das schon, aber sie können ihr nicht mehr helfen. Der Fuß ist schwarz. Das Blut hat den ganzen Körper vergiftet. Keiner weiß, ob eine Amputation sie jetzt noch retten kann.«

Louise verharrte reglos in ihrem Sessel. Der wiederholte

Bericht hatte ihre Erschütterung vertieft. Marguerite und Simona suchten ihren Blick. Sie konnten ihren Schmerz nachempfinden. Louise hatte harte Verhandlungen mit Margarete geführt, aber sie war ihr doch durch die gemeinsame Kindheit vertraut wie kaum jemand, und sie war ihre Schwägerin. Nach endloser Zeit erwiderte sie die Blicke und trocknete die Tränen.

»Ich will für Margarete beten. Begleitet mich in die Kapelle.«

Schwerfällig kam sie auf die Beine.

»Wäre es nicht besser, Ihr würdet erst ein bisschen ruhen, Maman?«

Louise schüttelte den Kopf.

»Vielleicht erhört Gott mein Gebet. Sie darf nicht sterben. Das Abendland braucht sie. Und vor allen Dingen Karl. Wer sonst soll ihn im Zaum halten?«

* * *

Die Nachricht von Margaretes Tod erreichte *Les Tournelles* schon kurze Zeit später. In der Nacht vom 30. November war sie eingeschlafen. Aus einem Bericht ging hervor, dass sie in den letzten Tagen unmenschliche Qualen durchleiden musste, obwohl die Leibärzte ihr hohe Dosen Opium verabreicht hatten, um die Schmerzen zu lindern.

Erschüttert gedachte Simona der Verstorbenen.

Die Margarete, die sie in Cambrai kennengelernt hatte, war tatkräftig, lebensfroh und durchsetzungsstark gewesen. Eine Naturgewalt. Dass ausgerechnet eine solche Frau einer Blutvergiftung, verursacht durch einen winzigen Glassplitter, zum Opfer fiel, war eine böse Ironie des Schicksals.

Weshalb hatten die Ärzte zugelassen, dass sie ihren Kopf durchsetzte und eine sofortige Amputation verweigerte?

»Wenigstens sind ihr am Ende die Qualen der grausamen Operation erspart geblieben«, seufzte Louise. In ihrer tiefen Traurigkeit sprach sie wieder und wieder über Margaretes unfassbaren Tod.

»Die Chirurgen haben von vornherein zu viel Zeit verloren«, sinnierte Simona. »Mit der nötigen Eile hätte man vielleicht ihr Leben auch ohne eine Amputation retten können.«

»Wir werden es nie erfahren, Simona. Wer hätte je gedacht, dass sie vor mir sterben muss. Sie war jünger als ich, gesünder und stärker. Gottes Wille ist wahrhaft unerforschlich. Ich wünschte, ich könnte an ihrer Beisetzung teilnehmen.«

Weder die Jahreszeit noch Madame Louises Gesundheit erlaubten die dazu nötige Reise. Selbst die Kuriere brauchten länger als sonst.

Die Einzelheiten von Margaretes Begräbnis erreichten *Les Tournelles* mit Verzögerung.

»Sie hat in ihrem Letzten Willen verfügt, dass ihr Herz im Sarg der Mutter in der Liebfrauenkirche von Brügge beigesetzt werden soll. Das Herz ihres Bruders und ihres Vaters ruhen bereits dort«, erfuhr Simona von Louise. »Ihre Eingeweide werden in einer Bleiurne in der Peter-und-Paul-Kirche von Mecheln beigesetzt. Ihr Körper wird an der Seite ihres Mannes, meines Bruders, in Brou seine letzte Ruhestätte finden. Sobald die Grabkirche dort endlich fertig gebaut ist, wird man sie hinbringen.«

Dass nach dem Tod Organe getrennt vom Körper beigesetzt wurden, war in Königsfamilien üblich. Simona fand es dennoch abscheulich. Für Louise war es selbstverständlich. Sie sprach weiter, als könne sie Margarete wieder zum Leben erwecken, indem sie immer wieder von ihr sprach.
»Der Kaiser hat die Nachricht von ihrem Tod in Köln erhalten, wo er sich gerade aufhält. Es muss Margarete in den letzten Stunden ihres Lebens eine Beruhigung gewesen sein, dass er sich endlich um die deutschen Fürsten kümmerte, die er so sträflich vernachlässigt hat. Dass die Türken bis nach Wien gekommen sind, hatte ihm wohl gezeigt, wie gefährlich sie tatsächlich sind.«
Simona goss den Absud der Wurmfarnwurzeln, den sie über dem Kaminfeuer erwärmt hatte, in eine Silberschüssel und stellte sie auf den Tisch. »Bitte legt Eure Hände flach hinein, Madame. Der Apotheker hat mir versichert, dass es Euch Erleichterung verschaffen wird.«
»Ah, die Wärme tut gut«, seufzte Louise, dann sprach sie weiter über Margarete. Sie musste sich zwanghaft mit ihr beschäftigen.
»Sie hat ihr ganzes Vermögen Karl vermacht. Gold, Kunstschätze, Ländereien. Karl wird einen neuen Statthalter für Flandern einsetzen müssen. Ich frage mich, an wen er dabei denkt. Im Grunde vertraut er nur der eigenen Familie.«
Louise bewegte vorsichtig die Finger im Wasser. »Ihr bewirkt Wunder, Simona. Ihr seid ein Lichtblick in diesem Tränental.«
Simona antwortete mit einem schwachen Lächeln. Es gab so wenig, was sie Louise zum Trost sagen oder für sie tun konnte.

»Die Königin ist eingetroffen!«, meldete die Gräfin Vendôme. »Ihre Majestät wird soeben in die große Halle geführt.«
Eilig nahm Louise die Hände aus dem Wasser und ließ sie sich von Simona trocknen. Der Balsam, den sie noch auftragen wollte, musste warten.
Eleonore trat ohne Gefolge ein.
Sie war gekommen, um ihrer Schwiegermutter Trost zu spenden. Sie wollte teilnehmen an deren Trauer. Ihr Sohn hatte es nicht für nötig befunden, seiner Mutter in dieser schweren Stunde beizustehen. Auch Marguerite hatte sich nicht mehr sehen lassen. Eleonore konnte Louises Trauer am intensivsten nachempfinden, Margarete hatte ihr die Mutter ersetzt. Sie selbst hatte die eigene Mutter als Kind kaum zu Gesicht bekommen. Sie war ihr stets fremd geblieben, auch zu Zeiten, als sich ihr Geist noch nicht verwirrt hatte.
Auf jedes überflüssige Zeremoniell verzichtend, umarmten sich beide Frauen und ließen ihren Tränen freien Lauf.
»Warum war es ihr nicht gegönnt, wenigstens mehr als fünfzig Lebensjahre zu vollenden?«, klagte Eleonore. »Warum musste sie so früh von uns gehen? Ich verdanke ihr die schönsten Jahre meiner Kindheit. Ich weiß, dass sie mich geliebt hat, und vermisse diese Liebe schon jetzt. Und ich werde ihre unersetzlichen Ratschläge vermissen.«
»Eure Kinder werden Euch die Liebe geben, die Ihr von Margarete nicht mehr bekommen könnt, Eleonore«, tröstete Louise sie trotz der eigenen Trauer. »Ihr werdet meinem Sohn Söhne und Töchter gebären, dessen bin ich gewiss.«

Simona zuckte innerlich zusammen. Vergaß Madame Louise, dass Eleonore eine Tochter hatte, die noch am portugiesischen Hof, ohne ihre Mutter, lebte?
»Euer Sohn findet nicht länger Gefallen an mir.« Verlegen machte Eleonore ihrer Schwiegermutter dieses Geständnis. Sie hielt den Blick gesenkt, während sie leise fortfuhr: »Seit wir nach Paris zurückgekehrt sind, hat François mich nicht mehr im Schlafgemach aufgesucht. Mir wurde zugetragen, er halte mich für zu alt, um noch Kinder zu gebären. Er habe das Bett nun lange genug mit mir geteilt, ohne dass ich empfangen hätte. Tante Margarete hätte mir sicher Rat gegeben, aber mein Brief hat sie nicht mehr erreicht. Was soll ich tun? Sagt Ihr es mir bitte, wenn Ihr könnt?«
Wie Simona war auch Louise klar, dass nur Anne de Pisseleu, die ihre Stellung als Favoritin von neuem erobert hatte, hinter solchen Gerüchten stecken konnte. Die Bosheit trug ihre Handschrift.
»Achtet nicht auf den Hofklatsch, das ist mein Rat, Eleonore. Ihr seid die Königin. Neid und Boshaftigkeit und Intrigen waren schon immer zu Hause am königlichen Hof. Sobald eine angemessene Trauerzeit um Margarete vergangen ist, werdet Ihr gekrönt. Fasst Euch und tragt sie und Euer Schicksal mit Würde.«
Fiel Eleonore auf, dass Louise François mit keinem Wort tadelte? Nie würde sie Kritik an ihm üben.
Auch das musste die traurige Königin noch lernen.

ACHTUNDDREISSIGSTES KAPITEL

Krönung

Saint-Denis, 15. März 1531

Eleonore wurde an einem sonnigen Frühlingstag in der Kathedrale von Saint-Denis zur Königin von Frankreich gekrönt.

Die Zeremonie fand am frühen Vormittag statt, anschließend zog der Festzug nach Paris. In einer Sänfte, die diamanten- und rubinbesetzte Krone auf dem Haupt, winkte Eleonore den Schaulustigen, die die Straßen säumten, zu. Es war ihr Tag.

Simona ritt auf einem geschmückten Zelter im Gefolge Madame Louises, die gleichfalls in einer Sänfte getragen wurde und sich erkennbar an dem Wohlwollen erfreute, das ihr vom Volk entgegengebracht wurde. Dem Frieden und der Rückkehr der Prinzen verdankte sie große neuerliche Beliebtheit.

Eineinhalb Jahre nach dem Friedensschluss hatte sich Frankreich wirtschaftlich wieder etwas erholt. Alle Reiter und Reiterinnen trugen kostbare Stoffe. Edelsteine, Federn und Spitzen verzierten die Gewänder. Wimpel und Standarten bewegten sich im lauen Frühlingswind. Sogar die Bogenschützen, die den Zug begleiteten, trugen neue Waffenröcke, geziert vom Wappentier des Königs, dem Salamander.

Paris empfing seine neue Königin mit allem Pomp.

Der Weg des Zuges war mit feinstem Sand, mit Blumen und Blütenblättern bestreut. Hauswände, Fensterbrüstungen und Mauern mit Tapisserien und Stoffen behängt. Glockengeläut klang über die Dächer, die Hochrufe der Menge brausten wie Sturm.

An diesem Frühlingstag hatte Paris nichts gemein mit der grauen Winterstadt, die Simona so bedrückt hatte. Türme und Dachreiter hoben sich gegen den blauen Himmel ab. Der Fluss glänzte seidig, die Luft durchzogen Blütendüfte, würzige Aromen von Garküchen und fliegenden Händlern, die überall ihre Speisen anboten. Paris glich einer Festwiese.

Eleonore strahlte. Die Trauer war aus ihren Zügen verschwunden, mit ihrem Lachen gewann sie die Herzen.

Die beiden Prinzen, François und Henri, ritten an ihrer Seite. Die Hochrufe galten auch ihnen. François erwiderte sie heiter und winkend. Henri saß mürrisch im Sattel und gab mit keiner Bewegung zu verstehen, ob er sie überhaupt zur Kenntnis nahm.

Vor einem Monat, im Februar, war sein Heiratskontrakt mit der vierzehnjährigen Katharina de Medici unterzeichnet worden. Seine Heiligkeit der Papst und François hatten diese Verbindung ausgehandelt, und beide waren höchst zufrieden darüber. Der Papst, weil auch er aus dem Hause Medici kam. François, weil er, dank Katharinas Mitgift, wieder einen Fuß auf italienischem Herrschaftsgebiet hatte. Henri war zwei Jahre jünger als Katharina.

Als sie den Vorplatz von *Notre-Dame* erreichten, stand die Sonne im Zenit. Louise war so erschöpft, dass sie weder in der Lage war zu winken noch zu lächeln. Dennoch hielt sie sich majestätisch aufrecht.
Simona wollte ihr beim Aussteigen helfen, aber der Kronprinz kam ihr zuvor. Auf François' Arm gestützt, folgte sie Eleonore langsam. Simona blieb zurück und schaute sich neugierig um.
Ein Paar, das direkt gegenüber der Kathedrale in einem geschmückten Bürgerhaus am offenen Fenster stand, erregte ihre Aufmerksamkeit. Ein hochgewachsener Mann in blaubestickter Seide umarmte eine blonde Frau mit leuchtenden Diamanten im Haar. Simona konnte das Paar nicht erkennen.
Auch andere beobachteten die Szene. In ihrer Umgebung setzte Gemurmel ein. Eine Bewegung des Paares brachte Gewissheit: Es waren Anne de Pisseleu und der König. Das also steckte hinter seiner hochherzigen Ankündigung, er wolle Eleonore allein in Paris einziehen lassen, damit sie den verdienten Jubel nicht mit ihm teilen musste. Welch perfide Heuchelei.
Wie konnte er seine Frau in aller Öffentlichkeit dermaßen demütigen? Es war dreist, brutal, rücksichtslos, arrogant in einem. Und das möglicherweise, weil er seinen Erzfeind, den Kaiser, zusätzlich damit demütigen wollte? Simona bemühte sich nicht um eine Antwort, beides war gleich schlimm. Es war unverzeihlich, dass Madame Louise das alles deckte. Simona war wütend, dass sie ohne ein Wort der Kritik seinem charakterlosen Treiben zusah. Am liebsten hätte sie umgehend Paris verlassen. Was ging nur in den Köpfen dieser Menschen vor? Sie hielten sich

an keine Gebote und erwiesen nichts und niemandem Respekt.

Wann würde Paul sie endlich holen? In den vergangenen Monaten hatte sie nur eine einzige Nachricht erhalten. Er schrieb, dass in Andrieu viel zu tun wäre, aber er hoffe, alles möglichst schnell in den Griff zu bekommen. Sie hatte ihn noch nie so vermisst wie in diesem Augenblick.

Simona musste sich zwingen, weiter an dem Fest teilzunehmen. Das Ritterturnier, das zum Abschluss der Feierlichkeiten ausgetragen wurde, war in ihren Augen purer Hohn. Der König beschwor die Tugenden der Ritterlichkeit, die er zuvor mit Füßen getreten hatte. Wie konnte er Eleonore zulächeln?

François und Henri ritten bei diesem Turnier zum ersten Mal voll gerüstet auf die Kampfbahn, die auf dem Platz vor dem Hôtel Saint-Paul angelegt worden war. Die Regeln des Turniers schrieben vor, dass jeder von ihnen eine Dame erwählte, für deren Ehre er im sportlichen Wettstreit kämpfte. Alle Augen richteten sich gespannt auf sie. Jungen ihres Alters wählten in der Regel eine Dame aus der eigenen Familie. Wen würden sie öffentlich ehren? Louise, Eleonore, Marguerite?

Henri machte den Anfang. Er ging zielstrebig auf Diana von Poitiers, die Frau des Großseneschalls der Normandie, zu. Sie war eine der schönsten Frauen des Hofes, und sie hatte der Abordnung angehört, die ihn am Ufer des Bidassoa in seiner Heimat empfangen und umarmt hatte. Mit dieser Umarmung hatte sie Henris Zuneigung gewonnen. Seine Entscheidung rief Erstaunen und Getuschel hervor.

Obwohl Simona der stumme, mürrische Prinz nicht besonders gefiel, empfand sie spontan Respekt für seine Entscheidung. Einen Wimpernschlag lang empfand sie auch echte Schadenfreude. Louise hingegen schüttelte besorgt den Kopf, als sie sich in *Les Tournelles* endlich zur Ruhe begeben konnte.

»Was geht in diesem Jungen vor? Verärgert er seinen Vater absichtlich? Wieso?«

Simona biss sich auf die Unterlippe, um mit ihrer wahren Meinung zurückhalten zu können. Ihre Erwiderung zeugte von mühsamer Beherrschung. »Der Skandal vor Notre Dame wird auch ihm zu Ohren gekommen sein. Vielleicht wollte er innerhalb der eigenen Familie keine Partei ergreifen? Er hat beherzt entschieden.«

Louise warf ihr einen finsteren Blick zu.

»Von einem Prinzen wird Gehorsam verlangt. Es steht ihm nicht zu, seinen Vater wie auch immer zu kritisieren. Ich fürchte, Henri wird noch lange brauchen, bis die Erziehung nach der Gefangenschaft bei ihm Früchte trägt. Es fehlt ihm offensichtlich an gutem Willen und Einsicht.«

»Ihr tut ihm unrecht«, widersprach Simona. In ihrer Stimme lag Verärgerung. »Die Regeln der Ritterlichkeit sind für ihn kein Spiel, sondern Pflicht. Ich würde mir wünschen, dass mehr Menschen bei Hof seinen Mut besäßen. Auch beweist sein Handeln nicht fehlenden Anstand, wie das der Maitresse Anne de Pisseleu.«

Sie vermied es, François zu beschuldigen. Ihr war es wichtig, Madame Louise die Augen für seine Fehler zu öffnen, aber sie wollte nicht ihren geballten Zorn auf sich ziehen. Damit war weder ihr noch Henri gedient.

Louise schwieg eine Zeitlang, ehe sie einräumte: »Anne hat sich verändert. Sie entgleitet meinem Einfluss. Ich bin zu schwach geworden. Mein Sohn kann ihr nicht widerstehen. Ich fürchte, es war ein Fehler, sie ihm zugeführt zu haben. Sie war mir ergeben und liebenswürdig. Meine Hoffnung, ich könnte über sie auf François Einfluss nehmen, hat sich leider nicht erfüllt. Ich muss wohl begreifen, dass ich auf gar nichts mehr Einfluss nehmen kann.«
Louise saß in sich zusammengesunken in ihrem Lehnstuhl. Schon regte sich, trotz aller Entrüstung, auch Mitgefühl in Simona.
»Das scheint Euch nur so. Ausgeschlafen werdet Ihr die Dinge wieder optimistischer sehen.«
»Euer Optimismus in allen Ehren«, murmelte Louise. Sie legte die Hände in den Schoß. »Ich habe kaum etwas gegessen und noch weniger getrunken – weshalb wütet es dennoch wie mit Messern in meinen Eingeweiden?«
Simona konnte nichts beschönigen, also schwieg sie.
Louise erwartete auch keine Antwort. Sie raffte sich unter Schmerzen auf.
»Geht schlafen, Simona, es ist spät. Die Kammerfrau wird mir zu Bett helfen. Ich hoffe, Ihr wisst, dass ich Euch und Eure offenen Worte schätze.«
Simona nickte schweigend und ging. Sie konnte ohnehin nichts mehr tun.

* * *

Obwohl Simona müde war, war sie doch innerlich viel zu erregt, um schlafen zu können. Sie sehnte sich nach Stille und frischer Luft. Im Garten würde sie beides finden,

denn es war ein wunderschöner, lauer Frühlingsabend. Vielleicht würde sie im Freien zur Ruhe kommen.
Die widerstreitendsten Gefühle hatte sie heute bis zur Erschöpfung durchlebt: Freude, Ärger, Hass und Mitleid. Übrig geblieben war an diesem Abend nur der Wunsch, das Königreich Frankreich schnellstens zu verlassen. Daran änderte auch die Mußestunde im Garten nichts.
Tief in Gedanken versunken kehrte sie in ihre Kammer zurück. Auf dem Bett sitzend, fragte sie sich, ob Paul wohl von den Ereignissen in Paris wusste, da klopfte es an ihrer Tür.
»Paul!«
»Simona. Endlich. Komm.«
Es wurde eine leidenschaftliche Umarmung, aus der sich Paul nur löste, um Simona zu berichten. »Eigentlich wollte ich schon heute Morgen eintreffen, weil ich den Krönungstag von Eleonore miterleben wollte.« Paul war immer noch ein wenig atemlos, so eilig hatte er es von der Halle bis zu ihrer Kammer gehabt. »Aber leider haben mich widrige Umstände davon abgehalten, rechtzeitig abzureisen.«
Er sprach nicht weiter.
»Paul, ich kann es nicht fassen. Wenn du wüsstest, wie sehr ich dich herbeigesehnt habe! Dich hat der Himmel geschickt.«
Paul wusste kaum, wie ihm geschah. Ihr Überschwang überwältigte ihn. »Es sieht so aus. Was ist mit dir?«
Er hielt Simona wieder im Arm. Es war beiden unmöglich, sich für längere Zeit voneinander zu lösen.
»Ich bin außer mir. Völlig am Ende meiner Geduld und meines Verständnisses«, stammelte Simona. »Eleonores

Krönung hat mich endgültig davon überzeugt, dass ich nicht für die Intrigen des Hofes geschaffen bin. Du bist meine Rettung, Paul.« Sie zog ihn an sich und flüsterte ihm ins Ohr: »Und außerdem habe ich große Sehnsucht nach dir.«

Paul schaute ihr schelmisch in die Augen.

»Ich gar nicht. Deswegen bin ich auch nach Paris geeilt, obwohl ich in Andrieu vor Arbeit fast umkomme.«

Simona stieß ihn spielerisch in die Seite. Alle Müdigkeit war verflogen.

»Heißt das, du bist zu müde, mich zu lieben?«

»Du wirst es herausfinden müssen.«

»Dann will ich keine Zeit verlieren …«

* * *

Simona erwachte von tiefster Zufriedenheit erfüllt. In Pauls Armen zu liegen, seine Gegenwart zu spüren und sich von ihm geliebt zu wissen war alles, was sie sich für jeden neuen Tag ihres Lebens wünschte.

»Bist du gekommen, um mich nach Andrieu zu holen?«, fragte sie, ohne die Augen zu öffnen.

Er strich zärtlich eine Locke aus ihrer Stirn und schwieg.

»Bitte sag mir die Wahrheit.« Simona spürte, wie schwer es auch ihm fiel, sich der Realität zuzuwenden.

»Die Unwetter haben Andrieu um die Ernte des vergangenen Jahres gebracht. Nur die Jagd und der Fischfang haben uns über diesen Winter gerettet. Wir brauchen dringend Saatgut, Mehl und zusätzliche Vorräte. Während des Winters habe ich mit wenigen Männern fast jeden Tag auf der Jagd verbracht. Ursprünglich wollte ich die Fuchs-, Marder- und Dachspelze auf dem Frühjahrsmarkt in Chalons-sur-Saône verkaufen, aber dann brachte mir ein Kurier die Nachricht von der Krönung. Ich hoffte, rechtzeitig genug nach Paris zu kommen, um anlässlich dieses Festes meine Pelze schon früher und gewinnbringender verkaufen zu können. Leider sind wir zu spät gekommen.«

Simona beobachtete ihn, während er erzählte. Jetzt erst sah sie, wie abgespannt er aussah. Unter seinen dunklen Augen lagen tiefe Schatten. An den Schläfen zeigte sich das erste Grau.

Und wenn sie ihm helfen würde? Sie dachte an die Bankbriefe, die sie noch immer besaß, von denen sie nie gesprochen hatte. Sie schlug sich den Gedanken, ihm die Briefe zu überschreiben oder ihm Kredit zu geben, allerdings schnell wieder aus dem Kopf. Er hätte das nie und nimmer angenommen. Es musste eine andere Möglichkeit geben.

Wozu war sie in einem Bank- und Handelshaus aufgewachsen.

»Biete deine Pelze Cornelis an«, sagte sie nach kurzem Überlegen. »Ein Zweig unserer Familie, der in Brügge lebt, unterhält einen florierenden Handel mit Luxuswaren. Wenn deine Pelze von der Qualität sind wie der Marderpelz, den du mir gestern Abend geschenkt hast, kannst du einen guten Preis in Brügge dafür erzielen. Es gibt einen Agenten in Paris, der für die Contarini solche Käufe tätigt. Ich werde dich begleiten. Dass ich eine Contarini bin, sichert dir einen fairen Preis. Mit dem Erlös kannst du sicher kaufen, was du für Andrieu benötigst.«

»Es genügt, wenn du die Verbindung über Cornelis herstellst, ich will sie dann gerne nutzen«, sagte er nach längerem Zögern bedachtsam. »Ich brauche dringend Einnahmen für die Renovierungen. Das Dach muss ausgebessert werden, deine Räume benötigen neue Glasfenster. Bis zum Sommer, hoffe ich, ist alles fertig. Willst du bis dahin auf mich warten?«

»Das musst du nicht fragen. Du weißt es.«

Simona schmiegte sich an ihn. Sie sagte ihm nicht, wie schwer es werden würde, noch ein halbes Jahr in Frankreich bleiben zu müssen. Sie machte ihm nicht den Vorschlag, trotzdem mitzukommen nach Andrieu, weil sie wusste, dass er ihr auch das nicht zumuten wollte. Warum sollte sie ihm also das Herz schwermachen? Wahrscheinlich war es ihm ohnehin nicht leichtgefallen, seine wirtschaftliche Lage so offen zu schildern.

Seine Aufrichtigkeit war ihr eine Garantie für ein gemeinsames Glück. Sie gab ihr Sicherheit.

NEUNUNDDREISSIGSTES KAPITEL

Pest

FONTAINEBLEAU, 10. JUNI 1531

»Wir werden Paris sofort verlassen!«

Louise gab den Befehl, ihren Hausstand reisefertig zu machen.

»Wenn die Pest schon in Saint-Denis ist, wird sie auch uns erreichen. Wir gehen nach Fontainebleau.«

Der eilige Aufbruch verriet die Angst, die sie vor dem Schwarzen Tod hatte. In den vergangenen Jahren war die Seuche stets lokal begrenzt geblieben. Dieses Mal verbreitete sie sich wieder stärker. Im Frühling hatte man die ersten Fälle im Norden und im Nordosten gemeldet. Seit Beginn des Sommers breitete sie sich langsam nach Süden aus. Die Nachricht, dass ein Jakobspilger in Saint-Denis an der Pest gestorben war, hatte ganz Paris in helle Aufregung versetzt.

»Gut, dass meine Kinder und Enkelkinder nicht in der Stadt sind. Ich kann nur hoffen, dass Eleonore und Marguerite vorsichtig sind. Das Beste wäre, sie würden in einem der Loireschlösser bleiben, bis die Gefahr vorüber ist.«

Schon seit dem Osterfest war Louise so hinfällig, dass sie keine morgendlichen Spaziergänge mehr machen konnte.

Den größten Teil des Tages verbrachte sie liegend. Aus diesem Grunde hatte sie auch ihre Familie im Frühjahr allein an die Loire reisen lassen müssen.
Obwohl Simona Louises Angst vor der Pest durchaus teilte, zögerte sie trotz allem, Paris so überhastet zu verlassen. Sie rechnete jeden Tag mit Pauls Ankunft. Erst gestern hatte sie die Nachricht bekommen, dass er bald käme.
Auch von Cornelis und Thérèse hatte sie ein langer Brief erreicht.
Cornelis teilte ihr mit, dass der Pelzhandel mit Paul gut floriere und er satte Gewinne mache. Er kümmere sich persönlich um Vermittlung und Verkauf. Im Übrigen habe Flandern mit seiner neuen Statthalterin großes Glück. Nach dem tragischen Tod von Margarete habe der Kaiser seine Schwester Maria, die verwitwete Königin von Böhmen und Ungarn, zu ihrer Nachfolgerin bestimmt. Im Januar sei sie eingetroffen. Laut Cornelis war sie eine ebenso kluge Frau wie Margarete.
Thérèses Nachrichten bildeten den privaten Kontrapunkt zu Cornelis' geschäftlichen Mitteilungen. Sie schilderte ihr Leben voller Überschwang und Fröhlichkeit. Nach der Geburt ihrer Tochter Aimée – Simona fand es lustig, dass sie den zweihundert Jahre alten Familiennamen wieder aufgenommen hatten – war sie erneut schwanger. Sie fühlte sich wohl, und ihre Ehe, ihre neue Familie, das Land, die Leute, einfach alles entsprach ihren Vorstellungen. Die Briefe strotzten vor Lebensfreude. Simona wurde jedes Mal buchstäblich davon angesteckt und hoffte im Stillen, selbst auch einmal so glücklich und rundum zufrieden sein zu können.
Was also sollte sie tun? In Paris bleiben und auf Paul warten? Nicht der ganze Haushalt würde mit nach Fontaine-

bleau gehen. War es vernünftig, die Pestgefahr zu ignorieren? Sie dachte noch fieberhaft über eine Entscheidung nach, als es an die Tür klopfte. Louise ließ durch ihre Kammerfrau zu sich bitten.

»In Fontainebleau sind wir sicher«, redete Louise ihr zu, als sie von ihren Vorbehalten erfuhr. »Die Wälder und die Abgeschiedenheit schützen uns. Zwar verstehe ich Eure Bedenken, aber auch Paul wird erleichtert sein, wenn Ihr Euch in Fontainebleau in Sicherheit bringt.«

Schließlich stimmte Simona zu.

In fieberhafter Eile wurden Truhen gepackt, Pferde gesattelt und Wagen beladen. Louise wählte trotz des heißen Sommertages eine Reisesänfte mit dicht schließenden Ledervorhängen. Sie verließen die Stadt durch die nahe *Porte Saint-Antoine*.

Hoffentlich käme Paul nicht ausgerechnet jetzt nach Paris. Dass auch er in Gefahr war, wurde Simona erst in diesem Augenblick schlagartig bewusst. Sie erstarrte vor Angst. Führte ihn der Pelzhandel in belebte Städte und auf dichtgedrängte Märkte? Lag Andrieu wohl so abgelegen, dass es die Seuche nicht erreichte? Ihre Sorge um ihn nahm mit jedem Atemzug zu. Ihre Gedanken galten ihm, jedes Gebet bat Gott, ihn zu schützen.

In Fontainebleau angekommen, sank Louise halb ohnmächtig vor Schmerzen in ihr Bett. Nicht einmal der Lärm der noch immer andauernden Bauarbeiten vermochte sie zu stören.

Simona begab sich in die Schlosskapelle. Innere Unrast raubte ihr den Schlaf.

* * *

Nach Tagen der Bettruhe führte Simona Louise das erste Mal auf die Gartenterrasse. Um ihre Kräfte zu schonen, war ein Lehnstuhl an der Balustrade für sie bereitgestellt worden, sie konnte nicht mehr lange stehen. Simona blieb an ihrer Seite, wie sie versunken in den Anblick des sommerlichen Panoramas.

Das Wasser des neu angelegten Karpfenteichs zu ihrer Rechten wurde von einer sanften Brise gekräuselt. Der Blick schweifte unbehindert über Gärten und Park. Ein Meer von Rosen blühte in den geometrisch angelegten Beeten, die das Bassin des Marmor-Springbrunnens in ihrer Mitte umgaben. Sorgsam gestutzte Buchshecken grenzten die Spazierwege ein, Laubengänge versprachen Schatten.

»Wie wunderschön das alles geworden ist«, sagte Louise nach einem tiefen Atemzug. »Wie wird es erst nach der endgültigen Fertigstellung aussehen?«

»Das wird wohl noch Jahre dauern.« Die Gräfin Vendôme, die schon am frühen Morgen vom Lärm der Bauarbeiten im ovalen Hof geweckt worden war, klang wenig begeistert. »Ich hatte erwartet, dass wenigstens der Bau der Galerie des Königs inzwischen vollendet sein würde.«

»Auf Befehl meines Sohnes wurden die Arbeiten an seinem Badeappartement im antiken Stil vorgezogen«, verteidigte Louise die Verzögerung. »Er will dort seine Kunstsammlung unterbringen, darunter das Gemälde einer Landsmännin von Euch, Simona, das Leonardo da Vinci ihm hinterlassen hat. Eine gewisse Mona Lisa, wenn ich mich des Namens richtig entsinne.«

Simona hatte noch nie von diesem Bild gehört, aber sie

war angetan von dem, was sie in den vergangenen Tagen im Schloss und auf den Baustellen vorgefunden hatte.

»Der Wille des Königs hat Wunder in Fontainebleau gewirkt. Auch wenn die Galerie noch nicht ganz fertig ist, was ich bisher gesehen habe, begeistert mich. Es ist eine völlig neue, kühne Idee, Fresken, Stuckwerk und Holzschnitzereien zu einem Gesamtkunstwerk zu vereinen. Dass der König es in Auftrag gegeben hat, zeugt ebenso von seinem großartigen Kunstverständnis wie von seiner enormen Vorstellungskraft.«

»Das muss man eingestehen.«

Die Gräfin beeilte sich, Simona beizupflichten, weil Louise es sichtlich genoss, Gutes über ihren Sohn zu hören.

»In Saint-Germain-en-Laye, wo er sich gerade befindet, wird er ähnlich Herausragendes schaffen. Auch dort will er die alte Burg aus dem dreizehnten Jahrhundert in ein modernes Schloss verwandeln.«

»Der Ort ist kaum einen Tagesritt von uns entfernt«, seufzte Louise. »Gerne würde ich François sehen. Wenn er erfährt, dass ich in Fontainebleau bin, wird er sicher kommen.«

Weder die Gräfin noch Simona antworteten.

François hatte Louise schon seit Wochen nicht mehr besucht. Ob er fortblieb, weil er den Anblick seiner leidenden Mutter nicht ertrug, oder ob er ihre Krankheit nicht ernst genug nahm, war schwer zu sagen. Eines war klar, unerfreulichen Dingen ging er ebenso aus dem Weg wie der Pest.

* * *

Madame Louises Leben ging zu Ende.
Es war Marguerite, die wenige Tage nach diesem Gespräch einen Besuch machte, nicht François. Sie kam ohne ihre Tochter und umarmte Louise besorgt und vorsichtig. Mit heiterem Geplauder kaschierte sie das Entsetzen, das sie bei ihrem Anblick ergriffen hatte.
»François möchte in Saint-Germain-en-Laye das Dach des Palastes wie eine Terrasse nutzen, Maman. Man kann dann an schönen Sommertagen dort promenieren und den wundervollen Ausblick über die Seine genießen. Stell dir vor, welch großartige Feste wir dort feiern werden. Eleonore teilt übrigens seine Vorliebe für Architektur und Kunst, wenngleich sie den kühnen Visionen kaum folgen kann, die François verwirklichen möchte.«
»Eleonore sollte sein Bett mit ihm teilen«, warf Louise ungewohnt direkt ein. »Wieso ist sie noch immer nicht schwanger? Claude war es ständig.«
»Claude war jung, Maman. Bedenke, dass Eleonore schon die dreißig überschritten hat.«
»Und? Du hast in diesem Alter auch noch empfangen. Nein, sei ehrlich. Es liegt an François, nicht wahr? Er hofiert Anne wieder.«
»Eleonore scheint es ihm nicht zu verübeln, Maman. Du selbst hast sie François damals ans Herz gelegt. Errege dich nicht, wir können es sowieso nicht ändern.«
Marguerite wechselte hastig das Thema.
»Hast du schon gehört, man hat einen Kometen über Paris und der *Île de France* gesichtet. Er erhellt die Nacht zum Tag und gibt Anlass zu allerlei Gerüchten. Abergläubische behaupten, sein Erscheinen sage schlimme Ereignisse voraus. Natürlich ein Unsinn. Kometen sind

Himmelskörper und keine Schicksalsboten, wie wir inzwischen wissen.«

Louise hatte nicht gehört von dem Kometen, er hatte sie mitten in der Nacht erschreckt. Sie hatte es Simona am nächsten Morgen gestanden.

»Es wird behauptet, ein solches Himmelsereignis sage Sturm, Teuerung, Pest, Krieg oder den Tod eines einflussreichen Menschen voraus. Ich glaube, dieser Komet verkündet mein bevorstehendes Ende. Es ist an der Zeit, dass ich mich darauf vorbereite.«

Kein Argument hatte sie von dieser Meinung abgebracht.

»Der Komet sagt mir, dass ich sterben werde, Marguerite.«

Marguerite ergriff die Hände ihrer Mutter.

»Dergleichen darfst du nicht einmal denken, Maman. Sicher, du bist krank, aber das bist du nun schon so lange. Du wirst noch viele Jahre leben. Wir brauchen dich und deinen Rat. Du darfst uns nicht verlassen.«

»Ihr kommt schon jetzt sehr gut ohne mich zurecht. Mein einziger Wunsch ist, François noch einmal zu sehen. Was hält ihn auf? Ein Architekt? Ein Buchdrucker? Ein Maler? Alle sind ihm wichtiger als die eigene Mutter.«

»Das ist nicht wahr, Maman. Er glaubt nur ebenso wenig wie ich daran, dass dein Ende naht.«

»Auch wenn du es nicht wahrhaben willst, der Dämon, der mich innerlich auffrisst, wird bald den Sieg davontragen. Selten habe ich meinen Sohn um einen Gefallen gebeten, aber diese Bitte richte ihm aus: Er möge seine Vergnügungen ein einziges Mal zugunsten seiner Mutter zurückstellen. Ich will Abschied von ihm nehmen. Es gibt noch ein paar Dinge, die ich ihm sagen möchte.«

Marguerite wischte sich verstohlen die Tränen aus den

Augen, ehe sie mit gepresster Stimme antwortete: »Ich verspreche es, Maman. Er wird kommen. Aber versprich du mir bitte, dass du deine Kraft dem Leben zuwendest und nicht dem Tod.«
Louise schnaubte. Ob verächtlich oder resignierend, konnte Simona nicht feststellen.

* * *

Zähes Warten, das sich über den ganzen Sommer hinzog, begann. Die Pest hatte Dijon erreicht, die Hauptstadt des Herzogtums von Burgund. Dôle lag nicht allzu weit davon entfernt. Es war das Herz der Franche-Comté. Der Schwarze Tod rückte Andrieu näher. Noch wurden nicht ganze Dörfer und Städte entvölkert, aber Simona zitterte um Paul.
Nachts lag sie schlaflos. Tagsüber war sie matt und zerschlagen. Nie zuvor hatte sie sich dermaßen erschöpft gefühlt.
»Ihr werdet noch krank, wenn Ihr nicht etwas tut, das Euch aufmuntert.«
Die Gräfin Vendôme war um sie besorgt. »Es hilft niemandem, wenn Ihr Euch zu Tode grämt. Geht spazieren und genießt die Natur.«
Simona befolgte ihren Rat. Sie fand tatsächlich etwas Trost und Ruhe am Waldrand. Warum war sie nur so schrecklich ängstlich? Wenn Paul krank wäre, würde sie sicher von einem Kurier benachrichtigt.
Sei nicht hysterisch, rügte sie sich selbst.
Voll guter Vorsätze kehrte sie bei Sonnenuntergang ins Schloss zurück, wo die Gräfin schon auf sie wartete.

»Gut, dass Ihr endlich wieder zurück seid. In der kleinen Ortschaft vor den Toren des Schlosses gab es zwei Pesttote. Eine von ihnen ist eine Spülmagd, die in der Schlossküche gedient hat. Madame Louise hat sofort beschlossen abzureisen. Der Haushofmeister bereitet schon alles Nötige vor. Sie wünscht nach Romorantin gebracht zu werden. Es ist nicht allzu weit entfernt. Das Schloss liegt am Ufer der Sauldre. Ich glaube, sie hat es gewählt, weil ihr Sohn dort seine Jugendzeit verbracht hat. Madame Louise denkt nur noch an ihn. Sie hofft, dass er sie dort besucht.«

Schon wieder eine Reise. Werden wir denn niemals mehr Ruhe bekommen? Todkrank muss Madame Louise erneut ihr Quartier wechseln. Seit Monaten hat sie François nicht mehr gesehen. Nach allem, was sie für ihn getan hat, hätte sie Fürsorge und Liebe von ihm verdient, und was bekommt sie? Ausreden, die seine Besuche verschieben, nichtssagende Grüße und sinnlose Geschenke.

Simona stieß den angehaltenen Atem aus und behielt ihre zornigen Gedanken für sich.

* * *

In aller Frühe, am Morgen des 21. September, verließ Louise mit ihrem Gefolge Fontainebleau über abseits gelegene Wege. Keinesfalls wollte der Hauptmann, der die Reisegruppe mit seinen Bewaffneten führte und schützte, durch Orte reisen, in denen womöglich die Pest herrschte.

Louise war nur noch ein Schatten ihrer selbst. Ohne weitere Anweisungen zu geben, ließ sie alles mit sich geschehen.

Unweit von Grèz-en-Gâtinais, nur drei Meilen nach Fontainebleau, geriet der Reisezug ins Stocken. Louise hatte das Bewusstsein verloren. Sie erlangte es zwar nach kurzer Zeit wieder, aber eine Weiterreise hielten ihre Leibärzte für ausgeschlossen.

»Wir können auch nicht umkehren«, stellte die Gräfin Vendôme fest. Sie war über die Maßen erregt, weil sie plötzlich die Verantwortung für den Hofstaat tragen musste.

»Was sollen wir tun?«, fragte sie Simona unschlüssig.

»Wie weit ist es bis zum nächsten Ort?«

Simona tupfte Louise den Schweiß von der Stirn, während ihre Leibärzte ratlos die Hände rangen.

»Nur bis zum Fluss und über die Brücke«, mischte sich der Hauptmann ein, der bisher schweigend zugehört hatte.

»Dann bringen wir Madame nach Grèz«, ordnete die Gräfin an, und nach einem weiteren Blick auf Louise fügte sie leiser hinzu: »Schickt Eure schnellsten Reiter zur Königin von Navarra und zu Seiner Majestät. Ich fürchte, sie müssen sich sehr beeilen, wenn sie Madame noch lebend erreichen wollen.«

* * *

Die Menschen drängten sich am Bett der Sterbenden.

Der Pfarrer von Grèz-en-Gâtinais, der Louise schon am Vortag die Sterbesakramente gespendet hatte, betete im Hintergrund. Simona stand am Kopfende des Bettes. Louises Sterben so tatenlos mit ansehen zu müssen, raubte ihr die letzte Kraft.

Marguerite kniete neben dem Bett der Mutter.
»Bist du es, Marguerite?«
Louise öffnete unter größter Mühe die Augen.
»Wo ist François?«
»Er muss jeden Augenblick eintreffen, Maman. Er war auf der Jagd. Ein Bote hat ihn benachrichtigt. Ich bin nur vorausgeritten.«
Auf der Jagd, wiederholte Simona fassungslos im Stillen. *Sie stirbt hier, in diesem erbärmlichen Dorf, und er vergnügt sich auf der Jagd.*
Grèz-en-Gâtinais hatte seine ruhmreichen Zeiten hinter sich. Einstmals ein Kommandoposten des Ordens der Templer, war es im Hundertjährigen Krieg von den Engländern niedergebrannt worden. Louise starb zwar im größten Haus des Dorfes, aber es war nicht mehr als das Haus eines Mannes, der es als Gastwirt zu bescheidenem Reichtum gebracht hatte.
Marguerite weinte lautlos. Niemand wagte ein Wort.
»Öffnet – das – Fenster. Ich will das Pferd des Königs hören, wenn er kommt«, flüsterte Louise mit letzter Kraft.
Da niemand Anstalten machte, ihrem Wunsch nachzukommen, ging Simona. Sie wollte gerade den Riegel zurückschieben, als sich etwas in ihr bewegte. Ein kaum fühlbarer Stoß wiederholte sich.
Merkwürdig.
Plötzlich fiel es ihr wie Schuppen von den Augen. Gewissheit folgte dem Zweifel.
Ich bin schwanger!
Natürlich hatte sie bemerkt, dass sie zunahm, ihr Busen voller wurde und ungewohnt empfindlich. Da sie jedoch wenig auf ihren Körper achtete, hatte sie dem bisher kei-

ne Bedeutung beigemessen. Auch das Ausbleiben ihrer Mondtage war nichts Ungewöhnliches. Schon in Venedig hatte sie zuweilen unter diesen Störungen gelitten.
Erst jetzt begriff sie, weshalb sie manchmal von Übelkeit, Stimmungsschwankungen und seltsamen Heißhungerattacken geplagt wurde. Auch die Unruhe ihrer Nächte fand eine Erklärung. Sie war nicht mehr allein.
Ein Kind wuchs in ihr heran. Pauls Kind. Das Kind ihrer Liebe. Gezeugt in der Krönungsnacht. Sie hütete die Erinnerungen an diese Nacht wie ihren Augapfel und hatte sich damit schon oft getröstet in den Wochen seither.
Ein überwältigendes Glücksgefühl stieg in Simona auf. Ihr Wunsch nach einem Kind würde in Erfüllung gehen.
Willkommen im Leben, mein Kleines.
Tränen netzten ihre Wangen. Dass es Tränen reinen Glückes waren, würde ihr die Todkranke sicher verzeihen. Louise hätte ihre Freude geteilt.
»Maman!«
Marguerites Angstruf hielt sie davon ab, die Hand auf den Bauch zu legen. Sie sah zum Bett.
Louise von Savoyen, die fünfundfünfzigjährige eigentliche Herrscherin von Frankreich, hatte die Augen für immer geschlossen.

VIERZIGSTES KAPITEL

Erlösung

Grèz-en-Gâtinais, 22. September 1531

Die Tote sah entspannt und friedvoll aus.

Das Leid war aus Louises Gesicht gewichen. Die engsten Hofdamen hatten ihr die letzte Ehre erwiesen. Eine Totenwäscherin hatte ihren Dienst getan. Die Hände über einem Samtgewand gefaltet, das graue Haar mit der vertrauten Witwenhaube bedeckt, lag sie nun in ihrem letzten Schlaf. Die Gräfin Vendôme besprach alle weiteren Einzelheiten mit Marguerite. Aufgewühlt brachen beide immer wieder in Schluchzen aus.

Neben allem Mitgefühl verspürte Simona auch Erlösung. Sie war frei, zu gehen, wohin sie wollte.

Nach Andrieu.

Vorsichtig wandte sie sich ab und tastete verstohlen über ihren Bauch.

Marguerite hatte sich inzwischen halbwegs gefasst, ihre Stimme klang fest, als sie das Wort ergriff.

»Der Haushalt wird umgehend aufgelöst. Wenn Ihr es wünscht, Gräfin, will ich Euch gerne in den Haushalt Eleonores empfehlen. Es wäre sicher im Sinne meiner Mutter, dass Ihr Eure hohe Stellung bei Hof behaltet.«

Für alle anderen Frauen fand Marguerite kein Wort des Dankes, noch verschwendete sie auch nur einen Gedanken daran, was aus ihnen werden würde. Nur der hohe Rang der Gräfin und die Tatsache, dass sie aus ältestem Hochadel stammte, sicherten ihre Zukunft.

»Habt Dank für Eure Güte, aber ich bin noch bis zum Ende der Trauerfeierlichkeiten im Dienst Eurer Mutter«, beschied die Gräfin sie. »Sie hat schon vor langer Zeit Verfügungen für die Zeit nach ihrem Tod getroffen und mir entsprechende Aufträge erteilt. Für jede ihrer Damen ist gesorgt.«

»Gut. Dann lasst mich mit meiner Mutter jetzt allein«, bat Marguerite. »Ich will ungestört Abschied von ihr nehmen.«

Schweigend zogen sich die Trauernden aus dem Totengemach zurück.

Simona begegnete der Gräfin später vor dem Haus.

»Ich muss etwas frische Luft schnappen, mir dreht sich alles im Kopf.«

Sie hatte das Gefühl, ihr Nichtstun begründen zu müssen.

»Kein Wunder nach diesem schlimmen Tag«, erhielt sie zur Antwort. »Keiner von uns hat seit dem Morgen etwas zu sich genommen. In Eurem Zustand ist das gar nicht gut.«

»In meinem Zustand?«

»Ich habe fünf Kinder zur Welt gebracht. Außerdem bin ich nicht blind«, antwortete die Gräfin. »Ihr müsst Andrieu umgehend einen Boten schicken, damit Ihr verheiratet seid, ehe Ihr ins Wochenbett geht. Madame Louise hat mir besonders ans Herz gelegt, dafür zu sorgen, falls er bis zu ihrem Tode noch nicht erschienen sein sollte.«

Erst als sie in der großen Küche des Hauses etwas geges-

sen hatte, fühlte sich Simona besser. Endlich konnte sie der Gräfin vernünftig antworten.
»Ich darf keinen Boten nach Andrieu schicken. Ihr vergesst die Pest. Soll ich den Vater meines Kindes der Gefahr einer Reise aussetzen? Besser, er bleibt, wo er ist, bis die Seuche verebbt ist.«
»Und was wollt Ihr bis dahin tun? Ihr könnt Euren Zustand nicht länger verbergen. Madame Louise wollte vermeiden, dass Ihr Euch wegen dieses Kindes der Geringschätzung des Hofes aussetzt. Ihr könnt, unehelich schwanger, bei Hof nicht mehr auftreten. Ebenso wenig könnt Ihr ohne männlichen Schutz leben.«
Die ruhige Strenge der Worte verriet Simona, dass die Gräfin sich große Sorgen um ihre Zukunft machte.
»Habt Dank für Eure Anteilnahme. Ich werde eine Möglichkeit finden. Es ist nicht das erste Mal, dass ich allein für mich eine Entscheidung treffen muss«, wehrte sie höflich ab.
»Ihr habt nicht viel Zeit dafür. Sobald die Einzelheiten der Trauerfeiern festgelegt sind, die letzte Ruhestätte bestimmt ist und die Beisetzung stattgefunden hat, enden unsere Verpflichtungen. Jetzt sucht Euch einen Schlafplatz. Es wurden Strohsäcke ausgelegt. Für eine Nacht muss das genügen. Ich nehme an, die nächste Zeit werden wir in einer nahen Abtei unterkommen können.«

* * *

Die dreitägigen Trauerfeiern für Louise fanden erst im Oktober statt. Angeblich war François in seiner grenzenlosen Trauer und Verzweiflung nicht fähig gewesen, die

nötigen Entscheidungen schneller zu treffen. Die Tote ruhte während dieser Zeit in der Abtei von Saint-Maur-des-Fossés, in einem eilig herbeigeschafften Bleisarg.
Die Überführung des Leichnams nach Saint-Denis, wo er unter Frankreichs Königen, Louises Wunsch gemäß, seine letzte Ruhe finden sollte, musste warten. Noch bestimmte die Angst vor der Pest das öffentliche Leben. Glücklicherweise mehrten sich jedoch die Zeichen, dass die Seuche, wie schon so oft im Herbst, abklang.
Statt eines geschlossenen Sarges stand ein großer Katafalk vor dem Altar der Kirche des heiligen Maurus, die zum Kloster gehörte. Darauf lag eine lebensechte Wachsfigur, die Louise in der Blüte ihrer Jahre zeigte. François hatte darauf bestanden, dass seiner Mutter wie einer regierenden Königin gehuldigt wurde. Anlässlich ihres Todes gewährte er ihr die königlichen Ehren, die ihr zeitlebens versagt geblieben waren. Den Wachskörper in Hermelin gehüllt, das Haupt mit einer Krone bedeckt und das Zepter in den Händen, so sollte sie allen im Gedächtnis bleiben.
Jetzt fand hier das Requiem statt.
Die Tränen des Königs und seiner Schwester flossen ungehemmt während des langen Totenamtes.
Auch Eleonore schien tief betroffen. Sie hatte nach Margaretes frühem Tod bei Louise Halt und Rat gefunden. Nun war sie endgültig allein auf sich gestellt.
Unweit von ihr knieten die Prinzen.
Stunden um Stunden erfüllten feierliche Chöre und Liturgien das Gotteshaus. Der König wollte offensichtlich jetzt nachholen, was er zu Lebzeiten seiner Mutter versäumt hatte. Er trauerte mit derselben Leidenschaft, mit der er jagte und Schlösser baute. Simona war sich sicher,

dass er nach den offiziellen Trauertagen seinem alten Frohsinn wieder ungezügelt Lauf lassen würde.
Die Nacht sank bereits herab, als sie endlich das Gotteshaus verlassen konnte. Sie mied den königlichen Hof und kehrte in ihre Zelle in der Abtei zurück. Ohne Pauls Umhang abzulegen, dessen Marderfelle sie in der Kirche gewärmt hatten, sank sie auf die schmale Lagerstatt und schloss die Augen. Die Hände auf den gewölbten Leib gelegt, sprach sie mit ihrem Kind.
»Ihr habt Besuch. Man erwartet Euch.«
Eine Novizin stand unter der Tür, die stets offen bleiben musste.
Ächzend richtete Simona sich auf. Schwerfällig folgte sie der vorauseilenden Frau. Als sie den Empfangsraum betrat, der für die Gäste des Klosters bestimmt war, hob sie das Kinn dennoch in der stolzen Haltung einer Frau, die über das eigene Schicksal bestimmen wollte.
Die wartende Gestalt am Fenster fuhr herum.
»Simona.«
»Paul.«
Simonas Erleichterung war so ungeheuerlich, dass sie keinen Schritt tun konnte. Sie hatte jegliche Kontrolle über ihren Körper verloren. Die ganze Anspannung der letzten Wochen fiel mit einem Schlag von ihr ab. Schluchzend lehnte sie sich an die Wand neben der Tür, unfähig, etwas zu sagen.
Paul starrte sie fassungslos an. Er hatte eine freudestrahlende Simona erwartet, die ihm entgegenlief. Es brauchte eine ganze Weile, bis er begriff, was er sah.
Langsam ging er auf sie zu. Er hob die Arme und wagte doch nicht, sie zu berühren.

»Du bekommst ein Kind.«
Ein erstes Lächeln flog über ihr Gesicht. Seine offenkundige Verwirrung stärkte sie.
»Ja. Dein Kind.«
Simona streckte die Arme aus.
Behutsam folgte Paul ihrer Aufforderung.
»Ich war froh, dich gefunden zu haben – aber dafür fehlen mir die Worte.«
Stumm hielten sie sich lange in den Armen.
»Bring mich nach Andrieu.«
»In diesem Zustand?«
»Ich bin nicht krank, Paul. Dein Kind und ich wollen endlich nach Hause.«
»Andrieu wartet auf euch. Doch ehe wir aufbrechen, will ich dich vor Gott zu meiner Frau machen. Die Mutter Äbtissin weiß bestimmt, wo wir einen Priester finden.«

Epilog

Burg Andrieu, 3. April 1547

Im Vorhof der Burg schmolzen die letzten Schneeberge. Jean hob sich leicht im Sattel und setzte mit einem Sprung darüber hinweg. Der Braune schlitterte über die Pflastersteine, aber Ross und Reiter landeten sicher vor dem Stall. Der Reitknecht hatte schon die Zügel übernommen, als Mathieu Jean schimpfend folgte.

»Irgendwann wirst du dir den Hals brechen, und ich muss unseren Eltern erklären, wieso dich dein Leichtsinn das Leben gekostet hat.«

»Reg dich ab, Bruderherz«, entgegnete Jean vergnügt. »Du bist nur verdrießlich, weil ich das schnellere Pferd habe. Komm ins Haus. Ich brenne darauf, unsere Neuigkeiten zu verkünden.«

Wie gewohnt, fanden sie ihre Mutter im Magdalenen-Kabinett. Sie saß über ihren Papieren und sah auf, als sie beide ungestüm hereinpolterten. Sie trug das Haar locker im Nacken zusammengesteckt und unbedeckt, ein Zeichen, dass auch ihr Vater nicht weit sein konnte.

»Verwechselt ihr mein Arbeitskabinett mit dem Übungs-

boden bei der Waffenkammer, oder habt ihr mir etwas zu berichten?«
Simona legte die Feder zur Seite und erhob sich, um sie zu umarmen. Ein wenig geniert duldeten die Zwillinge die Liebesbekundung. Zwar legten sie seit ihrem fünfzehnten Geburtstag großen Wert darauf, wie Männer und nicht länger wie Knaben behandelt zu werden, aber da auch ihr Vater stets so begrüßt wurde, konnten sie kaum etwas dagegen einwenden.
»Ihr seid scharf geritten«, sagte sie ihnen auf den Kopf zu, ehe sie hinzufügte: »Was gibt es so Wichtiges?«
»Der König ist tot. Wir haben den französischen Kurier überholt. Er wird in Kürze eintreffen.« Jean platzte ohne lange Vorrede mit der Nachricht heraus.
»Der König von Frankreich«, fügte Mathieu korrekt hinzu, weil erst im Januar auch König Heinrich von England das Zeitliche gesegnet hatte.
»François?«
Die Brüder hatten ihren Vater nicht eintreten gehört.
»Ebender«, übernahm Jean, wie gewohnt, die ausführlichere Erklärung. Er war der Lebhaftere und Gesprächigere der Brüder. »Der König war auf Falkenjagd. Falls man das noch Jagen nennen kann, wenn man sich in der Sänfte durch den Wald tragen lässt. Auf jeden Fall war er auf dem Weg nach Saint-Germain-en-Laye zur Königin. Unterwegs bekam er Fieber und ließ sich nach Schloss Rambouillet bringen, wo seine Beschwerden immer heftiger wurden. Seine Ärzte konnten ihm nicht helfen. Zum Fieber kamen schließlich Gliederstarre und Zittern hinzu, danach verfiel er in Wahnvorstellungen. Man konnte nicht mehr verstehen, was er sagte, und seine Augen ver-

drehten sich so sehr, dass er nichts mehr wahrnahm. Am frühen Nachmittag des 31. März ist er dann gestorben.«

Mathieu sah, wie Vater und Mutter einen jener Blicke wechselten, die ihn und seinen Bruder ausschlossen. Jean hob leicht die Schultern, und Mathieu schnaubte. Gerne hätten sie gewusst, welche Gedanken die beiden stumm austauschten. Dass es möglich war, sich auf solche Weise zu verständigen, wussten sie seit frühester Kindheit. Aufs engste verbunden, genügte auch ihnen oft ein Blickwechsel, um zu wissen, was der andere gerade dachte.

»Dann heißt der König von Frankreich jetzt Henri Valois. Henri der Zweite«, hörte er seine Mutter sagen. »Und eine Florentinerin ist die Königin von Frankreich. Königin Katharina.«

»Dem Namen nach.« Der Klatsch war bis in die Freigrafschaft und nach Andrieu gedrungen. Jean brüstete sich mit seinem Wissen. »In Wirklichkeit wird es Diana von Poitiers sein, die mit Henri regiert. Sagt man nicht, dass sie hinter seinem Entschluss steckt, nicht mehr an den Ratssitzungen des Königs teilzunehmen, damit man ihn später nicht für die Politik seines Vaters zur Rechenschaft ziehen kann, die er für verfehlt hält? Damit hat auch Henri eine Favoritin, eine, die zwanzig Jahre älter ist als er. Weißt du, ob sie wirklich im Besitz der ewigen Schönheit ist, Mutter?«

»Jean! Woher nimmst du solchen Unsinn?«

Mathieu unterdrückte ein Grinsen. »Er hat Ohren wie Scheunentore und ein Gedächtnis wie die Bibliothek von Fontainebleau, du weißt es doch, Mutter. Auf dem Kirchplatz in Clerval hat ein Händler Loblieder auf die schöne Diana gesungen und den Mädchen ein Schönheitselixier verkauft, das sie angeblich verwendet, um den Thronfolger zu verführen.«

»Und was hattet ihr auf dem Kirchplatz in Clerval zu suchen?«

»Abwechslung.«

Nur Jean brachte es fertig, ihre Mutter auf solche Weise zum Lachen zu bringen. Mathieu beneidete ihn um dieses Talent. Ihm fehlte die Leichtigkeit, zu scherzen und die Menschen auf der Stelle für sich einzunehmen. Dafür fehlte ihm die Abwechslung nicht, die Jean so liebte. Andrieu war das Zentrum seines Lebens, und wenn er es verließ, zählte für ihn nur, so schnell wie möglich zurückzukommen.

»Wird Henri andere politische Ziele als sein Vater verfolgen?«, fragte Jean inzwischen, während sie alle ihre gewohnten Plätze einnahmen. Jean und er in den Fenstersitzen, der Vater im Lehnstuhl am Kamin und ihre Mutter im Scherenstuhl hinter dem Tisch, auf dem sie ihre zahllosen Briefe schrieb. »François plante, den Gerüchten zufolge, trotz des Friedens von Crépy eine neue Invasion in den Niederen Landen und in Spanien. Er erhoffte sich, mit einem Sieg den alten Streit um Mailand zu seinen Gunsten entscheiden zu können. Savoyen, das Piemont und große Teile im Norden Italiens befinden sich schließlich immer noch in französischer Hand.«

»Henri war sich zwar uneins mit seinem Vater, aber er hasst Spanien. An diesen Gefühlen hat sich nie etwas geändert.« Mathieu und sein Bruder waren es gewohnt, dass ihre Mutter in Diskussionen selbstbewusst das Wort ergriff. »Seine Gefangenschaft mag Jahrzehnte zurückliegen, aber er hat weder die Demütigungen vergessen noch

den Mann, dem er sie verdankt: Karl. Er wird den Friedensvertrag von Crépy ebenso wenig einhalten wie sein Vater einstmals den Damenfrieden von Cambrai.«
Aufgewachsen mit den Kriegen des Nachbarlandes, entsannen sich Mathieu und Jean nur vage des französisch-habsburgischen Krieges von 1536 bis 1538, besser aber des letzten von 1542 bis 1544, der mit dem Frieden von Crépy seinen Abschluss gefunden hatte.
Bei Letzterem hatten sich Karl und Heinrich von England gegen Frankreich verbündet. England war es sogar gelungen, Boulogne zu erobern. Erst gegen die Zahlung von zwei Millionen Goldstücken hatten sie es zurückgegeben. Seitdem herrschte Frieden, wenngleich sich im letzten Jahr die Anzeichen gemehrt hatten, dass der König dennoch nicht gewillt war, Karl in Ruhe zu lassen.
»Der Damenfriede?« Jean und Mathieu grinsten ob der seltsamen Bezeichnung und wollten mehr wissen. »Welche Damen haben denn überhaupt Krieg geführt?«
»Der Damenfriede beendete 1529 den zweiten Krieg zwischen Frankreich und dem Kaiser. Er ist nach Louise von Savoyen, der Mutter des verstorbenen Königs, und Margarete von Österreich, der Schwester des regierenden Kaisers benannt«, antwortete Simona auf die Frage der Zwillinge. »Beide Damen waren strikt gegen den Krieg, den François und Karl bis zur gegenseitigen Erschöpfung und Vernichtung ihrer Reichsgebiete und Truppen führten. Ihren Zeitgenossen an Klugheit und Menschlichkeit weit voraus, nahmen sie sogar Machtverlust für den Frieden in Kauf. Damals fiel die Franche-Comté wieder endgültig an Karl, aber Burgund blieb französisch. Mehr als sechs Jahre währte der Frieden, über den Tod Louises

und Margaretes hinaus. Er hat Frankreich neue Stärke und Selbstvertrauen geschenkt und sogar dem Kaiser genügend Luft verschafft, die protestantischen Fürsten in seinen deutschen Ländern im schmalkaldischen Krieg zu besiegen. Dass er aus diesem Sieg keinen Nutzen ziehen konnte, ist allein bedingt durch seine Selbstüberschätzung und seine völlige Unfähigkeit, sich in andere Menschen hineinzuversetzen.«

Staunend wechselten Mathieu und Jean einen Blick. Obwohl ihnen bewusst war, dass ihre Mutter ein dicht geknüpftes Informationsnetz unterhielt, das von Venedig bis Flandern reichte, verwunderte sie ihr Wissen. Sie liebten und respektierten sie, aber nie hatten sie Simona so familiär von den wichtigsten Herrschern des Abendlandes sprechen hören.

Paul kannte seine Söhne gut genug, um ihre Gefühle zu durchschauen. Es bereitete ihm Vergnügen, ihnen die Augen zu öffnen.

»Eure Mutter hat großen Anteil daran, dass dieser Friede zustande kam. Ihr ist es zu verdanken, dass Madame Louise, obwohl damals schon schwer krank, ihre Position in den Verhandlungen mit Margarete von Österreich behaupten konnte. Sie war ihre engste Vertraute und diente ihr bis zu ihrem Tod in Grèz-en-Gâtinais.«

Die Stimme ihres Vaters klang stolz, und in dem Blick, den ihre Eltern tauschten, lag Zuneigung und große Wärme.

»Euer Vater war der Kommandant von Madame Louises Leibwache«, fügte Simona hinzu. »Nach seiner schweren Verwundung in der Schlacht von Pavia trat er in ihre Dienste.«

»Du hast an der Seite des Königs von Frankreich gekämpft?« Obwohl Jean und Mathieu bei ihrem Vater in eine strenge Schule gingen, hatten sie sich bisher keine Gedanken darüber gemacht, woher er über seine Fähigkeiten in Kampf, Taktik und Waffenkunde verfügte. »Du hast nie davon erzählt.«

»Es ist weder eine heldenhafte noch eine schöne Erinnerung. Karl hat uns besiegt, der König wurde gefangen genommen, und Jean fiel.«

»Dein Bruder, dessen Namen ich trage?«

Mathieu sah bei Jeans Frage eine der vielen Marmortafeln in der Kapelle von Andrieu vor sich, die an verstorbene Familienmitglieder erinnerten. Die Reihe begann mit einer Grabplatte, unter der kein Toter lag. Simon von Andrieu hatte sein Leben 1314, fern seiner Heimat, in einem Kloster beendet. Mathieu trug den Namen seines Bruders, der die Herren von Andrieu durch seine Heirat mit Violante, der Erbin des Handelshauses Cornelis, mit Flandern verbunden hatte. Thérèse, die quirlige Herrin der Van-Liewe-Familie in Antwerpen, hatte jeden einzelnen Zweig des Cornelis-Contarini-Stammbaums erkundet und längst Vergessenes enthüllt. Ihr Besuch in Andrieu, bei dem nicht nur sie, sondern auch Simona Freudentränen vergossen hatte, stand ihm lebhaft vor Augen. »Ich habe nicht nur eine Heimat in Andrieu gefunden, ich bin endlich nach Hause gekommen«, hatte Simona damals voller Rührung gesagt.

Auch an den letzten Toten erinnerte nur eine Tafel: Vaters Zwillingsbruder war in der Schlacht von Pavia gefallen.

Wie würde er sich fühlen, ohne Jean? Nicht einen Tag ihres Lebens waren sie je getrennt gewesen.

Aber früher oder später werden wir uns trennen müssen. Jean sind die Grenzen von Andrieu schon jetzt zu eng. Mich hingegen schaudert vor dem Gedanken, die Wälder verlassen zu müssen. Ich könnte die Mauern einer Stadt auf Dauer nie ertragen.

»Jean von Andrieu«, bestätigte Paul in diesem Augenblick. »Er hat sein Leben für das des Königs gegeben, als Freund und als Waffenbruder.«

»Hast du Frankreich deswegen verlassen? Weil der König Schuld am Tod deines Bruders trägt?«

Mathieu verzog den Mund. Jean ging immer direkt auf sein Ziel los. Er suchte den Blick seiner Mutter und fand in ihren Augen dieselbe Neugier, die auch ihn erfüllte. Alle drei warteten sie in einer eigenartigen Mischung aus Mitgefühl und Spannung auf Pauls Antwort.

»Ich habe den Hof verlassen, weil Andrieu mein Zuhause ist. Auch wenn uns der Damenfriede nicht dem Kaiser unterstellt und die Comté endgültig zu Habsburger Land gemacht hätte, wäre ich nach Hause zurückgekehrt. Andrieu brauchte mich mehr, und – ehrlich gesagt – Hofämter liegen mir ebenso wenig wie das Hofleben. In Andrieu bin ich glücklicher.«

Die Ankunft des Kuriers, dem die Zwillinge die Neuigkeiten entrissen hatten, unterbrach das Gespräch. Sein Eintritt ließ Paul aufspringen.

»Thomas! Bist du das wirklich?«

Beide Männer umarmten sich und klopften sich gegenseitig auf den Rücken. Thomas, Pauls ehemaliger Knappe, war nach dessen Rückkehr in die Franche-Comté in die Dienste Montmorencys getreten.

»Ich habe den Konnetabel gebeten, mich als Kurier zu

entsenden«, sagte er, nachdem er Simona respektvoll gegrüßt und den Zwillingen zugenickt hatte. »Diese beiden jungen Herren werden sicher schon berichtet haben, welche Neuigkeiten ich überbringe. Sie haben mir förmlich Löcher in den Bauch gefragt.«

Im allgemeinen Austausch der Informationen wechselten Mathieu und Jean einen erleichterten Blick. Sie hatten Thomas für einen gewöhnlichen Kurier gehalten, aber er schien es ihnen nicht übelzunehmen. Gott sei Dank. Mutter legte großen Wert auf Gastfreundschaft und einwandfreies Benehmen. Ihre Zurechtweisungen fürchteten die Zwillinge mehr als jede väterliche Strafe.

»Seit dem Tod seines jüngsten Sohnes war er nicht mehr er selbst«, berichtete Thomas über den König. »Charles, den er mit dem Titel eines Herzogs von Orléans ausgezeichnet hatte, war sein Liebling. Dass auch er am Fieber sterben musste, weil er, wie sein ältester Bruder, erhitzt Eiswasser getrunken hatte, hielt er für eine himmlische Strafe. Eine Strafe für die schrecklichen Massaker unter den Waldensern im Süden des Königreiches, die er verantworten musste. Auf dem Sterbebett hat er den Thronfolger gebeten, die Schuldigen dafür zur Verantwortung zu ziehen.«

Auch in Andrieu war die Nachricht von den Ereignissen mit Entsetzen aufgenommen worden. Über zwanzigtausend Menschen hatten 1545 ihr Leben lassen müssen, waren verbrannt oder auf die Galeeren gebracht worden. François hatte auf Drängen der Bischöfe einen Beschluss des Parlamentes von Aix, den er 1540 ausgesetzt hatte, zum Vollzug freigegeben und damit die Ketzerjagd genehmigt. Die Inquisition wütete mit beispielloser Grausamkeit. Der Schaden am Ansehen der Kirche und am Ruf des Königs war nicht wiedergutzumachen.

»Königin Eleonore ist unverzüglich von ihrem Wohnsitz in Saint-Germain-en-Laye nach Rambouillet geeilt, um Seiner Majestät bis zum Ende beizustehen. Sie und die junge Katharina sind vermutlich die einzigen Mitglieder seiner Familie, die ehrlich um ihn trauern. Katharina erwartet übrigens ihr drittes Kind, und Henri hofft auf einen zweiten Sohn.«

»Was ist mit Marguerite?«, warf Simona ein.

»Sie haben sich über den Fragen der Religion entfremdet. Ihr Einfluss ist geschwunden, und sie hält sich immer öfter in Navarra auf«, berichtete Thomas. »François war einsam in der letzten Zeit.«

»Ausgerechnet er. Es muss ihm bitter schwergefallen sein«, sagte Simona so anteilnehmend, dass Mathieu sie prüfend ansah.

Ihr Gesichtsausdruck glich dem Gemälde an der gegenüberliegenden Wand, das dem Gemach seinen Namen gab, so sehr, dass es ihn immer wieder verblüffte. Anfangs hatten Jean und er angenommen, es handle sich um ein Bild ihrer Mutter. Erst später hatten sie erfahren, dass ihre Ur-Urgroßmutter das Modell der Heiligen Magdalena gewesen war. Ihr venezianischer Großvater hatte das Bild im Gepäck gehabt, als er Andrieu vor vielen Jahren das einzige Mal besucht hatte. Es war ein persönliches Geschenk des Familienoberhauptes Paolo Contarini an ihre Mutter gewesen, und sie schien sich noch immer jeden Tag darüber zu freuen.

So, wie sie auch eine andere Gabe in Ehren hielt, die Andrieu erst vor wenigen Monaten erreicht hatte. Eine Schale, moosgrün und glänzend. Lebensecht schlängelte sich eine Ringelnatter über ihren Boden auf der Jagd nach Salamandern, die erstarrt am Rande hockten. Erst auf den zweiten Blick sah man, dass auch sie aus gebrannter Erde bestanden. Bernard Palissy hieß der Künstler, der sie gesandt hatte. Die Zwillinge hielten es – wie ihr Vater – für ein makabres Geschenk. Ihre Mutter schätzte es als Lebenszeichen eines Freundes; mehr wollte sie dazu nicht sagen.

Jeans Rippenstoß riss ihn in die Wirklichkeit zurück.

»Trauerst du um den König?«, fragte er gleichzeitig Simona, weil auch er ihr Mienenspiel beobachtet hatte.

»Ja. Es erstaunt mich, aber ich bedauere seinen Tod. Es gab Zeiten, da habe ich ihn gehasst. Er war mir zu leichtlebig, zu egoistisch, zu wenig verantwortungsvoll. Er duldete keinen Widerspruch und liebte das Vergnügen mehr als die Pflicht. Er tat seiner Mutter aus Gedankenlosigkeit weh und machte sich oft schuldig an ihr. Dennoch hat er Frankreich stark und unabhängig erhalten. Es widersteht allen habsburgischen Bedrängnissen und ist wirtschaftlich so stabil wie nie zuvor. Handel und Handwerk gedeihen, die Universitäten vermitteln Wissen, das weit über die Fragen der Religion hinausgeht. Nie zuvor wurde in diesem Land so prachtvoll gebaut, wurden so umfassende Bibliotheken angelegt und so viele Kunstwerke geschaffen. François' Sinn für Schönheit hat das Königreich geprägt. Er wird seinem Namen Ruhm verschaffen, wenn seine menschlichen Fehler längst vergessen sind. Seine Mutter wäre überglücklich darüber.«

»Und wie wird Frankreichs Zukunft aussehen?«, fragte Jean weiter.

»Obwohl es nun fast zwölf Jahre her ist, dass Henris Bruder und Gefährte in der Gefangenschaft, François, so unglücklich verstarb, steht er noch immer in seinem Schatten. Kann Henri uns ein guter König sein?«

»Henri wird seinen eigenen Weg finden müssen«, antwortete sein Vater, während er die Weinbecher füllte. »Er ist nicht so wie sein Ruf. Ich habe ihn zwar als misstrauisch, aber auch als kühl, intelligent und schweigsam kennengelernt. Er wird die Grenzen des Landes schützen und dafür leichten Herzens die italienischen Träume seines Vaters dahingeben. Auch wenn er Kriege führen muss, wird er doch dauerhaften Frieden anstreben und sich zuverlässige Verbündete suchen. Nach König Heinrichs Tod im Januar dieses Jahres werden auch in England die Weichen neu gestellt. Wer weiß, vielleicht bieten sich hier neue Bündnisse an.«

»Und wie steht es um die Religion, Vater? Die Königin von Navarra ist offen dem Protestantismus zugewandt.«

»Seine Tante und ihre Ansichten sind Henri völlig gleichgültig. Seine Regierung wird von Sachlichkeit und vom Machterhalt bestimmt sein. Ich nehme an, dass er Montmorency zurückholen wird, den sein Vater vom Hof verbannt hat.«

»Er hat es schon getan«, mischte sich Thomas ein. »Du verdirbst mir die ganze Überraschung, mein Freund. Henri hat seine eigenen Vorstellungen von der Zusammensetzung des königlichen Rates.«

»Dann müssen die Franzosen wieder mit Krieg rechnen«, warf Simona ein. »Ich hoffe nur, sie kommen nicht auf die Idee, sich an der Franche-Comté zu vergreifen.«

»Ihr lebt in einem vergessenen Paradies. Ich konnte mir

ein gutes Bild davon machen«, sagte Thomas. »Seid unbesorgt. Henris Erzfeind ist Karl, ihn zu besiegen ist sein wichtigstes Ziel, und dafür muss er ihn dort angreifen, wo es ihn am meisten gefährdet. An der spanischen und an der flandrischen Grenze.«

»Hoffen wir, dass du recht hast, mein Freund«, hörte Mathieu seinen Vater sagen. »Du musst Tag und Nacht unterwegs gewesen sein, um uns diese Neuigkeiten zu verkünden. Nimm die Gastfreundschaft von Andrieu an und lass uns später bei einer angenehmen Mahlzeit weitersprechen.«

»Diese Einladung nehme ich gerne an, obwohl ich gestehen muss, dass ich längst nicht mehr so schnell zu Pferd bin wie deine Söhne. Beide reiten wie der Teufel. Was hast du mit ihnen im Sinn? Sie sind in Kürze erwachsen. Willst du sie aus alter Freundschaft an den Hof von Frankreich schicken oder sollen sie dem Kaiser dienen? Wenn du Frankreich wählst, wird Montmorency sie mit Freuden willkommen heißen.«

Mathieu hielt wie Jean den Atem an. Die Frage ihrer Zukunft lag schon einige Zeit in der Luft, aber aus zweierlei Gründen hatte sie bisher niemand laut gestellt. Er, weil er die Trennung von Jean fürchtete. Jean, weil er den Eltern nicht weh tun wollte. Sein Blick heftete sich, wie der aller anderen, auf Paul. Jähe Sorge überfiel ihn. Weder er noch Jean drängten an einen Hof. Sie verachteten Intrigen und Machtspiele.

»Die Zeiten, in denen Andrieu der Krone Krieger schickte, sind vorbei, Thomas. Meine Söhne werden selbst entscheiden müssen, wie sie ihr Leben führen wollen. Ich sehe keinen von beiden bei Hof. Mathieu ist zutiefst verwurzelt in Andrieu und ebenso wenig ein Stadtmensch wie seine Mutter. Jean treibt es hinaus, er will die Welt sehen, und er ist gerne unter Menschen. Er hat ein verblüffendes Gespür für Zahlen, und vielleicht wird er bei unseren Verwandten in Flandern oder Venedig seinen Platz finden. Es fällt uns schwer, ihn gehen zu lassen, aber wie du selbst gesagt hast, sie sind alt genug, um ihren Mann zu stehen.«

Die Zwillinge blickten sich an.

Mathieu schluckte. Was wäre er ohne Jean, ohne den Bruder, dessen Gedanken und Gefühle er so gut wie seine eigenen kannte? In Jeans Gesicht las er dieselbe Frage. Würden sie die Herausforderung bewältigen?

»Wir werden in aller Ruhe darüber reden. Morgen.«

Die Stimme Simonas bebte.

Anhang

Anne de Beaujeu

Es war der nobelste Kinderhort seiner Zeit, den die älteste Tochter des französischen Königs Louis XI. mit ihrem Mann Pierre de Beaujeu in ihren Loire-Schlössern unterhielt. Neben ihrer einzigen Tochter Suzanne wuchsen dort nicht nur Margarete von Österreich, Louise und Philibert von Savoyen, sondern auch Carlotta, die Tochter des napolitanischen Königs Frederigo, und fünf Kinder des Grafen Monpensier und seiner Frau Chiara Gonzaga auf. Anne machte in der Erziehung der Mädchen und Knaben keinen Unterschied. Alle erhielten den gleichen Unterricht. Jedes Kind besaß einen eigenen Tutor, der sie täglich mehrere Stunden unterrichtete. In den Jahren um 1503 verfasste sie einen Erziehungsratgeber mit dem Titel *Enseignements à Sa Fille Suzanne*.

Bernard Palissy

Echte Palissy-Keramiken werden auf dem Antiquitäten-Markt zu abenteuerlichen Preisen gehandelt. Bei den

meisten Stücken handelt es sich um beckenförmige Schalen, auf denen im Naturabguss-Verfahren Blätter, Steine und kleines Getier naturgetreu abgebildet sind. Im Richelieu-Flügel des Louvre-Museums in Paris kann man die Kunstwerke besichtigen.
Bernard Palissy wurde 1510 in Lacapelle-Biron bei Agen geboren und starb im hohen Alter in der Bastille. Er war nicht nur Künstler und Wissenschaftler, sondern auch ein Verfechter des Protestantismus. Nachdem er sich mit seiner Kunst einen großen Namen gemacht hatte, nahm ihn Katharina von Medici unter ihren Schutz. Sie vertraute ihm die Gestaltung der Tuilerien-Gärten an. Bernard erhielt dafür den Titel *Erfinder der ländlichen Figuren des Königs*. Er geriet dennoch in Schwierigkeiten, weil er sich 1546 den Protestanten angeschlossen hatte. 1563 wurde er zum ersten Mal der Ketzerei beschuldigt, kam aber wieder frei. 1572 entging er dem Massaker der Bartholomäusnacht. 1590 wurde er erneut verhaftet. Seine Weigerung, dem protestantischen Glauben abzuschwören, brachte ihn 1590, am Ende seines Lebens, in die Bastille, wo er im gleichen Jahr starb. Gerüchte besagen, man habe seine Leiche den Hunden vorgeworfen.

Eleonore

Karls Schwester Eleonore begab sich nach François' Tod zu ihrer Schwester Maria, der niederländischen Statthalterin, nach Brüssel. In der siebzehnjährigen Ehe mit François hatte sie keine Kinder. Nach der Abdankung des Kaisers reiste sie mit Maria nach Spanien, um dort in der Nähe ihres Bruders zu leben. Ihre Tochter Maria, die sie in Portugal zurücklassen musste, traf sie nur noch ein einziges Mal für zwanzig Tage an der spanisch-portugiesischen Grenze. Mutter und Tochter waren sich fremd geworden. Nur zwei Wochen nach diesem traurigen Treffen verstarb Eleonore am 18. Februar 1558 in Talavera.

Flandern

Mit dem frühen Tod Margaretes begann der allmähliche Niedergang Flanderns. Nachdem Karl im Jahre 1531 Brüssel zur Hauptstadt der spanischen Niederlande ernannte, wurden die einstmals so reichen und einflussreichen Städte Brügge und Gent zunehmend entmachtet.

François I.

Sein ganzes Leben rang er mit Karl um die Vorherrschaft in Europa. Nach seinem Tod wurde seine Leiche seziert. Die königlichen Ärzte stellten ein Magengeschwür, verdorbene Nieren und Eingeweide, Geschwüre an der Kehle, eine zerstörte Lunge, einen Tumor im Bauchbereich und eine Geschlechtskrankheit fest. In Anbetracht seiner Erkrankungen ist es erstaunlich, dass François überhaupt 52 Jahre alt wurde. Seine unbändige Energie machte ihn zum ersten großen Renaissance-Fürsten. Er gilt heute als der Wegbereiter des französischen Absolutismus.

Dass er selbst gläubiger Katholik war und Schriften gegen Martin Luther verfasste, hinderte Heinrich nicht daran, England von der römischen Kirche abzuspalten. Sein Lordkanzler Thomas More lehnte diesen Schritt ab und trat 1532 von allen Ämtern zurück. Als er zudem vor dem Kronrat den Suprematseid verweigerte, wurde er im Tower gefangen gesetzt und 1535 von einem Sondergericht wegen Hochverrat zum Tode verurteilt. Am 6. Juli 1535 wurde er im Alter von 57 Jahren geköpft. Sein Kopf wurde einen Monat lang auf der Tower Bridge zur Schau gestellt, bis es seiner Tochter gelang, ihn gegen die Zahlung einer hohen Bestechungssumme abnehmen zu lassen.

Henri II.

Henri von Valois bestieg nach dem Tod seines Vaters den französischen Thron. In seiner kurzen Amtszeit gelang es ihm, die königliche Gewalt weiter zu stärken und die Verwaltung zu vereinheitlichen. Am 30. Juni 1559 wurde er bei einem festlichen Turnier durch einen Lanzenstoß verwundet, der das Visier seines Helmes durchstieß. Er starb nach zehntägigem Todeskampf. Seine Frau, Katharina de Medici, übernahm die Regentschaft für den minderjährigen Thronfolger. Sie bestimmte auf Jahrzehnte hinaus die französische Politik.

Louises Enkelin folgte ihrer Mutter auf den Thron von Navarra. Ihr Sohn Henri bestieg als Henri IV. den französischen Thron. Seine Hochzeit mit Marguerite von Valois, einer Tochter Henris und Katharina de Medicis, endete am 24. August 1572 mit der berüchtigten Bartholomäusnacht.

Karl V.

Nach dem Augsburger Religionsfrieden 1555 zog sich Karl aus der Politik zurück. Er konnte weder die Spaltung der katholischen Kirche verhindern noch das Heilige Römische Reich Deutscher Nation in die spanische Universalmonarchie eingliedern. Resigniert dankte er – angeblich aus gesundheitlichen Gründen – am 27. August 1556 als Kaiser des Heiligen Römischen Reiches Deutscher Nation offiziell ab. Amt und Titel übertrug er seinem Bruder Ferdinand, der bereits seit 1521 die Habsburgischen Erblande regierte. Seinem Sohn Philipp übergab er die Rechte an den Niederen Landen, an Kastilien, Aragon, Westindien, Neapel, Sizilien und Mailand.
Karl zog sich in das Kloster von San Jerónimo de Yuste in der Estremadura von Spanien zurück. Dort starb er am 21. September 1558 – von der Gicht seit 1557 zur Bewegungsunfähigkeit verdammt – an einer Lungenentzündung oder an der Malaria.

Louise von Savoyen

Geboren am 11. September 1476 in Pont-d'Ain, gehört Louise zu jenen Persönlichkeiten der Geschichte, die höchst unterschiedlich bewertet werden. Unbestritten sind ihre Fähigkeiten als Diplomatin. Ihre Feinde hielten sie für rachsüchtig, egoistisch und geldgierig. Sie lasteten ihr die blinde Mutterliebe an. Unbestritten ist heute, dass sie ihren Sohn zu einem König erzogen hat, der wie kein anderer die Kunst und die Wissenschaft geliebt hat. Der Damenfriede von Cambrai wäre ohne ihren Mut nie zustande gekommen. Heute weiß man, dass Louise von Savoyen einen Grundstein für die *Grande Nation* gelegt hat, weil es ihr gelungen ist, Frankreich mit dem Kernland Burgund zu erhalten.

Margarete von Österreich

Die Tochter Kaiser Maximilians des Ersten und Marias von Burgund war stolz auf ihre burgundischen Vorfahren. In erster Ehe war sie mit dem Infanten Juan von Spanien, in zweiter mit Philibert von Savoyen verheiratet. Karl und seine Schwestern Eleonore, Isabella und Maria wurden von ihr in Mecheln erzogen. Obwohl sie Habsburgerin war, sprach sie nie ein Wort Deutsch und war nie in Österreich. 1507 ernannte sie ihr Vater zur Generalstatthalterin in den Niederen Landen. Von Mecheln aus regierte sie die Niederen Lande, Burgund und Savoyen im Sinne der habsburgischen Interessen. Sie war sehr gebildet und liebte Kunst und Musik.

Marguerite von Navarra

Die Königin von Navarra ist als französische Dichterin, Erzählerin und Förderin der Renaissanceliteratur ein Begriff. Ihr bekanntestes Werk ist das »Heptameron«, das sich Boccaccios »Decamerone« zum Vorbild nimmt und philosophisch geprägte Liebesgeschichten erzählt. Die leidenschaftliche Zuneigung zu ihrem Bruder gab zu dem unbewiesenen Gerücht Anlass, sie sei auch seine Geliebte gewesen. Marguerite starb zwar im Dezember 1549 als Katholikin, aber sie bewirtete Calvin in ihrer Residenz in Pau und nahm verfolgte Protestanten bei sich auf. Eine Erkältung, die sie sich zuzog, als sie mitten im Winter auf der Schlossterrasse die Umlaufbahn eines Kometen verfolgte, endete mit ihrem Tod.

Paracelsus

Philippus Theophrastus Aureolus Bombast von Hohenheim, genannt Paracelsus, vermutlich am 10. November 1493 in Egg bei Einsiedeln geboren, am 24. September 1541 in Salzburg gestorben. Er war Arzt, Alchemist, Astrologe, Mystiker, Laientheologe und Philosoph. Im Jahr 1952 wurde zum ersten Mal die Paracelsus-Medaille vergeben. Sie ist die höchste Auszeichnung der deutschen Ärzteschaft für verdiente Ärzte.

Der Name *Waldenser* ist auf den Lyoner Kaufmann Petrus Valdes zurückzuführen. Er gründete um 1173 eine Bewegung von Wanderpredigern, die der katholischen Kirche von Anfang an ein Dorn im Auge waren. 1532 schlossen sich die verfolgten Waldenser offiziell der protestantischen Religion an. Ein Dekret, mit dem König François seine Treue zur katholischen Kirche beweisen wollte – sie wurde wegen seiner politischen Annäherung an die protestantischen Fürsten in Deutschland in Zweifel gezogen –, führte 1545 zu einem barbarischen Vernichtungsfeldzug des provenzalischen Parlamentes gegen jene Waldenser, die an den Südhängen des Luberongebirges Zuflucht gesucht hatten. Zahllose Dörfer wurden dem Erdboden gleichgemacht und ihre Bewohner auf bestialische Weise getötet oder auf die Galeeren verkauft. Noch heute sagt ein Sprichwort der Provence:
Das Parlament, der Mistral und die Durance (ein Fluss) *sind die drei größten Landplagen der Provence.*

Stammbaum des Hause

Aimée Marguerite Ysée von Andrieu ∞ Domenico Contarini
(1342–1411) (1350–1421)

Simon Contarini ∞ Maria Breidel
(1375 – 1442) (1377 – 1451)

Matthis Contarini ∞ Anneke van Buerse
(1396 – 1463) (1401 – 1453)

Lucas Contarini
(1398 – 1458)

Domenico Contarini ∞ Elisa Gritti
(1425 – 1469) (1430 – 1459)

Piero Contarini ∞ Donata Gritti
(*1455) (*1459)

3 Töchter 1 Sohn

Simona Contarini ∞ Zanino Bragadin
(*1506) (*1502)

ONTARINI – VAN LIEWE

annah Salomon
(1399 – 1459)

Christina Contarini ∞ Lionel van Liewe
(1400 – 1460) (1392 – 1456)

Johan van Liewe ∞ Margriet Bonkels
(1422 – 1474) (1430 – 1479)

Andries van Liewe ∞ Marie Péronne
(*1458) (*1474)

Cornelis van Liewe
(*1503)

weitere 2 Töchter

Dank

Mein Dank gilt an erster Stelle meiner Lektorin, Barbara Kiesebrink, die mit mir durch diese spannenden, aber auch wirren politischen Ereignisse des Damenfriedens gereist ist.

Die große Flandern-Saga vom Mittelalter bis zur Renaissance

Marie Cristen

Beginenfeuer

Roman

Flandern um 1300. Seit sie denken kann, lebt die junge Waise Ysée im Beginenhof zu Brügge. Die frommen Frauen bieten ihr Schutz vor der rauen Wirklichkeit – denn niemand soll sich an Ysées Herkunft und an die blutigen Ereignisse ihrer Kindheit erinnern. Als sie zu einer schönen jungen Frau heranwächst, rivalisieren mehrere Männer um sie – bis einer von ihnen eine schockierende Entdeckung macht. Und plötzlich geht es für Ysée nicht mehr nur um Liebe, sondern um Leben und Tod …

»Wie ein Roman von Alexandre Dumas!«

Histo-Couch.de

KNAUR TASCHENBUCH VERLAG

Marie Cristen

Die Stunde des Venezianers

Roman

Brügge, Ende des 14. Jahrhunderts. Guter Rat ist teuer für die junge Adlige Aimée Andrieux: Kurz nachdem sie ins Handelshaus Cornelis eingeheiratet hat, kommt ihr Gatte ums Leben – und sie steht vor dem Nichts.
Mächtige Kreditgeber fordern nach dem Tod des Herrn ihr Geld zurück. Doch gegen den Widerstand aller will Aimée kämpfen, will beweisen, dass auch eine Frau im Handel Erfolg haben kann: Als ehemalige Hofdame kennt sie die Schwäche der jungen Herzogin Margarete für Juwelen, kostbare Roben und prächtig gewirkte Teppiche – und weiß sie mit viel kaufmännischem Mut zu nutzen.
Doch was genau führt der undurchsichtige Venezianer Domenico Contarini im Schilde, ein Abgesandter des Dogen? Entsetzt und zugleich fasziniert muss die junge Handelsherrin erkennen, dass ihr die sorgsam geknüpften Fäden aus der Hand zu gleiten drohen …

Knaur Taschenbuch Verlag

Marie Cristen

Das flandrische Siegel

Roman

Brügge im 15. Jahrhundert. Christina, die einzige Tochter im Handelshaus Contarini, weigert sich standhaft, eine Vernunftehe einzugehen. Hals über Kopf flieht sie mit ihrem jüdischen Geliebten und gerät auf ein Schiff, dessen Mannschaft durch eine rätselhafte Seuche dahingerafft wird. Ein Alptraum, der vierzig Tage währt und alles verändert ...

»Faszinierend mitreißender Lesestoff voller Gefühl.«
Miroque

KNAUR TASCHENBUCH VERLAG